W0400961

Al límite

Al límite

Pamela Clare

Traducción de
Sílvia Guiu

Talismán

No se permite la reproducción total o parcial de este libro,
ni su incorporación a un sistema informático, ni su transmisión
en cualquier otra forma o por cualquier otro medio,
sea éste electrónico, mecánico, reprográfico, gramofónico u otro,
sin el permiso previo y por escrito de los titulares del «copyright».

Título original inglés: *Extreme exposure*
© Pamela White, 2005
Derechos cedidos por The Berkley Publishing Group,
división de Penguin Group (USA), Inc.

Primera edición: febrero de 2007
© de la traducción: Sílvia Guiu Navarro, 2007
© de esta edición: Grup Editorial 62, S.L.U., Talismán
Peu de la Creu, 4, 08001 Barcelona
correu@grup62.com
grup62.com

Fotocompuesto en Víctor Igual, S.L.
Impreso en Artes Gráficas Mármol, S.L.
Depósito legal: B-465-2007
ISBN: 978-84-935101-9-0

Este libro está dedicado a los más de 1.400 periodistas americanos que han fallecido, sobre todo asesinados, por intentar destapar la verdad. Sus nombres aparecen escritos en el Freedom Forum Journalists Memorial de Arlington, Virginia, EE UU, un monumento dedicado a estos héroes de la democracia tan olvidados.

Agradecimientos

Deseo expresar mi agradecimiento y mi amor hacia R y K.

Gracias sobre todo a Mark Kertz, sumiller y director general del Laudisio Ristorante Italiano, por sus expertos consejos sobre vinos y alimentos sensuales; y a Scott Weiser por compartir sus conocimientos sobre la ciencia forense y las armas.

Mis más sinceros agradecimientos a Cindy Hwang, mi editora, y a Natasha Kern, mi agente y amiga, por abrir esta puerta.

Gracias en especial a Michelle White, Timalyn O'Neill, Norah Wilson, Kally Jo Surbeck, Vickie McCloud, Sara Megibow, Joyce Farell, Kelly LaMar y Amy Vandersall. Vuestro apoyo y ánimos me mantienen cuerda.

Gracias también a Joel Werner, Vince Darcangelo, Stewart Sallo y al *Boulder Weekly*. No podría perseguir mis sueños sin todos vosotros.

Y, como siempre, quiero dar las gracias a mi familia y a mis hijos, Alec y Benjamin, y manifestar mi amor por ellos. Sois todo para mí.

Capítulo 1

Kara McMillan iba a matar a su mejor amiga. De ella era la culpa de que estuviera allí sola, margarita en mano, en el tugurio de ligoteo más cutre de todo Denver deseando ser invisible. Holly la había llevado allí y luego la había dejado tirada.

Esta vez, Holly se había pasado.

«Acércate a un tío que te ponga y habla con él», le había dicho Holly antes de desaparecer entre el gentío. «Déjale claro que quieres echar un polvo y, en un abrir y cerrar de ojos, estarás gozando en la cama».

Gozar en la cama.

Hacía cinco largos años que Kara no gozaba en la cama, desde que se enteró de que estaba embarazada de Connor, así que la idea de acabar la velada rodeando con las piernas el cuerpo de un hombre fuerte y sensual mientras él la poseía, con fuerza y pasión, casi le hacía gemir de placer.

De todas formas, era realista. Nunca había ligado con un hombre en un bar antes, y estaba segura de que no conocería a nadie que valiera la pena esa noche, sin importar lo que dijera Holly. ¿Cómo se había dejado convencer por Holly de esa manera? ¿De verdad estaba tan desesperada?

Kara se apoyó contra la pared y tomó un sorbo del cóctel por hacer algo. Se encontraba de pie junto a una maceta con un enorme helecho no lejos de la entrada. Las delicadas hojas del helecho la hacían sentirse protegida, pero, a la vez, le permitían ver la barra a la derecha y el restaurante a la izquierda.

El Río del Sol, o el Río como lo llamaban los lugareños, era terreno fértil. En el ambiente flotaban multitud de feromonas, y el bar estaba tan lleno que era imposible moverse sin rozarse contar alguien. La música salía de unos altavoces situados en lo alto, pero quedaba ahogada por las conversaciones, excepto los tonos bajos que palpitaban bajo sus pies como el latido del corazón o el movimiento rítmico del sexo.

Casi todo el mundo iba de negro: cuero negro, Levi's negros, camisetas negras y diminutos vestidos negros que mostraban las tiras de sujetadores negros. Habría parecido un funeral si no fuera porque todo el mundo sonreía, flirteaba y se tocaba. Kara se acordó de los urogallos y sus bailes que había visto en un refugio cercano: miradas lascivas, prominentes bíceps y canalillos expuestos como el plumaje de apareamiento.

En una esquina, una pareja había empezado. Estaban de pie pegados a la pared, con las manos, cuerpos y lenguas entrelazados. La mujer había levantado una pierna y rodeaba con ella la cintura del hombre, mientras él la atraía con fuerza hacia él.

Durante un rato, Kara no pudo dejar de mirarlos y se imaginó en el lugar de aquella mujer, en lo que sentiría si un hombre la abrazara con esa intensidad. Cuando el hombre tomó el pecho de la mujer, a Kara se le paró la respiración.

Desvió la mirada, tomó otro sorbo de la copa y saboreó el gusto salado. Al menos las margaritas eran buenas. Había unos carteles donde ponía que no servían más de tres copas por persona, así que eran fuertes. Tomó otro trago largo. Si tenía que estar ahí, al menos que fuera contentilla. Al día siguiente era sábado. Holly conducía, y Connor dormía en casa de la abuela. Por una vez, podía permitirse el lujo de un poco de diversión, si es que beber margaritas con un helecho gigante como compañía podía llamarse diversión.

«Acércate a un tío que te ponga y habla con él».

Tenía que ser fácil. Kara siempre hablaba con gente. Durante los diez años que llevaba siendo periodista, había hablado con miles de personas: directores corporativos, miembros del gobierno, camellos convictos, supervivientes de guerras, estrellas del rock, incluso con un asesino a sueldo jubilado. Había recibido desagradables llamadas telefónicas, correos electrónicos llenos de odio, incluso amenazas de muerte. Pero nada de eso la había amedrentado. Entonces, ¿por qué la idea de acercarse a un hombre atractivo en un bar le parecía tan aterradora?

«Acércate a un tío que te ponga y habla con él».

Sin duda, era fácil para Holly, que era más joven, rubia platino y tenía un cuerpo que hacía perder el oremus a los hombres: pechos grandes, cintura de avispa y culito respingón. Kara tenía estrías del embarazo en la tripa y solo había superado una copa B de sujetador cuando le daba el pecho a Connor. Su principal activo era su cabello, que atraía la atención porque lo llevaba largo, y quizá los ojos.

Pero, aunque hubiera sido una súper modelo, el sexo casual no era el estilo de Kara, lo que no significaba que ella quisiera que fuera así. Daría lo que fuera por tener la seguridad y actitud abierta de Holly hacia los hombres y el sexo. Al fin y al cabo, Kara tenía treinta y dos años, y se encontraba en el punto sexual más álgido. Hacía tanto tiempo que no estaba con un hombre que creía que su frustración sexual podía generar suficiente electricidad para iluminar todo el metro de Denver.

—Eres patética, McMillan —se dijo a sí misma—. Pa-té-ti-ca.

¿Qué hacía ahí? Debería estar en casa con su hijo, leyéndole *Fox in Sox* por milésima vez y no en el Río bebiendo sola mientras Holly rondaba en busca de esperma.

Le llegó una brisa fresca cuando se abrió la puerta de entrada para que pudieran entrar unos cuantos más. Mientras se dirigían hacia la barra, se fijó en una cara.

Era el senador Reece Sheridan.

Aunque no lo conocía en persona, lo reconoció por sus muchas fotos publicadas en la portada del periódico desde que había sido elegido hacía dos años. Lo había entrevistado por teléfono alguna vez para su columna o para algún artículo de investigación. Lo consideraba inteligente para ser político y buen comunicador, algo que en Colorado lo diferenciaba del resto.

Tomó otro sorbo y lo observó a medida que él se acercaba.

Pensó que era más guapo en persona. Era alto, sin duda medía más de metro ochenta. Llevaba el cabello rubio oscuro con un corte clásico, corto por detrás y los lados y un poco más largo en la parte superior. Sus ojos eran grandes y las pestañas más largas de lo normal. Sus labios eran gruesos y firmes. En su angulosa mandíbula asomaba una barba incipiente. Llevaba un abrigo de lana gris sobre una camisa blanca y pantalón gris. Llevaba la corbata de seda también gris un tanto suelta.

Le recordó a un modelo de *GQ*, guapo, bien vestido, elegante. Pensó que, seguramente, en el colegio, habría sido un chico popular. Es probable que hubiera sido presidente de su hermandad en la universidad y, sin duda, había salido con animadoras y chicas de las asociaciones femeninas, que suspiraban por él y por el deportivo que, sin duda, conducía.

Kara casi podía oír los molestos saludos de las chicas: «¡Hoooola, Reeeece!».

Un universitario ganador, de ninguna manera el tipo de Kara.

Kara tomó otro sorbo de la margarita, y se sorprendió al ver que solo le quedaba hielo. Por eso se sentía un tanto mareada. Alzó la mirada de nuevo hacia el senador y recordó lo que le había dicho la última vez que hablaron por teléfono.

«Tienes una voz preciosa. Es muy femenina».

Había considerado el halago como un intento del político de hacerle la pelota. Pero no lo había olvidado.

El senador recorrió con la vista el bar como si buscara a alguien, se quitó el pesado abrigo de los anchos hombros y siguió caminando. Seguro que buscaba a una mujer, pensó Kara. Un hombre como él no pasa mucho tiempo solo.

No vio a Kara y estaba a punto de pasar por delante de ella cuando Kara se oyó a sí misma decir:

—¿Senador Sheridan? —Kara deseó haberse mordido la lengua. ¿Por qué había abierto la boca? ¡No quería hablar con él!

Pensó en salir corriendo, pero era demasiado tarde.

Él la miró y ella supo que estaba intentando averiguar de qué la conocía.

Entonces, él sonrió y se acercó a ella con la mano extendida.

—¿Kara McMillan?

Kara alargó la mano, estrechó la de él y se ocultó tras la máscara de su personaje periodístico.

—Felicidades por haber conseguido la aprobación de su propuesta de ley sobre energías alternativas.

—Gracias. —Su mano era grande y cálida, y sostuvo la de ella un poco más de lo necesario—. Su cobertura fue una de las cosas que me ayudó a conseguirlo.

Kara se sintió molesta por la forma en que el cumplido la había afectado. Se suponía que no debía importarle lo que él pensara.

—Creí que debía escribir sobre el tema. Se trata de una cuestión importante para nuestros lectores.

—Me alegro de conocerla en persona. Tenía ganas de decirle cuánto disfruté con la entrevista. De todos los periodistas que me preguntaron sobre la propuesta, usted me planteó las mejores preguntas.

Kara sintió calores en el rostro, y le horrorizó darse cuenta de que estaba sonriendo.

—Bueno, ése es mi trabajo.

«¡Menuda tontería! Por supuesto que es tu trabajo, McMillan».

—Me habían advertido sobre usted. —Sonrió. Era la típica sonrisa que derretía a las mujeres. Sin embargo, Kara no iba a permitir que ese guaperas la conquistara.

—¿Advertido?

—Me han contado que desayuna legisladores.

La afirmación fue tan atrevida que la hizo reír.

—Sólo cuando no consigo asesinos, capos de la droga o violadores.

La sonrisa del senador se iluminó y se rió.

—Vaya, creo que me acaban de insultar. Necesito beber algo para recuperar el orgullo perdido. ¿Quiere tomar algo?

Los buenos periodistas nunca permiten que los políticos les inviten a copas.

—No, no creo que…

—¿Otra margarita?

Azules. Sus ojos eran azules.

—Con hielo y sal.

Él sonrió, tomó su copa vacía y se dirigió hacia la barra. Daba la impresión de que la gente le cedía el paso y, en un momento, estaba de vuelta con dos bebidas en la mano. Le ofreció una y tomó un trago de la otra, un líquido ámbar en un vaso pequeño.

—No sé las margaritas, pero tienen la mejor selección de whiskys de malta de la ciudad. Salud.

—Salud. —Kara bebió e intentó recuperar la sensación de distancia. No tenía por qué intimar con un senador, y menos con uno tan guapo que desprendía encanto a diestro y siniestro.

—¿Está aquí de incógnito o algo así? —le dijo el senador señalando el helecho y sonriendo.

Kara vio cómo su indiferencia desaparecía en la nada. Se alejó de la planta.

—Estoy esperando a alguien.

—¿A su novio?

—No, no, a una amiga del trabajo. Está por ahí. —Kara señaló la multitud—. Estamos esperando mesa y...

—¡Reece! Por fin te encuentro. —Una joven que le recordaba a la Barbie Malibú emergió de la multitud y se acercó al senador.

Kara vio cómo el senador Sheridan tomaba la mano de la Barbie y se inclinaba para besarle la mejilla. Parecía contento de verla. Rubia, con curvas, tostada por el sol... era justo el tipo de mujer que Kara imaginaba que le gustaba al senador. Por alguna razón, le decepcionó haber acertado.

El senador rodeó con el brazo los hombros de la Barbie y la acercó más.

—Melanie, quiero que conozcas a Kara McMillan, del *Denver Independent*.

Melanie —Kara pensó que Barbie le pegaba más— extendió una mano delicada con una perfecta manicura.

—He oído hablar de usted. Usted fue la periodista que hizo que despidieran a ese funcionario del ayuntamiento, ¿verdad?

—Verdad. —Kara le dio la mano y se esforzó por sonreír.

Melanie se giró hacia el senador.

—He reservado para nosotros una mesita en el fondo de la sala. Puedes hablar un poco más si quieres. Te espero allí para que nadie nos la robe.

Con la melena al viento, Melanie Malibú desapareció entre el gentío.

El senador Sheridan volvió a mirar a Kara con cara de decepción.

—No me apetece acabar esta conversación pero tengo que irme. ¿Va a quedarse aquí un rato más?

Kara deseaba decirle que se fuera a la porra, pero él no había hecho nada malo.

—Habíamos pensado cenar aquí.

—Entonces, la buscaré en el restaurante. —Le ofreció otra de sus sonrisas y desapareció entre la multitud.

Hacía dos segundos que se había ido cuando apareció Holly con los ojos abiertos como platos y una sonrisa en la cara.

—¿Quién era?

—Nadie. —Kara tomó otro sorbo de la margarita.

Holly entornó sus grandes ojos.

—No te lo crees ni tú. Estabas hablando con el tío más guapo de todo el bar. Vi cómo te invitaba a una copa.

—¿Estabas espiando? —Por alguna razón, no le sorprendía lo más mínimo.

—¿Quién era? ¿O es que no te molestaste en preguntarle su nombre? —Dijo Holly con los brazos cruzados.

Kara se rindió.

—Era el senador Reece Sheridan.

—¡Un senador! Caramba —dijo Holly con los ojos abiertos como platos.

—Eres demasiado quisquillosa, ése es tu problema. —Holly mojó una tortilla de maíz en la salsa, se la metió en la boca y la masticó—. No sabes nada de ese senador y ya lo has descartado.

Habían conseguido una mesa, habían pedido y Holly todavía no había dejado de insistir en el tema.

—Está aquí con una mujer. —Kara se acabó su segunda margarita—. Además, no es mi tipo.

—¿Alto, sexy y masculino a más no poder y dices que no es tu tipo? Madre de Dios, Kara, ¿cómo tiene que ser, entonces?

—Quiero a alguien de carne y hueso.

Holly la observó durante un segundo y tomó un sorbo de su Coca-Cola Light.

—Todo esto es culpa suya.

—No empieces.

—Si hubiera sido un hombre y no una rata asquerosa, quizá tendrías vida amorosa.

—No puedes culparlo de mis decisiones.

—Habría que capar a ese gilipollas.

Kara abrió la boca para contestar, pero luego la cerró. Había estado enamorada de Galen Prentice y pensaba que él también la amaba, pero la había traicionado y la había dejado cuando más lo necesitaba. Le había pasado lo mismo que a su madre: tener que criar a un hijo sola.

—¿Sabes qué pienso? —Holly tomó otro sorbo de su Coca-Cola Light.

—Creo que vas a decírmelo.

—Pues que ese hijo de su madre te ha hecho tanto daño que tienes miedo de estar con otro hombre que te atraiga. Por eso hace cinco años que no sales con nadie. Te escudas en la maternidad y el trabajo, y usas tus responsabilidades como excusa para no vivir. —Holly movió su rubia cabellera asintiendo y, tras parecer que había acabado su discurso, mordió otra tortilla.

Kara sintió que se le humedecían los ojos, e intentó controlarse.

—Sí que he salido. Salí con Todd Myers, ¿Recuerdas?

Holly fulminó a Kara con la mirada.

—Todd Myers es tan gay como una margarita, y lo sabes. Esto demuestra lo que digo.

El camarero llegó a la mesa con dos platos, una fuente ardiendo y todo lo necesario para las fajitas.

—¿Desean algo más las señoras? ¿Algo de beber?

Kara iba a decir que no, pero Holly se apresuró a responder por las dos.

—Otra Coca-Cola Light para mí y otra margarita para ella.

En cuanto acabaron las fajitas, la conversación había pasado de los hombres al sexo, y Kara hacía siglos que no se sentía tan bien. Se sentía flotar, y todo le parecía agradable, cálido y perfecto.

Observó la copa vacía y se preguntó qué ponían exactamente en las margaritas. Fuera lo que fuera, era muy, muy fuerte.

—Lo que más echo de menos son los besos. —Cerró los ojos un momento e intentó recordar la sensación—. Me encanta cuando notas ese primer contacto de sus labios en los tuyos. Y cuando su lengua se desliza hacia el interior de tu boca. Es tan agradable.

Holly le sonrió y jugó con el hielo del vaso con la pajita.

—¿Sabes qué más me gusta?

—¿Una polla dura?

Por supuesto, Kara oyó a Holly pero no iba a dejar que interrumpiera sus pensamientos. Era tan típico de Holly ir directa a la bragueta.

—Me encanta cuando un hombre me lame los pezones. Me vuelve loca. Ni siquiera puedo pensarlo sin ponerme caliente.

Holly se encogió de hombros sonriendo.

—Eso está bien, pero yo prefiero que tenga la boca un poco más abajo.

—Galen se negó a hacérmelo, pero conocí a un tipo en la universidad que decía que le encantaba.

—¿Y?

—¿Y qué?

—¿Era bueno?

Kara asintió y sintió que le ardían las mejillas al recordarlo. Se inclinó hacia delante y miró fijamente a Holly a los ojos.

—Creo que es tan erótico cuando luego le besas y notas tu sabor en su boca…

Una voz de hombre interrumpió la conversación.

—¿De qué están hablando las damas?

El senador Sheridan. Estaba de pie junto a la mesa con el abrigo en el brazo.

Kara alzó la mirada, sintió el calor de la sonrisa del senador y respondió sin pensar.

—Estaba diciendo que es muy erótico cuando besas a un hombre y notas tu sabor en su boca.

Una parte de ella pensó si había dicho algo que no debía. Pero, antes de tener tiempo de pensarlo mejor, el senador tomó una silla y se sentó.

—Estoy de acuerdo —dijo con una pícara sonrisa—. Es muy erótico.

A Kara le llegaba el olor de la loción para después del afeitado, un olor cálido y muy masculino. Se había quitado la corbata y desabrochado el botón superior de la camisa, con lo que dejaba a la vista el principio del pecho. También se había desabrochado la camisa y se había arremangado las mangas, de forma que sus musculosos antebrazos quedaban al descubierto.

Kara no se acordó de si alguna vez se había fijado en los antebrazos de un hombre.

Holly tenía razón.

El senador Sheridan estaba como un tren.

Reece tenía que irse. Tenía que acabar de corregir la última de sus cinco propuestas de ley para la sesión, ya que iban a leerse ante el comité la semana próxima. También tenía que leer las propuestas de ley que tenía que votar la semana siguiente. Y siempre estaban las llamadas y los correos electrónicos que tenía que devolver. Pero se dio cuenta de que no podía irse.

Kara McMillan no era para nada como la había imaginado. La fotografía en blanco y negro que aparecía cada semana en su columna de opinión mostraba a una mujer más bien severa, con el cabello hacia atrás y mirando con seriedad a la cámara. Pero la Kara McMillan de carne y hueso era mucho más dulce, con más color y mucho más femenina que en la foto.

Sabía que iba un poco alegre por el color de sus mejillas, un brillo rosáceo en un rostro claro. Sus rasgos eran delicados, casi mágicos. Sus ojos eran de un extraño color verde, oscuros con reflejos dorados. Su cabello era casi negro y le llegaba, fuerte y brillante, hasta la cintura. Era casi treinta centímetros más baja que él y bien proporcionada, con delicadas curvas en los sitios adecuados. Parecía más una bailarina de ballet que una periodista inflexible.

Kara tenía reputación de ser despiadada. Cuando llamaba, la gente temblaba. El último año había conseguido que un jefe de departamento perdiera su trabajo tras descubrir que había entregado miles de dólares en cheques a una empresa inexistente que resultó ser su amante. A Reece le había impresionado.

Entonces, lo llamó a él.

Le había desconcertado su voz, sensual y suave. Había respondido a sus preguntas, sorprendentemente perspicaces, y acabó pensando si su reputación no era más el resultado de su determinación y éxito. Como bien sabía, nada molestaba más a la gente que el éxito, y la negativa a romper las reglas.

Kara se giró hacia su amiga.

—Holly, te presento al senador Reece Sheridan.

—Llámame Reece, por favor. —Alargó la mano hacia la preciosa rubia sentada en frente de Kara.

Ella se la estrechó.

—Holly Bradshaw.

—No pretendía interrumpir vuestra conversación. Estabais hablando de…

—Sexo oral —respondió Kara, en apariencia sin vergüenza alguna—. Dime, senador, ¿qué opinan los hombres sobre hacerles el sexo oral a las mujeres?

—Se ha tomado tres —dijo Holly mientras señalaba a Kara y mostraba tres dedos de la mano.

Pero Reece ya lo sabía.

—No puedo hablar por todos los hombres, pero a mí…

Kara sacudió la cabeza.

—Qué respuesta tan típica de un político.

Reece intentó no reír.

—Si me dejaras acabar mi respuesta…

—Deja que hable —Holly miró a Kara con severidad.

Las mejillas de Kara se volvieron todavía más rosadas.

—Lo siento.

—No puedo hablar por todos los hombres, pero a mí me gusta si la mujer lo pasa bien. No todas las mujeres se sienten contentas con su cuerpo y lo disfrutan, ¿sabéis?

Kara quedó desconcertada con la respuesta y se quedó mirándole la boca.

—¿Te gusta besar a las mujeres?

—Sí, pero no tanto como hacerles el sexo oral.

Los ojos de Kara se encontraron con los de él. Él vio que las pupilas de ella se dilataban y oyó su respiración. La reacción de Kara, indiscreta y sensual, le intrigó, y se preguntó si era tan fiera en la cama como con la pluma.

Una voz interior le recordó que estaba entrando en terreno peligroso. Kara McMillan era periodista. No había nada que le impidiera publicar cualquier palabra que él dijera, nada que la detuviera para hacerle pasar vergüenza una vez que se le hubiera pasado la resaca. Tenía la sensación de que ella no solía beber y que, aunque le gustara preguntar con dureza, sus entrevistas no incluían los puntos de vista de nadie sobre el sexo oral.

Pero, en un segundo, empezó a bombardearlo con preguntas sobre el tema.

—¿Es verdad que las mujeres saben a atún?

—No, para nada.

—¿Es justo que algunos hombres esperen que las mujeres les hagan una felación pero luego se nieguen a devolver el favor?

—De ninguna manera.

—¿Qué gusta más a los hombres, el sexo normal o las felaciones?

—Depende del momento y de la mujer.

Si su intención era ponerle cachondo, lo estaba consiguiendo. Tomó un trago de whisky y casi se atragantó al oír la siguiente pregunta.

—¿Qué se siente al estar dentro de una mujer? —Kara se

inclinó hacia él, con los ojos fijos en los suyos y con la barbilla apoyada en la mano.

—Bueno…

—Dios mío, Kara, ¿le estás entrevistando? —Holly rió y se puso en pie—. Si me perdonáis un momento tengo que ir al servicio.

Kara rió, luego se puso seria y habló con una seriedad increíble, como si citara el titular de un periódico.

—El senador Sheridan afirma que no a todas las mujeres les gusta el sexo oral.

Reece rió.

—Llámame Reece, y por favor dime que no es el titular de mañana.

—Me temo que sí, senador —le miró con seriedad—. Es el escándalo senatorial.

Un segundo después, el senador atisbó a Holly despidiéndose de él con la mano mientras se dirigía hacia la salida. En su cabeza, oyó cómo se cerraban las puertas de la trampa con un chasquido.

Capítulo 2

Reece volvió a mirar a Kara, que lamía la sal del borde de la copa con una rosada y atrevida lengua.

—¿Cómo vas a casa?

Ella miró el sitio vacío de Holly.

—Holly me lleva. Ha sido idea suya venir aquí.

Por el tono de voz, Reece supo que Kara no había querido ir al bar, algo que le resultó extraño con lo bien que la veía.

—Creo que Holly te ha dejado colgada. Acaba de irse.

La cara de pánico y sorpresa de Kara cuando vio a Holly a través de la ventana yéndose y mandándoles un beso con la mano lo convenció de que Kara había caído en la misma trampa que él. Se sintió extrañamente aliviado. No respetaba mucho a las mujeres que engañaban a los hombres para acostarse con ellos. Desde su elección, había conocido a demasiadas mujeres así, mujeres que cazaban hombres según su posición social y poder adquisitivo, y que veían el sexo como el medio más rápido de asegurarse el pan.

Ese tipo de mujeres no se interesaban por él cuando no era más que un profesor de estudios sociales de la escuela superior y entrenador de fútbol. Pero, cuando se añadió el título «senador» delante de su nombre, se abrían de piernas sin pensarlo dos veces. Había aprendido a base de golpes a no confiar en esas sensuales y dispuestas mujeres.

Sin embargo, era obvio que Kara no estaba compinchada con Holly en ningún plan. Kara se sentó sorprendida. Entonces, tomó el bolso, lanzó la tarjeta de crédito sobre la mesa y se levantó, o más bien intentó levantarse. Pero las tres margaritas habían hecho su efecto.

Reece se puso en pie rápidamente y la sujetó con ambos brazos antes de que ella cayera redonda en el pasillo.

—Cuidado.

—Tengo que alcanzarla. No tengo dinero para un taxi. Tendré que ir a casa caminando. —Sus ojos mostraban una auténtica preocupación.

Reece no podía culparla. Las calles de Denver no eran el sitio más seguro para una mujer por la noche, sobre todo si se había tomado tres copas. Tomó su abrigo.

—No pasa nada, Kara, yo te llevo.

Ella le miró con sus ojos verdes dorados llenos de inseguridad.

—¿Seguro que no te importa?

—Para nada. —Reece se sorprendió un poco al darse cuenta de que decía la verdad.

En cuanto Kara pagó la cuenta, pues Holly no lo había hecho, Reece la acompañó por la helada acera de esa fría noche de enero.

La sorpresa de la deserción de Holly pareció cortar en seco la cháchara inducida por el tequila de Kara, así que caminaron en silencio, lo que no era algo malo porque Reece no estaba seguro de si habría soportado más de sus seductoras preguntas sin ponerse en evidencia.

«¿Qué se siente al estar dentro de una mujer?». ¡Por Dios!

—No puedo creer que se haya ido sin mí. ¿Por qué...? —Pero Kara no llegó a terminar la pregunta, ya que resbaló y habría ido a parar al suelo si Reece no la hubiera sujetado con fuerza.

—Más vale que me des el brazo o vas a acabar en el suelo.

—Bueno —Kara sintió la fuerza de sus brazos cuando la rodearon. Le miró a esos ojos azules. Sintió que el corazón le daba un vuelco.

«Gozar en la cama».

En un abrir y cerrar de ojos, él la ayudó a incorporarse y le rodeó la cintura con un fuerte brazo. Fue algo bueno, ya que la acera no solo resbalaba, sino que parecía inclinada, como si la gravedad fuera mayor en unas partes que en otras.

No había bebido tanto, ¿o sí?

Reece la llevó hasta la puerta de un jeep Wrangler amarillo cubierto de barro hasta los faros e introdujo la llave en la cerradura.

—¿Es tu coche? No es un deportivo —Kara le tomó de la mano y se sentó en el asiento del pasajero.

Él cerró la puerta, caminó hasta el lado del conductor y subió.

—Lo siento. He dejado el Jaguar en el garaje con el Porsche.

Kara tardó un segundo en darse cuenta de que bromeaba.

—Estás de broma, senador.

—Me llamo Reece, y sí, bromeo —con una sonrisa, arrancó el coche, encendió la calefacción y se puso en marcha. Entonces, se inclinó hacia ella y le puso el cinturón de seguridad.

—¿Dónde te llevo?

Kara tuvo que pensarlo un segundo.

—A Corona, cuatro manzanas al sur de Colfax.

—Cerca del Capitolio.

—Y cerca de la guardería de mi hijo y del periódico —asintió Kara.

—¿Tienes hijos?

—Uno. Tiene cuatro años.

—¿Cómo se llama?

—Connor.

—Entonces, ¿estás divorciada?

—No, no, qué va —se apresuró a aclarar Kara—. Nunca me he casado.

Mientras Reece conducía por las fangosas calles de la ciudad, Kara recorrió con la mirada su rostro, sin prestar demasiada atención a lo que le contaba, algo sobre leyes y ayudas para madres solteras. Mientras le observaba, sintió algo que no se había permitido sentir desde hacía años: una increíble atracción hacia un hombre de carne y hueso.

Entonces, se acordó de Melanie Malibú. Reece ya tenía novia, una novia guapísima. De ninguna manera iba a dejarla a ella para pasar tiempo con una mujer con tan poco glamour como Kara.

Pero se había ido del bar con ella, no con Melanie Malibú. Sin embargo, una vocecita de su interior acabó con cualquier atisbo de esperanza. La llevaba a casa porque Holly la había dejado tirada, no porque se sintiera atraído por ella. Su gozo en un pozo.

—Corona, ¿verdad?

Kara se dio cuenta de que habían llegado a la calle.

—Gira a la derecha. Es ésa.

Sheridan detuvo el coche en la entrada y dejó el motor en marcha.

—Te acompaño hasta la puerta, el suelo resbala mucho aquí.

Cuando Kara consiguió abrir la puerta tras más de un intento, él estaba de pie a su lado ofreciéndole la mano. El suelo parecía estar tres metros más abajo.

—Con cuidado. —La ayudó a bajar, deslizó su brazo por el de ella y caminaron juntos por el camino de piedra que conducía hasta la puerta principal.

Aunque llevaba un grueso abrigo de invierno, Kara se sintió aturdida por el contacto. Quería saborearlo. Quería que acabara. Había pasado mucho tiempo desde que había tenido tan cerca a un hombre.

—Cuidado con los escalones. Así, bien —la ayudó a subir los peldaños del porche uno a uno y luego la soltó.

Kara sintió una sensación no muy diferente a la desesperación. No quería que se fuera. Todavía no.

—No eres como pensaba.

—¿Ah, no? ¿Cómo pensabas que era? —se acercó tanto que Kara podía notar su calor corporal.

—Te había tomado por uno de esos de las hermandades universitarias.

—Ahora sí me has insultado. Nunca he pertenecido a ninguna hermandad —dijo frunciendo el ceño.

Kara se puso a reír al ver el tono irritado de su voz.

—¿Salías con animadoras?

—No. No querían nada conmigo.

—Y no conduces un deportivo.

—No van bien cuando hay un metro de nieve. Además, me gusta el snowboard.

—Como he dicho, no eres como me imaginaba.

—Me lo tomaré como un cumplido —dijo y curvó los labios en una sonrisa irónica.

Entonces, haciendo caso omiso de la voz de advertencia de su cabeza, Kara le preguntó lo que había querido preguntarle durante todo el trayecto.

—¿Quién es Melanie Malibú? ¿Es tu novia?

—¿Quién? —parecía desconcertado. Frunció el ceño.

—Ya sabes, esa rubia tonta con la que estabas antes. —Vio que él sabía a quién se refería.

—¿Te refieres a quién es Melanie? —sonrió él.

—Sí.

—Es mi hermana pequeña —dijo mientras ponía las palmas de las manos sobre sus hombros y la miraba con una sonrisa.

Kara miraba sin ver la pila de periódicos que tenía en las manos.

Quería morirse, desaparecer, desvanecerse de la faz de la Tierra.

Durante todo el fin de semana había intentado olvidar, pero sin gran éxito. Había bebido lo suficiente como para comportarse como una idiota, pero no lo bastante para no acordarse de nada. Como una canción pegadiza, se había pasado todo el fin de semana oyendo una vez tras otra en su cabeza las palabras que había pronunciado.

«Estaba diciendo que es muy erótico cuando besas a un hombre y notas tu sabor en su boca».

¿Por qué no le había hecho Holly un favor y le había tapado la boca con una servilleta?

«¿Es verdad que las mujeres saben a atún?».

¿Habría sido demasiado pedir que la partiera un rayo?

Sin embargo, eso no era lo peor de todo.

«Ya sabes, esa rubia tonta con la que estabas antes».

Ojalá se la tragara la Tierra. Había llamado rubia tonta a su hermana.

Kara dejó los periódicos sobre la mesa, ocultó el rostro entre las manos y se lamentó por su dignidad perdida. Se había comportado como una verdadera imbécil ante un senador, un hombre al que tendría que entrevistar antes o después, un hombre en una posición de poder que podría difamarla ante muchas personas importantes.

Por suerte, Reece —el senador Sheridan, se corrigió— había mantenido el sentido del humor y se había comportado como un caballero. La había llevado a casa, la había acompañado hasta la puerta y había declinado su flagrante invitación de entrar a tomar una taza de té y lo que siguiera.

—Hoy, no —había dicho mientras le retiraba un mechón de la cara—. Vuelve a pedírmelo cuando no te hayas tomado tres copas.

Kara se había quedado observándolo, muerta de ganas de que la besara.

—Me alegro de haberte conocido mejor.

—Yo he aprendido muchas cosas sobre ti, querida —dijo con una sonrisa.

Luego, se dio media vuelta y bajó las escaleras. Se giró un momento para decirle que se tomara una aspirina y bebiera mucha agua.

Una cosa estaba clara. Kara no pensaba dirigirle la palabra a Holly en la vida. Y nunca más bebería más de una margarita en el Río.

Forzó su atención de nuevo hacia el periódico.

Un anuncio que prometía ganancias a los que estuvieran dispuestos a abonar 500 dólares por asistir a un taller. Una empresa decidida a producir la mayor galleta de chocolate del mundo con productos lácteos ecológicos. Una notificación del Departamento de Salud sobre las clínicas de vacunación gratuita.

Ninguna noticia estaba relacionada con su interés actual, centrado en el medio ambiente. Lanzó el periódico a la papelera de reciclaje y consultó los mensajes de voz del teléfono. Había cinco.

«¡Había llamado rubia tonta a su hermana!».

Kara marcó el código de acceso, determinada a olvidarse de su estupidez y de ese hombre terriblemente sexy que había conseguido que sacara a la luz esa estupidez.

«Hola, Kara, soy Holly. Supongo que todavía no has llegado. Llámame en cuanto oigas el mensaje, ¿vale?»

Borrar.

«Soy Holly. ¿Has llegado ya? Quiero saber qué tal te ha ido».

Borrar.

«Hola, Kara, Soy Holly, espero...»

Borrar.

«Hola, Kara...»

Borrar.

«Hola, señorita McMillan, necesito hablar con usted. Trabajo en una fábrica a las afueras de la ciudad, y hay algo que no va bien aquí. Contaminación y todo eso, usted se encarga de estas cosas. La gente tiene que saberlo. Pero no pueden verme con usted, y necesito saber si puedo confiar en que no usará mi nombre ni le dirá a nadie que consiguió la información a través de mí. Reúnase conmigo al mediodía en el aparcamiento situado detrás del almacén abandonado en la calle Québec con Smith. Venga sola. No se preocupe por saber quién soy. Yo la reconoceré a usted.

Kara volvió a escuchar el mensaje varias veces, escuchando con atención la voz del hombre. No era nadie que conociera. Sonaba rudo, nervioso, pero no amenazante.

Lo más probable es que fuera otro de esos desequilibrados que cree que su jefe es un extraterrestre o quiere vengarse de la empresa por algo. Sin embargo, algo le decía que era auténtico; quizá fuera el miedo real de su voz o quizá el hecho de que supiera que encajaba con los intereses de ella.

Consultó la agenda y vio que tenía una comida en el centro con un miembro de la junta estatal de aguas para su artículo sobre la conservación del agua. Colorado tenía tendencia a la sequía, y con el gran aumento de la población de la última década, los recursos de agua habían llegado a su límite en algunas zonas.

Era una historia importante, y no podía permitirse el lujo de anular la entrevista.

Escuchó el mensaje una vez más y lo guardó. Entonces, buscó el número de la junta estatal de aguas, y estaba a punto de marcarlo cuando el teléfono sonó. La pantalla mostró que era Holly quien llamaba, de nuevo.

—Sé que estás ahí, Kara —dijo Holly por el auricular—. Si no descuelgas...

Kara descolgó el teléfono y volvió a colgarlo, deshaciéndose así de su ex amiga. Luego, volvió a descolgarlo, pidió línea externa y marcó. Acababa de conseguir posponer su reunión hasta la una del mediodía cuando vio que Holly se acercaba a ella con decisión.

—Gracias por ser tan comprensivo. Le veo allí. —Kara colgó y observó a Holly mientras ésta entraba en el cubículo—. No voy a dirigirte la palabra en la vida. Vete.

—Te he llamado cuatro veces este fin de semana, y no me has devuelto las llamadas. —Vestida con una blusa malva y una falda corta de *tweed* parecía recién salida de las páginas del *Vogue*—. Ahora cuéntame qué pasó.

—Si no me hubieras dejado tirada, sabrías lo que pasó. Pero te fuiste y me dejaste con él... y con la cuenta.

—Sólo lo hice para asegurarme de que no tenías dinero para un taxi. —Holly mostró un billete de veinte dólares que llevaba en la palma de la mano y lo depositó sobre la mesa—. Toma. Ésta es mi parte.

—¿Nunca te cansas de manipular a la gente?

—No te acostaste con él, ¿verdad? —dijo Holly frunciendo el ceño.

—¿Por qué lo dices?

—Si lo hubieras hecho, me darías las gracias en lugar de reprochármelo.

Kara tomó una libreta y un lápiz, y se puso en pie.

—Era demasiado caballero. Me llevó a casa y me acompañó hasta la puerta, eso es todo. Ahora, si me disculpas, tengo una reunión importante. Los que escribís sobre arte y espectáculo tenéis todo el día para cotillear, ver DVDs y escuchar música, pero los periodistas de investigación trabajamos de verdad para ganarnos el pan.

Hizo caso omiso de la cara de cabreo de Holly y se alejó hacia la sala de conferencias.

—Necesitamos un fotógrafo en Boulder a las cinco. Otra protesta sobre amamantar a los bebés en público.

Kara luchó para olvidarse de Reece Sheridan y centrarse en la reunión mientras Tom Trent, el redactor jefe, repartía las tareas de última hora. Era un hombre grande como un armario y con una cara de bulldog a juego que intimidaba a casi todo el mundo. Miraba a la gente con unos ojos verdes que atravesaban a cualquiera y hacían temblar incluso a los hombres. Sólo su canoso cabello rizado, que casi siempre dejaba crecer hasta cubrirle los ojos, suavizaba de alguna manera su aspecto.

—Yo voy —dijo Joaquín Ramírez, el mejor fotógrafo con diferencia del periódico mientras anotaba la hora en su agenda electrónica. Joven y sensual, le recordaba a Antonio Banderas. Si no tuviera solo veinticinco años…

—¿Estará tu madre en la protesta, Kara?

—Es probable. —Kara ocultó su malestar tras una sonrisa.

Joaquín había cubierto la primera de esas protestas en Boulder unas semanas antes y había vuelto con una foto de la madre de cincuenta y dos años de Kara sin ropa en la parte de arriba del cuerpo y con los pechos medio ocultos por un cartel que ponía «Amamantar es alimentar». Sólo la política de la empresa, que prohibía la publicación de fotografías de familiares de los empleados, había evitado que la foto apareciera en primera página.

—Alton, ¿qué tienes tú? —Tom poseía la molesta manía de llamar a todos por el apellido, como si fuera un entrenador de fútbol.

Sophie alzó la vista de las notas que había dispuesto sobre la mesa y se echó el brillante cabello castaño rojizo por detrás del hombro. Con pecas, una amplia sonrisa y ojos azul claro, tenía el típico aspecto de niña buena americana que daba confianza a la gente, lo que Kara sabía que ella usaba en beneficio propio.

—Anoche hubo otro asesinato en la cárcel estatal. Pusieron a un muchacho en una celda con dos sentenciados a cadena perpetua, y lo destriparon.

—¡Dios santo! —la expresión de repugnancia de Kara se unió a las del resto.

—¿De qué hablamos? ¿Tres asesinatos en cárceles este mes? —Tom era el único cuya cara no mostraba sorpresa. Pero Kara sabía que él había visto y oído de todo durante sus treinta años como periodista.

—¿Cuánto espacio quieres? —Syd Wilson, subdirectora, sentada con una calculadora, intentaba conseguir encajar todas las noticias.

—¿Me das cincuenta centímetros?

Syd se paso la mano por su corto cabello en punta y sacudió la cabeza.

—¿Te apañas con cuarenta?

—Qué remedio. —Sophie cruzó una mirada con Kara y la miró como diciendo ¿por qué me molesto? Llevaban trabajando juntas casi tres años y se habían hecho buenas amigas.

—¿Quieres fotos policiales?

—Consigue una de la víctima, si puedes —dijo Syd, todavía calculando—. Y de los asesinos, también.

—Harper, ¿qué tienes para nosotros?

Matt, pelirrojo y con unas pecas que hacían que pareciera un crío a pesar de tener casi cuarenta años, mostró una pila de documentos.

—Esta tarde hay una reunión especial del Ayuntamiento. Tratarán el tema de la propuesta del refugio para vagabundos. No necesito más de quince.

—Perfecto —asintió Syd.

—¿Novak?

Tessa, traspasada de Atlanta y el miembro más nuevo del equipo, jugaba nerviosamente con un lápiz afilado. Con un dulce acento sureño, una larga y ondulada melena color miel y grandes ojos azules, había llamado la atención enseguida de todos los heterosexuales del edificio, incluyendo alguno casado, pero había pasado de todos ellos. Estaba en el periódico para trabajar, no para tontear, decía. Kara la respetaba profundamente.

—El alcalde ha solicitado una investigación interna sobre el tiroteo en Gallegos. Me basta con veinticinco.

Syd asintió y calculó.

Tom se reclinó en la silla con el aspecto de haber acabado con sus anotaciones.

—Quizás el alcalde puede contratar a un consultor que cueste cientos de miles de dólares para que enseñe a los polis la diferencia entre una pistola y un móvil. ¿McMillan?

Kara acababa de tomar un sorbo de su té y lo tragó con rapidez.

—Tengo esa reunión con la junta de aguas a la una y debería acabar la historia esta semana. Además, he recibido una llamada anónima de alguien que afirma tener pruebas contra una fábrica de las afueras de la ciudad. Voy a reunirme con él en Québec con Smith al mediodía. Fue muy misterioso sobre el tema. Podría ser falso, pero solo hay una manera de averiguarlo.

Kara entró lentamente en el aparcamiento con su Nissan Sentra plateado y miró alrededor en busca de señales del hombre que le había dejado aquel extraño mensaje, pero no vio a nadie. En el asfalto que pisaban las ruedas de su coche crecían hierbajos. Al oeste, se extendía un campo vacío. Al sur, estaban los raíles del viejo ferrocarril y, más allá, los siempre abarrotados carriles de la I-70. Al este, estaba el almacén abandonado, con las ventanas rotas y los tablones de los muros descascarillados y medio caídos. No había ningún cartel ni señal que dijera qué tipo de negocio se había llevado a cabo allí, nada excepto vacío y decadencia.

Toc-toc.

Dio un respingo, sorprendida, y vio a un hombre justo al lado de su ventanilla, donde segundos antes no había nadie. Estaba tan cerca que solo veía los desgastados cazadora y pantalones vaqueros, y un trozo de camiseta blanca. Con una mano endurecida por el trabajo físico, le indicó que bajara la ventanilla.

Ella dudó. ¿Y si no era el hombre con quien tenía que encontrarse y era un violador? Incluso si era la persona correcta, ¿cómo saber si podía confiar en él?

No había ninguna forma de saberlo.

Con una mano en el móvil, bajó la ventanilla del coche.

Él se inclinó, y Kara pudo ver un segundo la cara de ese hombre —bigote rubio rojizo, ojos azules, cabello rubio hasta los hombros bajo una gorra de béisbol— antes de que éste lanzara algo al interior del coche.

Fuera lo que fuera, le golpeó en la barbilla y la hizo quedarse sin respiración. Cayó en su regazo, y vio que era un pesado haz de documentos con su nombre.

—¿Qué...?

Pero, al alzar la vista, el hombre había desaparecido.

Capítulo 3

Reece salió del centro comercial de la Decimosexta Avenida y entró en Bravo Ristorante. Se quitó las gafas de sol y buscó a los hombres con los que había quedado. Le habían llamado antes de la jornada legislativa con la esperanza de que apoyara un proyecto de ley en el Senado. Había aceptado comer con ellos para al menos discutir la propuesta.

El camarero vestido de esmoquin le dio la bienvenida y le guió a una mesa al fondo del restaurante donde tres hombres trajeados hojeaban sus menús. Se sentaron en un lugar apartado del resto de clientes, «lo mejor para mantener cierta intimidad», pensó para él. Pese a que los buenos ciudadanos de Colorado probablemente creyeran que las nuevas leyes nacían en las salas marmóreas del Capitolio, en realidad la mayor parte del trabajo se realizaba clandestinamente en restaurantes y partidas de golf, con acuerdos alcanzados entre suculentas costilladas, puros y hoyos.

A Reece esto no le gustaba demasiado, ya que había asumido el cargo con la intención de no ser manipulado ni comprado. A su entender, la única manera de desempeñar un cargo público era con honestidad, con espíritu de entrega y de forma limpia. Pagaba todas sus comidas y consumiciones, no aceptaba regalos y se negaba a tratar temas importantes en secreto. Pero si quería conseguir algo, al menos tenía que seguirles el juego.

Los hombres se levantaron ante su llegada.

—Senador Sheridan. —Un hombre mayor de escaso pelo canoso le dio la mano.

—Carl Hillman. Es un placer conocernos al fin.

Hillman representaba a unas cuantas compañías mineras del Estado y, en cuestiones medioambientales, nunca había compartido la postura de Reece. En otras circunstancias, Reece no le habría dedicado su tiempo, pero el proyecto de ley que Hillman le había propuesto le intrigaba.

Reece les dio la mano por orden y correspondió a sus saludos con referencias a lo poco que sabía de ellos.

—Mike Stanfield, senador. Gracias por acompañarnos.

Stanfield era el director general de TexaMent, una cementera con sede en Texas. La empresa tenía una fábrica depuradora en algún sitio del condado de Adams, al norte de Denver. Bajo el mando de Stanfield, TexaMent se había convertido en la segunda mayor cementera del mundo, con ingresos que ascendían a diez mil millones de dólares el año anterior. Su anillo de oro y su Rolex platino de diamantes incrustados ponían de manifiesto que era partícipe de esas ganancias.

—Galen Prentice, de Prentice, Burns and Prentice. Encantado de conocerle, senador.

Prentice era el abogado que representaba a TexaMent. Aparentaba cuarenta y tantos, tenía el pelo canoso y con entradas. Su traje Armani hacía gala de la rentabilidad de las operaciones con sus clientes. Su bufete representaba a importantes compañías —empresas farmacéuticas, petrolíferas, y compañías de seguros— en asuntos burocráticos.

Reece se sentó y recibió el menú del camarero.

—Sólo agua, por favor.

Mientras el resto pedía, echó un vistazo al menú y se decidió por el atún a la plancha.

«¿Es verdad que las mujeres saben a atún?».

Le vinieron a la mente un par de ojos verdes y tuvo que contenerse para no sonreír.

Kara McMillan.

Había pensado en ella durante horas el fin de semana. Estaba seguro de que había estado atormentándose por su comportamiento, una vez pasado el efecto del tequila. A Reece le gustaba la idea de dejarla sufrir durante algún tiempo. Después de todo, había llamado rubia tonta a su hermana.

Sus palabras no le habían ofendido para nada. Todo había sido demasiado divertido como para ponerse de mal humor. La cara que se le quedó cuando le dijo que Melanie era su hermana no tenía precio. Después de todo, ese comentario malintencionado había demostrado que no le agradaba verlo con otra mujer. Esto elevaba su ego masculino de manera inexplicable, cosa que no le preocupaba.

Para ser sincero, la hora que había pasado con Kara había sido la más divertida en mucho tiempo. Le había costado rechazar su invitación para tomar un té, sobre todo por la sensualidad que desprendían sus ojos. No obstante, no tenía duda de que acabarían compartiendo algo más que un té. No había sido capaz de renunciar a su política de no acostarse con una mujer que al día siguiente podía reprocharle haberla llevado a la cama sin su consentimiento.

Seguro que habría otro día. Él se encargaría de que así fuera.

Los hombres rieron alguna gracia y apartaron a Reece de sus pensamientos. Le miraron con amplias sonrisas en sus caras. Reece les devolvió la sonrisa y soltó una risita como si hubiera estado escuchando. Tenía que prestar atención y no distraerse pensando en mujeres o, mejor dicho, pensando en una mujer en concreto.

Stanfield se puso serio y miró el reloj de refilón.

—Habrá que hablar de negocios, ¿no les parece?

—Desde luego. —Reece cruzó la mirada con él y sintió sus ojos fríos como el hielo.

Kara estaba absorta en el documento, ajena al bullicio de la sala de redacción. Sin duda, se trataba de mediciones químicas de algún tipo. Parecían anotaciones tomadas por la EPA (Agencia para la Protección del Medio Ambiente) en uno de sus controles de emisión de aire; sin embargo, no eran documentos gubernamentales oficiales. Probablemente, eran notas de un programa de autocontrol de la propia compañía.

Podía reconocer la mayoría de los símbolos empleados: «As» de arsénico, «Si» de silicio y «Hg» de mercurio. Todos se presentaban en altos niveles, sobre todo el mercurio. No obstante, alguien había alterado las cantidades, borrando algunas y cambiando otras.

Las tablas de elementos químicos se remontaban a dos años atrás. Junto a éstas, también había varios memorandos sin firmar en los que se leía con claridad una orden dirigida al auditor medioambiental de la empresa: «corregir falsas interpretaciones y eliminar los datos innecesarios». Alguien había subrayado en amarillo estas palabras para asegurarse de que fueran leídas.

El último era un informe de la EPA que reflejaba una filtración de contaminación de casi un kilómetro y medio, bajo la fábrica depuradora. El documento, que tenía diez años, mostraba que dicha filtración suponía una amenaza para el agua subterránea.

Estaba a punto de hojear el informe cuando se abrió por la mitad por sí solo. Había varias fotos dobladas en su interior, todas con fecha de hacía cuatro años.

Las fotos eran oscuras y, sin duda, habían sido tomadas bien al anochecer o bien de madrugada, Kara no podía saberlo con exactitud. Parecían secuenciales, tomadas en un breve intervalo de tiempo. En la primera había varios hombres con la cara sucia y gorro de invierno descargando bidones de metal de un enorme camión. La matrícula no se veía y el nombre de la empresa inscrito en la puerta estaba tapado con barro. Kara solo acertó a leer las letras «r-u-p».

La segunda foto se parecía a la primera, pero esta vez los bidones se encontraban en el suelo. En la tercera se podían ver, a la izquierda del camión, a unos hombres llevando los bidones a una zanja, un barranco o tal vez una acequia. En la cuarta, un hombre levantaba con una palanca la tapa de uno de los bidones. En la quinta, dos hombres vaciaban el contenido de un bidón en la zanja mientras el resto miraba y el hombre de la palanca abría un bidón nuevo.

Un escalofrío recorrió el cuerpo de Kara.

Tenía en sus manos un chivatazo documentado.

El hombre que le había entregado esas fotos había corrido un gran riesgo. El vertido intencionado de residuos tóxicos —estaba segura de que los bidones no contenían ayuda humanitaria— era un delito grave. Si le hubieran descubierto sacando las fotos o entregándoselas a ella, probablemente habría perdido su trabajo. Incluso puede que sus compañeros y su jefe se hubieran echado sobre él.

¿Pero de qué empresa se trataba? Miró meticulosamente cada fotografía una vez más y volvió a sentir un escalofrío con la última de ellas. Lástima que solo podía leer las letras «r-u-p».

Se giró hacia su ordenador para iniciar una búsqueda en Internet cuando vio que eran las cinco y cuarenta y dos. Comprobó, a través de la ventana, que ya había empezado a anochecer.

—¡Mierda!

Rápidamente, apagó el ordenador, volcó todos los papeles en su cartera, cogió las llaves y cruzó el ajetreado departamento de producción hacia la puerta de salida. Si no se daba prisa, una vez más llegaría tarde a recoger a Connor. Más que el dinero que la Asociación de Mujeres Jóvenes Cristianas le iba a cobrar, lo que realmente temía era ver a su hijo con ojos de tristeza. Él odiaba ser el último en irse.

Se apresuró hacia el coche, abrió la puerta, lanzó dentro la cartera y el bolso, y se colocó tras el volante. Estaba a pocas manzanas de la guardería, pero en hora punta el centro de Denver era un laberinto de calles de sentido único lleno de atascos.

Eran las seis menos dos minutos cuando entró en el aparcamiento. Había otros dos coches, uno de ellos de la profesora de Connor.

Mientras subía la pasarela a toda prisa, se cruzó con un padre que acababa de recoger a su pequeña. Tan pronto como alcanzó la manilla de la puerta, pudo ver a Connor mirándola fijamente con ojos tristones. Era el último otra vez. Una vez más se le hizo un nudo en el estómago.

Entró en el vestíbulo y abrió la barrera de madera de seguridad.

—Hola, enano.

Connor, sentado junto a la ventana, la miraba con ojos de resignación. Arrastró los pies hasta su perchero y tiró de su abrigo azul.

—Ha sido un buen día —dijo Janice, la profesora de Connor, mientras limpiaba una de las mesas—. ¿Verdad que has comido todo y me has ayudado a cuidar a los más pequeños?

Connor asintió con la cabeza mientras metía un brazo en la manga del abrigo.

—No sabes cómo me alegro de oír eso. Gracias Janice. —Kara, de rodillas, ayudó a Connor a acabar de ponerse el abrigo y a abrocharlo. Besó su naricita—. Tenía muchas ganas de verte.

Connor agarró la bolsa de la comida mientras Kara cogía sus dibujos de la estantería y los observaba. —¡Qué mariposa más preciosa! Me encantan sus bonitas alas azules.

—Necesito que me firmes una autorización. Dentro de dos viernes, llevaremos a los alumnos de cuatro y cinco años de visita al museo para ver a los dinosaurios.

—Eso suena muy bien, ¿a que sí, Connor? A ti te encantan los dinosaurios.

Connor alzó la mirada hacia su madre y su pequeña boca dibujó una sonrisa.

Janice subió las minúsculas sillas en las mesas recién limpiadas.

—Necesitamos padres que nos ayuden a cuidarlos y, ya que trabajas cerca de aquí, había pensado en ti.

—No sé… —Kara echó un vistazo a la hoja de autorización. Le encantaría ir, pasar parte del día con su hijo y el resto de los niños, pero sabía que Tom no le daría el día para esto—. No estoy segura. Suelo reservar mis horas extras para cuando Connor se pone enfermo.

Janice le miró con ojos de estar cansada de escuchar ese tipo de excusas en boca de otros padres a los que respetaba bastante poco.

—Bueno, a ver qué puedes hacer. No podemos ir de excursión sin cuidadores y por ahora solo se ha apuntado un padre.

Kara tomó aire mientras un sentimiento de derrota se apoderaba de ella.

—Te diré algo. ¿Estás listo, tesoro?

La cara de Connor reflejaba que hacía una hora que estaba listo.

Kara llenó una jarra con agua de la bañera para aclarar el jabón del pelo de Connor. Seguidamente cogió una toalla y le secó el agua de los ojos.

—Listo, ya no queda ningún bichito pegajoso en tu pelo.

Era el mejor momento del día. Tras acabar de cenar y recoger la cocina, tenía todo el tiempo del mundo para estar con su hijo.

Había cocinado espaguetis —su comida preferida— y, tras la comida, Connor le había contado que había hecho una torre con cubos que era la más grande del mundo.

La torre más grande del mundo.

—¡Hazme un dibujo! —Connor le sonrió. Su pelo estaba alborotado y aún mojado.

—Veamos. —Kara cogió el bote de espuma de afeitar que tenía para estas cosas y lo agitó—. ¿Qué quieres que te dibuje hoy?

—Un conejito.

—Marchando un conejito. —Dibujó un círculo con la espuma de afeitar en los azulejos de la pared y le puso una pequeña nariz triangular y dos grandes ojos. Volvió a agitar el bote y le añadió dos bigotes largos y dos orejas caídas. No era ningún Monet, pero valía.

Connor esbozó una sonrisa y se levantó, formando una ola de agua que desbordó la bañera y mojó a Kara. Nunca conseguía salir seca del baño.

Connor estaba esparciendo la espuma por los azulejos cuando el teléfono empezó a sonar. Kara no quería dejar solo a Connor en la bañera y, en realidad, tampoco tenía ningún interés en hablar con nadie, así que dejó saltar el contestador.

Kara cogió con el dedo un poco de la espuma y se la puso en la barbilla.

—¿Te gusta la barba de mami?

Connor estiró el brazo, le quitó la espuma de la barbilla y la puso en la suya con una sonrisa pícara.

—¡Me has robado la barba!

Fue entonces cuando oyó la voz. Su corazón se paró. Había pensado que sería el típico vendedor.

—Hola Kara, soy Reece, Reece Sheridan. Llamaba para saber…

Kara no podía oírlo porque Connor estaba riéndose y hablando de su barba. Se levantó y se puso a escuchar. ¿Le estaba proponiendo una cita después de todo lo ocurrido?

—Pensé que igual te gustaría. Si te apetece, llámame.

Tras casi matarse corriendo por la cocina, cogió el teléfono en el momento en que él acababa de dejar su número.

—¿Sí?

—¿Kara?

Kara intentó disimular que su corazón latía a toda prisa.

—¿Senador Sheridan?

—Llámame Reece, por favor. ¿Te pillo en buen momento?

—Estaba bañando a Connor.

—¿Prefieres que te llame más tarde?

Kara asomó la cabeza para divisar el baño al fondo del pasillo, donde Connor canturreaba. Ya era suficientemente mayor como para pasar un rato solo.

—No, puedo hablar unos minutos.

—¿Cómo estás?

—Bueno… —¿Qué se supone que debía decir? ¿Que estaba avergonzada? ¿Que no podía creer que la llamara? ¿Que desde el viernes no había podido parar de pensar en él?—. Estoy bien, ¿y tú?

—Todo bien. Aún sigo en el Capitolio.

—Una noche larga, ¿eh?

—Sí. Estoy trabajando en la presentación de un nuevo proyecto de ley para mañana —se detuvo—. Me preguntaba si te gustaría ir a cenar o tal vez hacer una excursión a Boulder.

—Bueno… —Kara se vio envuelta en un cúmulo de emociones: desconfianza, euforia, miedo, dudas—. No sé.

—¿Es que la gente de la República de Boulder no merece tu visita?

Kara se rió.

—No es eso, me gusta Boulder. Sólo que...

—¿Qué?

—En fin, yo soy periodista, y tú senador. «¡Qué tontería más evidente acabas de decir, McMillan!».

—Trataré de no usarlo en contra de ninguno de los dos.

A Kara se le pasaron mil cosas por la cabeza. Había muchas razones por las que debía rechazar la invitación, razones de peso que tenían sentido tanto a nivel personal como sentimental.

—En realidad, nosotros no... yo no debería.

—¿Es algo que dije?

Su tono de desaprobación junto con lo absurdo de sus palabras hicieron sonreír a Kara. Reece le estaba dando tregua.

—No, es algo que dije yo. No entiendo que quieras volver a hablar conmigo después de llamar rubia tonta a tu hermana. Lo siento de veras.

—Entonces, arréglalo cenando conmigo.

—No creo que sea una buena idea.

—Pero Kara, ¿por qué? —Esta vez parecía sincero.

Porque me pareces irresistiblemente sexy. Porque me haces sentir cosas que no he sentido en mucho tiempo. Porque tengo miedo de lo que puede pasar si empiezo a salir con un hombre como tú.

¿Tenía Holly razón sobre ella?

«Creo que ese hijo de su madre te ha hecho tanto daño que tienes miedo de estar con otro hombre que te atraiga».

Kara no podía permitir que Galen determinara el resto de su vida.

—Tendríamos que llegar al acuerdo de no hablar sobre nuestros trabajos.

—Cariño, el trabajo es lo último que me pasa por la cabeza, créeme.

Se quedó momentáneamente sin palabras y sintió que el corazón se le paraba.

—De acuerdo, el viernes.

—Te recojo a las seis y media.

—De acuerdo, seis y media.

Kara se despidió, colgó el teléfono, y se preguntó si había hecho una estupidez. ¿Una cita con Reece Sheridan? Se dio prisa para sacar a Connor de la bañera.

Estaba tan distraída mientras le preparaba para dormir, que Connor tuvo que recordarle que olvidaba mandarle lavarse los dientes. Se trabó mil veces mientras le leía a Connor *Fox in Sox*. Finalmente, le arropó con la sábana hasta la barbilla. Estaba adormilado, le pesaban los ojos.

—Mamá, ¿mañana vas a llegar tarde?

Sara se sentó en la cama junto a él y acarició su suave pelo. Disfrutó con el olor a champú de bebé.

—No sé. Intentaré con todas mis fuerzas no llegar tarde. Te quiero y siempre intento estar contigo lo más pronto que puedo.

—Si tuviera un papi, ¿me vendría a recoger para que no fuera el último?

Kara sintió un nudo en la garganta y tragó saliva. ¿Cómo podía explicarle que en realidad sí tenía un padre, que vivía en la misma ciudad y que no quería saber nada de él?

—Tal vez, pero los papás también trabajan.

—¿Vas a venir con nosotros a ver a los dinosaurios?

—Sí, corazón. —Se prometió a si misma que se las arreglaría para hacerlo. Se agachó y le besó en la aterciopelada mejilla—. Que duermas bien.

Salió con mucho cuidado de la habitación de Connor y se metió en la suya. Se quitó los pantalones desgastados, todavía mojados, y la camisa sudada. Seguidamente, se puso el camisón y la bata, entró en el baño y se lavó los dientes.

Podía mentir. Sin más, podía decir a Tom que tenía una entrevista esa mañana. No había forma de que averiguara que realmente había ido a una excursión escolar.

Sin embargo, no quería hacer eso. Su oficio se basaba en decir la verdad, eso es lo que significaba el periodismo. No le parecía bien mentir a su editor. No obstante, si le contaba la verdad, seguro que le daba permiso de mala gana.

Aunque Tom sabía que ella trabajaba más de cuarenta horas a la semana, en realidad nunca había aceptado que era madre y necesitaba irse del trabajo a las seis todos los días para recoger a su hijo de la guardería. Aunque él nunca lo dijo abiertamente, Kara sabía que, a su entender, su condición de madre había interferido en su trabajo como periodista. Para él, un buen periodista era aquel que trabajaba hasta la una de la madrugada y no dejaba que su vida personal afectara a su trabajo.

Tampoco es que Tom fuera un completo desalmado. Se exigía tanto como a sus empleados, y conocía Denver como nadie. Era un periodista de renombre que había enseñado a Kara los entresijos del oficio. No dudó en reñirla y animarla hasta que Kara desarrolló su instinto periodístico y pasó a formar parte del equipo de investigación del periódico. El resultado eran un montón de galardones tanto locales como nacionales con su nombre.

Nunca había sido capaz de explicárselo a nadie —ni siquiera a Tom—, pero se enamoró de su hijo desde el primer momento que supo que estaba embarazada. Y, aunque no había disfrutado con el cansancio continuo y las náuseas propias del embarazo, la idea de que un nuevo ser estuviera creciendo en su interior le llenaba.

Durante un tiempo, mantuvo su estado en secreto. Se lo había ocultado a todos en el periódico, a todos menos a Holly que lo descubrió nada más encontrarla indispuesta en el baño, hasta que estuvo de cinco meses y Tom advirtió su prominente barriga.

No se lo había tomado nada bien. Aunque intentó comportarse como un feminista, su idea de liberación era reconocer el derecho inalienable de toda mujer a trabajar largas horas y a mantener relaciones sexuales con él. Aparentemente, consideraba el embarazo y la maternidad grandes inconvenientes, reacciones biológicas primitivas a las que las mujeres se tenían que enfrentar hoy en día.

Kara había trabajado más que nunca durante su embarazo. Se había esforzado para demostrar a Tom que todavía podía realizar su labor. No había ninguna razón por la que no pudiera criar a un hijo y a la vez seguir siendo una de las mejores periodistas del

Estado. Muchos padres compaginaban la paternidad con exitosas carreras. ¿Por qué no iba a poder hacer ella lo mismo?

Se había puesto de parto en su mesa, pero había terminado el artículo antes de conducir ella misma hasta el hospital. Había dado a luz sola, cogida de la mano de una enfermera cuyo nombre no recordaba. Cuando, finalmente, en medio de un insoportable dolor, su hijo salió y lo cogió en brazos, descubrió que lo quería más de lo que nunca hubiera imaginado.

Tom siempre le había dicho que la verdadera finalidad del periodismo era velar por un mundo más seguro en el futuro, encendiendo una luz en los callejones oscuros. El nacimiento de Connor había puesto cara a ese futuro.

Kara se enjuagó la boca, lavó el cepillo de dientes, se cogió una cola y sintió la imperiosa necesidad de hablar con su madre. Por otro lado, tenía que asegurarse de que su madre podía cuidar a Connor el viernes.

Una cita con Reece Sheridan. ¿En qué estaba pensando?

Atravesó el pasillo hasta la cocina, cogió el teléfono, marcó y escuchó el contestador de su madre. Le dejó un mensaje y volvió al baño a lavarse la cara. Había acabado de echarse la crema hidratante cuando el teléfono sonó de nuevo.

Se apresuró hasta la cocina y lo descolgó, seguramente era su madre que le devolvía la llamada.

—Sí.

—Hoy la he asustado, lo siento.

Era su confidente.

Kara pulsó el botón de grabar.

—Estoy bien.

—Es buena persona, y sé que está sola y tiene un niño. No quería asustarla.

¿Cómo sabía tanto sobre ella?, se preguntó Kara para sus adentros.

—Estuve estudiando los documentos esta tarde. Vi las fotografías. Muchas gracias por confiar en mí en este asunto.

—¿Entiende ahora por qué nadie puede saber de dónde los ha sacado?

—Sin ninguna duda. Lo que ha hecho es muy osado, y jamás de los jamases revelaré su identidad a nadie.

—¿Ni siquiera a su jefe?

—Ni siquiera a mi jefe.

—Me alegro. Me alegro mucho.

Kara se percató de que estaba nervioso.

—Hay leyes que protegen la confidencialidad de las fuentes, y hay cosas que podemos hacer para que no corra riesgos. Pero tiene que confiar en mí. Necesito saber quién es usted y dónde puedo localizarle. Y también necesito saber el nombre de la empresa. No puedo hacer nada si no sé con qué ni con quién estoy tratando.

—Vale, me parece suficientemente justo. ¿Nos podemos ver en el mismo sitio y a la misma hora el miércoles?

—Sí, yo…

El teléfono se cortó.

Capítulo 4

—Me encantaría cuidar a Connor el viernes por la noche, pero voy a una actividad nocturna en el centro Dharma. Es un taller tántrico para solteros. La voz de Lily McMillan sonaba muy baja debido a la mala cobertura del teléfono móvil.

Kara puso los ojos en blanco y se preguntó por qué no tenía una madre normal como el resto del mundo. Alguien que preparara galletas, llevara delantal y permitiera que su nieto la llamara abuela en vez de insistir en que la llamara por su nombre de pila.

—¿Tantra para solteros? ¿Eso qué es, masturbación para budistas?

—Ellos prefieren usar el término autoplacer. Masturbarse es una palabra demasiado moral.

—¿Así que vas a ir a un taller de autoplacer? ¿No se supone que eso es algo que las personas hacen solas? —Kara no quería imaginar lo que realmente se hacía en ese curso.

—El tantra es más que sexo. Se trata de canalizar la energía sexual de una manera espiritual. En realidad, Kara, tú lo necesitas más que yo. Tu segundo chakra está a punto de desbordarse y está provocando que tu cuerpo y tu mente se desvinculen por completo.

Kara había oído esto más veces de las que podía contar con los dedos de la mano.

—Deja mi segundo chakra fuera de esto, mamá. ¿Hay alguna manera de que lo cambies por el taller siguiente?

—No, cariño. Ya he pagado la matrícula, y no puedo permitirme perderla. Lo siento.

—¿Cuánto cuesta el taller?

La voz de su madre adoptó un tono evasivo.

—Lo imparten un equipo de maridos y mujeres entrenados en la India.

Un equipo de maridos y mujeres entrenados en la India. Probablemente estén divorciados y se odien entre ellos.

—Mamá, ¿cuánto cuesta?

—Bien, con comidas vegetarianas y meditación diaria guiada son mil doscientos dólares.

Kara se quedó boquiabierta.

—¿Mil doscientos dólares por escuchar a una peculiar pareja de gurús hablar de masturbación?

—Ya te dije, el tantra es más que eso.

Kara divisó al resto de miembros del equipo de investigación en la sala de conferencias y tuvo que contener un emergente sentimiento de frustración. Necesitaba encontrar a alguien de confianza para cuidar a Connor; si no, tendría que cancelar su cita con Reece.

—Tengo que irme, mamá. Tengo una reunión del departamento de investigación.

—Espero que encuentres niñera. ¿Quieres que pregunte por ahí?

—Sí, sería estupendo. Gracias. Luego hablamos.

Kara colgó el teléfono, cogió sus papeles y se apresuró a la sala de conferencias, preguntándose si quizá era adoptada.

Reece leyó intrigado el informe que Carl Hillman y TexaMent habían elaborado para él. Cada año, la fábrica de Colorado quemaba cien mil toneladas de carbón en su horno transformándolo en escoria de hulla que una vez pulverizada se convertía en cemento. Este proceso implicaba la liberación en el aire de toneladas de mercurio y otros agentes contaminantes, que posteriormente caían en la tierra y en los lagos del Estado en forma de lluvia o nieve.

Ahora, el Consejo de administración de TexaMent quería utilizar neumáticos usados como nueva fuente de combustible. Según los datos que tenían de cualquiera de las fábricas distribuidas por todo el país, el uso de neumáticos viejos como combustible, por un lado, reduciría la contaminación atmosférica; por otro, eliminaría millones de neumáticos de los vertederos de basura; y, finalmente, reduciría la utilización de carbón. Lo único que necesitaba TexaMent era una modificación en las leyes del Estado que les permitiera quemar neumáticos usados en un horno de cemento.

La compañía quería mejorar su situación basándose en que la quema de neumáticos les iba a ahorrar millones de dólares al año, ya que el Estado pagaba a las empresas por deshacerse de neumáticos usados. En vez de gastar dinero para abastecerse de combustible, lo ganarían, formando esto parte de sus ingresos. Aparentemente, parecía una solución que les beneficiaba tanto a ellos como al medioambiente.

Pero ¿dónde estaba la trampa? ¿Había realmente una trampa? ¿O era que Reece estaba tan acostumbrado a desconfiar que siempre buscaba segundas intenciones? Tal vez. Pero había algo sobre Stanfield que le dejaba mal sabor de boca.

Reece revisó detenidamente los datos de la EPA sobre la quema de neumáticos hasta que las columnas empezaron a aparecer borrosas. Miró su reloj. Era casi medianoche. Acababa de meter todo en su cartera cuando un aroma de perfume de mujer inundó la oficina, seguido de Alexis Ryan.

—Trabajando hasta tarde, ¿eh? —Se apoyó en la jamba de la puerta de su despacho, con los brazos cruzados para resaltar su operado escote. Con un traje gris ajustado y el pelo rubio teñido recogido en una trenza, parecía tan fresca como a primera hora de la mañana cuando la había visto en el pasillo.

—Alexis, ¿qué quieres? —Cerró su cartera de golpe y cogió las llaves, la chaqueta y el teléfono móvil.

—¿Eres así de maleducado con todos o solamente conmigo? —Hizo pucheros con sus labios rojo cereza.

Reece caminó hasta Alexis, estiró el brazo hasta la pared situada detrás de ella, y apagó la luz del despacho. La miró a los ojos y sonrió.

—No estoy siendo maleducado, Alexis. Lo que pasa es que te conozco lo suficientemente bien como para saber que tú no vienes a menos que quieras algo.

Alexis se giró hacia él, proporcionándole una mejor vista de sus pechos. Su perfume le envolvía como un banco de niebla cegadora.

—Pensé que nos podíamos reunir esta semana para hablar de la cuenta presupuestaria.

—Déjame adivinar. Quieres asegurarte de que una serie de gastos no sean recortados del presupuesto carcelario.

Alexis ladeó su cabeza con coquetería y le miró a través de sus largas pestañas.

—Algo así.

Reece alcanzó el pomo de la puerta y tiró de él para cerrarla echándola al pasillo.

—De esta forma no conseguirás mi voto, Alexis. Ya lo sabes. Así ya lo has intentado. ¿Te acuerdas?

Reece no conseguía entender por qué le había parecido atractiva en su día. Y le costaba creer aún más que había tenido relaciones sexuales con ella. La había conocido nada más ser elegido. Había aceptado su invitación para comer con ella para conocerse y, sin darse cuenta, estaba viviendo la fantasía sexual de cualquier hombre cuando de postre le hizo una felación en el asiento delantero del jeep. Habían tenido una aventura apasionada que terminó un mes después, cuando Reece no votó a favor de un importante aumento para las prisiones del Estado. La experiencia le había dejado realmente cabreado y con un sentimiento de haber sido utilizado. No obstante, le había abierto los ojos.

La coqueta expresión de su cara dio paso a un gesto de mal humor.

—Reece, eres demasiado arrogante. Realmente, te consideras mejor que todos nosotros, pero tu idealismo basado en la honradez no conseguirá que se aprueben los proyectos de ley.

—Alexis, estás perdiendo el tiempo.

Drew Devlin avanzó a pasos agigantados camino al ascensor. Devlin era el Presidente del Senado y nunca compartía la postura de Reece, fuese el tema que fuese. La falta de simpatía era mutua y muy pública.

—Dos años más y volverá a dar clases de estudios sociales en la escuela superior.

Reece mostró indiferencia al intento de insulto de Devlin. De una manera intencionada, sonrió y miró a Alexis.

—Dudo que mis métodos sean tan efectivos como los tuyos, pero al menos no trabajo a escondidas —dijo Alexis.

Reece hizo caso omiso de ese comentario atropellado, bajó las escaleras de mármol rosa con aire de indiferencia hasta el vestíbulo y salió a la calle, donde la noche era fría.

Kara puso en marcha la grabadora digital y la metió en el bolsillo mientras torcía la esquina hacia la calle Smith. Iba de camino al aparcamiento del almacén abandonado donde había conocido a su fuente el lunes.

Una furgoneta vieja y destartalada se encontraba en el aparcamiento. Su confidente estaba dentro.

—Matrícula de Colorado: MAI-2431. —Leyó la matrícula en alto sabiendo que quedaría registrada en la grabadora para más tarde.

Cuando entró en el aparcamiento, el hombre salió de la furgoneta, caminó hasta la puerta del pasajero del coche de Kara e intentó abrirla.

Estaba cerrada.

A pesar de sus temores, Kara quitó el seguro, y permitió a un desconocido subir a su coche.

Llevaba vaqueros y una chaqueta gruesa a cuadros; la miró a través de unas gafas de sol baratas y después estiró el cuello para mirar alrededor como si pensara que alguien les había seguido.

—Conduzca.

—De acuerdo. —Kara dio marcha atrás en la calle desierta, en dirección de vuelta a Québec, y no hizo caso de la vocecilla interior que le advertía que tuviera cuidado con ese individuo—. Sabe mi nombre. Sabe dónde encontrarme. Le he dado mi palabra de que no le voy a delatar. Ahora le toca a usted decirme quién es y por qué nos reunimos en un aparcamiento abandonado a las afueras de la ciudad.

El hombre seguía mirando por encima del hombro.

—Henry Marsh.

Kara había vivido experiencias como ésta más veces, y sabía que la gente se ponía muy nerviosa cuando decidía romper filas y divulgar actuaciones ilegales que sus jefes y compañeros de trabajo encubrían. Parecía muerto de miedo. Sus movimientos espasmódicos, su respiración acelerada y su sudor eran prueba de ello.

O era paranoico, o realmente estaba aterrorizado.

Fingiendo un estado de calma que realmente no sentía, Kara se dirigió a él con un tono suave y tranquilizador.

—Seguiré conduciendo, señor Marsh. Nadie nos sigue. Dígame por qué un pedazo de hombre como usted está tan intranquilo.

Dos horas más tarde, Kara se abrió paso en el desordenado despacho de Tom.

Él la miró desde el ordenador.

—Siéntate McMillan. ¿Qué tal?

Kara se sentó, con una libreta en una mano y una taza de té en la otra.

—Es capataz de Northrup Mining Corporation, una explotación minera al norte de Denver. Si lo que dice es cierto, y tengo razones de peso para creerlo, el vertido de sustancias tóxicas es solo uno de los múltiples delitos medioambientales que se están cometiendo allí.

Tom escuchaba, de vez en cuando le hacía alguna pregunta, mientras ella le contaba que su fuente había ido a trabajar a Northrup hacía tres años, y que enseguida había sido consciente de que pasaba algo raro. Los datos sobre emisiones que apuntaba durante el día eran modificados en el cambio de turno. Los aceites y disolventes que presuntamente eran almacenados en instalaciones destinadas al almacenaje de residuos tóxicos, en realidad se guardaban en viejos bidones y luego desaparecían por arte de magia. Y el supuesto sistema de control de la contaminación atmosférica, situado en el edificio principal, no funcionaba desde antes de que él llegara a la fábrica. Sin embargo, los informes que la empresa presentaba al Estado afirmaban un funcionamiento perfecto, lo que suponía la absorción de millones de agentes contaminadores. Ya que la empresa pagaba al Estado según la cantidad de este tipo emisiones, la mentira de Northrup les podía suponer un ahorro de cientos de miles de dólares al año.

Tom frunció el ceño pensativo, juntando sus cejas pobladas.

—¿Tiene algún interés personal en la empresa?

Kara ya había pensado en ello. La regla de oro cuando se trabaja con un soplón es averiguar si tiene alguna motivación personal respecto a la empresa.

—Asegura que su historial está limpio, excepto por un altercado con otros trabajadores que él mismo denunció y ganó con la ayuda del sindicato. No obstante, puede que esté mintiendo. No hay manera de saberlo con seguridad, a menos que preguntemos en Northrup, pero entonces lo estaríamos delatando.

—¿Algún informe de Northrup?

—Estoy preparando una solicitud pública de su historial que acabaré tan pronto como terminemos aquí. La tendré lista antes de irme: si el Departamento de Salud o la EPA tienen algo archivado, lo encontraré.

Tan pronto como el gobierno del Estado recibiera su solicitud de documentos públicos, los trabajadores del Departamento de Salud tendrían un plazo de tres días para responder según la ley. No es que el gobierno siempre cumpliera, pero para eso estaban los abogados y los tribunales.

—Solicita cualquier estudio sanitario realizado en la zona. Puede que existan focos cancerígenos o brotes asmáticos en las zonas periféricas a la fábrica.

—¿Se te ocurre algún otro sitio donde pueda mirar?

Los ojos azulados de Tom se cruzaron con los de ella.

—Siempre te queda ir a la fábrica, pero claro, sería una visita ilegal.

Kara movió la cabeza expresando sus dudas.

—Veré lo que puedo hacer.

—No puedo creer que accediera a esto. —Kara conducía el coche de Holly por la autopista en dirección a la fábrica Northrup y miró su reloj. No había podido llevar su coche debido a la inscripción del Colegio de periodistas de Colorado en la matrícula—. No deberías estar aquí. Esto no es un juego.

—Oye, no puedes pretender pasarlo bien tú sola. Holly iba en el asiento del pasajero con una falda larga negra y una blusa de seda roja. Parecía tan ilusionada como un niño de camino al zoo.

—Yo no llamaría pasarlo bien a entrar ilegalmente en un sitio, más bien es un delito grave.

—Kara, no me puedes engañar. Tú vives para esto.

Kara no podía negar que la descarga de adrenalina era realmente estimulante, pero no quería darle la razón a Holly.

—Tú entrevistas a estrellas del rock, actores de cine, estrellas de la televisión. ¿No crees que acercarte a Bono después de un concierto de U2 en Red Rocks cuenta como pasarlo bien?

—Sin ninguna duda. Pero no supone ningún riesgo. Sin riesgo no hay gloria. Vuelve a contarme cuál es el plan.

Kara localizó la entrada de Northrup debajo de la autopista por la que iba, salió de la carretera y paró el coche.

—En un par de minutos, en teoría, tengo que entrar por esa entrada y seguir al camión de riego que estará allí esperando. Tengo que seguirle a distancia a través de la verja de entrada y el puesto de control. Cuando el camión gire a la izquierda, supuestamente tengo que girar a la derecha. Si sigo la carretera, dice que llegaré a una nave de madera. Más allá de los árboles, pasando la nave es donde vierten los bidones. Sacaré unas cuantas fotos que me sirvan de prueba y luego volveremos por el mismo camino.

Holly juntó las manos dando una palmada.

—Dios mío, es como en las películas.

—Si fuera una película, yo sería Julia y tú Brad, nos dispararían y, de alguna manera, nos las arreglaríamos para parecer divinos y enrollarnos rodeados de balas.

—¿Balas? —Holly parecía repentinamente preocupada—. ¿Qué se supone que harán exactamente si nos pillan?

—Llamar a la poli. Hacer que nos arresten. Meter nuestros culos en el calabozo.

—Eso no suena demasiado bien.

—Ya te lo advertí. Pero no nos van a pillar. Me dijo que muchas mujeres entran con sus coches para recoger a sus maridos a esta hora del día porque hay un cambio de turno, nadie se va a fijar en dos mujeres más.

—Esperemos.

—Sí, esperemos. —Kara miró de nuevo el reloj y sintió el pulso acelerado—. Empieza la función.

Volvió a la autopista, condujo el cuarto de milla que le quedaba hasta la salida y entró en la propiedad de Northrup.

Había grandes carteles a ambos lados de la carretera: «No entrar. Los intrusos serán perseguidos por la ley».

—Maravilloso —se quejó Holly.

—Ya te dije que no vinieras. Ahora es demasiado tarde para dejarte aquí.

Enfrente de ellas, un camión grande verde y blanco se metió en la carretera, regando el asfalto a través de unas mangueras que pulverizaban agua por la parte trasera.

Kara miró el reloj. Tres en punto.

—Justo a tiempo.

—Bueno, ahora sé lo que es un camión de riego. ¿Por qué hacen eso?

—Lo hacen para humedecer la grava mineral del suelo. El agua mineral pulverizada ayuda a mantener el polvillo fuera del aire. Ahora solo tengo que seguirle a una distancia prudencial y ver adónde nos lleva.

«Tranquilo, señor Marsh». Kara sabía que no podía oírla, pero de todas formas le mandó pensamientos tranquilizadores. El pobre hombre se había quedado de piedra cuando Kara le sugirió por primera vez que le ayudara a entrar en la planta.

—Si me relacionan con usted, no quiero imaginar lo que pueden hacerme a mí o a mi familia.

Kara había intentado tranquilizarle.

—A mí, pueden arrestarme, pero a usted no pueden hacerle nada. Hay leyes federales que protegen a las fuentes en caso de represalias.

—Las leyes no valen de nada si estás muerto.

—Nadie va a morir, señor Marsh.

Para su sorpresa, se había tranquilizado y él mismo había ideado el plan. Y hasta ahora estaba funcionando a las mil maravillas.

La carretera giraba hacia el oeste, y un muro de hormigón acabado en alambrada apareció ante ellos. Una cabina de control separaba el carril derecho del izquierdo, pero nadie estaba en el puesto. Era el cambio de turno.

Kara sonrió cuando lo cruzaron.

—A pedir de boca.

Habían recorrido una pequeña distancia cuando el camión de riego cruzó una serie de carriles y giró a la izquierda.

Kara divisó una carretera embarrada a la derecha y se metió en ella.

—Holly, respira.

Holly tomó aire profundamente, tenía las manos cerradas en un puño sobre el regazo.

Kara siguió la carretera, sin quitar ojo al espejo retrovisor, hasta que se vieron rodeadas de una plantación de álamos. En el Oeste, donde había álamos, había agua. No podían estar muy lejos.

Habrían conducido medio kilómetro más o menos cuando encontraron una nave de madera a su derecha. Su corazón latía a toda velocidad, paró el coche, miró a su alrededor y comprobó que no había nadie.

Era ahora o nunca.

—Quédate aquí. Si alguien nos descubre, dile que estaba conduciendo y me puse enferma.

En realidad, era Holly la que parecía verdaderamente enferma.

—Vale, pero no tardes mucho. Este sitio me pone la piel de gallina.

Kara cogió la cámara digital, abrió la puerta y se apresuró detrás del edificio. El tenue olor a carbón quemado, trasportado por el frío viento, le hizo cosquillas en la nariz. La nieve crujía bajo sus pies y sus huellas quedaban grabadas a medida que se adentraba entre los árboles. Marcas embarradas de neumáticos y docenas de huellas desgastadas de zapatos hacían intuir que se encontraba en el lugar donde habían sido tomadas las fotografías, tal y como le había dicho Marsh.

Y entonces lo vio.

Un poco más adelante, había una acequia unida a un pequeño lago congelado. Los bidones oxidados flotaban medio sumergidos en el hielo como gemas de escaso valor, entre los hollejos del verano anterior. El hielo tenía un color verde enfermizo y el agua de debajo parecía iridiscente. En varios sitios, un oscuro líquido denso yacía encima del hielo. Los últimos vertidos, imaginó.

Kara sintió cómo se encendía de rabia por dentro. Esto parecía la idea brillante de alguien para reducir costes. Fuese lo que fuese todo aquello, estaba segura de que esa persona dejaba mucho que desear. Estaba claro que ese líquido estaba filtrándose en el agua y extendiéndose por las propiedades de otras personas. La gente de los alrededores utilizaba agua supuestamente potable para beber, lavar, regar y dar a sus animales. Si realmente las toxinas habían alcanzado el agua subterránea, había muchas posibilidades de que las personas, el ganado, y los cultivos también estuvieran contaminados.

Con qué razón Marsh estaba tan preocupado. Un delito medioambiental de tal magnitud podía mandar a más de uno a la cárcel, por no mencionar la multa que la empresa tendría que afrontar. Fuese quien fuese el que estaba detrás de esto, seguramente sería capaz de hacer cualquier cosa para mantenerlo en secreto.

Un escalofrío que nada tenía que ver con el frío recorrió su cuerpo. Tenía que retratar aquello y salir de allí cuanto antes. Cogió la cámara y, sin pararse a buscar una buena composición, empezó a disparar lo más rápido que pudo.

Alguien pagaría por esto. Ella se encargaría de ello personalmente.

A continuación, en un acto reflejo, metió la mano en el bolsillo en busca de la bolsa vacía del sándwich del mediodía. Había comido el sándwich mientras conducía y por suerte no había tirado la bolsa. Pisando con cuidado, se acercó hasta el borde del hielo y, usando un palo para romperlo, metió un trozo en la bolsa. Un buen laboratorio químico debería ser capaz de decirle con exactitud qué sustancias contenía y si realmente eran tóxicas. De hecho, olía muy mal, como a líquido de frenos pero peor.

Cerró la bolsa, volvió deprisa al coche, se deslizó tras el asiento del conductor, y le dio la bolsa y la cámara a Holly.

—Salgamos de aquí.

En silencio, Kara dio la vuelta al coche y volvió por el mismo camino. Giró a la izquierda por la carretera asfaltada y, poco después, divisó la cabina de control frente a ellas.

Un guardia de seguridad vestido de uniforme estaba sentado en su puesto. Su labor era comprobar la identidad de los que intentaban entrar en las instalaciones.

—No nos mires —murmuró Kara entre dientes—. Ni siquiera nos ves.

Despacio, con naturalidad, atravesó el puesto de control con el coche. Tras pasar con éxito, Holly suspiró aliviada.

—Suave como la seda.

Cuando finalmente llegaron a la autopista, Holly encontró su lengua.

—¿Qué fue eso?

—¿Qué fue el qué?

—Ya sabes. Eso de no nos mires. Ni siquiera nos ves.

—No me digas que nunca viste *La guerra de las galaxias*. —Kara sonrió, sintiendo los efectos embriagadores de la adrenalina—. Fue un truco mental jedi.

Capítulo 5

Reece miró el reloj mientras el Comité auditor legislativo continuaba una audiencia interminable. Supuestamente, tenía que irse en veinte minutos para recoger a Kara, pero las declaraciones se estaban alargando. Aunque le encantaría excusarse —había más que suficientes compañeros para un consenso sin él— no quería que la mayoría se inclinara a favor de Devlin, quien, como presidente del Senado, se había elegido a él mismo presidente del Comité. Devlin tenía los valores éticos de un vendedor de pieles de foca. No había ley que no estuviera dispuesto a modificar para su propio beneficio, ni cosa alguna que no fuera capaz de vender. Sus prioridades, según los conocimientos de Reece, se basaban en cualquier cosa que aumentara el tamaño de su ego.

Por otro lado, si Reece cancelaba su cita con Kara, sabía que no habría una segunda cita. Es más, estaba verdaderamente sorprendido de que todavía no hubiera llamado para cancelarla. Sabía que la idea de salir con él no la entusiasmaba demasiado. ¿Era solo el posible conflicto de intereses lo que le echaba para atrás, o en realidad no estaba interesada en él?

—Lo importante, señor Presidente, es que aparentemente hay más de un puñado de senadores que están cargando facturas al Estado sin ser correctas. —Carol, directora de la administración del Senado, estaba enfureciéndose claramente con la constante táctica de cerrojo.

—A mi entender, este asunto debería tratarse directamente con los senadores que están causando el problema. ¿Por qué dedicarle el tiempo de este comité? —La voz de Devlin sonaba con aires de superioridad.

Sus palabras provocaron que el resto de miembros de su partido asintieran con la cabeza.

Una expresión colectiva para ultrajar a Carol que mostraba un gesto de indiferencia.

—Hasta ahora, se está haciendo caso omiso de nuestros esfuerzos, señoría. Sin ninguna duda, el sistema no está funcionando debidamente. Este comité tiene la obligación de vigilar el comportamiento de los legisladores y de los organismos gubernamentales en lo que al Estado se refiere. Sugiero que el comité adopte una medida de investigación en relación con este problema. ¿O es que los senadores no están dispuestos a examinar a sus iguales?

Reece se percató de una fuerte tensión entre ellos y se dio cuenta de que para Devlin era algo personal. Puede que él mismo estuviera abusando del sistema. Reece decidió comprobar su teoría.

—¿Está sugiriendo que el comité audite todos los gastos de los senadores? —se dirigió a Carol.

Devlin giró la cabeza, y Reece no pasó por alto sus ojos alarmados.

—Ella no ha dicho tal cosa. No pongas tus palabras en su boca, Sheridan.

En la primera fila, los periodistas, que parecían haber entrado en un estado de coma, despertaron y se pusieron a escribir a toda prisa. Estaban deseando, Reece lo sabía, un nuevo enfrentamiento entre los dos.

Pero fue Carol la siguiente en hablar.

—Eso es exactamente lo que estoy proponiendo, senador Sheridan. Lo único que necesitamos es la autorización de este comité y la consiguiente cooperación de cada senador.

Reece sonrió. La reunión estaba a punto de finalizar, e iba a conseguir que Devlin abandonara la sala con un fuerte ardor de estómago.

—Entonces, presentaré una moción para que este comité

lleve a cabo una auditoría de los gastos de los senadores en un plazo de treinta días. ¿Responde esto a sus preocupaciones, señora?

Carol tenía un gesto triunfal.

—Sí que lo hace, senador.

Dos escaños más abajo, el senador Miguel de la Peña se incorporó sobre su micrófono. Él y Reece habían asumido el cargo el mismo año y, enseguida, se habían hecho aliados y después buenos amigos.

—Apoyo la moción, señor presidente.

Reece cruzó su mirada con el furioso Devlin.

—Señoría, la moción ha sido propuesta y secundada. Le corresponde a usted llamar a votación.

Kara se miró al espejo mientras se peleaba con la cremallera de la falda. Sentía un cosquilleo en el estómago. Tenía que haber llamado a Reece para cancelar la cita. Entonces, estaría libre para disfrutar de una noche tranquila con Connor en vez de estar nerviosa y perder el tiempo tratando de impresionar con su aspecto a un hombre que probablemente buscaba un polvo fácil. ¿Quién podía culparle? Después de todo lo que le había dicho, tenía razones más que justificadas para pensar eso.

«Yo he aprendido muchas cosas sobre ti, querida».

Ella tenía la culpa. Él no la conocía de antes.

Incapaz de mantener su cremallera sin abombarse, se quitó la falda rápidamente y la lanzó al suelo junto con otras prendas que ya se había probado. Entonces, se colocó frente a su catastrófico armario. No era de su estilo darle tantas vueltas a lo que se iba a poner. No obstante, no se había sentido ella misma durante todo el día.

Apenas se había podido concentrar en el trabajo. Los resultados del laboratorio sobre el trozo de hielo que había recogido en Northrup no estarían listos hasta mediados de la semana siguiente y, por otro lado, el Estado tenía hasta el lunes para responder a su petición pública de archivos. Había intentado concentrarse en los documentos que Marsh le había entregado, solo para mantener la mente alejada de Reece.

La sensación intensa de sus brazos rodeándola mientras evitaba que cayera sobre la nieve. El cálido roce con sus dedos en la mejilla mientras le apartaba un mechón de pelo de la cara. Su irresistible sonrisa.

Ningún hombre tenía el derecho de ser tan sexy.

No, se corrigió a sí misma, Reece Sheridan no era un hombre. Era un político. Siempre que no olvidara esto no tendría problemas.

Miró el reloj despertador y sintió un nudo en el estómago. Reece llegaría en quince minutos y aún no estaba vestida.

—¿Qué es esto mamá? —Connor sujetaba una máscara de pestañas. Tras cansarse del DVD de *Bob esponja* que ella le había puesto para que se entretuviera, se puso a jugar con los botes de su tocador.

—Es rímel. Sirve para alargar y oscurecer las pestañas de las mujeres. —Revolvió entre la horrible colección de ropa de trabajo y alcanzó el vestido de terciopelo negro que había llevado a la última fiesta de Navidad.

—¿Por qué quieren las mujeres alargar sus pestañas?

—Porque somos tontas y pensamos que con unas pestañas más largas y más oscuras vamos a conseguir que los hombres se enamoren de nosotras. —Dejó caer el vestido sobre su cabeza, tiró de él hacia abajo y se miró en el espejo. El suave género quedaba pegado a su cuerpo, mientras que el bajo escote de princesa le hacía más pecho del que tenía. ¿Por qué iba él a pensar que se había arreglado para impresionarle? Naturalmente, no quería que él supiera que había hecho un esfuerzo especial al prepararse para esta cita.

—¿Va a enamorarse un hombre de ti?

Kara se puso de lado y miró su perfil.

—En esta vida, creo que no.

Sonó el timbre de la puerta.

Su corazón dio un vuelco, y corrió a la ventana de la habitación.

La niñera.

—Connor, ven. Sierra ya está aquí.

Kara le explicó rápidamente a Sierra lo básico —cuánto tiempo calentar la comida de Connor en el microondas, qué DVDs eran los que más le gustaban ahora, dónde localizarla en caso de necesidad— intentando no prestar atención al continuo golpeteo contra los dientes del metal de su nuevo *piercing* de la lengua. Se acababa de poner unas medias negras y unas botas de estilo victoriano, cuando volvió a sonar el timbre.

Con el pulso acelerado, se miró al espejo por última vez y retocó su pintalabios.

«¿En qué demonios estabas pensando McMillan?».

Le dio la espalda al espejo, se obligó a respirar profundamente, y caminó al fondo del pasillo para abrir la puerta. Trató de creer que era como Holly y que tenía citas con hombres maravillosos todas las noches.

Nuevo hombre, nueva noche.

Abrió la puerta y olvidó que estaba nerviosa, olvidó pensar, olvidó respirar.

Él estaba ahí fuera con un abrigo gris largo y una sonrisa en sus firmes y sensuales labios.

—Kara.

A pesar del frío, llevaba el abrigo desabotonado dejando entrever una camisa blanca, una corbata de seda granate y unos pantalones entallados gris marengo.

«Si alguna vez se cansa de la política, siempre está a tiempo de posar para *Playgirl*».

El pensamiento se apoderó de su mente y luego desapareció dando paso a un sentimiento de rubor.

—Reece, pasa dentro que fuera hace mucho frío. Voy a coger el abrigo.

Dejó la puerta abierta, y caminó hasta el armario de los abrigos al final del pasillo. Acababa de coger el abrigo de vestir, cuando Connor salió de la habitación de ella y empezó a dar saltos por el pasillo con algo en la mano.

—Mamá, ¿qué es este palo que se mueve?

Vio a su hijo, que no estaba a más de dos pasos de Reece, con su consolador violeta en la mano. Y estaba agitándolo y sacudiéndolo hacia delante y hacia atrás.

—¡Por Dios, Connor! —Su cara se enrojeció de golpe mientras se apresuraba a quitárselo de las manos—. Dame eso.

Si en aquel instante hubiese podido hacer que la tierra la tragara, lo hubiese hecho de muy buena gana. Incapaz de mirar a los ojos a Reece y haciendo caso omiso a las risitas sofocadas de Sierra, cruzó el pasillo total y completamente humillada.

«¡Magnífico, McMillan! ¡Ahora el senador Reece Sheridan ha visto tu consolador!».

No había ninguna posibilidad de que lo hubiera confundido con otra cosa que no fuera un aparato sexual porque el maldito aparato tenía la apariencia única de un pene.

Un enorme pene violeta.

Un enorme, violeta, un pene con venas, ¡por Dios!

Se sentía completamente humillada y apabullada, y por un momento pensó en atrincherarse en su habitación y permanecer allí para siempre.

Entonces vio que el cajón de los calcetines estaba abierto. No era difícil imaginar lo que había pasado. Connor había estado con ella mientras se ponía las medias. Ella debió de olvidar el cajón abierto. Y encontró el consolador dentro, justo donde lo había dejado la noche anterior tras fantasear sobre cierto senador.

Metió el aparato de nuevo en el cajón, lo cerró de un empujón, y se sentó en el borde de la cama.

No sería capaz de volver a mirar a los ojos a Reece Sheridan.

Reece se mordió la lengua y se prometió no reírse. Había visto la cara de espanto de Kara y sabía que estaba realmente avergonzada.

«Palo que se mueve».

—El mío es negro —comentó la joven niñera encogiéndose de hombros antes de dirigirse a la televisión y empezar a repasar entre una montaña de DVDs.

Reece se mantuvo firme y se arrodilló para ponerse cara a cara con el hijo de Kara.

—Tú debes de ser Connor.

El niño era adorable, tenía rasgos faciales élficos como su madre, su pelo negro, y dos grandes ojos marrones. Miró a Reece con curiosidad y asintió con la cabeza.

—¿Quién eres?

—Me llamo Reece, y a mí también me gustan los Broncos. —Señaló la camiseta de los Broncos de Denver que llevaba Connor. —Apuesto lo que sea a que tienes tu propio balón.

Connor sonrió asintiendo.

—¿Quieres verlo?

—Ya lo creo. —Reece se descubrió intentando adivinar quién era el padre y por qué Kara no se había casado con él.

Connor se giró y corrió a lo largo del pasillo, en ese instante su madre reapareció.

Llevaba un vestido de terciopelo negro que parecía dibujado sobre su esbelto cuerpo. Tenía suficiente escote como para revelar las suaves curvas de su pecho. Llevaba su larga melena oscura recogida con un pasador. Unas perlas sencillas adornaban sus orejas. El aroma de su perfume flotaba dulcemente en el aire a su alrededor.

Clásica. Elegante. Pero también sexy.

El instinto visceral de Reece era saltarse la cena y centrarse en satisfacer un hambre más básico. Quería quitarle el vestido cuanto antes, arrancarle poco a poco el terciopelo negro y dejar que sus manos saborearan su piel sedosa. Pero primero utilizaría su boca para esparcir el pintalabios rojo brillante por todas partes.

Por desgracia, sabía que eso no era lo que ella tenía en mente.

—Reece, lo he estado pensando y puede que esto no sea una buena idea. —Kara no le miró a los ojos, y él sabía que estaba avergonzada.

—Pues yo creo que es la mejor idea que he tenido en mucho tiempo. Estás guapísima. —Reece cogió el abrigo del brazo de Kara y lo sostuvo para que se lo pusiera, sin ni siquiera considerar la posibilidad de irse sin ella—. Vas a venir a cenar conmigo. Hablaremos. Nada más.

Ella le miró a los ojos intentando medir la sinceridad de sus palabras, después se dio la vuelta y metió los brazos en las mangas del abrigo.

—Está bien.

En ese momento, Connor irrumpió en el pasillo, con un balón naranja y azul en la mano, y lanzó un pase peligroso directo a la ingle de Reece. Reece lo cogió al vuelo y se lo tiró suavemente de vuelta.

—Es un buen balón, socio. Tienes un buen brazo. La próxima vez que venga haremos unos tiros.

El niño sonrió, luego corrió a través de la sala como si fuera a hacer un *touchdown*.

—Sierra, llámame si necesitas cualquier cosa. Connor, pásalo bien. ¿Tienes un beso para mami?

Kara esperó hasta que estuvieron sentados en el restaurante —un restaurante de lujo llamado Lausidio Ristorante Italiano— para sacar el tema.

—El modo de comportarme la noche que nos conocimos... Deberías saber que yo no soy así.

—Teniendo en cuenta todo lo que habías bebido, creo que te las arreglaste bastante bien. —Su voz sonaba seria, pero Kara no pasó por alto que sus labios dejaban entrever una sonrisa contenida—. Dudo mucho que alguien pueda beber tres margaritas en el Río y no decir nada... alegre.

—Aprecio tu tolerancia y espero que me entiendas si digo que no he venido aquí para acostarme contigo.

Reece levantó las cejas.

—Me alegro, porque de no ser así te decepcionaría. Yo he venido aquí a comer.

Kara sintió que se enrojecía. Por lo general, ella nunca se sonrojaba.

—No quise decir... Bueno ya sabes lo que quiero decir.

Reece tomó un sorbo de su vaso de agua y asintió.

—Ésta es tu manera de decirme que te avergüenzas de las cosas que dijiste el otro día y de asegurarte al mismo tiempo de que entienda que no vas a acostarte conmigo esta noche.

Aliviada de haber sacado el tema, Kara asintió.

—Exactamente.

Reece posó el vaso de agua y la miró, sus ojos azules se clavaron en los de ella.

—Si solo buscara un polvo fácil, hubiese aceptado tu invitación del otro día a una taza de té. Entonces estabas más que deseándolo, pero rechacé tu invitación. ¿Te acuerdas?

«Hoy no. Vuelve a pedírmelo cuando no te hayas tomado tres copas».

Por segunda vez en menos de un minuto, Kara sintió arder las mejillas. Cerró los ojos y respiró profundamente.

—Lo siento, Reece. Parece ser que no paro de hacer y decir estupideces cuando estoy contigo. ¿Podemos empezar de nuevo?

Él sonrió.

—Claro.

Kara se inclinó hacia delante y le dio la mano.

—Hola, soy Kara McMillan.

Él le cogió la mano y acarició la palma con su pulgar. No era el saludo convencional de darse la mano que ella esperaba.

—Encantado de conocerte, Kara. Soy Reece Sheridan.

Cuando Reece le soltó la mano, su corazón palpitaba mucho más rápido de lo normal.

El camarero vestido de esmoquin se acercó.

—¿Ya han decidido que van a tomar? ¿Qué les parece un vino y un aperitivo?

La carta de vinos tenía el tamaño de una carpeta de tres anillas. Kara le había echado un vistazo y había quedado alucinada con lo que podía llegar a costar una botella de vino. ¿Realmente, bebe esto la gente?

Reece saltó directamente a una página y miró a Kara.

—¿Te fías de mí?

—Sí. —La pregunta la había cogido de improvisto y había

respondido inconscientemente. ¿Confiar en él? Apenas le conocía.

Reece miró al camarero.

—Tomaremos una copa de Lacryma Christi del Vesuvio 1999 Mastroberadino y de aperitivo, *polenta con funghi*. —Pronunció las palabras en italiano como si hablara italiano.

El camarero le miró sorprendido y sonrió.

—Conoce bien los vinos italianos, señor.

—Sólo algunos. ¿Te gusta la carne, Kara?

Kara asintió mientras echaba un rápido vistazo al menú.

—Entonces, apunte dos *vitello saltimbocca*, por favor, con una botella de Barolo 2000 Ginestra Domenico Clerico.

Hasta ahora, ningún hombre había pedido por Kara. Estaba dividida entre un extraño sentimiento de deleite femenino y otro feminista de irritación. Entonces, llegó la comida; primero, el aperitivo de polenta y setas; después, el tierno solomillo de ternera. Kara no podía sentir más que gratitud. Y pese a que Kara no entendía nada de vinos, la variedad que Reece había seleccionado le había encantado. En conjunto, era la comida más deliciosa que había saboreado en años. Cuando el camarero retiró los platos, se sentía sorprendentemente relajada.

Observó a Reece mientras vertía en las copas el vino que quedaba en la botella de Barolo.

—¿Por qué te decidiste por la política?

—Creí que habíamos acordado no hablar sobre el trabajo. —Posó la botella vacía en la mesa y se reclinó, copa en mano, apoyándose en el respaldo de la silla.

Kara no pudo evitar fijarse en lo ancho de su espalda en comparación con el respaldo de la silla y, sin darse cuenta, lo estaba desnudando con la mirada. ¿Serán sus brazos fuertes y musculosos? ¿Tendrá mucho pelo en el pecho, o más bien poco? ¿Tendrá los pezones rojos como el vino, o serán morenos y marrones?

—Me gustaría que me lo contaras.

—Mis estudiantes me retaron a presentarme como candidato. Aquel año, daba clase de política americana a los de primero y segundo de bachillerato. Un día, di un apasionado discurso sobre la imperiosa necesidad que tienen los ciudadanos de participar activamente en política si queremos que la democracia triunfe. Me tomaron la palabra y me dijeron que si creía en lo que decía debía presentar mi candidatura.

—Entonces te presentaste.

—Sí, decidí que tenían razón. Aparte de eso, pensé que la experiencia de la vida real era mejor que un libro de texto. Lo que fuera que aprendiese me serviría para enseñar a mis alumnos.

—¿Piensas volver a la enseñanza?

—No soy un político vocacional, si es lo que preguntas. Cuando empiece a sentir que mi trabajo ya no contribuye positivamente o los votantes se cansen de mi, volveré a hacer lo que realmente me gusta.

Kara empezaba a arrepentirse de haberle preguntado esto. Durante la cena, se había repetido en numerosas ocasiones que no era un hombre, sino un político motivado por un ego descomunal y una ambición insana. Ahora Reece había hecho añicos su teoría. Estaba consiguiendo que ella lo viera no solo como un hombre —un hombre increíblemente sexy— sino como un hombre aparentemente decente. De hecho, no conocía a nadie que hoy en día presentara su candidatura únicamente para ayudar a la gente.

Permanecieron sentados en silencio durante unos segundos.

—Entonces, ¿te gustan los niños? Estaba segura de que conocía la respuesta, más bien la temía.

«Por favor, que diga que odia a los niños».

—Adoro a los niños. Tienen una forma peculiar de ver las cosas. Si tenemos alguna posibilidad de mejorar el mundo en que vivimos es a través de ellos.

Deslizó sus dedos sobre la base mojada de su copa, pensando en cómo su lista mental de motivos en contra para pasar tiempo con Reece se reducía peligrosamente.

—¿Melanie es tu única hermana?

Negó con la cabeza.

—Soy el mayor de cuatro hermanos, tengo un hermano y dos hermanas. Mis padres se divorciaron cuando tenía nueve años. Los tres pequeños se fueron a vivir con mi madre y su familia a Texas, mientras que yo me quedé con mi padre en Denver. Melanie se acaba de mudar hace dos meses. En realidad, nos estamos conociendo.

—Eso suena a una infancia muy solitaria. Ha tenido que ser muy duro crecer con tu madre y tus hermanos tan lejos.

Reece se encogió de hombros.

—Supongo. Creo que mi madre me veía como el hijo de mi padre, mientras que mis hermanos eran sus verdaderos hijos.

Kara no podía entender que una madre abandonara así a su propio hijo.

—¿Estáis tú y tu padre muy unidos? —Un gesto de tristeza se apoderó de su cara y bajó la mirada hacia la mesa—. Lo siento. Puede que esa pregunta sea demasiado personal, ¿verdad?

—No, Kara. Me puedes preguntar cualquier cosa. —Miró hacia arriba y esbozó una triste sonrisa—. Mi padre murió el pasado mes de mayo, en un accidente de coche en la A-25.

Entonces, Kara recordó haberlo visto en un titular. Ni siquiera se había molestado en leer el artículo. Para ella, había sido una noticia más entre muchas, impresa en papel de periódico. Para él, había representado un inmenso dolor, la pérdida de un ser querido.

—Lo siento mucho.

Reece estiró el brazo por encima de la mesa, le cogió la mano y acarició la palma con el dedo pulgar. El contacto era tan intenso que Kara quedó sin respiración.

—Gracias. Y sí, estábamos muy unidos.

El camarero se acercó con la bandeja de postres.

—¿Han probado alguna vez el tiramisú de la casa?

Kara negó con la cabeza, incapaz de articular palabra. Una vez había visto un reportaje en el Discovery Channel que explicaba que los humanos tenemos muchas más terminaciones nerviosas en las manos que en la mayoría de las partes del cuerpo. Pensó que tenía que ser verdad, ya que todos los nervios desde sus dedos hasta su muñeca estaban bien vivos y no paraban de hormiguear.

—Entonces debes probarlo. Compartiremos una porción con dos copas de Reciotto della Valpolicello 1997 Mazzi.

—De acuerdo. —El camarero se fue deprisa, con una amplia sonrisa en la boca.

—Ya hemos hablado suficiente de mí, Kara. Me has estado entrevistando toda la noche. Ahora me toca a mí. —Se inclinó hacia delante en la silla, mientras seguía agarrándole la mano. —Háblame de tu familia.

Distraída con sus caricias y con su ardiente mirada, intentó encontrar su voz.

—Realmente no hay mucho que contar. Sólo somos mi madre y yo. Mi padre nos abandonó cuando yo aún era un bebé. No llegué a conocerlo.

Reece interrumpió sus continuas caricias para darle un apretón comprensivo.

—Ha tenido que ser duro para las dos.

Incapaz de resistir el impulso, Kara le devolvió sus caricias pasando los dedos lentamente sobre los nudillos de Reece. Se sentía mareada, casi embriagada, pero no era a causa del vino.

—Mi madre nunca lo admitiría. Según ella, fue lo mejor que él pudo hacer por nosotras dos. Ella es un poco... libre de espíritu. Nunca volvió a casarse y juró que no necesitaría ningún hombre en su vida.

—A pesar de lo que ella pensaba, para ti tuvo que ser difícil crecer sin un padre.

Kara sintió un extraño malestar que había conseguido evitar durante su adolescencia. Intentó combatirlo al tiempo que un sentimiento de irritación se apoderaba de ella. No había pensado en su padre durante años y no podía explicarse por qué la pregunta de Reece —similar a las que ella le había formulado— le había provocado una respuesta emocional de ese tipo. Se alegró cuando el camarero les interrumpió con un plato de tiramisú, dos copas de vino y dos cucharillas.

Reece se percató del repentino estado emocional de Kara y decidió dejar el tema. Estaba a punto de preguntarle si su madre y ella no habían sentido nunca la necesidad de una presencia masculina en sus vidas. Después de todo, ella, al igual que su madre, estaba criando un hijo sola. Pero, de una manera instintiva, Reece supo que esa pregunta era ir demasiado lejos.

Reece cogió con rapidez la cuchara de Kara antes de que ella pudiera alcanzarla, partió un trozo pequeño de la tarta y deliberadamente bajó la voz.

—Quiero que tu primer contacto con el paraíso sea a través de mí.

Ella le miró, con los ojos bien abiertos y con un sexy colorete en sus mejillas.

—Estás de broma. ¿Me vas a dar de comer?

Él había conseguido sorprenderla, la había pillado desprevenida. Hasta ahora, ella había conseguido mantener el control. Le había formulado preguntas protegida tras una máscara de periodista, y le había mostrado una imagen seria y contenida de emociones que se correspondía más con la foto de la mujer que aparecía en los periódicos que con la hedonista apasionada que él intuía que era.

—Eso mismo. Ahora prueba. —Le introdujo la cuchara entre los labios y sintió cómo su lengua tiraba de la cuchara hacia dentro.

Kara cerró los ojos y gimió.

¡Dios! Toda la sangre se concentró en su polla y, sin que pudiera hacer nada para remediarlo, se puso dura.

¿Realmente él habría prometido que lo único que iban a hacer aquella noche era hablar? En fin, sí, aunque con menos palabras. Y ella le había dejado claro que no quería nada más de él, por ahora.

«Deberías saber que yo no soy así».

Pese a su continuo intento de esconder su verdadera naturaleza, no había conseguido engañar a Reece. El tequila —y ahora el tiramisú— revelaban una parte de ella que hasta ahora había mantenido oculta. Además, ninguna mujer que tuviera un enorme consolador violeta podía contener su sensualidad para siempre. Y, a pesar de su creciente erección, podía ser un hombre con paciencia, siempre que la recompensa fuera un buen dulce.

—¡Delicioso!

Reece partió otro pedazo y se lo metió en la boca.

Esta vez lo comió ansiosamente y volvió a gemir.

—Nunca había probado nada tan bueno.

Él le dio otro trozo. Se imaginó besándole la boca y sintiendo sus labios sobre su palpitante erección.

—Este tiramisú es un orgasmo culinario —dijo Reece.

Nada más pronunciar la palabra orgasmo, cruzaron sus miradas, y él vio una respuesta en su cara que esta vez nada tenía que ver con sus gustos culinarios.

Capítulo 6

Reece entró en el camino de entrada y apagó el motor. Había estado callada desde que salieron de la autopista y entraron en la ciudad. ¿Acaso pensaba que él pretendía cobrarse la comida con sexo? ¿Habían intimado demasiado en la conversación? ¿De qué tenía miedo?

Reece no se había imaginado que una mujer tan sensual, lista y con tanto éxito como Kara McMillan se pusiera nerviosa con los hombres. Tampoco sabía que su padre la había abandonado. ¿Qué había significado aquello para una niña pequeña, para una mujer?

—Gracias, Reece. Me lo he pasado muy bien —dijo ella como si no creyera que hubiera sido posible.

—No lo digas tan sorprendida. Además, el placer ha sido mío. —Le cogió la mano. Tenía los dedos fríos—. Por si te lo estás preguntando, mi intención es acompañarte a la puerta y darte un beso de buenas noches. Espero que no tengas objeción.

—No creo que sea una buena idea.

—Sólo un beso, Kara. Nada más. No me digas que la mujer que puso de rodillas al Ayuntamiento tiene miedo de un beso.

Incluso en la oscuridad, podía apreciar el fuego de sus ojos.

—¡Claro que no tengo miedo de un beso! Pero das por sentado que yo quiero.

Se inclinó sobre ella y acarició sus labios con los de él.

—¿No quieres?

Notó cómo respiraba profundamente, sintió el calor que desprendía su mirada y supo la respuesta.

La envolvió con el brazo, probó primero su labio superior, su labio inferior después, cuidando la cadencia. Pretendía penetrar a través de su exterior reservado, despertar esa parte que ella trataba de esconder, obligarla a admitir, al menos a ella misma, que se sentía atraída por él. Trataba de seducirla. Pero no esta noche.

Y entonces los labios de ella se separaron, y su lengua tocó la de él, tímidamente.

Él dejó ir su mano por la oscura seda de su pelo, la empujó contra él y la besó como había deseado durante toda la noche: profunda, caliente e intensamente.

«Te está besando, McMillan».

Fue el último pensamiento coherente de Kara al tiempo que la lengua de Reece penetraba hondo en su boca. Pero no era solo un beso. Era un asalto en toda regla a sus sentidos: el tacto aterciopelado de su lengua, el frescor de la loción para después del afeitado, la presión de su torso.

Si hubiera podido pensar, probablemente lo habría apartado y le habría pedido que parara. Pero no podía pensar, no con el cerebro. De modo que debía de ser otra parte de ella la que decidió que tenía que deslizar sus brazos por detrás de su cuello, agarrarse fuertemente a él y devolverle el beso.

Y esa otra parte de ella estaba ya palpitante y húmeda.

Dios mío, cómo besaba ese hombre. Inspeccionaba al detalle su boca, presionando con la lengua el interior de su mejilla, mojando y secando sus labios e inclinando la cabeza para besarla más profundamente, robándole la respiración, respirando por ella.

Kara estaba perdida en él, perdida en sus movimientos y sentimientos, mientras él la comía, la devoraba, la seducía con su boca. Por la garganta de ella salió un sonido próximo al gemido y sus caderas se irguieron por reflejo, y entonces se escurrió hacia él, con el deseo de acercarse, con la necesidad de acercarse. Hacía tanto tiempo que un hombre no la tocaba, tanto tiempo que un hombre no la besaba.

De pronto, él interrumpió el beso y le deslizó el pulgar por la suave humedad del labio inferior.

—Te he dicho que iba a darte un beso de buenas noches, nada más. Si he de mantenerlo, es mejor que paremos ahora. —Se reclinó sobre el asiento, y Kara oyó el clic cuando él le soltó el cinturón de seguridad—. Te abro la puerta.

Mientras él pasaba por delante del jeep para ir a la puerta del pasajero, Kara trataba de calmar sus temblores. El hormigueo le iba de la cabeza a los pies, su cuerpo temblaba de necesidad. Aunque lo intentaba, no podía dejar de estremecerse.

«¡Ya vale, McMillan!».

Reece le abrió la puerta, la ayudó a bajarse y, sosteniéndole la mano, le dijo:

—Tienes frío.

Incapaz de cruzarse con su mirada, Kara habló sin pensar.

—N... no, no es eso.

Por un instante, Reece frunció el ceño y, después, pareció entenderlo. Asintió sin separar los labios, con un sonido sensual, como si lo supiera perfectamente, y deslizó su dedo por su mejilla.

—Me alegro de haberte provocado esta reacción.

Su frustración sexual se transformó en irritación. Le miró fijamente.

—¿Cómo puede ser que tu estés tan impasible?

Él frunció el ceño y contestó:

—¿Impasible?

Sin previo aviso, le agarró el culo y tiró de ella contra él, y Kara notó la inconfundible evidencia de su erección. La tenía dura y enorme.

Ella sintió cómo sus músculos se contraían, fuertemente, y el aire salió estrepitosamente de sus pulmones.

—¡Vaya!

Mirándola con los ojos foscos de un macho hambriento, con voz profunda sensual y ardiente, le dijo:

—Nada de ti me deja impasible, Kara.

Entonces la soltó, deslizó el brazo a lo largo del de ella y la acompañó hasta la puerta, donde se quedaron un momento en silencio.

—Gracias, Reece. Yo...

Él le apretó los labios con el dedo para que siguiera en silencio.

—El viernes, ¿cena en mi casa? Cocino muy bien.

Él seguía ante ella. Su presencia y su cercanía litigaban contra su capacidad para pensar, para respirar. Si tan solo se callara y se marchara. Si tan solo la besara una vez más.

—Vale.

Reece inclinó la cabeza y frotó suavemente sus labios con los de ella.

—Buenas noches, Kara. Que duermas bien.

Y entonces, se fue.

—El problema es que están metiendo los gastos de todos los senadores en una única cantidad. No podemos distinguir entre un gasto legítimo de un senador y la factura de la tintorería. —Era el primer día de la auditoría, y Carol ya se enfrentaba a obstáculos.

Reece se pasó el teléfono a la otra oreja y se arremangó la chaqueta.

—¿Me estás diciendo que no hay registros individuales? ¿Nada de nada?

Stanfield estaba en el umbral de la puerta del despacho de Reece con Galen Prentice y miraba impaciente su reloj.

—Eso es. Nada.

—¿Y qué hay del sistema de nóminas? Seguro que el Estado tiene registros de las compensaciones pagadas a cada senador. ¿Podríamos conseguirlo por ahí?

Stanfield le miró, se dio unos golpecitos en el reloj y pronunció en silencio la palabra «ahora».

—Es probable, pero ya sabes que la mayoría de los senadores se alzarán en pie de guerra. Las nóminas nunca son registros públicos.

—Por supuesto que no. Pero el Comité auditor legislativo no es un organismo público. Mira a ver qué puedes hacer y mantenme informado. Tengo que irme. Conferencia de prensa. Y Carol, gracias.

Reece colgó el teléfono y cogió sus papeles con calma a propósito.

—¿Podrías encargarte de eso más tarde? —Preguntó Prentice—. ¡La prensa está esperando!

Reece fingía seguir concentrado en sus papeles.

—Esperarán. No querrán irse sin la historia.

«¿Estaría allí Kara?».

El estómago se le encogió por los nervios ante la idea de verla. Le había costado toda su fuerza de voluntad no haberla llamado durante el fin de semana. No quería precipitarse y asustarla. Tenía la sensación de que si ella sabía el ansia con que la deseaba, jamás saldría con él. Así que había decidido no llamarla hasta mediados de semana, e intentar no pensar no ella hasta entonces.

Había entrenado muy duro en el gimnasio el sábado, levantando pesas hasta que sus músculos quedaron tan agarrotados como si hubiera pasado horas en una rueda de tortura. Había ido al Capitolio para intentar examinar unas decenas de propuestas de ley que se esperaba someter a votación. El domingo había ido a la cabaña que tenía en la montaña y había estado cortando leña. Incluso había cogido la tabla de *snowboard* para hacer unas bajadas.

Pero en ningún momento, había conseguido apartarla de sus pensamientos.

Quería volver a verla.

¿Verla? Dios, lo que quería era llevarla a la cama. Así de sencillo.

Bueno, no a la cama. El suelo bastaría. Un sofá. La mesa de la cocina. La pila del baño. Incluso la tierra.

Sabía que era fogosa, pero no era consciente de lo que implicaría hasta que ella desatara su pasión. Sólo habían compartido un beso, pero en esos pocos minutos, su reacción le había puesto contra las cuerdas. De hecho, ella se había estremecido en el asiento del coche.

Eso es lo que un beso había conseguido.

No podía ni fantasear en cómo sería si ella estuviera desnuda y él tuviera la cabeza hundida entre sus muslos. Pero su intención era descubrirlo.

La voz enfadada de Stanfield le devolvió al presente.

—¡Nos jugamos mucho con esta propuesta de ley, Sheridan, y no vamos a consentir que no pongas en ello todo tu empeño!

Era el pie que Reece necesitaba. Alzó la vista de los papeles, miró a los ojos a ese viejo desalmado y permitió que su voz adoptara tono de enfado.

—Dejemos algo claro, Stanfield. Acepté encargarme de esta propuesta por elección propia. No trabajo para ti. No tengo que rendirte cuentas a ti, sino a los contribuyentes. Yo decido cuáles son mis prioridades, no tú. ¿Está claro?

El rostro de Stanfield enrojeció.

—Por supuesto, senador. No pretendía…

—Bien. —Reece le interrumpió y pasó junto a él en dirección a la sala de prensa, con un único pensamiento en su mente.

¿Estaría allí Kara?

«Nada de ti me deja impasible, Kara».

Si se lo proponía, Kara aún podía sentir sus labios. Podía sentir el hábil deslizamiento de su lengua, la sorprendente dureza de su pecho y su…

Se hizo a un lado en la autopista, pisó el freno y se dio cuenta de que era demasiado tarde. Había perdido la oportunidad.

Se juró, se ordenó a sí misma:

—¡Deja de pensar en él, McMillan!

Había estado pensando en él todo el fin de semana. Cuando el sábado se le quemó la cena. Cuando metió en la secadora la falda de rayón. Cuando fue al colmado y compró pilas pero se olvidó de comprar leche, pan o huevos. Cuando anoche estaba tumbada en la cama sin poder dormir, con cada nervio de su cuerpo activo y hambriendo. Deseándole.

Pero la vida no giraba en torno a sus deseos. Había aprendido esa lección hacía mucho tiempo.

Esperó a que pasara el tráfico, realizó lo que probablemente era un cambio de sentido prohibido y se dirigió en sentido opuesto, dejando atrás la entrada de Northrup Mining. Decidió no pensar más en Reece Sheridan.

Vale, Reece sabía besar de un modo increíble. Eso lo tenía que reconocer. La besó como ella siempre había soñado que la besaran. Dios, ese hombre tenía unos labios que parecían tentáculos, por no hablar de su lengua. ¿Pero quería eso decir que tenía que perder el juicio?

Esa pregunta quedó eclipsada por otra: si así es como besaba, ¿cómo sería acostarse con él?

—¡Basta, McMillan! ¡Basta! —Vio el camino que se presentaba, puso el intermitente y giró.

Se obligó a centrarse en el trabajo. El Departamento de Salud del Estado le había enviado por fax la respuesta a su petición de archivos públicos, pidiéndole una semana para organizar los documentos solicitados, algunos de los cuales estaban supuestamente guardados. Legalmente podían hacerlo. La ley de Colorado únicamente exigía que respondieran en un plazo de tres días. Pero no estaban obligados a ofrecer los documentos en los tres días de plazo. Ahora le quedaba esperar una semana.

Había decidido realizar trabajo de calle. Saldría a entrevistar a vecinos de Northrup, con la esperanza de poder aprovechar el día. Si la planta realmente había estado contaminando el aire y el agua durante los últimos años, seguramente los vecinos habrían notado algo. Quizá algunos habrían sido testigos de actividades extrañas en la planta o en sus alrededores.

Llegó a la primera granja, una casita blanca flanqueada por enormes chopos. Aparcó, cogió la libreta y el bolígrafo, y se metió la grabadora digital en el bolsillo. Después salió al aire gélido de la mañana.

La casa tenía un aspecto decadente, con la pintura deteriorada. Un jardín de flores en completa hibernación ocupaba gran parte de lo que habría sido el jardín de la entrada. Los restos secos de girasoles sobresalían de la tierra helada. Un letrero de madera sobre una pequeña valla, también de madera, anunciaba «El jardín de la abuela».

Kara se dirigió hacia la puerta, subió los peldaños de la entrada y llamó.

Tras lo que le pareció un buen rato, una escuálida anciana con el cabello corto y blanco —probablemente, la abuela— abrió la puerta.

—¿Sí?

—Hola, soy Kara McMillan del *Denver Independent*. Estoy investigando a Northrup Mining Corporation y me preguntaba si tenía unos minutos para hablar conmigo.

—¿Eres periodista? —La abuela abrió un poco más la puerta.

—Sí, señora. —Kara le enseñó su carné de prensa—. Estoy trabajando en un reportaje acerca de su vecino, Northrup.

—Ojalá no fueran vecinos nuestros. —La mujer abrió del todo la puerta—. Pasa.

Kara entró por un pequeño recibidor que finalizaba en una pequeña cocina. Se percibía en el ambiente un intenso olor a beicon y café. Inmaculadamente limpia, la cocina constaba de una pequeña mesa con cuatro sillas, un viejo fogón y una nevera. Los armarios eran de ese color amarillo chillón que había estado tan de moda en los años setenta. En la pared, había un reloj en forma de gato, balanceando la cola y moviendo los ojos con el tictac de los segundos.

—Siéntate, hija. Voy a buscar a mi marido. —Llevaba zapatillas y un vestido floreado de estar por casa; el blanco de sus pantorrillas se entrelazaba con el morado de sus venas varicosas.

Al momento, volvió y acompañó a Kara hasta el salón: una estancia pequeña y acogedora con un sofá decorado con tapetes de encaje blanco. Un anciano, probablemente el abuelo, estaba sentado en un sillón, con un tubo de oxígeno conectado a sus fosas nasales. Tenía las mejillas hundidas, la boca abierta y un mechón de cabello caído sobre la frente. Pero sus ojos resplandecían. Articuló un sonido y señaló el sofá.

—Ésta es Kara McMillan, cariño. Es periodista, viene a hablar de Northrup.

—Hola, señor...

—Farnsworth. Yo soy Moira. Él es Ed.

Kara estrechó la delgada mano del anciano y se sentó en el sofá.

—Estoy investigando unas quejas acerca de que Northrup está contaminando el aire y el agua de los alrededores de la planta. He decidido hablar con todas aquellas personas que viven cerca de las instalaciones para saber si han notado algo. ¿Hace mucho que viven aquí?

Mora respondió:

—Llevamos aquí desde que nos casamos, hace más de cincuenta años. Hemos criado aquí a nuestros hijos. Por lo que se refiere a Northrup, pueden irse al infierno.

Moira pasó la siguiente hora contándole a Kara por qué podían irse al infierno. Aunque la planta había sido un buen vecino durante sus casi treinta años de existencia, durante la última década habían comenzado a realizar detonaciones nocturnas en la mina, y habían empezado a verse las nubes de polvo que recorrían toda la zona. Había empeorado tanto que hacía tiempo que no abrían las ventanas, explicó Moira.

—Si las dejamos abiertas, toda la casa queda con una capa de polvo. ¿Verdad, Ed?

Ed asintió y habló con una voz ronca y desarticulada.

—Casi acaba con toda la pintura de la chapa de mi Ford.

—¿Ha arrancado la pintura de su furgoneta? —Kara tomaba apuntes, sabiendo de todas formas que la conversación estaba siendo grabada digitalmente. La ley del Estado le permitía grabar conversaciones en las que ella participaba sin avisar antes a los interlocutores. Muchas veces, le ayudaba a entender su propia letra de los apuntes.

—Arrancó el acabado. —Moira corrigió a su marido—. Hizo desparecer el brillo. Pasó lo mismo con la pintura de la casa.

Kara se quedó un momento dudosa. Se preguntaba si más que el polvo no tendrían que ver en todo aquello las temperaturas extremas del clima continental de Colorado.

—¿Puedo preguntarle por qué lleva el oxígeno, señor Farnsworth?

Él comenzó a hablar, pero fue interrumpido por su mujer.

—Enfermedad pulmonar obstructiva crónica, ¿verdad, Ed?

Ed asintió.

—Mi marido fumaba dos cajetillas cuando era joven. Lo dejó hace ya unos veinte años, pero ya era demasiado tarde. Supongo.

Kara miró a Ed a los ojos.

—Lo siento. Y no creo que el polvo ayude mucho.

Ed sonrió y sacudió la cabeza.

—No, creo que no.

—Si quieres saber más sobre Northrup, deberías hablar con los Perkins, de dos casas más abajo. Llevan años quejándose del polvo al Departamento de Salud del condado. Aunque no les ha servido de gran cosa.

Kara dio las gracias a Moira y Ed y les entregó una tarjeta suya.

—Por favor, llámenme si se les ocurre algo más. Y muchas gracias por dedicarme su tiempo.

Se dirigió hasta un poco más abajo, hasta la casa de los Perkins y llamó a la puerta.

Un hombre de mediana edad con el pelo largo y barba abrió un poco la puerta. A su lado ladraba un perro lobo.

—¿Quién es, qué desea?

Llevaba un rifle, que le apuntaba directamente hacia el estómago.

Capítulo 7

Kara intentó no poner los ojos en blanco y le mostró su tarjeta de prensa.

—Soy Kara McMillan del *Denver Independent*. Estoy investigando a Northrup y unos vecinos me han comentado que ustedes pueden contarme algo.

El señor Perkins bajó el rifle, apartó al perro lobo con la pierna, abrió la puerta y cogió el documento de identidad de Kara. Después de leerlo atentamente, la invitó a pasar.

—Perdón por lo del rifle. Por aquí hay alguna gente que es de poco fiar. Todas las precauciones son pocas.

—Ya, entiendo. —Kara volvió a guardar la tarjeta en el bolsillo.

—Pase, pase. No se preocupe por Yukon, aquí dentro es un angelito. Voy a llamar a mi mujer.

Al momento, Kara estaba sentada en otro salón, esta vez con una pareja de hippies ya mayores, una enorme planta de marihuana y un perro roncando, pero escuchando casi una historia idéntica. Nubes de polvo que se colaban por las juntas de puertas y ventanas. Polvo que cubría los tomates y las manzanas. Polvo tan denso que abrumaba el paisaje como una espesa niebla.

Dos años después de mudarse a su nueva casa, a Dottie y a Carl Perkins les diagnosticaron asma, de la que ellos culpaban al polvo, a diferencia del médico, que lo atribuía en parte a su hábito de fumar hierba. Por supuesto, discrepaban de ello.

—Nos hemos quejado del polvo al Departamento de Salud del condado unas cien veces, pero dicen que lo han de ver ellos mismos para poder sancionar a Northrup —dijo Dottie Perkins—. Hemos hecho fotos y se las hemos enseñado, y siempre dicen que van a investigarlo, pero por algún motivo al final no hacen nada.

—Piensan que solo somos un par de colgados a los que les gusta quejarse.

—¿De verdad? ¿Puedo ver las fotos? ¿Quizá puedan dejármelas?

Carl Perkins asintió.

—Claro. A nosotros no nos hacen ninguna falta.

—¿Y qué hay del agua? ¿Usan agua de un pozo?

Dottie sacudió la cabeza, haciendo que su larga melena se balanceara tras su cintura.

—¡Qué va! Hace años que dejamos de beber agua del pozo. Sabe rara. Bebemos agua embotellada.

—¿Les importa si tomo unas muestras?

Ambos la miraron con asombro.

Yukon, que hasta hacía un momento era una bola de pelo roncadora, se incorporó y le prestó una mirada profunda, como si captara el cambio que se había producido en el ambiente de la habitación.

—Piensa que hay algo, ¿verdad? —Carl la miraba con cierta excitación esperando la respuesta.

—No puedo asegurarlo. Pero vale la pena comprobarlo, ¿no? El periódico lo pagará, por supuesto, y les informaré en cuanto sepa algo.

—Por mí, bien. ¿Dottie?

Antes de anochecer, Kara había hablado con otras tres familias, se había topado con un pitbull sobreprotector y había disfrutado de un delicioso té en compañía de una insistente señora procedente de Carolina del Sur. Toda la gente con la que había hablado se quejaba de lo mismo: unas nubes espesas de sofocante polvo. Algunos también le habían hablado del sabor del agua de los pozos. Todos decían haberse puesto en contacto al menos alguna vez con el Departamento de Salud y no haber obtenido más que largas y promesas.

En el camino de vuelta a Denver, Kara hizo un repaso de la creciente lista de preguntas. Con pruebas tan claras como unas fotografías, ¿por qué los funcionarios del Departamento de Salud, cuyo trabajo es justamente proteger a la ciudadanía de la contaminación, no habían hecho absolutamente nada? ¿Sería el polvo el responsable de la enfermedad pulmonar de Ed y del asma de los Perkins? ¿Podían ser los productos químicos empleados por Northrup los causantes del extraño sabor del agua?

Los análisis del laboratorio seguramente le darían la respuesta de esta última pregunta. Había tomado muestras de tres pozos diferentes y las mandaría antes de ir a casa. En cuanto a las demás preguntas, tendría que seguir investigando.

—Venga, Reece. Suéltalo ya. ¿Quién es ella?

Reece miró de reojo a Miguel, que corría en la cinta andadora junto a la suya.

—¿Qué te hace pensar que se trata de una mujer?

—Vamos, *amigo*.* Cuando un hombre lleva todo el día tan distraído como lo has estado tú, solo puede ser por una mujer. Has pescado a alguna bella muñequita.

—¿Tanto se nota? —No le gustaba aquello.

—No será aquella cabildera, ¿verdad?

—No te pases. No tocaría a Alexis Ryan ni con guantes de látex.

—Vale, eso está bien. ¿Quién es, entonces?

Reece se quedó dudando por un momento, pero se dio cuenta de que, en realidad, deseaba conocer la opinión de Miguel.

—Es una periodista.

—¿Una periodista? ¿Quién? ¿La conozco?

—Todo el mundo la conoce.

—¿Quién es? No me tortures.

—Kara McMillan.

* En español en el original. (*N. de la t.*)

—¿Kara McMillan? —La voz de Miguel retumbó en todo el gimnasio—. ¡Me tomas el pelo!

—¿Quieres bajar la voz?

El rostro sudado de Miguel parecía haber visto un fantasma.

—¿Estás saliendo con Kara McMillan?

—No. Sólo he quedado una vez. Eso es todo. Una vez no es salir.

—Pero a ti te gustaría.

—Supongo que tienes razón. Ella piensa que no deberíamos vernos más. Dice que hay un conflicto de intereses. Pero yo creo que es algo más. No estoy seguro de que le gusten los hombres.

—¿Crees que es lesbiana?

—Yo no he dicho eso. Y no, no es lesbiana. Sólo es que parece... que duda. Ambivalente. —Caliente y fría era una mejor definición.

—¿Duda de los hombres o de ti?

Esta cuestión es la que había estado carcomiendo a Reece.

—No lo sé. De los hombres. De mí. De todo.

Miguel se encogió de hombros.

—Todos tenemos fantasmas.

Eso era una gran verdad. Y al menos dos de los fantasmas de Kara eran hombres: la ausencia de su padre y la del padre de su hijo.

—Esperaba que acudiera a la conferencia de prensa de hoy.

—Puede que el hecho de que no haya venido sea una buena señal.

—¿Qué quieres decir?

—Bueno, que quizá eligiendo no cubrir tus propuestas de ley lo que intenta es distanciarse de ti en el trabajo para poder acercarse a ti fuera de él.

Reece no lo había visto de esa manera. Le gustaba la idea.

En ese momento, algo en la televisión captó su atención. Su conferencia de prensa. Odiaba ver el seguimiento que hacían de él en la televisión, y estaba a punto de apartar la mirada cuando su imagen ante los micrófonos desapareció y fue reemplazada por la cara de Drew Devlin.

Tardó un segundo en asumirlo. Por primera vez desde que entró en la administración, él y Devlin se encargaban del mismo paquete legislativo. Tras Devlin, estaban Galen Prentice y Mike Stanfield.

—Pero, ¿qué demonios? —Reece estaba tan sorprendido que dejó de correr de repente y casi se cae de la cinta.

Miguel se rió.

—Supongo que siempre hay una primera vez para todo.

—No me lo creo.

¿A qué estaba jugando Stanfield?

Todo lo que tuvo de productivo el lunes lo tuvo de improductivo y fustrante el martes. Kara había hecho una visita al Departamento de Salud del condado y se había topado con la demencia burocrática cuando habló con la directora de calidad del aire, una mujer de mediana edad que apestaba a tabaco.

Sí, de hecho era cierto que la legislación exigía que fueran ellos mismos los que vieran las emisiones de polvo antes de poder atribuir a Northrup cualquier incumplimiento. Sí, había unos cuarenta y cinco minutos de trayecto desde la oficina a Northrup. No, en realidad nunca habían sido testigos de aquellas nubes de polvo a las que se referían los vecinos. Sí, se tomaban muy en serio esas informaciones, pero a veces a la gente le gusta quejarse. Sí, las nubes de polvo de cemento podían provocar enfermedades pulmonares, pero, no, nunca habían realizado un estudio de salud en la zona de influencia de la fábrica. Sencillamente, no tenían el dinero necesario para hacerlo.

Entonces, Kara lo intentó con las emisiones de contaminación del aire. Pero el Departamento de Salud del condado no era competente en esa área.

—Es competencia de la EPA —le dijo la directora—. Pero la EPA lo deja en manos de la división de control del aire del Estado casi siempre que se trata de casos que no traspasan los límites estatales.

—Es decir, ¿que el Departamento de Salud del Estado realiza inspecciones periódicas?

—Se presentan un par de veces al año, igual que hacemos nosotros.

—¿Y las inspecciones son sin previo aviso o acuerdan una fecha con Northrup?

—Acordamos una cita. Saben cuándo vamos. Pero tenga en cuenta que una planta de esas dimensiones no puede limpiarse de la noche a la mañana. Si hubiera algún problema, lo descubriríamos, tanto si saben que vamos a ir como si no.

—¿Los inspectores verifican los informes realizados por la propia empresa, efectúan pruebas del aire y se aseguran de que la empresa dice la verdad?

—No. No hacen ese tipo de cosas a menos que la empresa solicite un nuevo permiso o haya presentado problemas. Además, ninguna empresa mentiría acerca de sus emisiones. Se meterían en un gran lío si lo hicieran y les descubrieran.

—Pero a mí me parece que es bastante difícil que te descubran si nadie comprueba lo que haces.

La directora la miró estupefacta.

—¿Y qué hay sobre la contaminación del agua? ¿Cada cuánto comprueba el condado el agua de los pozos?

—Únicamente revisamos los pozos residenciales cuando alguien lo solicita o si hay indicios de contaminación.

—¿Han recibido alguna vez informaciones de que Northrup expulsa toxinas al nivel freático y a la acequia que pasa por su propiedad?

—No, que yo recuerde. En todo caso, sería jurisdicción del Estado o de la EPA.

Después de dos horas de preguntas, lo único que tenía claro es que nadie estaba controlando a Northrup. La EPA lo dejaba en manos del Estado, que lo dejaba casi todo al condado, y ellos, a su vez, trasladaban gran parte de la responsabilidad al Estado y a la EPA. Los inspectores visitaban la planta dos veces al año, confiando ciegamente en los informes que les entregaban y realizando lo que con toda certeza era una visita guiada por las instalaciones. Basándose en los documentos que le había proporcionado Marsh, quedaba muy claro que Northrup se reía de las normas.

Justo antes de abandonar el despacho de la directora, Kara le planteó otra pregunta.

—¿Cómo puede ser que el polvo de una mina de grava estropee la pintura de la chapa de un coche o de las paredes de una casa?

—Northrup machaca la grava, la calienta y la transforma en cemento. Todo el polvo que pueda salir de ella sería probablemente PHC.

—¿PHC?

—Polvo de horno de cemento. Tiene un pH muy bajo, y por eso es cáustico. Puede arrancar la pintura de un coche o quemar la piel.

Kara digirió aquella información y miró fijamente a la directora.

—Si lo sabe, ¿por qué no ha prestado atención a los coches y a las casas que tienen mal la pintura en la zona de influencia de Northrup? Eso, junto con las fotografías y las quejas de los vecinos, ¿no serían motivos suficientes para realizar una investigación más a fondo?

La mujer se ruborizó.

—Como ya le he explicado, necesitamos ver el polvo nosotros mismos antes de tramitar una citación. ¿Cómo podemos saber qué ha deteriorado la pintura de un coche?

Kara no hizo caso de la pregunta para mostrar su disgusto.

No fue hasta que llegó al coche cuando se dio cuenta de que había pasado casi toda la mañana sin pensar en Reece.

Los resultados del laboratorio del bloque de hielo que Kara cogió de Northrup —junto con centenares de correos electrónicos, muchos de los cuales le ofrecían agrandar su pene— la esperaban cuando llegó a las ocho y media. Tan solo pudo leerlo por encima antes de la reunión.

Típico miércoles por la mañana.

—Hay altas concentraciones en el agua de componentes químicos que forman parte de aceites lubricantes que se usan en maquinaria industrial pesada.

Tessa sonrió y dijo con su gracioso acento sureño,

—Mete ahí la bolsita del té.

Tom hacía malabarismos con el bolígrafo que tenía en la mano mientras arrugaba la frente.

—De manera que echan los restos de aceite lubricante directamente al agua en vez de pagar para que lo retiren o lo reciclen.

—Eso es lo que me imagino. Pero hay más. El agua presenta niveles muy peligrosos de cloruro de metileno. Es una sustancia altamente tóxica que se encuentra en disolventes que se emplean para desengrasar maquinaria industrial. Al parecer Northrup cambia el aceite de la maquinaria, hace limpieza, y después lo echa todo al agua, aceite y disolventes.

Sophie sacudió la cabeza en señal disgusto.

—Pero eso tiene que ser un delito.

Kara asintió.

—Si pudiera demostrarse que la dirección de Northrup ha realizado intencionadamente los vertidos de estas sustancias, sin duda sería una violación de las leyes contra la contaminación medioambiental. Northrup podría enfrentarse a una multa de millones de dólares, y la dirección podría ser condenada a penas de cárcel. Aunque es difícil demostrar la intencionalidad. Siempre pueden alegar desconocimiento. La gran cuestión es saber si la actividad delictiva de Northrup ha tenido como consecuencia la contaminación de las aguas freáticas. El lunes deberíamos tener los resultados de laboratorio del agua de los pozos. —Kara pasó a hablar del tema que la había inquietado durante casi toda la noche—. He puesto al confidente en contacto con los del Departamento de Trabajo. Por desgracia, no pueden ayudar a nuestra fuente hasta que no se halle bajo amenaza. Pero el confidente cree que la amenaza vendrá en forma de bala o bomba en el coche. Si eso ocurre, claro, el Departamento de Trabajo habrá llegado demasiado tarde.

Tom movió la mano en señal de desaprobación.

—Eso no va a ocurrir. Todos los chivatos se ponen nerviosos.

Kara sabía que probablemente Tom tenía razón, pero el miedo real de Marsh no dejaba de inquietarla.

—¿Y si tiene razón? He prometido que el periódico haría todo lo posible para que todo el mundo estuviera seguro. Si realmente ocurriera...

—El confidente debería llamar a la policía. Nosotros no somos el séptimo de caballería. —Y, de repente, Tom cambió de tema—. Hablando de polis, Novak, ¿alguna novedad sobre el tiroteo en Gallegos?

A veces, era un insensible.

Kara podía imaginarse lo que le diría cuando le pidiera la mañana libre del viernes para llevar a los niños a ver los dinosaurios.

—Así es la política, senador Sheridan. Obtendremos los apoyos de donde haga falta. —Stanfield parecía a la defensiva, incluso por teléfono.

Reece agradeció con la cabeza a Brooke, su becaria, que le trajera la taza de café y sorbió.

—Por supuesto. Pero hay que tener en cuenta en qué momento el senador Devlin dará su apoyo a esta propuesta de ley.

—No se preocupe. Además, sabe perfectamente que en TexaMent somos hombres de palabra —respondió Stanfield.

Reece observó la montaña de trabajo que tenía que acabar antes de poder irse a casa esta noche.

—Me alegro de oírlo. Por eso entenderá que tolero muy mal las jugarretas. Juegue limpio conmigo, Stanfield. Si no, la propuesta está muerta.

Tras aquello, Reece colgó el teléfono. Había otra persona a la que quería llamar.

Kara tomó un sorbo de manzanilla, para intentar no pasarse esa noche sin pegar ojo. Se tumbó en el sofá con el periódico en la mano. Connor por fin se había dormido, dejándole unos momentos de tranquilidad antes de irse a dormir. Se había pasado un buen rato ayudándole a preparar la excursión del viernes sobre los dinosaurios.

Karen pasó algunas páginas y fue a la sección del gobierno del Estado. Se había perdido la conferencia de prensa de Reece, ya que estaba entrevistando a los vecinos de Northrup. La había cubierto una becaria del *Independent*, y Kara estaba contenta con el trabajo que había hecho, ya que había conseguido hacerle a Reece todas las preguntas que ella le había indicado.

Kara leyó el artículo, estaba bien y era directo. Reflexionó sobre el meollo de la cuestión y pensó que debía trabajarse un poco más. Entonces, se incorporó sorprendida.

El Senador Devlin había dado su aprobación a la propuesta de ley de Reece.

—¿Qué demonios?

Devlin tenía las peores credenciales sobre medioambiente de todo el Estado y odiaba a Reece. Siguió leyendo, y soltó una carcajada cuando leyó la respuesta de Reece.

—Yo también estoy sorprendido —dijo Reece a los periodistas el martes por la tarde—. Quizá alguien debería consultar la previsión del tiempo del Infierno.

Volvió a tumbarse en el sofá, se tocó los labios y se permitió revivir todos y cada uno de los momentos de su beso. Sus labios eran firmes y calientes, y sabía cómo usarlos. Había sido agresivo, pero no en exceso, dominando los movimientos de su lengua. Su cuerpo estaba duro: su pecho, sus hombros, sus brazos eran tan diferentes a los de ella. Y ese sonido tan masculino que había hecho antes de besarla.

Sonó el teléfono.

Se le aceleró el pulso. Pese al coro de voces de su cabeza que le decían que debía de dejar de verse con él antes de que se convirtiera en una auténtica relación, esperaba su llamada. La llevaba esperando todas las noches desde el viernes, y cada noche se llevaba una decepción.

Se quedó dudando si debía dejar sonar el teléfono. Pero, al siguiente tono, se levantó del sofá y fue rápidamente a la cocina.

Descolgó el auricular y dijo, como si no pasara nada:

—¿Diga?

—Escucha, niña, no tienes ni idea de dónde te has metido —murmuró un hombre con un tono malévolo de voz—. No puedes con esto y, si lo intentas, vas a acabar muerta. Retírate ahora o afronta las consecuencias.

Capítulo 8

Con un poco de retraso, Kara apretó el botón de grabar del contestador, pero el hombre ya había colgado.

—¡Mierda!

Inmediatamente, quiso comprobar el número desde donde habían llamado, pero aparecía como número oculto. Colgó el teléfono, furiosa consigo misma. ¿Por qué no había apretado antes el botón de grabación? Era periodista, ¡maldita sea!

Se apartó del teléfono y se dio cuenta de que estaba temblando. Ese cabrón en realidad no había conseguido asustarla, ¿verdad? Ya había recibido amenazas de muerte antes. Muchas. Más de las que pudiera recordar. ¿Por qué iba a temblar con ésta?

Y entonces cayó en la cuenta.

Nadie antes la había llamado a casa. Quien fuera la persona que sabía su número de teléfono, sabía también dónde vivía.

«Escucha, niña, no tienes ni idea de dónde te has metido».

Su olfato le dijo que la llamada estaba relacionada con la investigación de Northrup. Pero ¿cómo podía saber alguien de Northrup que estaba investigando la planta? Aún no se había puesto en contacto con ellos para concertar una entrevista. Los únicos que lo sabían eran sus colaboradores, los vecinos a los que había entrevistado, los funcionarios que tramitaban la petición que había hecho de los archivos públicos y su confidente.

Era posible que alguien del Departamento de Salud del Estado o del condado se lo hubiera comunicado a Northrup. También era posible, aunque poco probable, que algún vecino le hubiera comentado algo a alguien y que el tema hubiera llegado a oídos de la dirección de Northrup. En cuanto al confidente, no podía delatarla sin delatarse a sí mismo.

El teléfono volvió a sonar.

Dejó que la llamada se grabara en el contestador.

«Hola. Has llamado a Kara y Connor. Deja un mensaje y nos pondremos en contacto contigo».

Pero, tras la señal, solo hubo silencio, seguido del tono de línea.

Sonó dos veces más, y dos veces más quien llamaba no quiso dejar ningún mensaje. Quien fuera no quería dejar grabada su voz. Tenía que contestar. Tenía que hablar con él, dejarle que le escupiera el veneno en la oreja.

Esperó. Pasaron cinco minutos y nadie llamó. Miraba el reloj de la pared. Cuando finalmente sonó el teléfono, descolgó rápidamente el auricular, con muy mala leche.

—¡Escuche, sea quien sea, no me da miedo!

Hubo un silencio.

—¿Kara? Soy Reece. ¿Va todo bien?

El alivió que sintió se mezcló con cierta dosis de vergüenza, y no pudo responder sin que le temblara la voz.

—¡Reece! Vaya, Dios... mmm... lo siento. Pensaba... estoy bien. ¿Y tú?

Reece percibió lo extraña que era su voz cuando habló por primera vez, ya que reflejaba enfado y miedo al mismo tiempo.

—¿Te está molestando alguien, Kara?

—No, no. Sólo es... un pervertido. Ya sabes. Ha llamado no sé cuántas veces esta noche.

Reece notó que trataba de quitarle importancia.

—Si vuelve a llamar, deberías decírselo a la policía.

Ella rió como si fuera la sugerencia más absurda que había oído.

—Si me dieran un dólar por cada amenaza de muerte que he recibido, podría comprarme una botella del mejor vino.

De modo que se trataba de una amenaza de muerte. A él no le gustó nada saberlo, de hecho, hizo que se cabreara.

—Es un delito amenazar a alguien de muerte. De verdad que has de llamar a la policía.

—La última vez que lo hice, ¿sabes qué me dijeron? Si el tipo había aparecido en algún momento y de verdad lo había intentado. Así de útil es la poli.

—Tenía voz de enfadada.

—Vale, de acuerdo. Olvida a la policía. ¿Y si me paso yo? Puedo quedarme un par de horas y asegurarme de que estás bien. Puedo incluso dormir en el sofá si así estás más tranquila. —Entonces, presintiendo que ella lo rechazaría, añadió—: Eso es lo que haría por mi hermana.

—Bueno, no creo que sea necesario. Te agradezco la intención, Reece, de verdad, pero no necesito que me rescates. —Su voz sonaba a sorpresa, a inseguridad.

¿Acaso nadie había intentado «rescatarla» antes? Incluso antes de hacerse la pregunta, Reece ya supo la respuesta. Ella jamás había tenido ni padre ni marido. Estaba acostumbrada a cuidar de sí misma.

—No quiero herir tu ego feminista, querida. Pero, ¿qué ocurre si soy yo el que quiere rescatarte? Estoy saliendo del Capitolio. En diez minutos pasaré por tu casa y me aseguraré de que todo va bien.

Ella parecía haberse quedado sin argumentos.

—Bueno, no estoy muy presentable. Voy en chándal...

—Yo me he manchado la camisa de salsa en la comida, así que estamos igual. Nos vemos en diez minutos. Cierra bien las puertas.

Colgó antes de que ella pudiera objetar algo, cerró el despacho y fue corriendo al jeep. Se dirigió al este por Colfax, y la carga del día pareció desaparecer de sus hombros y fue reemplazada por una extraña sensación mezcla de protección y anticipación. En el breve tiempo que le costó llegar a su casa, sus pensamientos habían pasado de dejarle su pistola y enseñarle a disparar a todas las cosas que le haría a su dulce cuerpo el viernes por la noche cuando la tuviera en su cama. Cuando entró en el camino de entrada de la casa, tuvo que recordarle a su erección que no había ido a follarla sin sentido, sino a asegurarse de que estaba a salvo.

Pero a su erección pareció no importarle.

Se alegró de ver encendida la luz del porche. Había tomado precauciones. Llamó suavemente a la puerta, al suponer que Connor estaría durmiendo. Vio acercarse la sombra de ella a través de la cristalera.

—Hola —dijo ella, con cierta timidez—. Pasa

Pese a la indumentaria poco sofisticada que llevaba y a la ausencia de maquillaje, estaba espléndida. Limpia. Mujer. Tremendamente sexy.

—¿Ha vuelto a llamar?

—No. Siento haberte dado a entender por teléfono que debías venir. Recibo muchas llamadas de ese estilo. Son gajes del oficio.

Él se quitó el abrigo.

—Entiendo lo que dices. Yo recibo constantemente correos electrónicos y llamadas con amenazas de muerte por ser un fascista. Si ésos se pusieran de acuerdo con los que me llaman para amenazarme por ser comunista...

Ella soltó una carcajada. Le cogió el abrigo y lo colgó en la percha de la entrada.

—¿Te apetece un té?

—Estupendo.

Ella se fijó en la camisa y sonrió.

—Realmente, te has manchado la camisa de salsa. Pensaba que te lo habías inventado. El tomate deja mancha. ¿Quieres que te la lave? En una hora puede estar seca. Eso es lo que yo haría por un amigo.

Estaba a punto de decir que su tintorería sabría cómo quitar la mancha. Pero se mordió la lengua.

—Bueno, te lo agradezco.

Se quitó la corbata, liberó la camisa del pantalón y comenzó a desabrocharse.

Ella se ruborizó y apartó la mirada.

—Voy a poner a hervir agua para el té.

Él la siguió a la cocina. Todo estaba limpio y resplandeciente. La puerta de la nevera estaba cubierta de imanes con letras y dibujos pintados por el niño.

Se quitó la camisa y observó a Kara mientras ella llenaba una tetera plateada. Sus movimientos eran femeninos, graciosos, y su culo era de lo más atractivo enmarcado por la suave tela del pantalón de chándal desgastado. Definitivamente, se imaginaba cómo alguien como ella había llegado a ser madre. Sin duda, no había sido el único hombre que sentía tal atracción por ella.

¿Y qué era ese aroma? Dios, ¡le estaba volviendo loco!

Kara se puso de puntillas para llegar al armario de las tazas situado sobre los fogones.

—¿Prefieres Earl Grey, Lemon Zinder, Hazelnut Vanilla, True Blueberry, Almond Sunset? Mi madre tiene una amiga que trabaja en la fábrica de Celestial Seasonings y me trae té cada vez que viene. También puedo hacer café, si el té no te gusta.

—Earl Grey me parece perfecto.

Reece vio cómo ella se esforzaba por llegar al té, y se dio cuenta de que había elegido el té que estaba más alejado. Con rapidez, se puso tras ella, levantó el brazo y cogió la caja que buscaba.

—Ya lo tengo.

Kara se giró y quedó frente a él antes de que Reece tuviera tiempo de separarse. Los pechos de Kara le rozaron las costillas. Sus pupilas oscuras mostraban una mirada de sorpresa. Y él volvió a olerlo, ese aroma. Emergía por todos los poros de su piel como calor corporal, como feromona, como lujuria. Dulce, pero tóxico, le cautivó desde las gónadas.

Grutas. Sexo primitivo. Bebés. Eso quería.

Kara sabía que estaba en una situación delicada. Reece estaba a su lado, demasiado cerca, llevando una camiseta que insinuaba los músculos que sus manos habían palpado el viernes anterior. A través del tejido blanco, podía ver la sombra de sus pezones. El brazo que tenía levantado, dejaba asomar unos pelos oscuros y mostraba un bíceps bien desarrollado.

«Venga, ya, McMillan. ¡Te estás poniendo caliente con un sobaco!».

Pero así era. Le gustaba eso y el resto de ese cuerpo tan masculino y sensual.

Kara llenó de aire unos pulmones que parecían haberse quedado sin oxígeno y se deslizó de entre él y los fogones con la caja de Earl Grey en la mano.

—Gracias. Voy a poner la camisa en la lavadora mientras se calienta el agua.

Intentando no correr, cogió la camisa de la silla de la cocina donde la había colocado Reece y buscó refugio en el lavadero, que estaba separado de la cocina por la puerta corredera de cristal.

—Háblame de la llamada. —Se acercó a la ventana situada sobre la pila y pareció ir a abrirla.

Entonces, ella se dio cuenta de que estaba comprobando que no pudiera abrirse. Se quedó mirándolo. Realmente quería asegurarse de que estaba a salvo.

—No hay nada que contar. Una llamada más de amenaza de muerte.

—¿Había llamado antes de hoy?

Puso detergente en la mancha, metió la camisa en la lavadora y puso en marcha el programa de lavado.

—No.

Reece se dirigió a la puerta corredera de cristal y comprobó que estuviera bien cerrada.

—¿Podría estar relacionado con algún artículo para el periódico?

Ella dudó si responder o no.

—Sí, pero no puedo hablarte de ello.

—¿Puedes decirme qué te ha dicho?

Kara repitió lo que le había dicho aquel hombre.

—Más o menos.

Reece su puso tenso.

—Puedes comprar cierres especiales para estas puertas, ¿sabes? Son más efectivos que este pestillo de madera para impedir la entrada de desconocidos.

—¿Ah, sí? —Nunca había visto esos cierres, pero claro, no pasaba mucho tiempo patrullando por los lineales de las ferreterías.

Él sonrió.

—Pues claro. Te compraré un par la próxima vez que vaya a la ferretería.

Ella sacudió la cabeza y fue hacia el armario para coger dos tazas. La pava comenzaba a silbar.

—No tienes por qué hacerlo. Puedo comprarlos yo misma. ¿Quieres leche, azúcar?

Al cabo de un momento, estaban sentados en el sofá, con una taza de té cada uno. Pasaron la siguiente hora charlando tranquilamente. Reece le preguntó sobre Connor. Ella sintió que estaba más relajada y le contó la visita al museo que tenían programada. Puso la camisa en la secadora y volvió con dos tazas más de té. Vio que él estaba leyendo la noticia sobre su propuesta de ley.

—Le diste una respuesta muy divertida a la becaria.

Reece rechazó el cumplido con un gesto.

—¿O sea que solo merezco a una becaria? Esperaba haberte visto a ti.

Entonces, sonaron las alarmas de Kara. Dejó el té sobre la mesa y se sentó.

Eso era justamente lo que temía, que su relación amistosa supusiera tenerle en mayor consideración.

—Pensé que era mejor que lo hiciera otra persona. No puedo comprometer mi trabajo, Reece.

—Sólo era una broma, Kara. No te pido que comprometas nada.

—Bueno, entenderás que si vamos a ser amigos…

—¿Hacia ahí es hacia donde vamos, Kara? ¿Estamos empezando a ser amigos? Espero que no sea así. —Estiró el brazo para acariciarle la mejilla. Sus brazos la tocaban como si fueran fuego—. Por favor, dime que has pensado en mí alguna vez desde el viernes.

Sus mejillas se tornaron rosadas. ¿Cómo era posible que le ocurriera eso a ella? No era más que un hombre.

«No sólo un hombre, McMillan, un hombre muy, muy sexy».

—Vale. Reconozco que he pensado en ti una vez. Durante algunos segundos.

—Creo que ha llegado el momento de que deje en ti más

que una ligera impresión. —Se acercó más a ella sin apartar la mirada, la abrazó y la besó.

Sonó el teléfono.

Kara se asustó. Tenía el pulso acelerado.

—No puede ser él otra vez. Hace una hora que no llama.

Reece se había levantado para coger el teléfono.

—¿Puedes grabarlo con el contestador?

—Claro. Soy periodista, ¿recuerdas? —Fue corriendo a la cocina, cogió aire, apretó el botón de grabación y descolgó el auricular—. ¿Diga?

—Kara, soy Holly. Casi me beso con el hombre de Orkin. ¿Puedes creértelo? —La voz de Holly se oía alto y claro por el altavoz.

Kara miró a Reece avergonzada y desconectó el botón de grabación para que él no pudiera oír a Holly.

—Vaya, qué interesante. Ahora no puedo hablar contigo. ¿Podemos hablar mañana?

Kara colgó el teléfono y miró la cara pícara de Reece.

—¿El hombre de Orkin?

Kara estaba tumbada en la oscuridad. De nuevo, el sueño parecía no llegar.

Todo iba demasiado rápido. En un instante, había pasado de estar hablando con él, como si fuera una puta borracha en un bar de Babilonia, a sentir que él se preocupaba por ella y que realmente tenía interés.

«¿Hacia ahí es hacia donde vamos, Kara? Espero que no».

¿Cuándo se había tomado un hombre tantas molestias para asegurarse de que se sentía a salvo? ¿Cuándo había actuado un hombre como si ella fuera algo tan delicioso que tenía que tocarla sin cesar? ¿Cuándo se había interesado algún hombre por Connor o la había escuchado hablar de las chiquillerías que su hijo había dicho?

—¿Sigue en pie lo del viernes por la noche? —Dijo él cuando se dirigía a la puerta.

Ella asintió.

—Mi madre vendrá desde Boulder para cuidar a Connor.

Su voz se tornó más masculina.

—Bien. —Entonces se inclinó y le dio un largo e intenso beso, antes de dar media vuelta para bajar los peldaños—. Cierra bien la puerta y plantéate llamar a la policía.

Kara se imaginó que habría unos cuantos policías a los que no le importaría demasiado encontrársela muerta, pero no le comentó nada a Reece.

—Vale. Y, Reece, gracias.

—Ha sido un placer, como siempre —dijo él mientras abría la puerta de su jeep y le dedicaba una sonrisa que le hizo temblar las piernas.

Pero, cuando cerró los ojos y se sumergió en un inquietante sueño, no fue la sonrisa de Reece ni sus palabras las que acudieron a su mente, sino la ruda voz dc un extraño.

«Escucha, niña, no tienes ni idea de dónde te has metido».

Reece abrió la puerta de su apartamento, dejó las llaves en el mueble de la entrada y dejó la cartera en el suelo. Luego, se dirigió al teléfono. El tono que escuchó le indicaba que tenía mensajes, pero hizo caso omiso y marcó el número de la policía de Denver.

No estaba utilizando su posición de senador para pedir favores. Únicamente, había preguntas que necesitaban una respuesta.

—Soy el senador Reece Sheridan. Póngame con el comisario Irving, por favor.

Amenazar a alguien era delito. Según Kara, había hablado con la policía otras veces que la habían amenazado de muerte, y no se lo habían tomado en serio.

Reece iba a averiguar por qué.

Capítulo 9

Lo primero que hizo Kara el jueves por la mañana fue llamar a su confidente y dejarle un mensaje en el móvil. Le preocupaba no haber podido hablar con él de forma directa, ya que si alguien relacionado con Northrup sabía que ella estaba investigando la planta, era posible, aunque poco probable, que también supieran de la existencia de Marsh.

Acababa de terminar de preparar sus apuntes sobre los últimos resultados del laboratorio para la reunión del equipo de investigación, cuando Holly entró en el cubículo luciendo un ajustado vestido negro y una amplia sonrisa.

—Siento haber llamado tan tarde, Kara, pero tenía que contártelo.

—Habla rápido. Tengo una reunión con el equipo de investigación a las cinco.

Mientras Kara afilaba unos lápices (como cualquier periodista que se preciara no utiliza bolígrafos porque se congelaban cuando hacía frío, no escribían en papel mojado y se quedaban sin tinta justo cuando más los necesitabas), Holly le contó cómo el hombre de Orkin había ido a su casa a exterminar las cucarachas y casi había acabado poseyéndola en la alfombra del salón.

—Estaba buenísimo, era rubio y enorme, como un vikingo. Sus manos eran gigantescas.

A pesar de esforzarse, Kara fue incapaz de centrarse en la narración de Holly, ya que no dejaba de pensar en la reunión y en lo que seguramente se convertiría en una confrontación con Tom.

—Bueno, quizá vuelva, ¿no? Las cucarachas nunca mueren del todo.

Holly la miró enfadada.

—No has escuchado nada de lo que te he contado. Te digo que no dejaba de pensar en los productos químicos que podía haber en sus manos y no pude hacerlo.

—Bueno, quizá haya sido una buena decisión. Tengo que irme.

Kara tomó sus apuntes, afiló los lápices y se dirigió a toda prisa hacia la sala de reuniones, intentando hacer caso omiso de los nervios que sentía.

Había llegado el día. Iba a decirle a Tom que al día siguiente se tomaría la mañana libre. Y, cuando él se comportara como un idiota, que lo haría, iba a plantarse y no pedir disculpas ni buscar excusas. El periódico le debía más horas de las que sería capaz de tomarse en toda la vida. Tenía derecho a tomarse tres horas libres el viernes sin tener que rendir cuentas a nadie.

Escuchó mientras Tessa les contaba el tiroteo policial del día. Parece ser que los policías de narcóticos habían irrumpido en la casa equivocada y habían disparado al hombre equivocado. Algunos miembros del departamento habían sido suspendidos hasta que finalizara la investigación interna, pero los ciudadanos reclamaban una investigación de todo el departamento.

—Creo que es noticia de primera página, cincuenta centímetros como mínimo —dijo Tessa.

Syd introdujo los números en su calculadora y anotó los resultados en la hoja de control.

—Consigue fotos de los policías suspendidos, si puedes.

—Ya estoy en ello —dijo Joaquín.

—McMillan —Tom miró a Kara.

—Las tres muestras de agua que tomé de los pozos de los vecinos muestran diversos niveles de productos derivados del petróleo y cloruro de metileno. El mismo cóctel que en la acequia.

—Ve a por ellos, Kara —dijo Tessa sacudiendo la cabeza con disgusto.

Matt emitió un silbido de apreciación.

—Buen trabajo, Kara —Sophie sonrió a Kara—. Vas a salvar la vida a esa gente. Lo sabes, ¿verdad?

—Estos resultados nos ponen en un compromiso —dijo Kara quitándole importancia al elogio—. Por ética, no puedo retrasar la entrega de esta información a los departamentos de salud del condado y del Estado ni a las personas dueñas de los pozos contaminados. Pero, en cuanto haga pública esta contaminación y su fuente, los tipos de Northrup irán a por mí.

Si no lo han hecho ya, claro.

—Ahora es cuando empieza lo bueno —dijo Matt con esa sonrisa de complicidad en la búsqueda de adrenalina.

—Sólo para vuestra información, mañana por la mañana no estaré disponible. Voy de acompañante a una excursión de la guardería de mi hijo —Kara respiró hondo y lo dijo de forma casual e informativa, tal como lo había previsto.

El buen ambiente de la sala desapareció en un segundo.

Matt tosió. Tessa tomó un sorbo de su café. Syd dejó de introducir números en la calculadora y alzó la mirada.

—De acuerdo —asintió Tom—. ¿Te sientes cómoda olvidándote de la historia de Northrup durante un día?

Resuelta a hacer frente a Tom, Kara le miró a los ojos.

—Ni siquiera es medio día. Dudo que se hunda la tierra en las tres horas que esté fuera. Llevaré el móvil por si acaso. Incluso los periodistas tienen derecho a tiempo libre.

—Es una cuestión de compromiso, no de derechos, McMillan —su voz mostraba una nota clara de decepción.

Matt volvió a toser.

Kara se incorporó en la silla e intentó parecer ofendida y no intimidada.

—¿Estás poniendo en duda mi compromiso, Tom?

Tom restó importancia a la pregunta con un movimiento de la mano.

—Por supuesto que no. Claro, tómate la mañana libre.

Pero la actitud fría que tuvo hacia ella durante el resto de la reunión dejó claro que no se sentía nada contento con su decisión.

Reece olió la camisa y disfrutó del aroma hogareño del suavizante para ropa. Estaba acostumbrado al impersonal olor industrial de la tintorería en la ropa, y se sorprendió al ver cuánto agradecía la diferencia. O quizá lo que le gustaba fuera solo el hecho de que Kara era quien había lavado la camisa. La anoche anterior, había estado a punto de colgarla en el armario, pero al final había decidido volver a ponérsela.

Por supuesto, esto sería siempre su secreto. Si se lo contara a cualquiera de sus amigos, se reirían de él. «Pringado», dirían.

Volvió a centrarse en la sesión. Un senador de la zona occidental de Colorado realizaba una apasionada exposición sobre los cambios necesarios en la regulación del mercado de la industria de la fruta. A Reece no se le ocurría por qué una ley del Estado regulaba el mercado de la fruta, así que escuchó con atención, tomando apuntes, hasta que vibró el móvil en el bolsillo. Al echar un vistazo a la pantalla, vio que le llamaba la policía.

Se puso en pie y se apresuró a salir de la cámara del senado al pasillo.

—Al habla Sheridan. Dígame.

—He comprobado los archivos de los últimos cinco años, senador. No he encontrado nada. Si realizó una denuncia, no hay rastro alguno.

—¿El procedimiento estándar es archivar las denuncias?

—Sí. ¿Está seguro de que realizó una denuncia oficial?

—Créame, comisario, si hizo algo, lo hizo de manera oficial y siguiendo la normativa.

—Qué extraño.

—¿Es posible que la persona que redactara la denuncia no se la tomara en serio y la tirara a la papelera?

—Es posible, pero creo que es más probable que se perdiera.

—Pero acaba de decir que ha buscado en todos los registros y no ha encontrado nada.

—Sí, pero…

—¿Dónde más podría estar?

—No lo sé.

—Lo que me preocupa es que Kara McMillan ha irritado a mucha gente en esta ciudad. ¿Y si alguien hubiera hecho caso omiso a su denuncia y la hubiera puesto a ella en peligro solo porque no le gusta?

El comisario Irving dudó un momento.

—Ninguno de mis inspectores haría algo así.

—Me alegro de oírlo porque, según la ley, todos merecemos la misma protección. Por desgracia, la señorita McMillan está tan convencida de que la policía no la ayudará que no ha denunciado un incidente reciente en el que la amenazaron de muerte.

—No me gusta nada oírlo. Dele mi número, senador. Le aseguro que me encargaré de este caso personalmente. Mientras tanto, mandaré más policías a patrullar su calle.

—Gracias, comisario. Se lo agradezco. Le daré su número.

Reece colgó y miró el reloj. Tenía que irse pronto si quería llegar antes de que cerrara la pequeña vinatería de la calle 16. También tenía que comprar comida, encargar flores, lavar sábanas y limpiar la casa.

¿Cuándo fue la última vez que se había tomado tantas molestias por una mujer? No sabía. No le importaba. Lo único que sabía era que tenía mucho trabajo para preparar la casa para el sexo para mañana por la noche, y que todo el tiempo empleado en ello valía la pena por Kara.

Kara comunicó los resultados a la gente que le había dejado tomar muestras de los pozos, y fue testigo de la sorpresa, rabia y miedo de sus reacciones. No podía decirles cuál era el origen de la contaminación porque no estaba segura al cien por cien. Pero al menos sabían que no debían beber el agua ni dársela a ningún ser vivo. Les entregó los números de las oficinas de calidad de agua del condado y del Estado, y el de la EPA para que llamaran si sucedía algo.

—Gracias, cielo —dijo Moira Farnsworth—. Si no fuera por ti, beberíamos esa porquería.

Consiguió hablar con Marsh a última hora de la tarde y se sintió aliviada al comprobar que se encontraba bien.

—Tengo algo para usted —le dijo con una voz que delataba emoción.

—¿Ah, sí? ¿El qué?

—Una cinta de vídeo.

Estaba tan sorprendida que tardó unos segundos en reaccionar.

—¿Una cinta vídeo?

—Sí. Escondí una de esas cámaras de vídeo pequeñas en mi bolsa y filmé todo el interior de la planta.

Kara quería la filmación, y la quería ya.

—Eso ha sido muy arriesgado, señor Marsh. ¿Cree que alguien le ha podido ver filmando?

—Qué va. Me aseguré de que no hubiera nadie cerca. Además, tenía la cámara escondida en la bolsa.

—Eso está bien. ¿Puedo ver la filmación?

—Quedamos donde siempre mañana al mediodía.

—Nos vemos allí.

—¡Una cinta de vídeo! ¿Se os ocurre algo mejor? —le gritó a todo el equipo de investigación.

Estaba tan emocionada con el vídeo que se había olvidado por completo de su problema con Tom. Sabía que lo que había dicho en la reunión no eran sus últimas palabras sobre el tema. El resto siguió cuando Kara se estaba preparando para marcharse a casa.

—¡McMillan! —la voz de Tom salió del altavoz de su teléfono—. Ven a mi oficina, por favor.

—Estamos contigo, Kara —dijo Sophie con una sonrisa de ánimo.

—Tiene suerte de que no le demandes, chica —dijo Tessa sacudiendo la cabeza.

—Gracias —dijo Kara. Respiró hondo y se dirigió a enfrentarse con su destino.

Tom estaba inclinado sobre el ordenador leyendo algún informe en Internet. No la miró cuando ella entró.

—¿Va a convertirse en una costumbre, McMillan?

Kara sintió que se le aceleraba el pulso. Dios, cómo odiaba que la intimidaran. ¿Por qué dejaba que Tom le hablara así?

—No, no había ningún padre más que pudiera acompañarlos y habrían tenido que anular...

—Me alegro —dijo Tom y se giró hacia ella para soltarle una versión del discurso *Los perros guardianes de la libertad* que reservaba para cuando quería hacer sentir culpable a alguien por tener vida más allá del periódico.

Kara escuchó, y su miedo hacia él fue convirtiéndose en enfado. Intentó no poner los ojos en blanco, no parecer aburrida. Dios, ese hombre podía ser un gilipollas.

«Mantén la boca cerrada, McMillan. Necesitas tener una nómina, ¿recuerdas?».

—Lo principal, McMillan, es que somos los perros guardianes de la libertad, el cuarto poder. Vigilamos el futuro. Es una gran responsabilidad que requiere un compromiso total. Tú ya te vas pronto cada día para recoger a tu hijo. Te tomas tiempo libre cuando está enfermo. Y ahora te tomas tiempo libre para llevarlo a un museo. Sí, ya sé que tienes derecho a tomarte tiempo libre, pero no se trata de a qué tienes derecho o cuánto tiempo tienes. Es una cuestión de instinto, McMillan. Tengo que saber que tu corazón está aquí.

Kara no se creía lo que acababa de oír y sintió que se le retorcían las tripas de rabia.

—Por supuesto que mi corazón está aquí, Tom. Ha estado aquí desde el día que crucé esa puerta.

La miró evaluándola sin compasión aparente. Luego, cuando dio por finalizada la bronca, la acompañó hacia la puerta.

Kara se dio media vuelta para marcharse, pero en lugar de sentirse aliviada porque había terminado, se sentía inundada por la ira. Se giró para darle la cara, y las palabras brotaron de sus labios antes de poder detenerlas.

—Eres un cabrón, Tom. No me voy pronto todos los días.

Me voy después de una jornada de ocho horas y luego trabajo un par de horas más cada noche. Trabajo en casa los fines de semana. Me parto el espinazo porque sé lo importante que es la libertad de prensa. Así que no necesito que me des ningún sermón para recordármelo.

—Cierra la puerta, McMillan —le dijo Tom sin inmutarse.

—¿Por qué? No hay nadie en todo el periódico que no haya sentido lo que yo siento ahora. Le rateaste tiempo a Matt para su boda. Le rateaste tiempo a Syd para el funeral de su padre. Me rateaste a mí la baja por maternidad. ¿Y ahora me echas la bronca porque quiero unas horas para pasarlas con mi hijo? —Estaba tan cabreada que le temblaba la voz—. La verdad es que este periódico me debe tanto tiempo que no podría cobrarlo de ninguna manera. Si quiero tomarme unas horas para ser una madre responsable, entonces, maldita sea, voy a tomarme unas horas, y tú no vas a conseguir hacerme sentir culpable por ello.

—¿Has acabado? —Ahora él sí parecía sorprendido.

«Cállate, McMillan, cierra la boca ahora mismo».

Pero a Kara le hervía la sangre e iba a soltarlo todo.

—Siempre dices que los periodistas vigilamos el futuro. ¿Qué futuro, Tom? ¿Has dejado de trabajar alguna vez el tiempo suficiente para responder a esta pregunta? Bueno, mi hijo es mi futuro. Es un ser humano, y depende de mí para todo. Es mi máxima responsabilidad, y no voy a pedir perdón por intentar darle el amor y el cariño que merece. Si no te gusta, ya puedes llamar a Recursos Humanos, porque yo ya estoy harta de esta mierda. ¡Tengo derecho a tener una vida, joder!

Entonces, se dio media vuelta y, sin prestar atención a los aplausos y gritos de ánimo de sus colegas, tomó su cartera y se apresuró por el pasillo hacia la salida.

Kara estaba tan absorta ponderando las consecuencias de su explosión de rabia que estuvo distraída durante la cena, la hora del baño y los cuentos antes de dormir. Qué duro es ser una buena madre.

No tenía ni idea de cuál sería la reacción de Tom. Quizá la valoraría más. Quizá le quitaría la historia de Northrup y se la daría a alguien que no estuviera en la lista negra. Quizá encontraría un cheque en el buzón al día siguiente con una invitación para devolver las llaves y desaparecer.

—Léeme otro, mami —dijo Connor sosteniendo otro libro de dinosaurios.

—Esta noche no, cielo. Pero mañana iremos al museo a ver los fósiles de verdad. Será divertido, ¿verdad?

El niño asintió, se arrebozó bajo las sábanas y sonrió a su madre, con una adoración inocente en la mirada. En ese momento, Kara sintió no merecer tanto amor.

Conteniendo las lágrimas, Kara se sentó y le pasó los dedos por su suave cabello moreno. El perfume del champú infantil, uno de sus olores preferidos, le acarició la nariz.

—Te quiero mucho, Connor. Eres un chico fantástico y te quiero. Pase lo que pase, recuérdalo ¿vale?

El niño asintió.

Le besó en la mejilla y le arropó bien.

—Buenas noches.

—Buenas noches, mami.

Llamó justo cuando ella apagó la luz de la habitación de Connor. Sobrepasada por su confrontación con Tom, se había olvidado de él.

Pero esta vez, pulsó el botón de grabar.

—¡Zorra estúpida! Déjalo o tu hijo va a crecer sin madre. ¿Me entiendes?

A Kara se le aceleró el pulso, y pensó con rapidez en una manera de averiguar quién era o al menos confirmar su conexión con Northrup.

—Creo que se ha equivocado.

«Bravo, McMillan. Seguro que esta respuesta está en el manual de formación del FBI».

—Sé exactamente con quién estoy hablando, Kara McMillan. Más vale que hagas lo que te digo.

—¿Qué quiere que deje? ¿Qué se supone que...?

Pero el hombre había colgado.

Kara no pudo dormir en toda la noche, pero, mientras le ponía la nueva camiseta de dinosaurios a Connor y le preparaba los cereales, se esforzó al máximo por comportarse como una madre cuya única preocupación era pasar un día fabuloso con su hijo en el museo. Añadió trozos de manzana a los cereales, le puso un batido de chocolate con la comida e incluso gruñó con él mientras se cepillaban los dientes de dinosaurio en forma de sierra y de quince centímetros de largo, ocultos por la pasta de dientes, frente al espejo del cuarto de baño.

Hacía sol, era uno de esos extraños días de invierno de Colorado en los que hace tan buen tiempo que la gente camina por calle en pantalón corto y sandalias frente al paisaje nevado de las montañas.

Kara ayudó a Connor a acomodarse en la sillita del coche y luego se sentó ella.

—Vamos a ver fósiles.

Los otros niños de la guardería también gruñían y brincaban sin cesar, y Kara rió con sus ocurrencias del Pleistoceno, a pesar de las preocupaciones.

Recibió la llamada justo cuando iba a subir al autobús escolar que les llevaría al otro lado de la ciudad.

—¿Kara McMillan? —la voz no le sonaba de nada.

—Sí.

—Soy Scott Hammond. Soy inspector del Departamento de Salud del Estado. ¿Podemos hablar de manera extraoficial?

Kara se acomodó en el asiento del autobús junto a Connor y dejó el bolso entre los muslos.

—En realidad, ahora no es un buen momento, pero me encantaría hablar con usted. ¿Puedo llamarle luego?

—No, es importante. Northrup están rondando por aquí. Llevan aquí desde el lunes. Tiene que venir. Sus abogados están revisando nuestros registros y diciéndole al fiscal qué documentos puede incluir en su petición de documentos y cuáles no.

—Eso es ilegal. No pueden hacerlo —Kara sintió emerger la rabia.

—Es peor que eso. Saben lo de Henry Marsh. Vino a verme hace unos meses, me dio unas fotos y me dijo qué estaba pasando. Realicé un registro oficial sobre ello, pero mantuve oculto su nombre en mis archivos personales. Cuando llegué esta mañana, se habían llevado esos archivos. Basándome en lo que usted pidió en su solicitud, me imagino que también ha hablado con usted.

Kara no podía creer lo que oía y eligió las palabras con cuidado. ¿Y si esto era una inteligente trampa para que ella admitiera la identidad de su confidente?

—No puedo hablar de mi investigación, señor Hammond. Ni siquiera puedo estar segura de que usted es quien dice ser.

—Entiendo. Pero, por favor, escúcheme cuando le digo que temo por la seguridad del señor Marsh, señora —el hombre bajó la voz como si temiera ser oído—. Y si va a por esta historia en serio, también temo por su seguridad. Esos tipos no van a escribir una carta al director. Van a abrirle la cabeza con un bate de béisbol.

Capítulo 10

Kara pensó con rapidez. Y, aunque le dio mil vueltas, sabía que no tenía opción. Tenía que ir al Departamento de Salud del Estado de inmediato. Y tenía que advertir a Marsh.

¿Cómo demonios había pasado?

—Señor Hammond, ¿le gustaría hablar conmigo de manera extraoficial cuando esté en un lugar en el que pueda hablar con total libertad?

—Sí. Estoy en el listín de teléfonos. Llámeme a casa luego. Tengo que colgar. Esto me desborda —entonces, colgó.

Kara miró a Connor, que estaba jugando con un estegosaurio de plástico, y supo que iba a romperle el corazón.

—Connor, tengo malas noticias. Tengo que ir al periódico ahora mismo.

Dejó de jugar y alzó la vista. Su mirada mostraba incredulidad infantil.

—¿Por qué, mami? Dijiste que irías conmigo al museo.

—Lo sé, Connor, y lo siento muchísimo, pero hay unos hombres malos que pueden hacer daño a alguien si no le aviso.

—¿No puede avisarle nadie más?

Kara pensó en ella durante un momento y sacudió la cabeza.

—Soy la única que sabe quién es y cómo contactar con él. Le prometí que no le diría a nadie su nombre.

—Pero me prometiste venir conmigo al museo.

—Es verdad, te lo prometí. Pero no puedo cumplir la promesa, lo siento mucho. Lo siento, tesoro. Intentaré recompensarte de alguna manera. —Kara se levantó, se inclinó y besó a

Connor en la mejilla—. Asegúrate de ver bien el tiranosaurio rex para poder dibujármelo luego, ¿vale?

Le barbilla de Connor empezó a temblar y sus ojos se llenaron de lágrimas.

Kara le abrazó fuerte.

—Te quiero más que a nada en el mundo, Connor. Espero que algún día lo entenderás. Vendré a buscarte en cuanto pueda.

Se dio media vuelta y caminó por el pasillo, preparada para lo que iba a ser, sin duda, una terrible confrontación con Janice.

La profesora se Connor se tomó la noticia mucho mejor de lo que Kara había imaginado. La mujer escuchó, poniendo una mirada de «lo sabía».

—Bueno, no estaba segura de si se acordaría, así que se lo pedí también a otro padre.

Las palabras de Janice fueron como un tortazo, pero Kara controló su enfado.

—Me parte el corazón decepcionar a Connor, pero, de verdad, hay más en juego de lo que puedo explicar. Lo siento.

Mientras el autobús se alejaba, Kara vio cómo Connor la miraba con tristeza por la ventana. Una puñalada de pena le atravesó el corazón. Con lágrimas en los ojos, sonrió y le lanzó un beso.

Sintiéndose enferma y realmente furiosa, Kara llegó al Departamento de Salud del Estado en menos de veinte minutos y encontró a Joaquín esperándola con la cámara lista. Había llamado a Tom y le había pedido con su mejor voz de «no me discutas» que se pusiera en contacto con el abogado del Colegio de periodistas y que enviara enseguida a un fotógrafo. No tenía tiempo ni paciencia para repetir la discusión del día anterior. Parece ser que él lo entendió, porque no dijo nada sobre su ataque de furia y prometió hacer lo que le pedía.

—Hola, Karalita. ¿Qué pasa?

Ella le puso al día rápidamente.

—Creo que están destruyendo todo lo que pueden y escondiendo el resto. Mi objetivo es encontrar todos los documentos que pueda y averiguar si delataron la identidad del confidente y cómo demonios los consiguieron en primer lugar. Me gustaría que empezaras a fotografiar y no pararas.

Joaquín sonrió. Su blanca dentadura contrastaba con el color café de su piel.

—¿Me estás pidiendo que los intimide con la cámara?

Kara asintió.

—Y, Joaquín, la cosa puede ponerse fea. Si llaman a la poli o amenazan con arrestarnos, haz lo que creas mejor.

—Oye, si te pillan a ti, me pillan a mí.

—Vamos. —Demasiado enfadada para estar nerviosa, Kara condujo a Joaquín a las puertas de emergencia cerradas de la parte trasera del edificio, esperaron a que saliera alguien y sujetaron la puerta antes de que se cerrara de nuevo.

Caminaron por un laberinto de pasillos hacia la división de cualidad de aire y agua.

—Este lugar es un lío. Es un laberinto —murmuró Joaquín.

—¿Estás dejando caer migas de pan por si tenemos que poner pies en polvorosa?

Llegaron a las puertas de cristal dobles que buscaban, y Kara se detuvo un instante para inspeccionar la sala. Un mar de cubículos beige se extendía de una parte de la sala a la otra. Uno de ellos estaba decorado para San Valentín, sin duda la mesa de una mujer de mediana edad que desempeñaba el papel de la madre de la oficina. Todas las oficinas tienen una. Son las que compran caramelos, recuerdan el cumpleaños de todos y siempre están dispuestas a escuchar noticias sobre los hijos y nietos de los demás.

En la esquina derecha más alejada había una fotocopiadora, mientras que la pared izquierda estaba plagada de oficinas con paredes de cristal. En la oficina de la esquina, la del director Owens, vio lo que buscaba: una colección de trajes.

—Compórtate como si fueras de aquí —le dijo a Joaquín. Luego, encendió la grabadora digital, se la metió en el bolsillo y abrió la puerta.

Se dirigió con decisión hacia la oficina del director, mientras

Joaquín la seguía. Los hombres trajeados se fijaron en ella un segundo antes de que abriera la puerta de cristal y entrara.

—¿Quién...?

—Señor Owens, ha permitido a Northrup acceder a los documentos solicitados por el *Denver Independent* bajo la ley del Estado de archivos públicos. Quiero una explicación. Y es oficial.

Durante un instante, nadie dijo nada y se limitaron a mirarla sorprendidos en silencio. El único sonido era el constante clic de la cámara de Joaquín.

Entonces, Owens se acercó a ella con una amplia sonrisa en el rostro y la acompañó hacia la puerta.

—No puede irrumpir aquí de esta forma, señorita McMillan. Tiene que firmar en la hoja de seguridad. Les acompañaré a la entrada y quizá pueda responder a algunas de sus preguntas.

—No voy a ir a ninguna parte sin los documentos que solicité... además de una lista con todos los documentos que ha redactado a petición de Northrup.

Owens rió y le rodeó con un brazo el hombro como si pretendiera dirigirla hacia la puerta.

—Me temo que no es posible, señorita McMillan. Primero tiene que firmar; es el procedimiento estándar ¿comprende? Y luego nos sentaremos y hablaremos de ello.

—No voy a irme sin los documentos y la lista —dijo Kara zafándose de su brazo.

Los hombres se miraron entre ellos. Estaba claro que no estaban acostumbrados a que los desafiaran. Luego, un hombre alto y con entradas, con un exquisito traje a medida se adelantó.

Galen.

Sintió que la sangre le subía al rostro e intentó mantener una expresión neutra.

—Permitir a mi cliente el acceso a dichos documentos antes de hacerlos públicos está totalmente dentro de los límites de la ley, señorita McMillan. Según la ley de Colorado...

«Señorita McMillan. Tuviste un hijo con él y te llama señorita McMillan».

Una rabia incontrolable la inundó hasta que explotó.

—Oye, abogado de tres al cuarto, no me vengas con leyes. Conozco la ley de archivos públicos al dedillo, y no hay ninguna disposición que conceda el derecho a una corporación a decidir qué documentos públicos puede ver el público. Los archivos públicos son públicos. Punto.

Galen se quedó de piedra y farfulló algo.

«Ya no soy esa recién licenciada inocente a la que te follaste y dejaste tirada, ¿verdad?».

—Voy a llamar a seguridad —un hombre con un traje marrón se acercó al teléfono.

—Adelante. Y de paso, llame a la policía —Kara rió—. Será una gran historia de primera página: *Periodista arrestada mientras intentaba recoger documentos de Northrup en el Departamento de Salud del Estado. Personal de Northrup involucrado.* Ese tipo de controversia es fantástica para nosotros, aunque sospecho que no es tan buena para ustedes. Además, el periódico les demandará.

El hombre del traje gris colgó el teléfono.

Galen miró por encima del hombro a un hombre canoso vestido con un elegante traje gris. Los dos parecían comunicarse con la mirada. Entonces, el hombre giró la cabeza y miró a Kara. Tenía los ojos más fríos que había visto en la vida. Ojos azul hielo. Árticos.

—Señorita McMillan, soy Ernie Harris, fiscal del Estado. Si nos da un poco de tiempo, le prepararé los documentos. —Miró pusilánime a los hombres altos que le rodeaban—. No creo que tengamos otra opción.

El hombre del traje marrón dejó caer los brazos.

Owens parecía nervioso y se dirigió al hombre canoso.

—Si eso es lo que dice el fiscal, tengo que acatarlo.

El hombre del cabello gris perfectamente peinado miró con frialdad a Kara y luego se giró hacia la puerta con varios sobres en la mano.

Ella le bloqueó el paso.

—Si eso son documentos públicos, no va a irse hasta que hayan sido catalogados y fotocopiados.

Las aletas de la nariz del hombre se hincharon. La cara se

le puso roja. Se dio media vuelta, dejó las carpetas en la mesa de Owens y luego se apresuró hacia la puerta con Galen siguiéndolo.

—¿Alguien puede librarse de esa maldita cámara? —maldijo entre dientes el hombre del traje marrón.

Dos horas después, Joaquín cargaba la última caja de documentos en el maletero del coche de Kara.

—Ya está.

—Gracias, Joaquín. Eres genial.

—Un placer. ¿Me haces un favor?

—Claro.

—Recuérdame que nunca te cabree.

—Claro. —A pesar del fuerte dolor de cabeza producido por la tensión, Kara rió.

Cuando Joaquín subió a su coche, Kara miró el reloj. Tenía quince minutos para llegar a Québec con Smith, donde iba a darle a Marsh malas noticias.

Se lo tomó bastante bien.

—Supongo que es culpa mía. Debería haberle dicho que había hablado con Scott Hammond antes de llamarla a usted. Es un buen tipo. Sé que no quería que pasara esto.

Kara condujo por las calles de Denver, girando al azar, con Marsh en el asiento del pasajero.

—Teme que le pase algo a usted o a su familia.

—Sí, yo también —sonrió nerviosamente.

—Creo que debería irse de la ciudad durante un tiempo.

—Estoy pensando enviar a mi mujer y a mi hija a casa de su madre en Tennessee.

—Buena idea. ¿Puede reunirse usted con ellas?

—Perdería el trabajo —dijo tras un breve silencio.

Sabía que eso significaba más que perder la nómina. Significaba perder el seguro sanitario. Significaba perder la casa. Significaba dejar amigos atrás sin ninguna explicación, sin ninguna dirección.

—Odio todo esto, señor Marsh. Así no es como se supone que tienen que ir las cosas.

—No es culpa suya. Usted ha hecho todo lo que ha podido —realizó una breve pausa; se aferraba y soltaba los pantalones con unas grandes manos callosas—. Bueno, supongo que odiaba trabajar para esos imbéciles.

—¿Significa esto que va a marcharse de la ciudad?

—En la vida he dejado un trabajo. No me gusta. Pero supongo que es mejor que acabar muerto en cualquier dique.

—Sin duda —Kara giró a la derecha y tomó el camino de vuelta a Québec con Smith—. Cuénteme lo de las cintas de vídeo. ¿Cómo consiguió introducir una cámara en la planta?

Cuando llegó al aparcamiento del periódico, el dolor de cabeza estaba a punto de convertirse en migraña. Solicitó la ayuda del guardia de seguridad para descargar las cajas en un carrito y llevarlas adentro. Salió del ascensor y vio que todo el mundo se la quedaba mirando.

—Hemos oído que les has dado caña, McMillan.

—Eres tremenda, McMillan. Ayer Tom, hoy el Departamento de Salud del Estado.

—McMillan ha podido con todos.

—Gracias, pero Joaquín también estaba allí —Kara indicó al guardia de seguridad su mesa, le dio las gracias, y descargó las cajas del carrito. Había cuatro, unas 7.500 páginas de documentos. Los registros de inspecciones y quejas de Northrup de los últimos treinta años.

—¿Una lectura ligera? —la voz de Tom le llegó de detrás.

Se giró hacia él y vio que sonreía.

—Es para no aburrirme el fin de semana.

Entonces, Tom alzó la voz y habló a toda la sala de redacción.

—Creo que Ramírez quiere enseñarnos unas diapositivas a todos en la sala de conferencias.

—¡Oh, no! —Kara puso los ojos en blanco, pero dejó que la guiaran por el pasillo.

Compartió la tarea de la narración con Joaquín mientras él mostraba las fotos que había tomado por la mañana. Recordaron lo que habían dicho Owens y los otros. Los demás periodistas gritaron y rieron al ver las caras de sorpresa de los hombres.

Joaquín pasó a la siguiente imagen, una foto de Galen con cara de incredulidad.

—Entonces, este tipo llega con su traje de Armani y empieza a decirle que lo que estaban haciendo era legal, y va ella y le grita: «Oye, abogado de tres al cuarto, no me vengas con leyes».

La sala irrumpió en vítores y aplausos, pero Kara casi no los oyó porque tenía la mirada clavada en el rostro de Galen. Había perdido mucho cabello y parecía mucho mayor de lo que ella se imaginaba. Seguía vistiendo bien. Bueno, siempre le había gustado gastar dinero en ropa, era de los que pensaban que la ropa hace al hombre. Sólo Holly sabía que él era el padre de Connor, y Kara no tenía intención de decírselo a nadie más. Viendo su fotografía, con la cara colorada y estupefacto, se preguntó qué había visto en él. ¿Cómo podía haberse acostado con él? ¿Cómo podía haber alguna parte de él en ese niño al que tanto quería?

Hacía casi cinco años que no le veía, desde la semana en la que descubrió que estaba embarazada. Esperaba no verlo nunca más en la vida.

Algo se le clavó en las palmas de la mano. Eran sus uñas.

Se obligó a relajarse, a respirar. Volver a ver a Galen la había trastocado más de lo que imaginaba. Se sintió aliviada cuando Joaquín pasó a la siguiente diapositiva.

Cuando encendieron las luces, los demás periodistas aplaudieron. Incluso Tom.

Sacudió la cabeza y restó importancia a los cumplidos un tanto avergonzada. Habían ido mal tantas cosas ese día. Se había perdido la excursión de Connor, cumpliendo las peores expectativas de la profesora. Se había descubierto la identidad del confidente, su vida estaba en peligro. Northrup sabían que iba a por ellos. Y sus colegas le aplaudían.

Determinada a encontrar una aspirina y cafeína, agradeció a Joaquín su ayuda, y luego se dirigió por el pasillo hasta la sala de descanso. Quería salir pronto para ir a recoger a Connor, pero tenía que guardar los documentos en un lugar seguro, llamar al Departamento de Trabajo en nombre de Marsh y hablar con los del departamento informático para saber qué tipo de base de datos podían crear para ella. Era imposible organizarse con 7.500 páginas a base de notas adhesivas. Se llevaría los vídeos a casa y los vería el fin de semana mientras Connor dormía la siesta, y si...

—¡McMillan!

Tom otra vez.

Se detuvo y se dio media vuelta hacia él, sintiendo palpitaciones en la cabeza.

—Siento que te perdieras la excursión de tu hijo, pero hiciste lo que debías.

—¿Eso crees? —Se dio media vuelta con la imagen de Connor decepcionado y abandonado en la mente. ¿Cómo iba a compensarle? ¿Cómo iba a conseguir que lo comprendiera? Lo único cierto es que se lo había prometido, y había roto la promesa.

Podía cocinarle espaguetis para cenar, darle un buen baño de burbujas y luego acostarse junto a él y leerle historias y escuchar sus aventuras. Incluso podía dejar que se quedara despierto hasta tarde, y quizá podrían ver *La guerra de las galaxias*. Mañana, le llevaría al museo para poder disfrutar juntos lo que no habían podido compartir hoy.

Y luego recordó.

Había quedado para cenar con Reece en su casa.

Era imposible. Estaba hecha polvo. Estaba de malhumor. No estaba ni de lejos de humor para disfrutar de una noche romántica ni de sexo. Hoy había visto que era incapaz de equilibrar su vida. No tenía tiempo ni espacio para un hombre. Odiaba tener que cancelar la cita en el último minuto, pero tenía que centrarse en sus prioridades.

Acababa de tomarse dos Excedrines cuando Tessa y Sophie se acercaron por detrás.

—Acabo de oír cómo se disculpaba Tom contigo, qué cielo. —Tessa pasó un brazo por el hombro de Kara.

—Sí, supongo. Algo así.

—Debe de ser porque en Recursos Humanos se enteraron de vuestra pequeña trifulca de ayer y se lo reprocharon. Te perdiste todo un espectáculo —Sophie introdujo un dólar en la máquina de bebidas.

—¿En serio? —Era lo mejor que había oído en todo el día.

Reece salió pronto de la sesión y se dirigió a casa a través del tráfico de hora punta. Se detuvo por el camino para comprar flores. Por lo que recordaba, era la jornada que había tardado más en acabar. De hecho, no le habría sorprendido ver que el tiempo iba hacia atrás. Pero, por fin, había acabado, y el escenario para la seducción estaba preparado.

No es que planeara en sí seducir a Kara. Siempre existía la posibilidad de que lo rechazara; de hecho, el miércoles por la noche había evitado acercarse demasiado a él. Aun así, sabía por el único y verdadero beso de amor que habían compartido que había fuego bajo ese exterior distante. Era una mujer apasionada, y él iba a poner todo de su parte para que liberara esa pasión con él.

Ideó un menú ligero: tomates con mozzarella, albahaca fresca y aceite de oliva como aperitivo; ensalada variada, espárragos frescos al vapor, pollo al marsala como plato principal y *crème brulée* de postre. El postre ya estaba hecho y lo demás sería fácil. La comida de buena calidad no necesita un esfuerzo enorme, algo que había aprendido de su padre.

Acababa de entrar en el aparcamiento de casa cuando sonó el móvil.

—Reece Sheridan.

—Hola, Reece. Soy Kara. Odio decírtelo, pero no puedo ir esta noche.

—¿Algo va mal? —De alguna manera, consiguió contenerse a pesar de la profunda decepción e irritación que sentía.

Durante un instante, Kara no dijo nada.

—He tenido un día terrible y no sería buena compañía.

—Siento oírlo. ¿Puedo hacer algo por ti?

—No. —Le tembló la voz. ¿Estaba llorando?—. Estos últimos dos días han sido terribles. He estado a punto de perder el trabajo, de que me arrestaran y de ganar el premio a la peor madre del año.

—Seguro que no es para tanto.

—Sí, sí que lo es —entonces, le contó cómo había acabado gritándole a su editor para tomarse la mañana libre para ir de acompañante a la excursión de su hijo al museo y cómo después habían surgido los problemas que la habían obligado a perderse la excursión—. Le prometí que iría con él y, después de pasarme dos días gritando a la gente, no tengo la energía para ser encantadora ni ponerme unas medias. Lo siento mucho.

Reece podía detectar el cansancio de su voz y, bajo él, una nota de desesperanza, por lo que se sintió aliviado al darse cuenta de que no era porque quería alejarse de él. Aparcó en su plaza y apagó el motor.

—Yo también lo siento.

Maldición.

—Supongo que es lo mejor. Entre mi trabajo en el periódico y Connor no tengo tiempo para ninguna relación.

Ahora sí se estaba alejando de él.

—Tengo una idea mejor. En lugar de tacharme de tu larga lista de obligaciones, ¿qué tal si te pones el chándal y pasas tiempo con Connor mientras yo llevo lo que he comprado y cocino para los tres? Así, la comida no se estropeará, y tú no tendrás que cocinar. Incluso te ayudaré con los platos.

Durante un instante, no dijo nada.

—¿En serio lo harías?

—Cariño, ya estoy de camino.

Capítulo 11

—No puedo creer que estés haciendo esto —dijo Kara mientras observaba cómo Reece cargaba tres bolsas llenas de comida hasta la cocina. Llevaba unos pantalones tejanos gastados y una camisa negra de seda que parecía pintada sobre sus músculos. Era la primera vez que lo veía en tejanos, y casi no podía dejar de mirarlo. ¿Qué tenía el culo de un hombre en vaqueros?

—Me parece que ningún hombre te ha mimado así antes. —Dejó las bolsas en la mesa, se inclinó y la besó ligeramente en la frente—. Bueno, pues vete acostumbrando. ¿Quieres un poco de vino?

En un momento, estaba sentada en el sofá, tomando chardonnay y acurrucada con Connor frente a *Bob esponja*, mientras Reece cortaba tomates en la cocina. Se había ofrecido a ayudarle, pero él la había echado de la cocina y le había dicho que no le permitía ni usar el cuchillo. Era raro tener un hombre en casa, y más aún cocinando para ella. No estaba segura de cómo se sentía.

Despertó con las risas de Connor y el agradable aroma de algo cocinándose. Estaba tumbada en el sofá con la manta de su abuela tapándola hasta la barbilla. No se acordaba de haberse quedado dormida.

—Bueno, socio, ahora pon el zumo de limón mientras yo vierto el vino. Así, perfecto.

Todavía un poco grogui, se estiró, se puso en pie y fue a la cocina. Reece estaba junto a Connor, que había arrastrado una silla de cocina frente a los fogones y llevaba un trapo alrededor del cuello a modo de delantal.

—¿Puedo remover yo?

—Claro, pero tienes que tener cuidado para que no salte fuera de la sartén. Recuerda, está muy caliente. —Reece le entregó la cuchara de madera a Connor, quien se puso a remover lentamente con cara de concentrado—. Buen trabajo.

El nudo que se le hizo a Kara en la garganta la pilló totalmente por sorpresa. Sabía que Connor necesitaba un referente masculino, sabía que necesitaba más de lo que podía darle ella sola. Y ahí estaba la prueba, la adoración en su mirada mientras observaba a Reece saltear la comida con la espátula, la forma en la que se apoyaba en el pecho de Reece, el orgullo en su rostro cuando Reece le alababa.

—Tu preciosa mamá se ha despertado. —Reece le guiñó un ojo—. Enséñale cómo has puesto la mesa.

La atención de Kara había estado tan centrada en la visión de su hijo con Reece que no se había fijado en nada más. Había tres salvamanteles en la mesa, sobre ellos estaba la vajilla de porcelana de su abuela, la cubertería de plata y copas de vino de cristal. Sobre cada plato, había una servilleta blanca de tela doblada en forma de abanico. En un plato, había una rosa roja.

Una parte romántica de Kara —una parte que creía muerta hace tiempo— suspiró encantada. Le dijo a esa parte que se callara, pero no le hizo caso. De hecho, le dijo que era una dejada. Llevaba los mismos pantalones de chándal y la misma camiseta de franela que la última vez que él había estado en su casa.

«¡Podrías haberte puesto otra camiseta!».

Connor bajó de la silla, la tomó de la mano y la condujo a la mesa, contándole exactamente lo que habían hecho.

—He ayudado a Reece a encontrar los platos bonitos, pero los ha lavado él porque decía que teníamos que estar callados para no despertarte. Me ha dejado ponerlos en la mesa y me ha enseñado a doblar las servilletas. ¿Quieres verlo?

—¿Las has doblado tú? —Miró a Connor con la boca abierta totalmente sorprendida.

Él asintió.

—Reece, ¿podemos enseñarle a mamá cómo las he doblado?

—Espera un segundo. —Reece bajó el fuego de la salsa que estaba cocinando, se acercó a la mesa, se sentó y se colocó a Connor sobre las rodillas. Tomó una servilleta y la sacudió—. ¿Estás listo?

Y Kara vio exactamente cómo lo había hecho Connor, con las grandes manos de Reece guiando a las suyas pequeñitas. No pudo evitar compartir una sonrisa cómplice con Reece.

—Es fantástico, tesoro. Están muy elegantes.

En diez minutos, la cena estaba en la mesa. Era mucho más deliciosa de lo que había imaginado. Tomates rojos con albahaca fresca. Espárragos al vapor con un toque de mantequilla. Patatas rojas hervidas cubiertas de mantequilla y perejil. Medallones de pollo con salsa del vino tan tiernos que se deshacían en la boca. Un vino que despertaba sus sentidos y suavizaba el duro día que había tenido.

Y postre.

«Un orgasmo culinario».

Kara solo podía mirar, encantada, mientras Reece mantuvo a Connor como el centro de atención durante toda la cena.

—Me han dicho que hoy has ido a ver los dinosaurios al museo. ¿Qué fósil es tu preferido?

—¡El tiranosaurio rex! —exclamó Connor, y luego, entre patata y patata, le contó a Reece lo largos que eran sus dientes, lo grandes que eran sus patas y lo alto que era—. Un niño entero cabe en su estómago.

—¿Un niño entero? —Reece tomó un sorbo de vino y puso cara de sorprendido—. Qué tripa más grande, ¿verdad?

Entonces, Kara recordó. Reece era profesor. Por eso era tan bueno con Connor. Pero, en ese momento, sus miradas se cruzaron y el calor de sus ojos le mandó un claro mensaje para adultos.

Tomó aire y notó cómo se le aceleraba el pulso.

—Bueno, Connor, hora de lavarte las manos.

Connor bajó de su sillita para niños y se apresuró por el pasillo hasta el baño, dejándola a solas con Reece.

—Es un niño increíble. —Fue él quien habló primero.

—Gracias. Lo es todo para mí.

—Lo sabe, Kara —asintió Reece.

Sin aviso previo, le afloraron lágrimas a los ojos. Avergonzada, se dio media vuelta e intentó contenerlas.

—Dios, eso espero.

Los fuertes brazos de Reece la atrajeron hacia él. Sentía su cálida respiración en las sienes.

—Lo sabe. Y está orgulloso de ti. ¿Sabes qué me ha dicho? Dijo: «Mi mamá salva a la gente, y a veces se pone triste». Eso me ha dicho. Has hecho un gran trabajo con él.

—Hay tantos días que me quedo corta.

Ése era su mayor miedo, su mayor preocupación. ¿Por qué la había compartido con Reece? Quizá por la misma razón por la que se había apoyado en su hombro. Esta noche no tenía fuerzas para resistirse al consuelo que él le ofrecía.

—No es nada fácil criar a un hijo sola. ¿Te importa si te pregunto dónde está el padre?

A Kara sí le importaba, pero no lo dijo. Podía responder a la pregunta sin contarle todo.

—Quería que abortara, y se negó a tener nada que ver conmigo cuando le dije que no iba a hacerlo. Ni siquiera ha querido ver a Connor.

—Pero te pasa una pensión, ¿verdad? Tanto si participa en la vida de Connor como si no, la ley te da derecho a…

—No quiero nada de él. ¿Podemos cambiar de tema, por favor? —Se separó de él y recogió los platos sucios de la mesa.

—No pretendía molestarte —dijo. Y le quitó los platos de las manos.

—Lo sé. Y gracias, Reece. Por todo. La cena ha sido fantástica. Eres muy bueno en la cocina. —Kara forzó una sonrisa.

Él se inclinó, la besó con delicadeza en los labios y le dedicó una sonrisa traviesa.

—Tendrías que ver en la cama.

Reece colocó el nuevo cierre en la puerta corredera de cristal mientras Kara leía un último cuento a su hijo. Su dulce voz llegaba suave a la cocina y repleta de amor maternal. Se conocía lo bastante para saber de dónde venía ese terrible dolor en el pecho. Había pasado muy poco tiempo con su madre tras el divorcio de sus padres. Nunca había recibido suficiente afecto maternal.

Pero, al menos sabía quién era su madre, dónde vivía y por qué se había marchado. Connor nunca había visto a su padre, y no tenía ni idea de quién era.

Ese tipo debería pudrirse en la cárcel. Era de lo peor. Reece era incapaz de imaginarse a sí mismo abandonando a una mujer y que ella tuviera que parir y criar sola a su hijo. Incluso aunque no sintiera nada por ella —incluso aunque la aborreciera, como era el caso de Alexis Ryan— habría ejercido de padre del hijo que había ayudado a crear. Todos los niños merecen un padre, merecen una seguridad económica, afecto y los consejos de sus padres, incluso aunque nunca se hayan casado. Lo que había hecho el padre de Connor era despreciable.

Sin duda, ello explicaba la renuencia de Kara a confiar o acercarse a un hombre. Una vez se había acercado a alguien —al menos físicamente— y había pagado un alto precio por ello. Ahora, trabajaba demasiado duro y tenía demasiadas preocupaciones, tal como mostraban sus ojeras. Ni siquiera se había dado cuenta de que le había puesto una manta encima cuando se había quedado dormida en el sofá.

Dio un paso atrás, probó la puerta y se sintió satisfecho al comprobar que no se movía. Era imposible que un intruso entrara por esa puerta a no ser que rompiera el cristal, algo nada fácil y muy ruidoso.

—¿Qué haces? —La voz de Kara le sobresaltó.

—Lo compré ayer. Déjame que te enseñe cómo funciona —dijo Reece tras girarse y señalar el nuevo cierre.

—No tenías que hacerlo.

—Lo sé. Quería hacerlo. —Entonces, le enseñó el funcionamiento del nuevo cierre.

—Gracias, Reece. Te lo agradezco.

—De nada. —No estaba tan seguro de si le agradecería también lo siguiente que tenía que decirle—. He hablado con el comisario Irving sobre las llamadas que has recibido. Me ha prometido que se encargará de tu caso en persona si pones una denuncia.

Ella frunció el ceño.

—No tendrías que haberlo hecho.

—¿Ha vuelto a llamar?

La sombra que invadió el rostro de Kara le dio la respuesta antes que ella.

—Sí.

Reece sacó la tarjeta del comisario Irving del bolsillo y la puso sobre la mesa.

—Llámale, por favor.

—No me gusta que me manipulen, Reece. No quiero darle a ese cabrón la satisfacción de dominar mi vida.

Reece puso las manos sobre los hombros de Kara.

—Lo entiendo, Kara, pero no quiero que os pase nada a ninguno de los dos.

—Me lo pensaré —dijo mirando la tarjeta de Irving.

Enseguida, se sentaron en el sofá con dos copas de chardonnay en la mesa auxiliar situada ante ellos.

—Connor se ha quedado dormido en cuanto le he metido en la cama. Entre el museo y la emoción de tenerte aquí, estaba rendido.

—¿Y qué tal está su madre? —Por la dulce mirada de su rostro había sabido que hablaba de su hijo antes de que dijera nada.

Ella le miró, con una ligera sonrisa en los labios.

—Mejor.

—Eso es bueno. —Él se inclinó, tomó sus pies con las manos y se los colocó sobre el regazo.

—¿Qué…?

—Relájate. —Le quitó los gruesos calcetines azules, los tiró al suelo y le masajeó los pies. Los dedos de sus pies eran delicados y femeninos, y llevaba las uñas pintadas de rosa claro. Se controló ante el impulso de lamerlos.

—Voy a darte un masaje en los pies.

Durante un instante, ella le miró como si le hubieran crecido antenas. Entonces, él le presionó con los pulgares los arcos de los pies y ella emitió un breve suspiro.

—¿Te gusta?

—Sí. —Kara no pudo mentir. Cerró los ojos.

—Sabes, supongo que una mujer que se pasa el día salvándole la vida a la gente y que cuida a su hijo ella sola también tendrá sus necesidades.

Ella abrió los ojos, dudando de si le gustaba la dirección que estaba tomando la conversación.

—Quizá.

—¿Quién se encarga de tus necesidades, Kara?

No sabía qué responder. ¿Se refería al aspecto sexual? Si era así, la respuesta a la pregunta estaba clara: es violeta y funciona con dos pilas AA.

—Me encargo yo sola.

—Seguro que sí. —Reece no parecía muy convencido—. Muchas veces.

Lo que le estaba haciendo en los pies la estaba haciendo sentir tan a gusto que no quería discutir con él.

—Casi siempre.

—Creo que necesitas alguien en la vida en quien puedas confiar, alguien en quien apoyarte cuando las cosas van mal en el trabajo, alguien que te dé masajes en los pies cansados y los hombros tensos, alguien que te prepare té y te cocine de vez en cuando. Alguien que esté ahí para ti.

Como Reece se había acercado demasiado a la verdad de su soledad, ella contestó con una broma.

—¿Me estás diciendo que necesito una esposa?

—Necesitas un hombre, Kara. Un hombre a quien puedas abrirte. Un hombre que tenga la misma pasión por la vida que tú. Un hombre que te agarre fuerte del cabello y lo retuerza y tire de él mientras te folla. Un hombre que lo dé todo por ti.

Kara no podía hablar. Se quedó mirándole a los enormes ojos azules, demasiado sorprendida para enfadarse. Se le detuvo el corazón, vacilante. Se quedó sin aire y sintió un calor que le alcanzaba el bajo vientre.

—Tienes la piel tan suave. No sé qué aroma es, pero hueles tan bien que te comería. —Su voz era profunda y seductora.

—Es lavanda. —No se dio cuenta de que había hablado.

—Me hace querer besarte en todas partes. —Las manos de Reece habían dejado los pies de Kara y ahora masajeaban hábilmente los músculos de su pantorrilla izquierda. Se deslizaron bajo el tejido de los pantalones de chándal hasta llegar a la sensible curva de la rodilla.

—Mmm. —Kara se estremeció.

Y, entonces, sus manos se movieron hasta el cordón de los pantalones y lo soltaron. Una mano se deslizó bajo el tejido, bajo la ropa interior y le cubrió el sexo. Le presionó con la mano en el monte de Venus y la movió en círculos lentos y expertos, consiguiendo que ella se humedeciera. Kara sabía que debía detenerlo, pero no podía detenerlo. No quería detenerlo.

Kara gimió, alzó las caderas de manera instintiva para encontrarse con sus caricias y alargó los brazos para aferrarse a sus hombros.

—¿Pero qué estás...?

—No digas nada. Sólo disfruta. —Ahora, Reece estaba inclinado sobre ella, con una rodilla entre los muslos separados de Kara y la otra apoyada en el suelo. El aroma especiado de Reece la embriagaba. Él introdujo los dedos de la otra mano entre mechones de la melena, sujetó con fuerza su cabello y le echó la cabeza hacia atrás para dejar el cuello al alcance de sus besos y del roce de la barba incipiente, mientras seguía moviendo la mano que mantenía bajo las braguitas a un ritmo bárbaro.

Kara tenía que tocarlo, tenía que sentirlo. Deslizó las manos por el tejido sedoso de su camisa, se aferró con ansia a los fuertes músculos y luchó con los botones para desabrocharlos. Pero, entonces, los dedos de Reece encontraron su clítoris, y lo único que pudo hacer fue mantenerse agarrada a él con fuerza.

Nunca le había llegado tan rápido y de manera tan intensa. En un instante, quedó suspendida ante la llegada gloriosa del orgasmo.

—Dios, voy a correrme.

—Ya lo noto. —Su voz era profunda.

Introdujo un dedo dentro de ella, profundo, y entonces estallaron todos los fuegos artificiales.

Los gritos de Kara podrían haber despertado a Connor si Reece no hubiera introducido su lengua en la boca de ella para acallarlos. Y, cuando sus hábiles dedos prolongaron el clímax, la llevaron a otra cúspide de éxtasis.

Jadeó sorprendida, arqueó la espalda y se estremeció, mientras el placer le inundaba todo su ser y la dejaba extenuada. Durante unos segundos, permaneció quieta, con los ojos cerrados y escuchando el sonido de las respiraciones combinadas. Luego, abrió los ojos y vio que él la estaba mirando con una sonrisa en el rostro.

—Te pones muy sexy cuando te corres. —Retiró la mano y recorrió con un dedo impregnado de los fluidos de ella el labio inferior de Kara.

El teléfono la hizo incorporarse de un salto.

Reece vio el miedo en su rostro y se contuvo para no soltar varias palabrotas. Se puso en pie y se acomodó la dolorosa erección.

—¿Quieres que responda?

Ella sacudió la cabeza, se levantó del sofá y, atándose el cordón del chándal, se apresuró hacia el teléfono.

—¿Hola?

Se puso pálida y pulsó el botón de grabar.

Se oyó una desagradable voz masculina por los altavoces del contestador automático: «... escucha con atención, puta. Es el último aviso. Las cosas van a ponerse feas a partir de ahora. Si nos jodes, te machacaremos. ¿Lo has entendido?».

—¿Quiénes sois?

Pero el llamante había colgado.

—¡Maldición! —Colgó con rabia el auricular.

Reece lo levantó y se lo acercó a ella.

—Llama al comisario Irving. Ahora mismo.

El comisario Irving llegó en menos de diez minutos. Era un hombre grande y rollizo con una tripa cervecera que le hacía parecer embarazado de once o doce meses. Llevaba el pelo blanco corto y de pincho, con lo que parecía que acabara de meter los dedos en un enchufe. Pero los ojos azul pálido que les observaban tras unas pobladas cejas blancas reflejaban inteligencia y vivacidad. Eran los ojos de un poli de toda la vida.

Reece observó mientras el policía interrogaba a Kara sobre las llamadas y escuchaba las grabaciones. La ira le carcomía las entrañas; ira hacia Kara, hacia la policía, hacia el cabrón que la había amenazado y le había provocado las ojeras en esos ojos verde oro. Ella se negó a hablar sobre la historia en la que estaba trabajando y solo le dijo a Irving que incluía graves delitos contra el medio ambiente y un contacto dentro de una fábrica. También le contó que una fuente del gobierno del Estado se había puesto en contacto con ella por la mañana para avisarla de que su vida y la del confidente podían estar en peligro, información que todavía preocupó más a Reece.

El confidente se iba de la ciudad. Kara no.

—¿Puede darme el nombre de la empresa? ¿O los datos personales de su confidente?

Miró a Irving con suspicacia y sacudió la cabeza.

—No sin antes pedir permiso.

—¿Y qué me dice de la fuente gubernamental?

Volvió a sacudir la cabeza.

—También tengo que preguntarlo primero.

Reece apretó los dientes, debatiéndose entre la admiración y la rabia. Su mente racional sabía que Kara no escondía la información para hacerse la dura, sino porque había prometido proteger la identidad de la gente, e intentaba mantener su palabra. No podía culparla por ello; su fuerte sentido de la ética era una de las cosas que le atraían de ella. Pero a sus entrañas les importaban un pito los demás en ese momento. Quería saber que Kara y Connor estaban a salvo.

—Bueno, señorita McMillan, me temo que no podemos hacer gran cosa con la información que nos ha proporcionado. Si pudiera hablar con los demás —el confidente y la fuente del gobierno del Estado— entonces tendríamos algo con lo que trabajar. Sé que la discreción es importante en su trabajo, pero su vida también es importante. Sea quien sea ese tipo, es persistente, y eso no me gusta nada.

—Entiendo. Hablaré con mis fuentes y veré si quieren hablar con usted. Hablaré también con mi editor y veré qué dice sobre divulgar el nombre de la empresa y la naturaleza de la historia. Si él lo aprueba, le llamaré.

—Le sugiero que cambie de número de teléfono. —Irving tomó su maletín y extrajo un pequeño dispositivo parecido a un móvil. En lugar de números presentaba un único botón rojo.

—Y, hasta que todo acabe, me gustaría que tuviera esto.

—¿Qué es?

—Es un botón del pánico. —Extrajo otro dispositivo, éste con un largo cable eléctrico—. Mantenga el cargador cerca de la cama para tenerlo cerca de noche, y llévelo durante el día. Si alguien intenta llevar a la práctica las amenazas de ese tipo, solo tiene que pulsar el botón rojo. La señal se manda a la central y mandaremos unidades de inmediato.

Kara frunció el ceño, le dio la vuelta al dispositivo en la mano y, por un instante, Reece pensó que iba a negarse a aceptarlo. Entonces, lo dejó en la mesa auxiliar.

—Gracias por venir a estas horas, comisario. Siento no ser de más ayuda. Siento que he malgastado su tiempo.

—Llámeme con cualquier información nueva. —Irving señaló el botón del pánico—. Y más vale que lo pulse a la mínima. Prefiero encontrarme con una falsa alarma que con un cadáver.

Reece siguió a Irving hasta la puerta.

—Le acompaño hasta el coche.

Resultó que Irving conducía un coche normal y corriente como los que usan cuando van de incógnito. Reece abrió la puerta del pasajero.

—Si descubre algo, ¿me lo hará saber?

—Claro, senador. Pero ojalá nos hubiera dicho lo que necesitamos saber.

Reece opinaba igual.

—Está intentando cumplir las normas éticas de su profesión. Ha hecho promesas a gente e intenta mantenerlas.

Irving depositó su maletín dentro del coche y se introdujo tras el volante con dificultad.

—Supongo que la respeto por eso. Sólo espero que no le pase nada.

Reece observó cómo desaparecían las luces traseras del coche de Irving en la noche.

—Yo también lo espero.

Capítulo 12

Kara alzó a Connor para que pudiera introducir una moneda en la boca del tigre con colmillos como sables. La sonriente bestia emitió un rugido feroz y mecánico, el mismo rugido que dedicaba a los visitantes del museo para que donaran las monedas sueltas desde que ella era niña.

—¡Otra, mamá! —Connor rió encantado.

Su risa siempre le había parecido mágica, algo tan escaso y precioso como el tintineo de las campanillas de las hadas. Era feliz solo con verle sonreír. Era una de las muchas cosas de ser madre que la habían pillado totalmente por sorpresa.

Sujetándolo con un brazo, buscó monedas sueltas en el bolso. Entonces, sus dedos tocaron un objeto extraño, el botón del pánico. Lo apartó, buscó en el fondo del bolso y extrajo dos monedas de cinco centavos y una de uno.

—Toma.

Tres gratificantes rugidos más.

Kara depositó a Connor en el suelo, lo tomó de la mano y lo condujo hacia la salida.

—¿Podemos volver otro día? —La miró con unos ojos marrones expectantes y luego bostezó. Es probable que se quedara dormido en el coche de camino a casa.

—Me gusta.

Atravesaron las grandes puertas de cristal para ir al aparcamiento, pasaron por delante de los chicos que patinaban allí el sábado por la tarde, de padres estresados con carritos y de manadas de gansos que vivían en el parque cercano y llenaban el césped del museo con sus deposiciones. Viendo a los gansos pasear, era difícil imaginar que sus antepasados habían sido las enormes y feroces criaturas cuyos esqueletos acababan de ver.

No es que Kara hubiera prestado mucha atención a las pantallas educativas del museo. Como una canción que se reproduce una vez tras otra en la cabeza, el recuerdo de Reece la seguía allá donde fuera. Su entrega al hacer la cena, cubrirla con la manta e instalar el nuevo cierre, su amable paciencia hacia Connor. Su habilidad con los labios y manos.

¡Dios mío! Se puso caliente solo con recordarlo.

La había llevado al clímax de manera tan intensa y tan rápido que casi no había tenido tiempo para respirar. Y pareció importante para él que ella disfrutara de verdad. Lo había notado en el calor de sus besos, lo había oído en su voz y lo había sentido en la forma en la que se centró en su respuesta.

«Ya lo noto».

Casi no se conocían, pero él parecía entenderla tan bien. Se anticipaba a sus necesidades y respetaba sus sentimientos como nunca nadie lo había hecho. ¿Cómo era posible? ¿Qué quería de ella? Se estaba tomando muchas molestias por un polvo, si eso es lo único que quería. Además, había tenido ya la oportunidad de acostarse con ella y no la había aprovechado. Quería algo más que sexo, pero la cuestión era cuánto más.

¿La había tratado alguna vez Galen con la misma consideración? No, de ninguna manera. Claro que había hecho cosas bonitas como regalarle rosas o sorprenderla con una cena en un restaurante elegante. Pero cada gesto, cada palabra habían sido predecibles, casi mecánicos, como si supiera qué era lo que se esperaba de un amante y estuviera determinado a cumplir con esas obligaciones.

Nada de lo que hacía Reece era predecible.

Si hubiera estado con Galen la noche anterior, habría expresado su preocupación por su seguridad con unas pocas frases articuladas, luego le habría dado prisas por meterse en la cama con él para poder tener él también un orgasmo. Pero, Reece no había mencionado en ningún momento que ella se había corrido y él no. Tampoco había intentado volver al punto en el que se encontraban antes de que sonara el teléfono. En lugar de ello, llevado por una rabia que ella no entendía, había comprobado todas las puertas y ventanas para asegurarse de que estaban bien cerradas y luego se había ofrecido a dormir en el sofá. Cuando ella le dijo que no hacía falta, le dio un beso de buenas noches, prometió llamarla y le recordó que cerrara la puerta cuando él se fuera.

«Me parece que ningún hombre te ha mimado así antes. Bueno, pues vete acostumbrando».

No estaba segura de poder acostumbrarse.

Por supuesto, no era solo cuestión de lo que quería Reece, se recordó a sí misma. Era su vida. Lo que contaba era lo que quería para ella y para Connor.

¿Y qué quería?

«Un hombre que te agarre fuerte del cabello y lo retuerza y tire de él mientras te folla».

Notó un calor abrasador que le subía por dentro.

«Bueno, basta ya. Sólo porque sea tan sexy que puede derretir un invierno nuclear y sea tan bueno en la cama no tienes que obsesionarte con él».

Buscó las llaves en el bolso, abrió las puertas y puso a un somnoliento Connor en su sillita del coche, resuelta a olvidarse de Reece al menos durante los siguientes cinco minutos.

—Vamos a abrocharte. Muy bien, cielo.

Notó una sombra a sus espaldas que se reflejaba en el coche. Se dio media vuelta y se encontró cara a cara con un harapiento hombre.

—¿Tiene algo suelto, señora?

Con el corazón a mil por hora, buscó en el bolso, encontró algunas monedas y se las puso en la sucia palma de la mano.

«Contrólate, McMillan, ¿cuándo te han asustado los vagabundos?».

—Que dios la bendiga, señora. —Realizó una breve reverencia y se alejó hacia el gentío.

Sólo cuando giró por Colorado Avenue y el corazón le volvió a latir a un ritmo normal se dio cuenta de que se había olvidado por completo del botón del pánico.

—¡Arriba, arriba! ¡Once! ¡Una más!

Reece hizo caso omiso del dolor en pectorales y tríceps y bajó la barra casi hasta el pecho. Luego empujó con toda la fuerza que le quedaba en el cuerpo. Le temblaron los músculos y se sintió paralizado bajo el aplastante peso, pero consiguió levantar la barra.

—¡Venga, arriba, arriba, doce! —Miguel le ayudó a levantar la barra con pesas hasta dejarla en su sitio—. Trece. Es tu nuevo récord, *amigo*. Hoy estás que te sales.

Reece se sentó, recuperó el aliento y se secó con una toalla el sudor de la cara y los brazos que casi no podía doblar.

—Gracias, Miguel.

—Todavía no me has dicho cómo se llama, pero sé que has estado pensando en ella todo el tiempo. —La voz de Miguel tenía un tono inquisitivo. Sacó las pesas de doce kilos de su sujeción para hacer él la serie.

—¿Tan obvio es? —Reece se puso en pie, tomó la botella de agua y tomó un largo trago.

—Pues claro.

La cara divertida de Miguel solo empeoró el mal humor de Reece.

—¿Has venido aquí a levantar pesas o a cotillear?

Miguel se colocó en el banco para empezar su serie.

—Empieza a contar.

Reece contó mientras su amigo hacía tres series de doce, pero tenía la cabeza justo donde había dicho Miguel: en Kara.

Había hecho todo lo posible por dormir bien: lecturas aburridas del Capitolio, una ducha fría, uso de la mano derecha. Pero, cada vez que cerraba los ojos, veía la dicha en su dulce cara cuando se corrió, recordaba el increíble aroma de su piel y el profundo olor almizcleño de su despertar sexual, y oía el gemido, ese gritito femenino, cuando volvió a correrse. Saber que había sido capaz de hacer eso por ella compensaba con creces el hecho de no haberse quitado los vaqueros ni haber entrado en ella.

Aunque luchar contra ese desatado apetito por ella toda la noche había sido bastante duro, había sido mucho peor la preocupación por su seguridad. Oía sin cesar esa dura voz llena de odio en la cabeza. Le había cabreado mucho, le había dado ganas de pegar a alguien.

«Si nos jodes, te machacaremos».

Las palabras del hombre y su voz le habían inquietado, le habían preocupado y le habían atravesado la cabeza como una lanza.

—Oye, tío, ¿no cuentas o qué? —Miguel levantó la vista para mirarlo. Su morena tez estaba colorada y cubierta de sudor por el esfuerzo.

—Quejita. —Reece levantó la barra y la colocó en su sitio. Luego, se inclinó para recoger la botella de agua.

Miguel se sentó y cogió su toalla.

—Tío, esa tía te tiene bien pillado. Nunca te he visto tan mal antes.

—Sí. —Era cierto.

Pero, ¿hacia dónde iba? Reece no tenía ni idea. Sus sentimientos hacia ella eran fuertes e iban rápido, pero no tenía ni idea de adónde le conducirían y lo que sentía ella hacia él. Era como hacer carreras en una sinuosa carretera de montaña por la noche. Sin luces.

—¿Estás seguro de querer salir con ella? Quizá te dé más disgustos que alegrías.

—No ha tenido muy buenas experiencias con los hombres, Miguel. El padre de su hijo la dejó cuando se enteró de que estaba embarazada. Tiene problemas para aceptar cualquier cosa de mí. Cree que tiene que encargarse de todo ella sola.

—Te mereces alguien sin tanto lastre. No me gustaría que te hicieran daño. —Miguel sacudió la cabeza.

Reece intentó no enfadarse con su amigo y cambió de tema.

—¿Listo para otra serie?

—Tengo que ir a la ducha. Mi sobrina celebra su fiesta de *quinceañera* el próximo fin de semana en casa, y mi mujer quiere que esté en casa para ponerla a punto antes de que empiece a llegar la familia. Gracias por la sesión. —Miguel era un hombre hogareño con una enorme familia desperdigada. Reece siempre había admirado cómo ponía a su mujer, hijos, hermanos y primos por delante de todo. Casi todos los fines de semana se celebraba algo en casa de los de la Peña.

—Igualmente.

Miguel se giró para marcharse, pero luego se detuvo.

—¿Quieres venir a ayudar? Te irá mejor que esconderte en el Capitolio o recluirte como un ermitaño en su cabaña. Te hará pensar en otras cosas, y apuesto a que puedes convencer a Hilaria para que cocine sus enchiladas.

Reece estaba a punto de aceptar cuando se le ocurrió una idea.

«Su cabaña».

Se quitó los guantes y fue directamente a su casilla a buscar el móvil.

—Miguel, eres un maldito genio.

Kara apretó los tornillos que sujetaban el comedero en su sitio.

—Bueno, tesoro. Creo que ya está. Ahora tenemos que poner el alpiste.

Cuando Connor se despertó de la siesta, habían hecho una excursión al Wild Bird Center y habían comprado un par de comederos para pájaros y alpiste para poder observar a los pájaros desde la mesa de la cocina. Connor estaba tan impresionado como Kara cuando se enteró de que los pájaros podrían ser los descendientes directos de los dinosaurios, y Kara pensó que sería una buena oportunidad para enseñarle algo nuevo. Había tenido dinero para comprar una guía infantil para el cuidado de los pájaros salvajes con fantásticas fotos en color de las especies más corrientes de Colorado. Con un poco de suerte, el tema le interesaría durante una semana al menos.

Cogió la bolsa de alpiste y la abrió por una esquina.

—Yo sujeto la bolsa y tú echas el alpiste.

Connor agarró la bolsa con sus manitas y la inclinó para depositar el alpiste en el tubo de acrílico del comedero.

—¿Es esto lo que les gusta desayunar, mamá?

—Eso me ha dicho el hombre de la tienda. Supongo que ya veremos.

Acababan de colgar el comedero en su sitio cuando sonó el teléfono.

Kara intentó hacer caso omiso de cómo ese sonido le aceleraba el corazón y le provocaba un nudo en el estómago. Ese imbécil no tenía ningún poder sobre ella. Ninguno.

Había llamado al servicio al cliente de la compañía telefónica a primera hora de la mañana, pero el nuevo número no estaría operativo hasta el lunes. Hasta entonces, dejaba que el contestador automático respondiera a las llamadas. No pensaba darle ninguna otra oportunidad para asustarla.

—Ahora esperaremos y veremos qué pájaros vienen a comer. ¿Tienes el libro? —Abrió la puerta corredera de cristal y oyó una profunda voz masculina que dejaba un mensaje.

Reece.

Connor también lo oyó.

—¿Cuándo vendrá Reece otra vez?

—No sé, cielo. —Se esforzó por caminar con calma hasta el teléfono, levantó el auricular y apagó el contestador—. Hola, Reece.

—Estás filtrando las llamadas. Bien. —El tono protector de su voz la envolvió como una cálida manta.

—El tipo tampoco tiene mucha conversación. —Intentó sacarle hierro al asunto, pero no lo consiguió.

—¿Qué tal estáis?

—Estamos bien. Hemos ido a ver a los dinosaurios esta mañana. Connor ha hecho de guía.

—Suena divertido. ¿Significa que dejarás de culparte por haberte perdido la excursión de ayer?

¿Cómo se las arreglaba para dar en la diana siempre?

—Quizá.

—Eres una madre magnífica, Kara.

—Gracias. —No supo qué más decir. Sólo sabía que muchas veces se quedaba corta.

—Quiero pedirte algo, pero necesito que escuches todo lo que tengo que decirte antes de responderme. —¿Parecía nervioso?

—De acuerdo. —¿A qué venía todo esto?

—Mi padre y yo construimos una cabaña en Estes Park. Está rodeada de álamos. Hay un pequeño arroyo en la propiedad. No hay teléfono ni televisión ni fax, pero hay agua corriente, dos chimeneas y casi siempre electricidad.

—Suena magnífico. —Sonaba magnífico, pero ¿por qué le contaba todo eso?

—Es mi pequeño paraíso personal, y me encantaría llevarte allí. El día del presidente es dentro de una semana, y me encantaría que pasaras el fin de semana de tres días conmigo en la cabaña. Creo que podrías darte un breve respiro de todo, y yo también. Pero, sobre todo, necesito pasar tiempo contigo.

Quería irse con ella un fin de semana. Quería, no, había dicho que necesitaba, pasar tiempo con ella. Estarían solos en las montañas, sin distracciones. Acabarían acostándose. Claro que sí. Dado lo que pasaba cuando estaba cerca de él, sería inevitable, ineludible, como la fuerza de la gravedad.

¿Es eso lo que quería? Y, si aceptaba ir con él, ¿qué pasaría? Su vida estaba completa ya. Lo que él decía sonaba a relación, y con la historia de Northrup al rojo vivo, no tenía tiempo para salir con nadie ahora.

Eso fue lo que dijo su cabeza.

Pero lo que dijeron sus palabras fue:

—Me encantaría.

—Puedes traer a Connor si quieres. Por supuesto, si me quieres para ti sola, lo entenderé.

Kara realizó la llamada de inmediato.

—Hola, mamá. Por favor, dime que estás libre el próximo fin de semana. Necesito que cuides de Connor unos días.

—Bueno, había planeado asistir a un taller sobre envejecimiento centrado en el espíritu en Naropa. ¿Qué pasa? ¿Va todo bien?

—Me han invitado a pasar un fin de semana en una cabaña. —Podía contarle la verdad a su madre—. Bueno, un hombre me ha invitado.

—¿Un hombre? ¿No será ese tipo con el que hacías ver que salías, verdad?

—No, mamá. —Entre su madre y Holly, Kara nunca podía olvidarse de ello.

—Bueno, ¿quién es? ¿Lo conozco?

—Es posible que le hayas visto en el periódico. Es el senador Reece Sheridan.

—Caramba. Cancelaré todo.

Kara pulsó el botón de parada del mando y encendió las luces de la sala de conferencias.

—Eso es todo.

—Jesucristo. —Syd fue la primera en hablar.

—¿Cómo consiguió tu confidente filmar esas imágenes? —La cara de Joaquín mostraba la misma incredulidad y asco que Kara había sentido el domingo por la tarde cuando por fin había visto las imágenes.

—El confidente hizo un agujero en el fondo de un termo de plástico, colocó dentro una cámara de vídeo y puso el objetivo justo en el agujero.

—¡Hay que tener huevos! —Joaquín sacudió la cabeza.

Tessa mostró su sonrisa marca de la casa, aunque parecía cansada. Era lógico. Había permanecido despierta toda la noche cubriendo una redada de las fuerzas especiales.

—Al menos, ahora sabemos de dónde procede el polvo.

—De todas partes —asintió y dijo Kara.

Los vídeos, filmados en varios días, parecían mostrar la planta completa, por dentro y por fuera. Enfocara donde enfocara el objetivo del confidente, había polvo. Montañas de sofocante polvo de horno de cemento cáustico que bloqueaba pasillos, se incrustaba en barandas y vigas del techo, y se acumulaba bajo las escaleras, sobre la maquinaria y en las puertas. En algunos sitios, parecía tener más de un metro de grosor. Tal como mostraba el vídeo, lo único que hacía falta era un soplo de viento para levantar el polvo y llevarlo a los lugares donde la gente cultivaba alimentos, criaba a sus hijos y respiraba.

Además, estaba el aceite. La maquinaria perdía aceite que formaba charcos en el suelo. Había aceite en bidones abandonados por las esquinas. Bidones de aceite oxidándose en una acequia, flotando en una capa de escoria oscura e iridiscente.

—¿Podrían arrestar a tu confidente por filmar esto?

—Es posible, si argumentan que lo hizo como espionaje industrial. Pero dudo que Northrup lo lleve tan lejos. Sólo daría más publicidad negativa a la empresa. Por ahora, la fuente ha salido del Estado, esperemos que esté lo bastante lejos para que no le afecte la filtración del Departamento de Salud.

—¿Qué más tienes? —Tom golpeteó impaciente con el lápiz un ejemplar del periódico del día. Era capaz de conseguir que hablar de la seguridad de un ser humano se convierta en un tema tedioso.

—He empezado a revisar los documentos que recogí el viernes. El departamento informático ha creado una hoja de cálculo que me permitirá clasificarlos por fecha, tipo de documento, autor, receptor y ciertas palabras clave. Puedo conectarme desde casa, así que podré trabajar por las noches y los fines de semana. Incluso así, el truco es catalogarlos lo bastante rápido para que la historia avance. Siete mil páginas es mucha lectura.

—Necesitas un becario. —Tom frunció el ceño.

—No confío en los becarios. Necesito alguien en quien poder confiar.

Tessa levantó la mano.

—Yo te ayudaré.

—Te lo agradezco de veras, pero creo que ya estás a tope de trabajo, Tessa.

—Todo puede solucionarse con un poco de café.

—Cuenta conmigo —dijo Matt.

—También conmigo. Dinos qué quieres, y nos encargaremos. —Sophie sonrió.

—McMillan, parece ser que has conseguido tripulación. ¿Qué hay de tu fuente del Estado?

—Le he llamado bastantes veces el fin de semana y he dejado varios mensajes. Creo que se ha echado atrás. Aun así, agradezco el aviso. Sin la ayuda de esa persona, Northrup se habría salido con la suya y habrían elegido qué documentos nos hubieran entregado, además de que el confidente podría haber corrido un importante peligro.

Tom dio golpecitos con el lápiz.

—¿Algo más?

Kara respiró hondo y miró a Tom a los ojos. Iba a encantarle lo próximo.

—Sí, no quiero darle más importancia de la que tiene, pero alguien me está amenazando con matarme, y estoy bastante segura de que es alguien relacionado con Northrup.

Kara volvió a contar la historia de las llamadas de teléfono que había recibido y cómo habían empezado después de que ella mandara la petición pública de archivos al Estado, que, ahora sabía, había contactado con Northrup al momento. Sin mencionar a Reece, también les contó cómo habían ido a más las llamadas hasta que llamó a la policía y cómo había sido incapaz de proporcionarles información útil.

Tom la interrumpió.

—Hiciste bien en no decir nada. Si la poli empieza a llamar a Northrup, se abre la posibilidad de que los directivos sepan exactamente qué sabes y adónde conduce esta investigación. Además, generará informes policiales, y los dos grandes periódicos se harán eco y mandarán sus armadas. Tendrás que competir para publicar la primera tu propia historia.

—Pero no puedes publicar una historia si estás muerta —dijo Tessa mirando a Tom.

Kara quería abrazarla.

El contraataque de Tom fue afilado como un cuchillo.

—Novak, sabes que estas amenazas nunca se cumplen. McMillan ha permitido que este tipo la atemorice. El último periodista asesinado en Colorado trabajaba en una historia sobre esos lunáticos que creen en la supremacía del hombre blanco, no sobre ejecutivos avariciosos. Nadie con dos dedos de frente atacaría a un periodista. McMillan lo sabe. —Entonces, la miró—. Pero si te hace sentir más segura, McMillan, habla con seguridad.

Kara sabía que la haría parecer una tonta.

—No. No será necesario.

Capítulo 13

Kara corrió a su mesa, haciendo equilibrios con una docena de carpetas, un sándwich de pavo, el móvil y una taza de té. Eran ya las dos de la tarde. En cuatro horas, Reece llegaría para llevarla a su cabaña durante tres días. Y, en ese momento, lo único que podía pensar era en la comida.

—¿Así que el colector de polvo filtra el aire para evitar que el polvo se libere al medioambiente?

La voz de Marsh crepitó con interferencias, pero Kara pudo oír la respuesta.

—Eso es. Y si no funciona, el polvo escapa.

—Parece ser que hace un tiempo que no funciona.

—Exacto. Mientras yo estuve allí, más de dos años, no siempre funcionó bien.

—Le agradezco de veras que conteste a todas mis preguntas. Ha sido de gran ayuda. ¿Se sienten usted y su familia bien y a salvo?

—Sí. Mi mujer está feliz de estar en su ciudad natal de nuevo, pero a mí no me gusta ir de trabajo en trabajo, como ahora. No poder mantener a mi familia me hace sentir un hombre inútil.

Podía notar la frustración en la voz de Marsh, así que buscó las palabras correctas.

—Si le sirve de ayuda, es probable que lo que ha hecho salve vidas. Si ése no es el trabajo de un hombre hecho y derecho, no sé cuál es. Usted es un héroe, señor Marsh.

Durante un instante, permaneció en silencio.

—Gracias, señora.

—Hablaremos pronto. —Ella colgó, dejó las carpetas sobre la mesa y, por desgracia, se volcó la taza de té—. Mierda.

—Qué boquita. —Holly apareció detrás de ella llevando un vestido rojo pasión—. Menudo desastre has montado.

Kara la apartó, corrió hasta el dispensador de toallitas de papel situado sobre la máquina de agua y colocó varias toallitas de papel en las manos de Holly.

—¿Vas a ayudarme o vas a quedarte mirando?

Con docena de toallitas de papel, cinco minutos más tarde habían limpiado el desaguisado.

Kara abrió la carpeta manchada de té y extrajo páginas secas.

—Al menos no se han estropeado los documentos—. Alzó la vista para descubrir a Holly mirándola con un pedazo de papel en la mano—. ¿Qué?

—¿Una inyección de anticonceptivos? —Entonces, Holly curvó los labios formando una sonrisa—. ¿Quién es él?

Kara le quitó la receta de la mano a Holly, la arrugó y la arrojó a la papelera. Había parado en la clínica en el descanso para comer el martes, determinada a no cometer el mismo error de nuevo. Al parecer, había olvidado la receta en su mesa.

—No te importa.

—Vamos, dímelo. Yo te lo cuento todo— dijo Holly con las manos en las caderas.

Kara se sentó y abrió el envoltorio de plástico del sándwich. Tenía tanta hambre que se comería una vaca.

—Sí, me lo cuentas, y ojalá no lo hicieras. No esperes que yo haga lo mismo.

Holly pareció herida.

—Bueno, si no quieres saber nada sobre mi vida, dímelo y ya está.

Kara no pretendía herirla.

—Lo siento, Holly. De verdad. Sabes que no quería decir eso. Sólo es que soy más reservada que tú. ¿Me guardarás el secreto?

—Por supuesto. —La mirada de Holly se iluminó.

—Déjame al menos darle unos bocados al sándwich y te cuento.

Reece cerró la puerta de su oficina y echó la llave.

—Dime qué tienes.

Carol depositó varias carpetas sobre la mesa, se sentó y respiró hondo.

—Es un caos, senador. Por lo que puedo contarle, tenemos un puñado de senadores que están cobrando más de la cuenta de forma deliberada.

—¿Cómo es posible? —Reece rodeó su mesa, se sentó y tomó lápiz y papel.

—Bueno, ustedes reciben un salario y todos reciben también dietas por cada día que hay sesión en el Senado, o sea, desde enero a mayo, y por cada día que tienen que acudir al Capitolio fuera de las sesiones.

—Correcto. Las dietas son para compensar los desplazamientos y demás gastos.

Carol le miró con seriedad por encima de las gafas de metal.

—Pero, un puñado de senadores, incluyendo a nuestro presidente del Senado, parecen estar cobrando las dietas como si fueran parte de un salario a tiempo completo.

—¿Cómo pueden hacerlo?

—Básicamente, afirman haber estado aquí para recibir las dietas. Los formularios no forman parte de ningún registro permanente, así que no hay ningún registro escrito para demostrar quién ha afirmado qué o si había venido por trabajo o no.

—Y alguien como Devlin, que vive en Aurora, puede convertir el Capitolio en una extensión de su sala de estar y ganar mucho dinero extra a expensas de los contribuyentes sin que nadie pueda probar nada.

—Exactamente —asintió Carol.

Miró el reloj y se reclinó en la silla. Su propuesta de ley sobre educación estaba programada para una primera lectura en el Senado en cuarenta minutos.

—Bueno, Carol. Si no podemos demostrar nada, supongo que lo único que nos queda es modificar el sistema para evitar que siga sucediendo esto. Si no me equivoco, se necesita un cambio en la legislación del Estado. Alguien deberá presentar una propuesta de ley.

La mujer mayor sonrió, con un brillo malicioso en la mirada.

—Devlin le crucificará, señor.

—Eso intentará. —Reece sonrió.

Kara se frotó el dolorido cuello sin apartar los ojos de la hoja. Cuando sonó el teléfono, contestó sin pensar.

—Kara McMillan.

—¿Crees que te librarás de nosotros cambiando de número, niñata?

Pulsó el botón de grabar, pero estaba en el trabajo, no en casa. No sentía miedo, sino rabia.

—Sabes, además de ser tan molesto como un grano en el culo, eres un machista. ¿Saben tus jefes de Northrup que tratas así a las mujeres?

Por un momento, pensó que había colgado, pero entonces lo oyó respirar. Parece ser que su enfado le había pillado por sorpresa.

—Ya estás avisada, zorra.

—Caramba, qué original.

Colgaron.

—¡Maldita sea! —Colgó con rabia y se puso en pie.

—¿Otra vez él? —Matt levantó la vista de la pantalla del ordenador—. Parece un psicópata.

—Sí. —Kara miró el reloj. Tenía treinta minutos antes de ir a recoger a Connor. Tomó la botella de agua y se dirigió a la máquina de agua.

Había leído casi ochocientas páginas desde el lunes, una gota en el océano. Tessa y Sophie se habían llevado carpetas todos los días para trabajar en casa. Matt había dedicado unas horas del día anterior a la entrada de datos. Entre los cuatro, habían revisado más o menos una tercera parte del total.

Al principio, todo había ido lento, ya que tuvo que familiarizarse con la jerga y las abreviaturas. No era experta en minas ni en fabricación de cemento, y no tenía ni idea de lo que era un colector de polvo o la novena cinta de transporte. Con ayuda de su confidente, ahora revisaba la documentación con mayor rapidez. Se sintió aliviada al saber que tanto él como su familia estaban sanos y salvos. Una cosa menos de la que preocuparse.

Llegó a la máquina de agua, se agachó para llenar la botella y vio tres pares de zapatos de mujer además de los suyos. Alzó la vista y vio a Tessa, Sophie y Holly rodeándola y sonriéndole con esa cara inconfundible de las mujeres que saben un secreto.

—¡Holly!

—¡No les he contado nada!

Kara se puso en pie y fijó la mirada en su amiga.

Sophie le pasó a Kara un brazo por los hombros.

—No la culpes, Kara. Somos periodistas de investigación. Hace un tiempo que sabemos que pasa algo.

—¡Bendito corazón! —La voz de Tessa denotaba un dulce sarcasmo sureño—. ¡Quiere sacarnos los ojos!

Consciente de que no llegaría viva a su mesa, Kara se rindió. Volvía a sentirse como una estudiante de instituto.

—Voy a pasar el fin de semana con Reece Sheridan en su cabaña de Estes Park.

—¿Con el senador Reece Sheridan? —exclamó Sophie.

—Dios mío, yo le entrevisté una vez. Es un encanto. Tan atractivo como el pecado original. —Tessa parecía sorprendida.

Sophie se acercó más a Kara.

—¿Cuánto hace que vosotros...?

—¿Qué pasa? —Matt se acercó por detrás.

Tessa le miró.

—¿Tienes sed, Matt? ¿No? Pues ábrete. Somos mujeres. Estamos cotilleando.

Kara vio su oportunidad y la aprovechó.

—Eso es todo por ahora. Tengo mucho trabajo.

Los lamentos de las tres periodistas se convirtieron en emocionados murmullos cuando Kara se abrió paso entre las chicas y volvió a su mesa. Se le había acelerado el pulso.

«Tan atractivo como el pecado original».

Y Kara iba a pasar los próximos tres días con él.

Reece colocó su bolsa de viaje en la parte posterior del jeep, mientras repasaba la lista mental de preparativos. Había comprado comida, flores y leña el día anterior después de salir de la sesión. Luego, había pasado unas horas limpiando el lugar. Se había acordado de todo.

Excepto de los condones.

—¡Maldición! —Abrió la puerta, subió al asiento del conductos y miró el reloj.

Si se daba prisa y no había mucho tráfico en el centro, podría arreglárselas para ir a la tienda y llegar solo unos minutos tarde. De cualquier manera, no tenía elección. Tenía que comprar condones, la caja más grande de condones que encontrara.

Kara incluyó un surtido de leotardos, jerséis de cuello alto y sudaderas en la bolsa, dudando de qué debería llevarse. ¿Cuánto frío hacía allí arriba? ¿Iban a caminar por el campo o a practicar esquí de fondo? ¿Qué debía llevarse para dormir: el viejo pijama de franela o algo sexy?

Incapaz de decidir, puso las dos cosas, junto con cinco pares de calcetines gruesos, un par de zapatillas, dos pares de mitones, el ordenador portátil y las carpetas que se había llevado de la oficina.

—Mami, ¿cuándo viene Lily?

Kara miró el despertador. Su madre llegaba tarde.

—Ya tendría que estar aquí. ¿Tienes ya todo preparado y listo?

Connor asintió y señaló su pequeña maleta, que se encontraba junto a la puerta con su osito de peluche preferido encima.

—¿Por qué no ves *Bob esponja* hasta que llegue?

Kara le sentó delante del televisor, acabó de hacer la maleta y luego entró en el baño para mirarse por última vez en el espejo. Había llegado a casa pronto, se había duchado, afeitado las piernas y frotado el cuerpo con el exfoliante de lavanda y azúcar que parecía gustarle tanto a Reece hasta que la piel le quedó rosa y suave como la seda. Luego, se había secado el cabello, se había maquillado y se había puesto unos vaqueros y un jersey de cuello alto granate. Como guinda del pastel, se había puesto un tanga negro de encaje y un sujetador a juego, algo que hacía años que no llevaba.

Hacía tanto tiempo. Tanto tiempo.

¿Era miedo lo que veía en sus propios ojos? Supuso que sí. Pero, ¿podía culparse por sentirse nerviosa, incluso asustada?

Conocía a Reece lo bastante como para saber que haría todo lo posible para que ella lo pasara bien ese fin de semana. Lo que no sabía era cómo le afectaría a ella. No podía permitirse el lujo de perder otra vez la cabeza por un hombre, no podía permitirse perder el equilibro. Otra vez no.

Acababa de cerrar la cremallera de la bolsa y la llevaba por el pasillo cuando se abrió la puerta principal y la voz de su madre inundó toda la casa.

—¿Dónde está Connor?

—¡Lily! —Connor se olvidó por completo de *Bob esponja* y corrió hacia su abuela.

Kara vio cómo se abrazaban. A pesar de sus excentricidades, Lily McMillan amaba a su nieto.

—¡Mira cuánto has crecido! ¡Dios mío, creces por momentos!

—Hemos ido al museo a ver los dinosaurios, y he visto el tiranosaurio rex.

—Tienes que contármelo todo.

—Gracias, mamá. Te lo agradezco de verdad.

—Me gusta ser de ayuda. —Su madre se acercó a ella y le susurró—: Sobre todo, si ello significa que vas a echar un polvo. ¿Dónde está ese hombre? Quiero conocerlo.

Kara sintió pánico.

—¡No, Dios, no! Todavía no estoy preparada para eso. Connor, ¿tienes todo listo? Coge el abrigo.

Su madre alzó una ceja perfectamente delineada.

—¿Así que me echas de casa?

Kara la miró a la ojos, sintiendo culpa y determinación.

—Sí, te echo. No quiero que leas su aura ni alinees su segundo chakra ni le muestres sus vidas pasadas. No sé qué pensaría de todo esto y no quiero averiguarlo.

Cuando llamaron a la puerta, Kara casi se desmaya.

Su madre la miró con cara triunfal y se dirigió directamente hacia la puerta.

Kara la adelantó.

—Ya abro yo.

Abrió la puerta y el corazón le dio un vuelco. Reece llevaba unos Levi's y un jersey negro de punto que contrastaba con su rubio cabello. El aroma de la loción para después del afeitado invadió el ambiente.

—Kara. —Se inclinó y le dio un beso en los labios.

El beso la hizo estremecer, pero como su madre estaba mirando, Kara intentó controlarse.

—Reece.

—¡Reece! —Connor cruzó corriendo la habitación con una sonrisa que le iluminaba la cara.

Reece le cogió en brazos.

—Hola, socio. Me han dicho que fuiste otra vez a ver los dinosaurios.

Connor asintió.

—Mamá me dejó echar monedas en la boca de un tigre. Y me rugió.

—¿Te asustó?

Connor sacudió la cabeza.

—Era de mentira.

—Eres un chico inteligente.

—Mamá, te presento a Reece Sheridan. —Kara lanzó una mirada de advertencia a su madre—. Reece, ésta es mi madre, Lily McMillan.

Pero su madre no miraba a Kara, sino que tenía los ojos fijos en Reece.

—Es un placer conocerle, senador.

Reece se inclinó, con Connor todavía en los brazos, y besó a su madre en la mejilla.

—El placer es mío. Por favor, llámeme Reece.

Kara sintió la sonrisa pícara de su madre a un metro y medio de distancia.

—Ya se iban, ¿verdad, mamá?

El trayecto hasta Estes Park duró poco más de una hora y los llevó por un serpenteante desfiladero de árboles de hoja perenne, formaciones de rocas rojas y pequeños hoteles rurales en cabañas. Kara había supuesto que el camino sería aburrido, pero con Reece nada era aburrido.

Al principio, hablaron del esquí y ambos confesaron una pasión secreta por Telluride. Luego, hablaron sobre cómo aprendió a cocinar Reece con su padre, que insistía en que un hombre soltero no estaba condenado a una vida de cenas ante el televisor. Luego, hablaron de la madre de Kara, que, en el último momento, le había preguntado a Reece cuál era su signo del horóscopo. Su respuesta, Escorpio, la había dejado bastante contenta.

—Kara es Cáncer, ¿sabes? —había dicho, antes de que Kara cerrara la puerta del coche.

Kara lo había pasado mal, pero el asunto no pareció molestar a Reece lo más mínimo.

—Creo que intentaba decirme que tú y yo somos compatibles en el aspecto sexual —dijo, desviando la mirada de la carretera el tiempo suficiente para lanzarle una de sus letales sonrisas—. Pero eso ya lo sé.

A Kara le costaba respirar y sintió un calor que recorría su cuerpo.

—¿Así que estás seguro?

—Pues sí.

—Siento lo del viernes pasado.

—¿El qué sientes? —preguntó él mirándola.

¿No lo sabía?

—Bueno, tú… yo… yo disfruté, pero tú no.

Él rió entre dientes.

—No fue tu culpa. Y, cariño, si crees que yo no disfruté, estás equivocada.

Condujeron en silencio a través de Estes Park, pasando por casas de campo tradicionales y cabañas de madera, por el Stanley Hotel con sus presuntos fantasmas, hacia el Parque Nacional de las Montañas Rocosas con sus cumbres cubiertas de nieve que emergían como apariciones en la oscuridad.

—Nuestro terreno limita con el parque por dos lados, así que es como si tuviéramos el parque en el jardín. —Reece se lo contó mientras frenaba y giraba por un empinado camino—. Un segundo, cielo.

Entonces, Kara entendió por qué conducía un jeep. Incluso cubierto de nieve, el camino era pedregoso y duro. Su coche se habría quedado embarrancado o habría resbalado colina abajo hasta el final. Pero Reece conducía con seguridad, llevándoles hacia lo alto de la montaña sin problemas.

De repente, el suelo se niveló, y Kara se encontró en un claro de álamos sin hojas frente a algo que parecía una gran cabaña de madera. Junto a la puerta principal y bajo una lona, había leña cortada y apilada ordenadamente. Una tarima de madera rodeaba la casa por uno de los lados. Una chimenea de piedra salía por el tejado a ambos lados de la cabaña.

—Ya hemos llegado. —Reece detuvo el vehículo, bajó y dio la vuelta para ayudar a Kara a bajar.

El aire era frío y olía a pino, ponderosa, humo de leña y nieve. Más allá de las ramas de los olmos, las estrellas brillaban como fragmentos de hielo en un despejado cielo aterciopelado.

—Es precioso, Reece.

—Gracias. Tal como te dije, es mi pequeño paraíso personal. —Se dirigió a la parte posterior del jeep, bajó la puerta y cogió las bolsas—. Vengo aquí para alejarme del caos del Capitolio.

Kara se acercó con rapidez a él.

—Puedo ayudarte.

Sonrió, con una dentadura blanca perfecta.

—Puedes, pero no voy a dejar que lo hagas.

Reece llevó las bolsas hasta la puerta, la abrió, encendió la luz y luego se hizo a un lado para que ella entrara.

Si la cabaña era impresionante desde el exterior, no había ni punto de comparación con el interior. Kara observó el interior.

—¿Tú has construido esto?

La pared de la derecha era de baldosas y en ella había un gran horno de leña con la puerta de cristal. Los suelos de madera pulida estaban cubiertos de alfombras de pelo de oveja. El vellón blanco contrastaba con la madera oscura. El espacio estaba dividido en una sala de estar en un nivel inferior, llena de librerías, con un enorme sofá de suave cuero, un par de lámparas y una mesa auxiliar que parecía hecha a mano, y un comedor con una mesa y sillas de pino. Había un ramo de dos docenas de rosas rojas en un jarrón sobre la mesa, un regalo para ella.

—Sí, mi padre y yo la construimos durante los años que yo estuve en la universidad. —Su cara mostraba un inequívoco orgullo. Cruzó la habitación, tomó una caja de cerillas, abrió la puerta de hierro negro del horno de leña y encendió los viejos periódicos del interior. En cuestión de segundos, la madera crujió y las llamas empezaron su baile—. Ponte cómoda. Hay champán en la nevera. Llevaré las bolsas al dormitorio.

Algo dentro de Kara trató de agarrarse a la palabra «dormitorio». Nerviosa, se descalzó para no llenar la estancia de barro y nieve, y se acercó a la cocina, sacó el champán de la nevera y buscó copas.

—A la izquierda de la pila. —Su voz la asustó.

Kara dio un respingo, se dio media vuelta con el champán en la mano y se encontró con Reece apoyado en la jamba de la puerta con los brazos cruzados.

—No me digas que estás nerviosa. —Reece redujo la distancia entre ellos, le tomó la botella de las manos y la dejó en la encimera.

Kara empezó a responder, pero los labios de Reece callaron su respuesta.

Capítulo 14

Su sabor era dulce, sus labios suaves y jugosos. Pero fue el suave sonido femenino que brotaba de su garganta —algo entre un suspiro y un chillido— lo que provocó un ataque desenfrenado de deseo en su interior y le puso a cien. Tomó aire mientras se estremecía, inhaló su aroma y, cuando volvió a acercar sus labios a los de ella, el beso fue intenso y apasionado.

La sangre le subió a la cabeza al tiempo que la estrechaba contra él, empujaba su lengua al fondo de su boca y la apretaba contra la encimera de la cocina. Enseguida, las impacientes manos de Kara se movieron a tientas por debajo del jersey de él, tirando de su camiseta, sacándola de sus pantalones, en busca de su piel. Él hizo lo propio con ella. Deslizó sus manos por debajo de la camiseta sobre su piel sedosa para abarcar sus pechos por encima del molesto encaje del sujetador.

No le bastaba.

—¡Mierda! —Interrumpió el beso, buscó el broche del sujetador, lo encontró entre los pechos y lo soltó, dejando caer el suave peso de sus pechos sobre sus manos. Sus pezones ya estaban duros y los apretó con ansias con las palmas de las manos. Dibujó círculos con los pulgares, sintió el cuerpo de ella estremecerse, luego agachó la cabeza y se metió un pezón duro y excitado en la boca.

Las manos de ella agarraron el pelo de él. Kara jadeó, un sonido que le envió un estímulo de pasión incontrolada a su ya endurecida polla.

Él deslizó sus manos sobre la suave piel de su vientre, le desabrochó los vaqueros, metió las manos por debajo de los pantalones, esperando palpar unas bragas de seda. Para su deleite, no encontró más que el desnudo satén de su piel. Llevaba un tanga.

—¡Dios, Kara!

Mientras tocaba y apretaba su culo desnudo, la fue besando desde los pechos hasta el vientre y luego se arrodilló —las manos de Kara seguían agarrando su pelo. Un trozo de encaje negro cubría el triángulo entre sus muslos, el olor a almizcle se convertía en una invitación irresistible.

Una decena de pensamientos sobre todo lo que deseaba hacerle abarrotaron la mente de Reece, pero uno de ellos prevaleció sobre el resto. Tiró de los pantalones de Kara hacia abajo, los arrojó a un lado y separó sus temblorosos muslos a ambos lados.

Kara estaba siendo víctima de un ataque sexual desenfrenado, incapaz de pensar, apenas capaz de mantener el tipo ante la invasión que era Reece. Le temblaban las rodillas, sintió su cálida respiración humedecida en el interior de sus muslos. Soltó un grito, casi en estado de shock, cuando él le arrancó el tanga y el calor de su boca llegó a ella con rapidez.

—¡Reece! ¡Dios mío!

Las fuertes manos de Reece le agarraron las nalgas y atrajo hacia él sus caderas, mientras su lengua empezó a atormentarla, dibujando círculos hábilmente, explorando, penetrando. La sensación la dejó sin aliento y, por un momento, luchó para mantener el control. Pero entonces los labios de Reece se acercaron a su clítoris y lo succionaron.

Kara gritó en alto su nombre, mientras jadeaba con la respiración entrecortada sin desenfreno. Estaba ahogándose en un mar de sensaciones, incapaz de mantener la cabeza a flote, incapaz de hacer otra cosa que no fuera dejarse llevar por la intensidad del momento. Después, en un momento de gozo y pérdida del control, sintió como él introducía un dedo, luego dos, en el interior de su resbaladizo acaloramiento y acariciaba su interior, empujando hacia dentro.

Un orgasmo fluyó a través de ella como una corriente de agua, un torrente brutal de éxtasis desenfrenado, arrancando de su garganta un grito desmesurado, arrojándola, sin que ella pudiera remediarlo, al borde del abismo y dejándola flotando, sin aliento, en un mar cálido y transparente.

Si Reece no hubiese estado sujetándola desde abajo, se habría caído al suelo sin ninguna duda. Kara sintió cómo Reece subía hacía arriba pegado a su cuerpo y cómo entremezclaba los dedos con su melena, para acercarla hacía él.

—Abre los ojos, Kara. Mírame. —Su voz sonaba afónica.

Hizo lo que le pidió y vio en la cara de Reece una expresión cercana al dolor.

—¡Ahora, prueba tu propio sabor! —Sus labios, mojados en su pasión, se abalanzaron sobre ella en un beso salvaje. La lengua de Reece metida en su boca hizo que ella degustara su propio sabor. Olía a almizcle, era primitivo, erótico.

«Él se ha acordado».

De repente, ella había volvió a perder el oremus, estaba caliente, hambrienta, desesperada por él.

Se tambalearon como dos borrachos mientras abandonaban la cocina, encadenados con un beso. Ella iba ataviada con un collar y un sujetador desabrochado, él completamente vestido. Entonces, Kara sintió el suave tacto de la lana de oveja bajo sus pies. Se hundieron en la alfombra, todavía comiéndose entre ellos con los labios y lenguas. Ella forcejeaba con los exasperantes botones de los pantalones de él al tiempo que él la empujaba para atrás, echándose encima de ella.

Entonces la mano de Reece apartó la de ella hacia un lado, dejando que ella disfrutara del tacto de su pecho mientras él se desvestía.

—Kara, te necesito. Necesito follarte con fuerza y pasión —susurró en voz baja. Entonces se paró un momento y se quejó—: ¡Mierda! Necesito ir a buscar un condón.

—No, no lo necesitas. Ya me he encargado de eso. ¡Y te deseo ahora! —Reece envolvió las piernas alrededor de la cintura de Reece.

Él vaciló un instante, la miró fijamente y se clavó en ella con un lento empujón que casi la hace gritar. Hacía mucho tiempo que no tenía a un hombre dentro de ella, y su cuerpo tardó un instante en ajustarse a la dura y gruesa presencia de él. Luego Reece empezó a moverse, empujando hacia delante y hacia atrás. La dulce y empapada fricción era más valiosa que un lingote de oro.

La mente y el cuerpo de Reece vibraron de deseo. Ella se sentía de maravilla: caliente, mojada, y llena, en definitiva, en perfectas condiciones.

—Dios mío.

Los ojos de Kara estaban cerrados con fuerza, su oscuro pelo se abría en abanico sobre la blanca piel de oveja bajo ella. Pequeños gemidos brotaban de sus pulmones en cada respiración, gemidos que llevaban su nombre, que desprendían dolor y un salvaje sufrimiento sexual.

El aroma y el sabor a ella envolvían a Reece, los sentía en la boca. Las uñas de ella se clavaban en la piel de sus hombros por debajo del jersey, sus piernas le apretaban fuertemente contra el sitio adecuado.

Él giró su cuerpo apoyándose sobre el antebrazo izquierdo, le agarró el culo con la mano derecha y se clavó en ella una y otra vez. Estaba al límite, el orgasmo llamaba a su puerta. Pero antes quería ver su cara de nuevo, quería ver cómo el placer se apoderaba de ella mientras ella se iba, quería sentir el clímax de ella contra su pene. Intentado contenerse con fuerza, se metió en ella profundamente y empezó a moverse haciendo giros dentro de ella.

La respuesta de ella fue inmediata. Se arqueó bajo él, gimiendo frenéticamente.

—Dios mío, Reece.

Y entonces Kara jadeó con intensidad; una expresión de gozo iluminó su preciosa cara, sus músculos internos apretaban a Reece a modo de tornillo mientras ella se iba.

Con un gemido, él la embistió, totalmente fuera de control. No podía parar, no podía pensar, solo podía sentir. Y entonces, él explotó. Sintió cómo el clímax le abrasaba por dentro, blanco, caliente, abrasador, transformándolo en cenizas que flotaron en la estratosfera por un momento y luego se posaron en la tierra.

Reece había perdido la noción del tiempo que había pasado sobre ella, intentaba recuperar el aliento mientras que su mente, todavía en blanco, radiaba una inmensa felicidad. Despacio, rodó, salió de ella y acompañó su cabeza para apoyarla sobre su pe-cho. Se sentía muy bien con la cabeza de ella encima, acariciando su pelo.

—¿Tienes hambre?

Tras unos minutos de silencio, ella le contestó:

—Estoy muerta de hambre.

Cenaron frente al fuego reclinados sobre cojines, como romanos. Kara llevaba una bata de seda blanca, Reece, unos calzoncillos cortos que dejaban el resto de su cuerpo musculoso al alcance de la vista de Kara. Ella sabía que, de no estar tan hambrienta, no hubiese podido hacer otra cosa aparte de mirarlo fijamente. Pero el sexo le había abierto el apetito.

Por suerte, Reece había contado con eso.

Solomillo de ternera. Patatas asadas con hinojo. Verduras salteadas con queso feta fresco. *Mousse* de frambuesa. Champán.

Kara tragó la última cucharada de *mousse* agridulce y gimió como muestra de su agradecimiento.

—Esto es maravilloso. Deberías abrir un restaurante. *Chez* Reece.

—Prefiero un tipo de clientela más selecta que la que posiblemente encontraría en la calle. Cogió su copa de champán y la miró con sus ojos azul grisáceo, mientras sus labios dibujaban una sonrisa que hizo que a ella se le acelerara el pulso. Seguidamente, bebió.

Ella sintió cómo el calor le subía a las mejillas y se giró, casi incómoda por su mirada seductora.

—Bueno, gracias por compartir conmigo tus extraordinarias destrezas culinarias.

Él puso su copa vacía a un lado.

—Hay más de una manera de hacerle el amor a una mujer.

«Hacerle el amor».

¿Eso es lo que él creía que habían hecho?

Sin duda, el sexo con Reece no tenía nada que ver con ninguna de sus experiencias anteriores. Él pedía y lo daba todo, dejándola a ella mucho más que satisfecha. Cuando él la tocaba, fijaba su atención, y su concentración era total. Parecía estar siempre en armonía con ella, en cada respiro, en cada caricia, en cada temblor, como si él pudiera saber lo que ella sentía y como si eso le preocupara más que cualquier otra cosa. Eso, de hecho, era algo desconcertante.

Pero no era igual de desconcertante que las típicas nociones de amor. La última vez —la única vez— que había estado enamorada, había pagado por ello un precio demasiado alto.

Reece empujó hacia un lado la bandeja que sujetaba los platos, se acercó a Kara y tiró de ella hacia su pecho descubierto.

—¿Qué he dicho que te ha molestado?

¿De verdad ella era tan transparente?

—Nada. Yo…

—Mentirosa. —La besó en la frente, metió la mano por debajo de su bata para alcanzarle el pecho y, con el dedo pulgar, empezó a dibujar círculos sin parar sobre su todavía arrugado pezón—. No soy como él, Kara. Quienquiera que sea, no soy como él.

Ella deslizó su mano sobre la manta de rizos dorados de su pecho y empezó a juguetear con un pezón marrón. El deseo aún corría por las venas de Kara.

—No. Tú no eres así.

Entonces él la besó y ella se olvidó de todo excepto de él.

No había podido entrar a través de la puerta corredera de cristal, así que tuvo que romper una ventana. Esa zorra no tenía un sistema de alarma, lo que hizo que fuera más fácil. Había roto el cristal, luego quitó el seguro de la ventana y la abrió tirando de ella. Se arrastró dentro, con un inoportuno picor en la entrepierna.

En teoría, ella debería estar en casa con su mocoso. Le habían dicho que ella siempre estaba en casa por las noches. Pero esta noche, no estaba en casa. Esto se convertía en un obstáculo.

Supuestamente, él tenía que entrar y obligarla a entregarle los documentos y las cintas. A su jefe no le importaba si tenía que ponerle la mano encima, y eso era bueno. Él había estado deseando este momento. Le gustaba herir a las mujeres. Le gustaba ver el miedo en sus ojos y que rompieran a llorar. Le encantaba que ellas le suplicaran que no las tocara. Esperaba con impaciencia el momento en el que ellas eran conscientes de que sus suplicas no iban a detenerle.

Frotó la protuberancia de sus pantalones, cabreado por haber perdido la oportunidad. Entonces, se sentó a esperar.

Estaban tumbados en la cama, con las extremidades entrelazadas, con los cuerpos fatigados, con la piel brillante a causa del sudor. Un orgasmo había provocado que cayeran dormidos. Una llama crujía contra la puerta de cristal de la chimenea mientras dispersaba un calor intenso y cálido a la vez por todo el dormitorio.

Con la cabeza apoyada en el hombro de Reece, Kara deslizó un dedo por su pecho hasta alcanzar el hoyuelo del centro, al tiempo que sentía la cálida respiración de él en su sien.

—¿Eres real?

Él acarició con los dedos casi en el aire el perfil de su labio.

—Sí. ¿Y tú?

Kara despertó, su cabeza estaba tendida sobre el pecho de Reece. El corazón de éste latía regularmente en su oreja, un ruido fuerte y tranquilizador. Ella se giró poniéndose boca arriba, dejando el musculoso bulto del brazo de Reece bajo la curva de su cuello. Entonces se estiró, sintiéndose tan a gusto como un perezoso gato mimado.

—¡Buenos días, preciosa! —Hablaba bajo y su voz sonaba un poco adormilada.

Ella se giró y quedó apoyada sobre su barriga, le miró a la cara y sintió cómo se le paraba el corazón. Él era detestablemente maravilloso.

—Buenos días, senador.

Fue entonces cuando ella reparó en la cama. La noche anterior estaba todo a oscuras, y había estado tan ensimismada en Reece que ni siquiera se había fijado. Sus cuatro postes claramente habían sido labrados con madera de los que un día fueron álamos. El cabecero y el pie estaban hechos de ramas más pequeñas y flexibles entrelazadas y trenzadas entre sí. Era tosco y bonito al mismo tiempo, un reflejo del talento de su creador.

Ella alargó su brazo y deslizó sus dedos sobre las suaves ramas de madera.

—¿Dónde la conseguiste? Es preciosa.

—La hice yo. —Él rodó a su lado y apoyó su mano en el canalillo de la espalda de Kara—. Teníamos que quitar algunos árboles de la finca antes de empezar a excavar el terreno. Daba pena malgastarlos. Destiné cuatro troncos grandes a los ejes principales mientras que varias ramas flexibles sirvieron para el cabecero. Me llevó más de un verano acoplarlo todo.

—¿Hay algo que no sepas hacer?

Reece presionó sus labios contra el hombro de Kara y acercó su mano al trasero de ella apoyándose en él.

—Bueno, en estos instantes no puedo despegar las manos de tu culo.

Hicieron el amor en la ducha, con las manos deslizándose sobre la piel jabonosa y aceitosa de ambos. Después, se secaron frente a la luz del fuego. Reece preparó unas tortillas francesas con huevos morenos para el desayuno, junto con un tazón de fresas dulces y una cafetera de café recién molido. Mientras Kara lavaba los platos, salió fuera y se puso a cortar leña —ella le observaba clandestinamente a través de la ventana de la cocina. ¿Qué tenía de especial un hombre haciendo cosas de hombres que revolucionaba las hormonas de la mujer?

Luego, tras echar café en un termo y guardar algunos aperitivos en la mochila, Reece acompañó a Kara fuera para enseñarle la propiedad. La nieve cubría lo suficiente para tener que usar raquetas de nieve que él tenía guardadas en un cobertizo en la parte trasera de la cabaña. Kara enseguida se acostumbró a andar con ellas y no tuvo problemas para seguirle entre los árboles.

El sol brillaba, el aire era frío y cortante. Los altos álamos deshojados asomaban sus blancos troncos por encima de la nieve, sus ramas formaban una nube difusa en el cielo. A lo lejos, cumbres de catorce mil pies de altura formaban la espina dorsal de las montañas rocosas que a la luz del sol desprendían un blanco radiante.

Él le mostró las fuentes termales naturales que se habían formado desde el interior de la tierra creando retenciones de agua en las rocas moldeadas a través de erosiones milenarias. Le mostró un salvaje terreno abarrotado de frambuesas que ofrecía su fruto a las ardillas y osos hambrientos durante el verano. Y le enseñó la tumba de su padre, con la lápida medio enterrada en la nieve.

Mientras caminaban, Reece le contó cómo se había hecho con la propiedad a través de un amigo de un amigo, que se mudaba a Texas y antes quería deshacerse del terreno. Pasaron todo el verano siguiente durmiendo en una tienda de campaña por las noches y trabajando en la cabaña durante el día. Durante años, se dedicaron a terminar la cabaña por dentro y a fabricar o comprar los muebles.

—Pasamos cada verano durante quince años mejorando la cabaña, haciéndola más cómoda, cuidando de la propiedad. En su voz había tristeza y orgullo al mismo tiempo.

—Ya se ve. Cuando dijiste cabaña me esperaba un montón de troncos artesanales, decorados con cornamentas y cabezas de animales disecadas.

Reece sonrió oculto tras las gafas de sol.

—¿Estás defraudada? Puedo disparar a unas cuantos animales y colgarlos en la pared, si es lo que te gusta.

—No gracias. Deja que las criaturas conserven sus cabezas.

Tomaron café sentados sobre unas rocas sobresalientes desde las cuales se podía divisar un valle cubierto de blanca nieve. Una manada de alces a lo lejos parecían puntos marrones en movimiento, escarbando en la nieve en busca de forraje, mordisqueando las cortezas de los árboles.

Kara se sintió relajada, dejó su mirada deambular por el paisaje, un paisaje tan ancho y abierto que sembró un extraño dolor en su alma.

—Aquí solo se respira paz, ¡es tan tranquilo!

Reece la atrajo hacia sí para que descansara apoyada sobre él y la besó en el pelo.

—Mi padre había planeado vivir aquí cuando se jubilara.

—Siento que no llegara a tener la oportunidad.

—Yo también.

—Debes echarlo de menos terriblemente.

—Sí, así es.

Estaban llegando a la cabaña cuando él le hizo un gesto con la mano para que se detuviera y se puso en cuclillas para mirar la nieve.

—Huellas de un puma.

—¿De verdad? —Kara, sobresaltada, miró a su alrededor y luego se quedó mirando fijamente las huellas de zarpas en la nieve—. ¿Las has visto por aquí antes?

Él dejo entrever una sonrisa.

—Todos los días. Hay un viejo macho que considera esto parte de su territorio. Lo he visto unas cuantas veces. Un gato grande. Unos noventa kilos. De vez en cuando me escondo tras la cornamenta de un ciervo que él derribó.

Un escalofrío recorrió el cuerpo de Kara. Aparte de caminar ocasionalmente y de esquiar era una persona completamente urbana. Ella relacionaba la vida salvaje con las ardillas.

—¿Alguna vez ha intentado atacarte?

Él negó con la cabeza.

—A los pumas no les interesan las personas. Hacen todo lo posible para no cruzarse con nosotros.

—¿Cómo sabes todo esto? Espera, ahora caigo. Tú eres el senador medioambiental, el salvador de los árboles. ¿Cómo pude olvidarlo? Posiblemente, te has estudiado toda la vida salvaje de Colorado.

—Así es. He leído sobre sus condiciones de hábitat, sus hábitos de caza, sus hábitos de apareamiento.

—¿Hábitos de apareamiento?

—Sí, hábitos de apareamiento. —Se paró, la rodeó como un depredador y puso la voz ronca—. El puma macho localiza a la hembra a través de su aroma. —Kara oyó el crujido de la nieve bajo sus pies y sintió la amenaza de ser rastreada. La mano de Reece se deslizó bajo su abrigo y por debajo de sus pantalones, provocando con sus dedos un gemido sofocado al tiempo que éstos alcanzaban su piel y mientras que, una vez más, buscaban y encontraban su punto más sensible—. Sabe perfectamente cuándo está preparada la hembra para aparearse, sabe cuándo está lista para él.

Kara ya estaba lista para él. Ella apretó su trasero contra él y supo por el rígido bulto de su pantalón que él también estaba listo.

—El macho la supera en treinta quilos. —Él le bajó los pantalones de un tirón, le quitó las raquetas de nieve de un puntapié y le apretó con los dientes a un lado de la garganta—. Cuando la localiza, le muerde el cuello y le echa la cabeza al suelo.

Con un gemido de anticipación, ella dejó que él la forzara a ponerse de rodillas, sus manos enguantadas se sumergieron en la nieve hasta las muñecas. Sintió tras ella el sonido de botones metálicos que estaban siendo arrancados violentamente de los ojales del vaquero.

—Entonces el macho la monta por detrás, fuerte y rápido. —Sus manos le agarraron las caderas y se clavó en ella con un único y penetrante empujón.

Las palabras se transformaban en gemidos, jadeos y gritos sofocados a medida que él martilleaba contra ella, mientras sus testículos chocaban contra la helada piel de su desnudo culo.

Kara nunca había llegado al clímax así hasta ahora, de manera que la intensidad de éste la pilló por sorpresa cuando lo alcanzó. Un gritó salvaje brotó libremente a través de su garganta, seguido de un profundo gemido, en el momento en que él entraba dentro de ella. Ambos sonidos fueron absorbidos por el inmenso invierno de Colorado.

Kara perdió la cuenta del número de veces que habían hecho el amor en los dos días siguientes. En el sofá, en la ducha, en el suelo del dormitorio, en la mesa de la cocina, en las fuentes termales. Ella esperaba que la salvaje necesidad de él que ella tenía se fuera apagando, convirtiéndose en algo controlable. Pero eso no pasó. Bastaba con que él la tocara. Algunas veces ni siquiera tenía que llegar a eso.

Hasta el domingo por la noche cuando descansaban desnudos en el agua vaporosa de las fuentes termales, Kara no fue consciente de que no había abierto el ordenador portátil, no había comprobado los mensajes del teléfono móvil ni los de su correo electrónico. Había llamado a su madre para preguntar por Connor tan solo una vez.

Ahora estaba a punto de acabar. El día siguiente por la tarde, ella y Reece estarían de vuelta a Denver, donde les esperaba la vida real. ¿Y luego qué?

No quería pensar en eso.

Se acurrucó contra él, observó los grandes copos de nieve que caían en vano, procedentes del cielo oscuro, y se fundían con la superficie del agua. Su cuerpo estaba saciado y relajado dulcemente tras su último asalto de sexo enloquecido. El fuerte brazo de Reece se acoplaba de una manera muy natural debajo de su pecho. Su cabeza se sentía como en casa apoyada sobre el hombro de él. ¿Por qué no podían permanecer así para siempre?

—Reece.

Él besó su pelo, humedecido a causa del vapor.

—Sí.

—Gracias. Por todo esto. No puedo recordar la última vez que pasé unos días mejores que éstos.

Él la atrajo todavía más y le acarició la oreja con la boca.

—De nada.

—Pase lo que pase, quiero que sepas que siempre voy a recordar esto.

—Eso espero.

Cuando llegaron a las afueras de Denver, Kara sintió cómo la tensión se volvía a apoderar de ella. Su mente empezó a llenarse de todas las cosas que tenía que hacer cuando volviera al periódico al día siguiente, cada tarea, cada irritante grano de arena.

Reece la cogió de la mano y le dio un apretón alentador.

—¿En qué piensas?

—Trabajo.

—¿Puedes hablar de ello?

Ella negó con la cabeza.

—Todavía no.

—Eres increíblemente buena en lo que haces.

El cumplido la pilló por sorpresa.

—Gracias.

—Espero que saques tiempo para mí. Quiero saber más de ti, Kara. No sé lo que está ocurriendo exactamente entre los dos, ni adónde nos va a llevar, pero sé que quiero estar contigo.

Ésta era la conversación que ella había estado temiendo.

—No se trata únicamente de mi trabajo. También está Connor. No quiero que se haga una idea equivocada.

—¿Y qué idea es esa?

Ella buscó las palabras adecuadas.

—Es un niño pequeño y vulnerable. Sin padre… No quiero hacerle daño. Si nos enrollamos…

—¿No estamos ya enrollados?

—No de esa manera.

—Entonces. ¿Qué han sido estos tres últimos días? —Su voz sonaba casi al límite.

—Un fin de semana.

—¿Eso es todo lo que ha significado para ti? ¿Un fin de semana?

Ella no podía mentir.

—No, ha sido mucho más que eso, Reece. Ha sido… maravilloso.

—Entonces, ¿dónde está el problema?

—El problema es que tengo un hijo que se va a quedar hecho polvo cuando decidas que ya has tenido suficiente de mí y desaparezcas.

—Ya veo. —Un sentimiento de rabia se revolvía en el interior de Reece. Lo estaba apartando de ella. Ya lo estaba apartando de ella.

—Yo no estoy tan segura de que lo veas. No puedo dejar que mis necesidades o deseos hieran a mi hijo. Eso es todo. No quiero ser la típica madre soltera con un dormitorio visitado por muchos y variados hombres.

Reece respiró profundamente, decidido a no dejar que su tiempo juntos acabara en una discusión.

—Tú no eres ese tipo de mujer, Kara. Pasar un fin de semana conmigo no te convierte en ese tipo de mujer. Te mereces una vida, lo sabes.

Pasaron el resto del viaje en silencio, Reece tragándose su frustración. Se detuvo delante de la casa de Kara, el sol empezaba a bajar por las montañas y una línea morada flotaba sobre el horizonte al oeste. Se encontraron en la parte trasera del jeep. Pero, en vez de abrir el maletero y coger su maleta, él la estrechó entre los brazos.

—No voy a irme a ningún lado, Kara. Y no voy a permitir que me eches de tu vida solo porque tienes miedo. —Reece silenció sus posibles objeciones con un beso y sintió la respuesta de ella cuando se relajó en sus brazos y le correspondió el beso.

No, él no iba a irse a ningún sitio.

—No creo que vayas a permitir que cargue con mi propia maleta, ¿no?

—No.

Ella se acercó a la puerta, metió la llave, la giró y empujó para abrirla.

Y entonces, se quedó helada.

Capítulo 15

Reece oyó el resoplido de Kara y vio la incredulidad y el desconcierto reflejados en su rostro. Más allá, vio la causa.

—¡Dios mío! —Dio un paso para entrar.

Reece le pasó un brazo por la cintura y la sujetó.

—¡No, Kara! La persona que ha hecho esto puede estar dentro todavía. Vuelve al jeep. Venga.

La acompañó hasta el vehículo, puso su bolsa en el coche y luego llamó a emergencias con el móvil.

—Allanamiento de propiedad y posible robo en el 1105 de Corona. No sabemos si el intruso sigue aquí todavía. Acabamos de llegar y hemos encontrado la casa patas arriba.

Puso en marcha el motor, sacó el coche del camino de entrada y aparcó unas cuantas casas más allá. Si todavía había alguien en la casa, alguien que quisiera hacer daño a Kara, se aseguraría de que ella no fuera un objetivo fácil.

Kara oyó cómo Reece hablaba con la policía, pero casi no entendió lo que dijo. La cabeza le iba a mil por hora, las ideas se agolpaban y se entremezclaban en su cerebro al ritmo frenético del corazón. Alguien había destrozado su casa. Alguien había entrado y la había devastado. Habían irrumpido en su vida, en su casa. Es probable que le hubieran robado la televisión y la cadena de música. Bueno, podía comprar otras. El seguro lo cubriría. No pasaba nada. Limpiaría la casa, mandaría una solicitud al seguro y todo iría bien.

Mientras intentaba aceptar el hecho y tranquilizarse, un escalofrío le recorrió la columna. ¿Y si él lo había hecho? ¿Y si había intentado llevar a la práctica las amenazas?

—Tranquila, Kara. —Reece le apretó la mano, con los ojos azules llenos de preocupación—. Ya están de camino.

Cuando llegaron los tres coches de policía con las luces puestas, Kara había pasado de la perplejidad a un cabreo supremo. Caminaba de un lado a otro por la acera mientras la policía registraba la casa.

—¡Quiero pegar a alguien!

Reece se puso delante y le presentó el torso como objetivo.

—Bueno, pero no demasiado fuerte. Me salen morados con facilidad.

La absurdidad de que podría dañarlo físicamente la detuvo y apagó parte de su rabia.

—No quiero pegarte a ti. ¡Maldita sea!

—Lo sé, cariño. —Reece la tomó entre sus brazos.

Un coche verde oliva de la policía secreta giró por la calle, y Kara reconoció al comisario Irving. El policía sacó su redondez del coche y se acercó a ellos libreta en mano.

—Senador, señorita McMillan. Siento verlos en estas circunstancias. ¿Pueden ponerme al corriente?

Omitiendo ciertos detalles, Kara le contó que se había ido el viernes por la tarde y que acababa de llegar a casa y de descubrir que alguien había entrado por la fuerza. Le contó que Reece le había impedido entrar en casa.

—Pero me gustaría entrar lo antes posible, comisario Irving. Es mi casa.

El comisario Irving asintió.

—Entiendo, señorita McMillan, pero ahora mismo su casa es la escena de un delito. Cuando hayamos acabado, podrá entrar. Piénselo, senador. Nunca hay que entrar en una casa en la que han entrado a robar hasta que la policía la ha registrado. La gente acaba muerta por eso. Ahora, déjenme ver qué han encontrado los chicos.

Los minutos parecían horas mientras Kara esperaba con Reece a su lado. Llamó a su madre con el móvil y le pidió que se quedara con Connor una noche más para tener tiempo de arreglar la casa y conseguir que fuera otra vez segura.

La madre dijo que sí y le ofreció el sofá a Kara para pasar la noche.

—No duermas ahí, Kara. Las malas vibraciones no serán buenas para ti.

—Gracias, mamá, pero voy a pasarme toda la noche limpiando la casa. Es probable que esté demasiado cansada para conducir hasta Boulder.

—Entonces, asegúrate de quemar salvia o algo.

Kara vio al comisario Irving salir de su casa y dirigirse hacia ella.

—Quemar salvia. Me lo apunto. Gracias, mamá. —Colgó y vio a Reece que la miraba sonriendo—. ¿Qué?

—Tu madre te quiere mucho, ¿sabes?

—Sí. Está un poco loca.

El comisario Irving pasó página en su libreta.

—Bueno, señorita McMillan, necesitaremos que peine toda la casa y nos diga si falta algo.

—¿Entonces parece un robo normal y corriente? —Quizá había exagerado antes cuando su imaginación lo había intentado relacionar con las llamadas de teléfono.

El comisario Irving la miró a los ojos.

—No estoy diciendo eso. Pero venga y díganos si falta algo. Por cierto, está todo muy desordenado.

La advertencia del comisario no había preparado a Kara para el impacto que supuso ver gran parte de sus pertenencias rotas y el lugar patas arriba. La televisión estaba esparcida en pedazos sobre marcos de fotos rotos, libros hechos trizas y CDs rotos. El aparato de vídeo, el DVD y la cadena de música habían quedado reducidos a un amasijo de metal y cables. Había papeles y recortes de periódico de su archivador esparcidos por todas partes. Los contenidos de los cajones de su mesa de trabajo también estaban desperdigados por el suelo. El relleno del sofá parecía nieve caída sobre ese paisaje de destrucción.

La cocina estaba un poco mejor que la sala de estar. La ventana sobre la pila estaba rota y abierta de par en par. Los cristales estaban diseminados por el suelo. Y, aunque había algunos platos rotos en el suelo, el intruso no había abierto los armarios de las tazas para romperlas. Al lado de la nevera, sobre la encimera, había un bote de helado vacío.

Miró hacia la oscuridad del jardín trasero a través de un agujero que antes era una ventana.

—Bueno, supongo que el nuevo cierre funcionó. No consiguió entrar por la puerta corredera de cristal.

Al final del pasillo, encontró su dormitorio saqueado, como si alguien hubiera abierto todos los cajones buscando algo. La ropa del armario estaba desparramada por el suelo. El colchón estaba rasgado y caído de lado, mitad en el suelo y mitad en el somier. Su joyero, donde solo había pendientes y un mechón de cabello de la primera vez que le cortó el pelo a Connor, estaba abierto sobre la alfombra. El botón del pánico, que se había dejado en casa, permanecía extrañamente impoluto en medio del caos.

Entonces vio el objeto violeta. Avergonzada, tiró un jersey encima del vibrador y rezó para que ni Reece ni los polis lo hubieran visto.

La voz de Reece la sobresaltó.

—La persona que ha hecho esto, no ha tocado la habitación de Connor. ¿Falta algo?

—No, nada. —Kara sacudió la cabeza.

No hacía falta ser policía para saber lo que significaba. No era un robo normal y corriente. Era algo personal.

El comisario Irving les estaba esperando en el piso de abajo, en la cocina. Un policía con guantes estaba ocupado buscando huellas dactilares. Los polvos negros parecían manchas de tinta en la ventana, la nevera y el bote de helado.

—¿Por qué no se sienta, señorita McMillan? ¿Necesita algo? ¿Quiere beber algo?

Kara tragó saliva y miró al policía a los ojos.

—Prefiero quedarme de pie.

—Así es como lo veo yo, señorita McMillan. El tipo se presenta cuando usted no está. No puede entrar por la puerta corredera de cristal, así que rompe la ventana. No roba nada. De hecho, se pone cómodo. Se aposenta en el sofá con un tarro de Ben & Jerry's, come unas barritas de cereales, una bolsa de tortillas de maíz, quizá ve la televisión, incluso puede que vaya a mear al baño. Usted no deja la tapa levantada, ¿verdad? Entonces, decide romperlo todo. Y, cuando ha acabado, se marcha. ¿Por qué lo hace, señorita McMillan?

Kara vio los envoltorios de las barritas de cereales y la bolsa de las tortillas de maíz en el suelo y se preguntó por qué no se había fijado antes.

«¡Piensa, McMillan! Eres periodista de investigación, ¿recuerdas?».

—Buscaba algo y le entró hambre. Pensó que tenía tiempo para comer algo. Entonces, cuando no encontró lo que buscaba, se cabreó y destrozó mis pertenencias.

—¿Qué podría estar buscando, señorita McMillan?

—Las cintas de vídeo de mi confidente. Los documentos del Departamento de Salud del Estado.

Entonces, habló Reece:

—O quizá se quedó tanto tiempo porque estaba esperando.

—¿Esperando a qué?

Puso las manos sobre los hombros de Kara.

—Esperándote a ti.

Era casi medianoche. La policía se había marchado. El perito del seguro había llegado y se había marchado, después de prometer un cheque a mediados de semana. Sólo quedaba Reece.

Se había quedado con ella para ayudarla a recogerlo todo. El contenedor del exterior rebosaba de los restos de las pertenencias de Kara. Habían colocado a su lado las bolsas de basura que no habían cabido dentro. El sofá y el colchón estaban también en la calle esperando al camión de la basura. Había doblado y guardado la ropa en cajones y armarios . Habían barrido el suelo de toda la casa y habían fregado la cocina para eliminar los restos de cristales.

Reece utilizó un taladro para sujetar un tornillo que sostenía una lámina de madera donde había estado la ventana de la cocina.

—No es muy bonito, pero evitará que entren los vagabundos y el aire frío hasta que reemplacen el cristal.

Kara se abrazó, sintiendo un extraño escalofrío.

—Gracias.

Reece desenchufó el taladro y se giró. Vio a Kara de pie en medio de la casi vacía sala de estar, abrazándose con fuerza y con la cola de caballo oscura colgándole por la espalda. Parecía vulnerable, abatida. Aparte del ataque de rabia que tuvo mientras esperaba que la policía la dejara entrar en casa, no había mostrado ningún sentimiento. Para él, había sido realmente duro ver lo que ese hijo de puta había hecho con sus pertenencias. Estaba furioso. Si ella y Connor hubieran estado en casa cuando ese cabrón entró… Ni siquiera quería pensar en esa posibilidad.

No podía imaginar cómo se sentía ella. Sabía que ocultar los sentimientos era su manera de intentar ser fuerte. Pero también sabía que no podía dejarla sola.

Recogió las últimas herramientas y cerró la caja. Luego, cruzó la sala y la abrazó por detrás.

—Siento mucho que haya pasado esto, Kara.

—Yo también. —Sonrió levemente.

Se giró hacia él y se apoyó contra su pecho. Parecía pequeña y débil, y de su interior brotó un instinto de protección.

—Coge lo que necesites mañana para el trabajo. Hoy te quedas en mi casa. Puedes seguirme con tu coche.

Kara se separó de él y sacudió la cabeza.

—No puedo, Reece. No voy a permitir que quien hizo esto me intimide ni me eche de mi propia casa. Tengo que quedarme.

—Admiro tu valentía, pero no voy a dejarte aquí sola. Además, ya has sido bastante valiente por hoy. Necesitas dormir bien, y ambos sabemos que aquí no vas a poder. —Reece pudo ver en su mirada que no iba a conseguir nada.

—Eso sería escapar del problema. Tengo que quedarme y enfrentarme a ello. Es la única forma de superarlo.

—De acuerdo. Voy a por nuestras bolsas y ahora vuelvo. —Se dirigió hacia la puerta.

—¿A qué te refieres con nuestras bolsas?

—Te dije que no pensaba dejarte aquí sola. Si tú te quedas, yo me quedo.

—Pero no hay sitio para dormir porque en la habitación de Connor solo hay una cama.

—Pues dormiré en el suelo de la sala de estar.

Kara le miró un instante y luego se dirigió al dormitorio.

—De acuerdo. Tú ganas. Pero que conste que solo voy contigo porque no soporto la idea de que duermas en el suelo.

—Vale. —Cogió la caja de herramientas, apagó la luz de la cocina y sonrió.

Cuando Kara llegó al aparcamiento del periódico a la mañana siguiente, estaba de un extraño buen humor a pesar de lo que había pasado el día anterior. Quizá fuera el hecho de que vería a Connor más tarde. Le echaba mucho de menos. O quizá fuera el delicioso desayuno de crepes de arándonos que Reece había preparado mientras se ponía el uniforme de senador: camisa almidonada, corbata de seda y pantalones hechos a medida que se ajustaban de maravilla a su perfecto culo. O quizá fuera la manera en la que se fue a dormir la noche anterior y se había levantado hoy: un clímax dulce y suave tras otro.

Bueno, sin duda era eso. Incluso aunque tenía la cabeza un poco espesa por la falta de sueño, su cuerpo estaba suave como la seda.

Aparcó, tomó la cartera y pasó por seguridad. Por supuesto, no había tocado los registros del Departamento de Salud en todo el fin de semana, así que tenía que ponerse al día. También tenía que ponerse en contacto con Scott Hammond del Departamento de Salud del Estado y averiguar cuánto estaba dispuesto a contarle. Si de verdad estaba Northrup detrás de las llamadas y el allanamiento, tenía que acabar la historia cuanto antes.

La tinta era la mejor defensa de un periodista.

De alguna manera, fue más fácil enfrentarse a lo que le había pasado a su casa con la luz del día. Aunque no se lo había dicho a Reece, se sentía agradecida de que la hubiera obligado a pasar la noche con él. Dudaba que hubiera sido capaz de cerrar los ojos en una casa extrañamente vacía. Ahora sabía lo que quería decir su madre con «malas vibraciones». No había sido capaz de librarse de la sensación de malevolencia que sentía. Había decidido quedarse en casa de su madre los siguientes días hasta que llegase el cheque del seguro. No quería que Connor viera la casa así.

Encontró su mesa desbordada de artículos de prensa, el buzón del correo electrónico saturado de correo basura y siete mensajes en el buzón de voz. La mañana mejoró todavía más cuando vio que ninguno de los siete mensajes era una voz murmurante que amenazaba con consecuencias fatales. Acababa de dejar otro mensaje en el buzón de voz de casa de Hammond cuando vio a Tessa acercarse a ella con documentos en la mano y mirada de preocupación.

—Tenemos un problema, Kara. —Tessa le entregó los documentos.

El buen humor de Kara se evaporó.

Era un informe policial. Estaba fechado la noche anterior. Y justo en la primera página aparecía su nombre... y el de Reece.

—¡Maldición, maldición, maldición!

El informe detallaba con exactitud lo que había pasado, incluyendo el hecho de que la víctima y el testigo habían pasado fuera el fin de semana.

Tom iba a ponerse furioso. Pero, ¿qué pensaría Reece? Al fin y al cabo, era su nombre y no el de ella el que llamaría la atendían de la prensa. Lo más seguro es que empezara a recibir llamadas de los medios de comunicación ávidos de especular con su vida amorosa, y cualquier ventaja política que pudiera derivarse de ella.

¿Cómo podía haber sido tan torpe? Era periodista, por el amor de Dios. Sabía lo que significaba un informe policial, lo que podía incluirse. ¿Por qué no lo había pensado y había hecho algo para evitarlo?

«Estabas asustada y enfadada, y no podías pensar». No pensar era el factor clave.

Tessa suspiró y sacudió su rubia melena.

—No sé cómo vamos a ocultar esto ante Tom. Si alguno de los otros periódicos lo saca primero...

—Me matará.

Tessa asintió.

—Si tienes suerte.

—Gracias, Tessa. Supongo que tengo veinte minutos para decidir cómo manejar esto. Tengo que avisar a Reece.

Tessa se inclinó y le susurró.

—¿Lo pasaste bien al menos?

Kara no pudo evitar esbozar una sonrisa de ensueño que le iluminó la cara.

—Eso me imaginaba.

Esperó hasta el final de la reunión para sacar el tema.

—Alguien entró en mi casa el fin de semana. No se llevaron nada, pero destrozaron casi todo lo que tenía. La policía ha determinado que no ha sido un robo normal y corriente. Mi teoría es que alguien quiere las cintas de vídeo de mi confidente y los documentos del Estado. Aquí está el informe policial.

Se lo entregó a Tom, quien dedicó unos segundos a repasarlo. Luego, alzó la vista y la miró sin expresión alguna.

—Tienes algo con un senador del Estado, ya veo.

Matt giró la cabeza tan rápido que a Kara le sorprendió que no se desnucase. Syd alzó la vista de la calculadora. Joaquín alzó las cejas. Sophie la pellizcó en la rodilla bajo la mesa de conferencias en señal de apoyo. Tessa puso los ojos en blanco.

Kara miró a Tom a los ojos.

—Reece... Es decir, el senador Sheridan y yo hace poco que...

Tom le devolvió el informe.

—No me importa a quién te follas, McMillan, siempre que no pongas en un compromiso al periódico. Novak, encárgate de incluir esto en la sección policial. No quiero que los demás periódicos piensen que intentamos ocultar nuestra propia mierda. McMillan, si no estás delirando de amor, haz copias de las cintas y documentos. Son demasiado importantes para perderse.

Reece observó su reloj y se acercó a Brooke para recoger la carpeta sobre la propuesta de ley sobre la quema de neumáticos. Tenía que estar en el Senado hacía cinco minutos.

—Creo que lo que tenemos puede funcionar y es responsable. Los legisladores lo odiarán, pero a los contribuyentes les encantará, que es una manera de estar seguros de que se trata de una buena propuesta de ley. Te agradezco mucho tu ayuda.

Había pasado casi toda la mañana al teléfono hablando con el departamento jurídico, puliendo los detalles de su nueva propuesta de ley que cambiaría la forma en la que el Estado controlaba el dinero pagado a los legisladores. Si pasaba, nadie sería capaz de esconder un solo centavo ganado a expensas de los contribuyentes. Devlin iba a odiarlo.

Reece repasó las llamadas perdidas de su móvil y vio que Kara había intentado ponerse en contacto con él.

—Por cierto, tengo otra pregunta. Si quisiera una lista completa de las peticiones de archivos públicos presentadas en los últimos seis meses por un periodista concreto, ¿podría conseguirme el fiscal esa lista?

Ella había hablado de documentos del Departamento de Salud del Estado, pero no le había podido decir nada más. Pero, como miembro del Comité auditor legislativo, no carecía de recursos. Si alguien del gobierno del Estado la estaba amenazando o tenía idea de quién podía estar tras las llamadas de teléfono y el allanamiento, la posición de Reece le permitía averiguarlo, y hacer algo al respecto. No era un abuso de autoridad; era su trabajo, aunque había una parte personal implicada.

—Eso sería fantástico, gracias. El nombre de la periodista es Kara McMillan.

Capítulo 16

Kara estaba tumbada boca arriba, con los ojos cerrados, dejando que el agua caliente le acariciara la piel. Una de las cosas buenas de quedarse en casa de su madre era la enorme bañera que había junto al dormitorio principal. Sus sales de baño de lavanda preferidas, una docena de velas, y era el lugar perfecto para Kara para relajarse y pensar. Como su madre estaba leyéndole a Connor un cuento en la cama —un libro infantil sobre un príncipe que se escapaba de casa, es decir, Buda—, tenía tiempo para relajarse y pensar.

Había leído la montaña de documentos durante la semana, tantas páginas que le dolían los hombros y soñaba con gráficas. Lo que ella y los demás habían encontrado había sido una larga lista de quejas de los vecinos de Northrup, incluyendo a Ed y Moira Farnsworth y a Dottie y Carl Perkins. También había docenas y docenas de quejas que habían sido emitidas por el departamento de salud y luego habían pasado al Estado. O sea, se pasaban la patata caliente unos a otros.

También había informes de los inspectores del Estado que mostraban numerosas violaciones de las leyes estatales de calidad del aire, algunas relativos a las chimeneas de la planta y las demás a las emisiones de polvo. En más de un caso, el inspector del Estado había pillado a los empleados de Northrup haciendo malabarismos para que las emisiones tóxicas no superaran los límites del Estado, lo que suponía un delito grave. Lo raro era que si seguía la montaña de papeles relativas a una inspección determinada, siempre terminaba en nada. Ninguna multa. Ninguna penalización. La multa más importante que había descubierto hasta el momento era de seis mil dólares, una cantidad ínfima para una empresa que facturaba diez mil millones al año.

¿Cómo era posible? ¿Por qué los inspectores del Departamento de Salud del Estado, cuyo trabajo era proteger la salud pública, se tomaban la molestia de comprobar dos veces los cálculos de Northrup si el departamento no tenía ninguna intención de denunciar a la empresa por violar la ley? No tenía sentido.

Sabía con exactitud quién podía responder esta pregunta. Pero parecía que dicha persona no quería hablar con ella. Después de avisarla de que ella y su confidente podían estar en peligro, había desaparecido y no le devolvía las llamadas. Pero Hammond había realizado esas inspecciones. Había comprobado los cálculos. Les había pillado falsificando los informes para el Estado. Él sabría por qué Northrup nunca había sido procesado. Había llegado el momento de dejar de esperar a que le devolviera las llamadas e intentar otra forma de establecer contacto.

Kara se estiró, meneó los dedos de los pies en el agua y se preguntó si habría alguna manera de poner una bañera tan grande como ésa en su diminuto cuarto de baño. Hoy era la última noche que pasaba en casa de su madre. El cheque del seguro había llegado el día anterior, y los tres habían pasado la tarde de compras: colchón, sofá, televisor, cadena de música, reproductor de DVD y *Bob esponja* a granel. Les habían entregado los muebles y la televisión ese día, y Kara había utilizado la hora de comer para correr a casa y acabar de arreglarla. Mañana, ella y Connor irían a una casa un tanto diferente pero familiar. Rellenarían el comedero de pájaros, que seguramente estaría vacío ya, cenarían espaguetis y se arrimarían el uno al otro para leer una pila de libros. La vida volvería a la normalidad.

O quizá no.

¿Qué iba a hacer con respecto a Reece? Sólo con pensar en él, le temblaban las piernas. El senador Reece Sheridan era un hacha en la cama. Eso estaba claro. Pero también era maravilloso fuera de ella. Sin embargo, la cosa iba demasiado deprisa. Kara pensaba en él sin cesar, deseaba estar con él, quería hablar con él, oír su voz, tocarlo, sentir sus manos y sus labios sobre la piel. Era como una adicta, y él era su droga.

Una cosa era que te gustara un hombre y lo pasaras bien en la cama con él, y otra muy diferente era estar atrapada por él, sentir que el día no estaba completo sin él, necesitarlo. Y de ninguna manera, de ninguna manera iba a permitirse enamorarse de él. No si podía evitarlo.

«¿Y qué pasa si no puedes evitarlo, McMillan?».

Con solo pensar en ello le hacía abrir los ojos de golpe y le aceleraba el corazón.

Había llegado el momento de recuperar el timón de su vida, de acabar con la historia de Northrup y centrarse en la educación de su hijo. No podía permitirse el lujo de perder los papeles así por un hombre. ¿Estaba tan caliente que no podía pasar un momento sin él? Era patético.

El pomo de la puerta giró, y su madre entró.

—Está dormido como un tronco. Es un niño maravilloso, Kara. Tiene una buena alma.

Kara se sentó, incómoda. No sentía vergüenza de su cuerpo, menos delante de su madre, pero no estaba acostumbrada a estar tumbada desnuda en la bañera con público.

—Si necesitas usar el baño, ahora mismo salgo.

La madre desestimó la oferta con un gesto de la mano y se sentó en el suelo enmoquetado.

—Quita, quita. Sigue en remojo. Pensé que podíamos hablar. Casi nunca estamos a solas.

Irritada porque habían invadido su intimidad, Kara volvió a tumbarse y cerró los ojos.

—¿De qué quieres hablar?

—De Reece.

Kara sintió un rubor en la cara, pero mantuvo los ojos cerrados.

—No pierdes el tiempo, ¿verdad?

—Connor lo adora, lo sabes.

—Sí.

—Y yo sé que es bueno para ti.

—¿Está mi aura llena de caras sonrientes o algo así?

—Pareces más feliz, más relajada. Es probable que sea porque, por fin, has liberado toda esa energía sexual acumulada.

Kara no dijo nada, sabiendo que cualquier objeción sería una mentira.

—Y, cuando estás con él, hay algo en tu mirada que no había visto desde antes de que naciera Connor. —Su madre nunca mencionaba el nombre de Galen—. Estoy muy contenta por ti, Kara, y no quiero que lo estropees.

Kara se sentó con los ojos abiertos.

—Creo que eres la menos adecuada para darme lecciones sobre relaciones, mamá.

—Si con ello quieres decir que me he acostado con todos los gurús, chamanes y hechiceros de este lado de las Rocosas y todavía sigo sola, tienes razón. Pero te equivocas si crees que es la vida que yo quería.

—Siempre has dicho que lo mejor que te ha pasado en la vida es que mi padre se marchara. —Hacía mucho tiempo que Kara no oía a su madre hablar tan en serio de nada.

—Sólo lo decía porque estaba dolida y enfadada. Un hombre que pensé que me amaba se levantó una mañana y decidió que prefería estar en otro sitio. Al principio, me hundí. Luego, me enfadé, me puse tan furiosa que quería destrozar su mundo.

Kara conocía ese tipo de rabia. La había sentido cuando estuvo tumbada en una cama de hospital sufriendo contracciones y sintiendo que el dolor la partía en dos. La había sentido cuando había tenido que dejar a su precioso hijo de ocho semanas en la guardería para volver al trabajo. La había sentido cuando se pasaba todas las noches despierta por los llantos del bebé, y por la mañana tenía que arreglarse e ir a trabajar. Y la sentía cada vez que Connor preguntaba por su papá.

—El problema es que no podía hacer daño a tu padre. Se había ido. Así que acabé destrozando mi vida. Pero tú no tienes que hacer lo mismo, Kara. No castigues a Reece por los pecados de otro hombre. No dejes que el miedo a que te hagan daño otra vez te aleje de un hombre que te ama de verdad.

Cuando su madre se puso en pie y salió del baño, Kara se sorprendió al descubrir que le caían lágrimas por las mejillas.

La sesión acababa de aplazarse hasta después de la comida cuando Reece la vio acercarse hacia él. Iba vestida para ir a trabajar, pero su cuerpo gritaba sexo. Llevaba un traje negro que se ajustaba a las curvas de su cuerpo, unas medias negras cubriéndole las estilizadas piernas, y el cabello suelto caía oscuro y suave sobre los hombros. Llevaba un botón de la blusa desabrochado. Caminaba con decisión hacia él por el pasillo plagado de senadores, ayudantes, cabilderos, prensa y carroñeros diversos.

Se puso la chaqueta sobre el hombro y se encontró con ella a mitad de camino.

—Señorita McMillan. Del *Denver Independent*, ¿verdad?

Sus labios se curvaron en una sonrisa traviesa.

—Senador Sheridan. Esperaba que pudiera dedicarme unos minutos. Tengo algunas preguntas.

Reece miró el reloj y simuló reflexionar.

—La sesión se retoma en una hora, así que tengo unos minutos. ¿Le parece bien que vayamos a mi oficina?

La subida en el ascensor y el trayecto por el pasillo casi acaban con él. Quería tocarla, pero no se atrevía. Charlaron sobre cosas sin importancia, aunque Reece casi no sabía lo que decía. en cuanto hubo cerrado con llave la puerta de su despacho se lanzaron uno contra el otro, empezaron a besarse mientras sus manos buscaban la manera más rápida de llegar de la ropa a la piel. Reece le desabrochó unos botones y encontró sus pechos, mientras que ella le bajó la bragueta e introdujo la mano bajo el calzoncillo.

Kara rodeó con la mano la erección de Reece, mientras él tomaba sus pechos con las manos.

—¡Ahora, Dios, ahora!

Reece la apoyó contra la mesa del despacho y le dio media vuelta para ponerla de espaldas a él. Le levantó la falda y sintió los pulmones a punto de estallar.

Llevaba medias, liguero, pero no llevaba bragas.

—¡Dios, Kara! —Se inclinó sobre ella y recorrió con las manos la curva desnuda de su culo. Disfrutó de la vista y del tacto de su piel. Luego, le separó la piernas e, impulsado por los ruegos de Kara, introdujo su pene en ella mientras la sujetaba con las manos por las caderas.

Ella ya estaba húmeda, y se cerró alrededor de él como un puño. Reece intentó aguantar y asegurarse de que ella también disfrutaba, pero la visión de ella inclinada sobre la mesa, con el culo desnudo a la vista y su pene entrando y saliendo de ella, le ponía al límite.

Rápidamente, adelantó la mano y buscó entre sus dulces pliegues el clítoris y lo estimuló. En cuestión de segundos, la respiración de Kara se aceleró. Cada exhalación se le atragantaba, amenazando con convertirse en un grito que podría oírse en todo el pasillo. Cerró las manos con fuerza, agarrando papeles, rebotando contra la madera.

Más rápido, más fuerte. Se sentía de muerte. Mojada. Tensa. Como en el Cielo.

Reece sintió cómo la tensión dentro de ella llegaba al máximo y estallaba. Kara contuvo la respiración un instante y él pensó que iba a gritar, pero lo único que emitió fue un largo y tembloroso suspiro mientras su cuerpo se estremecía al llegar al clímax. Entonces, Reece la poseyó como un loco, perdido en la locura del orgasmo.

Durante unos segundos, permanecieron tal cual estaban, Reece todavía dentro de ella mientras el cuerpo de Kara le envolvía. Entonces, sonó el teléfono, y Reece recordó exactamente dónde estaban. Poco a poco, sin ganas, salió de ella, le dio media vuelta y la atrajo hacia él.

—Bueno, esto es lo que yo llamo un descanso para comer. —La besó en la frente y sintió una oleada de calor cuando ella descansó la cabeza sobre su pecho y rió.

—¡No puedo creer lo que acabamos de hacer! ¿Y si alguien hubiera entrado?

—Habría sido como la historia del vestido de Mónica en el

despacho oval. Por cierto, toma. —Le acercó una caja de pañuelos de papel.

En unos minutos, se habían vestido y la única señal que indicaba que no se había llevado a cabo una entrevista era el ambiente de sexo que podía respirarse en el despacho.

«Eso y la enorme sonrisa que luces, Sheridan».

Reece la abrazó con más fuerza, introdujo una mano bajo su falda y le agarró el culo.

—¿Sueles ir así a la oficina? Si es así, va a ser muy duro aguantar toda la jornada laboral.

Kara le miró bajo unas pestañas escandalosamente femeninas.

—En realidad, solo venía para preguntarte si te gustaría venir hoy a casa. ¿Digamos a las nueve y media? El liguero era solo un incentivo.

—Pues ha funcionado, cielo. Si hubiera sabido lo que llevabas bajo la falda, no habríamos salido del ascensor y los tipos de las cámaras de seguridad habrían podido admirar el trasero más delicioso de la Tierra.

Kara se sonrojó.

—Tengo que irme.

—Lo sé. —Le acarició la cabeza y le dio un beso largo y profundo. Luego, se despidió de ella—. A las nueve y media. Ponte el liguero.

Como no se fiaba de poder permanecer junto a ella sin tocarla, esperó hasta que ella se hubo ido para salir del despacho. Vio a Galen Prentice que se dirigía hacia él entre el gentío. Hoy iba a realizarse la segunda lectura de su propuesta de ley sobre la quema de neumáticos. Sin duda, Prentice deseaba repasar algunas de las objeciones surgidas durante la primera lectura.

—¿Acaba de salir de tu oficina Kara McMillan?

Reece se pudo en guardia al momento.

—Tenía algunas preguntas sobre mis propuestas de ley.

—Sí. La conozco, si sabes a lo que me refiero. —Prentice asintió, con una sonrisa de satisfacción en el rostro—. Ten cuidado con ella. Está claro que está muy buena, pero no vale la pena. Lo único que quiere es cazar un marido con éxito. Hace unos años, intentó cazarme a mí. Se quedó embarazada y me miró como si tuviera que casarme con ella o algo. Le dejé muy claro que no iba a caer en esa vieja trampa, que…

—¡Tú eres el impresentable que la dejó embarazada y luego la abandonó! —Sintiendo una ira que le invadía todo su ser, Reece agarró a Prentice por las solapas de la chaqueta y le empujó contra la pared—. ¡Tendrías que pudrirte en la cárcel!

Prentice se puso colorado, e intentó zafarse de Reece con un empujón.

—¡Apártate, Sheridan! ¿Estás loco o qué?

Pero a Reece la sangre le hervía en las venas.

—¡Abandonar a un hijo es delito, Prentice!

—¡No es mío! ¡Yo no lo quería!

—Así funciona la ley, y tú lo sabes. —Oír a Prentice hablar de Connor en esos términos solo consiguió enfurecerlo todavía más. Se acercó todavía más a Prentice hasta casi rozarle la cara—. Quizá no querías un hijo, pero seguro que te lo pasaste de muerte follándotela, ¿verdad? Una jovencita recién salida de la universidad es muy atractiva para un abogado de mediana edad. ¿Te lo pasaste bien con ella? ¿Te jactaste ante tus amigos de lo listo que fuiste cuando la abandonaste?

Prentice sudaba, le caían gotas de sudor por la calva y el labio superior.

—¡Apártate de mí o presentaré una denuncia por agresión!

Entonces, Reece se dio cuenta de que una multitud se había congregado a su alrededor. Soltó a Prentice, pero no le dejó espacio para respirar.

—Cuidado con lo que dices de ella, Prentice. Piénsalo bien antes de abrir la boca.

—¿O qué, senador? ¿Me pegarás? —Prentice se deslizó hacia un lado. Su voz sonó todavía alterada y con miedo.

—Se merece algo mejor que tú. Ambos se lo merecen. Piénsalo, les hiciste un favor a los dos.

La multitud murmuraba, y Reece oyó a Alan, el oficial de orden, pidiéndole a la gente que se dispersara.

—¿Qué sucede, senador? ¿Le está molestando este hombre?

—No, Alan. Ya se iba.

Las aletas de la nariz de Prentice se hincharon y su cara sudorosa se puso colorada como un tomate.

—¡Tengo derecho a estar aquí! ¡No te he molestado! ¡Tú me has atacado!

—Permanece lejos de mí, Prentice. —Entonces, Reece volvió a su oficina sin fijarse en la periodista que había allí mismo, grabadora en mano y con cara de satisfacción.

Kara miró el reloj: las cinco y cuatro minutos.

Había pasado una hora en las oficinas de Tráfico investigando, y ahora había aparcado al otro lado de la calle frente a la dirección más reciente registrada de Scott Hammond. Hacía dos semanas que Hammond no contestaba a sus llamadas ni le respondía los mensajes. Pero no dejaría que se escapara tan fácilmente. Tenía respuestas para algunas preguntas muy importantes, y ella necesitaba conocerlas.

Buscaba un Toyota Corolla plateado del 2001 con la matrícula de Colorado FIJ-2390. Según sus cálculos, había al menos veinte minutos desde las oficinas del Departamento de Salud del Estado hasta la casa de Hammond, una pequeña casa estilo rancho de la década de 1970 con cochera. Pero si Hammond era como la mayoría de los funcionarios, saldría pronto del trabajo. Al fin y al cabo, era viernes. Como todo periodista sabe, es casi imposible encontrar a un funcionario en su oficina a partir de las cuatro y media del viernes.

Se reclinó en el asiento, mientras observaba los coches que pasaban. Todavía se estremecía al recordar su encuentro del mediodía con Reece. Nunca había hecho algo así antes. La noche anterior, se había ido a dormir preocupada por lo que le había dicho su madre, pero se había despertado con la idea de un plan en mente. La idea era hacer una visita rápida a Reece, levantarse la falda y enseñarle lo que no iba a conseguir hasta la noche, eso si tenía suerte. Había pensando ponerle cachondo, pero caminar por la oficina con el encaje rozándole los muslos y sus partes íntimas expuestas la había puesto caliente. Estaba tan caliente que cuando llegó al Capitolio tuvo que recurrir a todo su autocontrol para no abalanzarse sobre Reece en público. Pero la espera y la frustración valieron la pena. Cuando él le dio media vuelta y la inclinó sobre la mesa y luego la poseyó, se había sentido flotar de placer.

Dios, se ponía caliente solo con recordarlo; bueno eso y pensar que iba a ir a su casa por la noche. Sería su primera noche juntos desde el lunes. Era raro que cuatro días sin sexo le parecieran una eternidad cuando había estado cinco años sin tener relaciones con nadie.

Unos faros giraron por la esquina, deslumbrándola durante un instante. Entonces, el coche giró por el camino de entrada de casa de Hammond y se deslizó dentro de la cochera. Un Toyota Corolla plateado. Eran las cinco y siete minutos.

—Ahí van nuestros impuestos. —Kara se puso la grabadora digital en el bolsillo delantero de la chaqueta del traje, abrió la puerta del coche y se encontró con Hammond en el porche de la casa. Era un hombre bajito con fino cabello moreno y la postura de alguien que pasa mucho tiempo inclinado sobre una mesa—. Es un hombre difícil de encontrar.

Él la miró atónito y luego echó un vistazo alrededor para ver si había alguien más.

—¿Qué hace aquí? ¡Va a conseguir que me despidan… o algo peor!

—Estoy sola, señor Hammond. Y tengo algunas preguntas que requieren respuesta. Usted es el único que puede ayudarme.

Él la miró con un miedo reflejado en la cara tan patente como las palabras en una página. La apartó para abrirse paso e introdujo su llave en la cerradura.

—No puedo ayudarla. Lo siento. De verdad, lo siento.

—He visto sus informes de las inspecciones, señor Hammond. Sé que es un hombre que se toma su trabajo en serio. Quiere proteger a la gente. Comprobó dos veces los cálculos de Northrup y descubrió que falsificaban las cifras. ¿Por qué no les llevaron a juicio?

Cruzó el umbral de la puerta y se dio media vuelta para mirarla a la cara.

—Ojalá pudiera ayudarla. De verdad. Pero tengo una mujer y dos hijos que alimentar. Llegarán en cualquier momento. Necesito que se marche ya.

—Las personas que cooperan con la justicia obtienen protección federal, señor Hammond.

—No si están muertas.

Capítulo 17

Hammond intentó cerrar la puerta, pero Kara metió el pie y lo impidió.

—Será extraoficial. ¡Por favor, señor Hammond! Piense en la persona que ha desvelado la situación ilegal. Él también tiene hijos. ¿Qué le pasará si no se considera a Northrup responsable? ¿Qué me pasará a mí? Puede que hayan entrado a robar en mi casa el fin de semana. Tengo un hijo.

Hammond la miró con unos ojos marrones que mostraban a la vez compasión y recelo.

—Está bien. Pero solo cinco minutos. Y todo es estrictamente confidencial. Extraoficial.

—De acuerdo. —Ella entró antes de que él se pudiera arrepentir y se fijó en que cerró las cortinas antes de encender la luz—. Ya he leído más o menos la mitad de los documentos y he encontrado docenas de informes de investigación que tienen su nombre. Lo que no he encontrado son acusaciones con éxito ni multas elevadas. Dígame quién protege a Northrup.

Él se sentó en el sofá, demasiado abultado por el relleno, hundió la cara en las manos y mostró una leve sonrisa nerviosa.

—Supongo que quiere nombres. No es tan fácil. Lo único que sé es que yo hago las investigaciones, presento informes y, después de darme las gracias por un buen trabajo, todo se desvanece. Así funciona la burocracia del Estado, señorita McMillan.

—Señor Hammond, no me diga que así funciona el sistema. No me lo trago. La gente es la que toma las decisiones. La gente tiene nombres.

—Empecemos por arriba. El gobernador, que percibe de Northrup grandes donaciones para su campaña, le dice a mi jefe que ha recibido quejas por parte de Northrup por el hecho de que los inspectores estén persiguiéndoles. El director del Departamento de Salud es consciente de que está en la cuerda floja, ya que ha sido elegido por el gobernador, así que me dice que me retire. ¿Qué le parece esto como aperitivo?

—¿Me está diciendo que Northrup tiene al gobernador en el bolsillo y que está ejerciendo presión en el departamento en el que usted trabaja para que sean benevolentes con ellos?

Él volvió a sonreír de forma nerviosa.

—Sí, eso es parte del asunto.

—Cuénteme el resto. ¿Cómo pueden desaparecer sin más violaciones importantes de leyes medioambientales estatales y federales? Ni el gobernador puede lograrlo, ¿verdad?

Hammond miró al suelo y luego alzó la mirada hacia Kara.

—¿Cuál es el organismo gubernamental con más poder en el Estado?

—La Asamblea legislativa estatal.

—Piense a pequeña escala.

Sólo existía un organismo gubernamental que tuviera autoridad sobre la Asamblea legislativa: el Comité auditor legislativo.

—Encuentre el memorando del Comité auditor legislativo y tendrá la respuesta a la pregunta que le he formulado. —Se levantó—. Ahora, por favor, váyase y no se ponga en contacto conmigo nunca más.

—No puede ser el comité al completo, señor Hammond. Ellos nunca actuarían unánimemente con el fin de proteger a un contaminador.

Hammond la condujo hacia la puerta.

—¡Por favor, váyase! Por favor. Siento no poder ayudarla más y tenga cuidado.

—¿Por qué debo tener cuidado señor Hammond? ¿Quién quiere hacerme daño? Pero él ya había cerrado la puerta.

Kara se examinó en el espejo. Llevaba el mismo traje que había llevado en el trabajo pero en vez de una blusa debajo de la chaqueta, ahora no llevaba nada, con lo que su escote quedaba al descubierto desde el cuello hasta el ombligo. Llevaba el cabello recogido en lo alto de la cabeza y un pintalabios rojo como la lujuria daba color a sus labios. Se había aplicado unos pequeños toques de perfume en las muñecas, entre los pechos y en el vello púbico. Estaba lista para él.

Dios, cómo estaba preparada para él. Esa noche le había costado muchísimo la rutina de la hora de la cena, el baño y *Fox in Sox*. Por suerte, Connor se había agotado tanto jugando a dinosaurios en la guardería que se durmió enseguida dejándola libre para tomar un baño caliente y prepararse para Reece. Había puesto sábanas limpias en la cama, había guardado las colchas y había colocado velas por la habitación, velas que ya había encendido. Tenía el vino blanco enfriándose en el nevera, un vino italiano que la dependienta le recomendó cuando ella le pidió consejo. Había troceado queso y fruta para acompañar al vino a sabiendas de que después estarían hambrientos. Era la primera vez que Reece iba a pasar la noche en su cama, y Kara quería que todo estuviera perfecto.

No sabía por qué era tan importante que todo estuviera perfecto, pero no era algo en lo quería pensar ahora. Lo único que sabía era que lo deseaba, lo deseaba tanto que le dolía. Esta noche no lo analizaría, simplemente se limitaría a disfrutarlo.

Acababa de ir a ver si Connor estaba bien cuando oyó los pequeños golpes de Reece en la puerta. Miró por la mirilla para cerciorarse de que era él y abrió la puerta.

—Senador.

Su cara estaba marcada por el estrés, pero sonrió y la recorrió con la mirada.

—Señorita McMillan.

Reece entró y cerró la puerta tras él. En ese momento, todos los pensamientos sobre su confrontación con Prentice se disiparon. Iba vestida de manera parecida a como iba por la tarde, pero con alguna diferencia pequeña pero evidente.

—Estás increíble.

La sonrisa que ella le devolvió era a la vez tímida y seductora.

—¿Ya has cenado?

Dejó la americana sobre el nuevo sofá y atrajo a Kara contra él dispuesto a esparcir todo ese obsceno pintalabios rojo por su boca.

—¿Quién necesita comida?

Se besaron sin freno hasta llegar a la habitación. Las lenguas se invadían, se enroscaban y se encontraban, y los dientes se mordisqueaban y chocaban. Las manos de ambos se aferraban al cabello del otro, rasgaban la ropa y luchaban por encontrar la piel del otro.

Reece se forzó a separarse de ella y cerró la puerta tras ellos.

—Desvístete, quítate todo menos el liguero y las medias.

Las pupilas de Kara estaban dilatadas, su respiración era entrecortada. Su mirada nunca abandonó la de él mientras hizo lo que él le pedía. Se quitó la chaqueta que él había desabrochado previamente, se bajó la cremallera de la falda y dejó que cayera al suelo de la habitación. Y, entonces, ella quedó desnuda ante él, con las curvas de las caderas y el culo al descubierto, y el exuberante triángulo entre los muslos enmarcado por el liguero de encaje negro.

La respiración de Reece también se había acelerado, pero esta vez estaba decidido a ir despacio. Ella era un banquete y él se disponía a saborear cada plato. Le recorrió el cuerpo con la mirada y dejó que el hambre que ambos sentían creciera.

—Túmbate.

Ella dio dos pasos hacia atrás y se tumbó en la cama, con los muslos algo separados, lo suficiente poder entrever por un instante el paraíso.

Él se quitó la corbata ya aflojada, se arrodilló a su lado y oyó el suspiro de Kara cuando se dio cuenta de lo que él se disponía a hacer. Le ató las muñecas y las sujetó a una de las tablas de la cabecera de la cama. Después, dio un tirón a la almohada y la sacó de debajo de la cabeza de Kara y la colocó debajo de sus caderas.

La respiración de ella era rápida e irregular, y sus pezones ya estaban duros y salpicados de sudor.

—¡Reece, ahora!

—No.

Él dejaba que sus manos disfrutaran del tacto de Kara, de la firmeza de sus pechos, de la curva satinada de su vientre, de los vuelcos de sus caderas... Le separó los muslos y bebió su esencia mientras ella le miraba. Deslizó los dedos vagamente por su ya húmeda hendidura y rozó leve y despreocupadamente el clítoris abultado.

El cuerpo de Kara experimentó una sacudida y ella gimió:

—¡Ahora, por favor!

—No.

Ella le había visitado hoy por sorpresa en el Capitolio, y ahora era su turno de sorprenderla.

—Espero que no te importe que haya traído a un amigo. Pensé que esta noche podíamos hacer un pequeño trío. Ella se quedó boquiabierta mirándole.

—¿Qué? —Dijo entrecortadamente.

—Pensé que podríamos probar un *ménage à trois*. Eres demasiado apasionada para que me quede yo solo contigo. Estás de acuerdo, ¿verdad? —Reece se contestó a sí mismo de forma educada y alargó la mano para abrir el cajón de la mesita de noche; sacó el aparato violeta de debajo de una pila de bragas—. Sólo estamos tú, yo y el señor Palo que se mueve.

Kara gritó sofocada y trató de sentarse, pero con las muñecas atadas lo único que logró fue retorcerse para conseguirlo. Era muy sexy.

—¡No, Reece, no puedes!

—Sí puedo. Y no hay nada que puedas hacer para detenerme.

—Su polla se oprimía violentamente contra los pantalones, deseosa de meterse dentro de esa mujer, pero él tenía otros planes.

Encendió el vibrador, se tendió a su lado y le hizo gracia la cara de vergüenza de ella. Acto seguido, la besó y mientras introducía la lengua dura en la boca de ella cada vez de forma más profunda, el señor Palo que se mueve zumbaba contra sus pezones tensos por el placer.

El cuerpo de Kara se sacudió de nuevo y gimió dentro de la boca de Reece. Sus caderas se elevaban de la almohada en busca de liberación, pero tendría que esperar para eso, tendría que resistirlo porque él aún no había terminado.

Reece dejaba que sus labios y su lengua recorrieran todos los lugares por los que pasaba el vibrador: por los pezones, por debajo del vientre, recorriendo la parte interna de los muslos. Reece saboreó el gusto que tenía ella y su cabeza olía la urgente lujuria.

Kara se olvidó de sentirse avergonzada, se olvidó de pensar, se olvidó de respirar. Su piel estaba hipersensible, cada nervio despertaba ante las suaves vibraciones, así que los besos, lameduras y mordiscos que seguían eran casi insoportables. Oía los inconfundibles gemidos de una mujer perdida en el éxtasis del sexo. Su excitación fue máxima cuando se dio cuenta de que los sonidos provenían de su propia garganta.

Después, él rozó levemente el clítoris con el vibrador.

Ella chilló.

Pero, cuando levantó las caderas pidiendo más, él lo alejó.

—¡Quédate quieta!

—No puedo.

—Sí, sí que puedes.

Reece movió el vibrador hasta que estuvo muy cerca de la carne abultada, y lo dejó ahí.

Ella se mordía el labio y luchó para controlarse; estaba ardiendo, ansiando, esperando.

Cuando permitió que el vibrador la volviera a tocar, fue lo único que pudo hacer para no lanzarse contra él.

Reece frotaba el aparato suavemente por ella, y las vibraciones hacían que los músculos internos de Kara se contrajeran proporcionándole un placer tan intenso que casi le dolía. Entonces, Reece deslizó un dedo en su interior y apretó fuerte hasta que ella jadeó, suplicó y rogó.

De repente, la sensación paró y ella gimió desesperada.

Sintió que el colchón se movía y abrió los ojos para encontrarse a su amante de rodillas encima de ella con una sonrisa traviesa.

—¡Ahora, Reece, por favor!

—El señor Palo que se mueve y yo lo hemos hablado y él va a tomarte primero. —Entonces, las manos de Reece se aferraron a los muslos de Kara ya separados, y empujaron las piernas hacia atrás y las separaron abriéndola para él por completo.

—Pero, cuando él termine contigo, yo te follaré con fuerza durante un buen rato.

Kara miró casi con incredulidad mientras él se hundía entre sus muslos con el vibrador en la mano. Se dio cuenta de lo que él pretendía hacer segundos antes de que lo hiciera.

—¡Santo Dios!

—No tengas miedo, no dejaré que te haga daño.

Reece empujó ligeramente el vibrador en su interior, un poquito más hacia dentro cada vez que ella gemía con impaciencia. Cuando su longitud estuvo profundamente dentro de Kara, aumentó la intensidad de la vibración.

—¡Dios mío, Reece! —Ésas fueron las últimas palabras inteligibles que pronunció. Era demasiado, demasiado. El vibrador se deslizaba despacio, con habilidad, dentro y fuera de ella, con fuerza, latiendo. La lengua de Reece y sus labios torturaban su carne excitada mientras emitía unos gruñidos de excitación.

Parecía imposible que algo pudiera ser tan bueno. Kara estaba inmersa en el placer, perdida en la lujuria, perdida en la necesidad de su cuerpo. Inundada, ella intentó luchar contra el clímax que se agitaba dentro de ella para controlarlo. Pero fue implacable. Antes de que pudiera escalar a la cima de la corriente, antes de que tuviera alguna oportunidad de controlar, la ola la rebasó y la hizo llegar al éxtasis.

El grito entrecortado que salió de su garganta sonó salvaje, más propio de un animal que de un ser humano. Sólo el peso del brazo de Reece, colocado sobre sus caderas, evitó en el último segundo que se despegara de la almohada. Sujetándola, Reece detuvo ese impulso y la obligó a aguantar el placer hasta que se quedó débil y temblorosa, excitándola como si estuviera haciendo surf de un modo muy tranquilo.

Kara se estremeció cuando él retiró el vibrador y sus ojos se abrieron bruscamente cuando oyó el ruido de la cremallera de los pantalones. Él, con su camisa desabrochada que mostraba esos apetecibles músculos que ella no podía tocar, se arrodilló entre sus muslos con una erección potente, erótica, que exigía salir de sus pantalones.

La voz de él era ronca.

—Él ya te ha tenido, ahora es mi turno.

La agarró por las caderas y, de un solo empujón lento, entró dentro de ella, con el miembro duro y grueso.

—¡Sí, Reece, sí!

Y, mientras sus movimientos seguros la llevaban una vez más al límite y él vaciaba todo lo que tenía en el interior de Kara, nada en el mundo existió para ella, únicamente él.

Reece estaba profundamente dormido, con el cuerpo de Kara apretado contra el suyo, cuando lo oyó. Un golpe. Un sonido inconfundible que le hizo pasar de un estado reposado a otro de alerta.

Se sentó y escuchó.

Aparte del sonido que Kara emitió al acurrucarse contra él, no oyó nada más que silencio. Estaba a punto de tumbarse de nuevo cuando volvió a oírlo, pero esta vez mucho más fuerte.

Kara se incorporó, con los ojos muy abiertos y la sábana apretada junto a los pechos.

—¡Alguien anda ahí fuera! ¡En la terraza! —dijo Kara.

El miedo en el rostro de Kara le mandó a Reece latigazos de rabia. Se levantó de la cama y, todavía desnudo, caminó a zancadas hacia la puerta del dormitorio.

—Quédate aquí. Si pasa algo, pulsa el botón del pánico.

—Pero debería ser yo quien comprobase si pasa algo. Es mi casa y tú, solo porque eres el hombre, no deberías hacerlo.

Reece le lanzó una mirada fulminante que probablemente se perdió en la oscuridad.

—¡Quema un sujetador si quieres, pero no seas ridícula!

—Reece.

—¿Qué?

—¡Ten cuidado!

El corazón de Reece dio un latido de más al ver que ella se preocupaba por él. Eso le gustaba.

—Lo tendré. Pero tú quédate aquí.

Kara lo vio desaparecer por el vestíbulo; el corazón le martilleaba de forma ensordecedora en los oídos. Se sentía estúpida acurrucada en la cama mientras él iba solo a encararse al peligro. Justo cuando salió de la cama enrollada en la sábana oyó una voz apagada que la llamaba.

—Kara, ven y verás a tus merodeadores nocturnos.

Ella se apresuró y lo encontró plantado delante de la puerta corredera de cristal mirando hacia fuera. La luz del porche se proyectaba sobre los valles y colinas del cuerpo desnudo de Kara. Reece le tendió la mano.

—No pasa nada, ya verás.

Kara se cogió a su mano, miró hacia fuera y vio tres intrusos enmascarados.

—¡Menudos ladronzuelos! Son los que se han estado comiendo la comida de los pájaros. ¿Pero no hibernaban?

—Los mapaches no hibernan. Cuando el tiempo se vuelve cálido, salen a buscar alimento.

Lo único que pudo hacer Kara fue reírse cuando les miraron con cara de culpabilidad y siguieron comiendo.

—¡No puedo creer que treparan hasta aquí, parecen tan pequeños!

—¿Sabías que tienen pulgares para agarrar?

¿Dónde había aprendido eso?

—Gracias doctor Doolittle.

Entonces, Kara se dio la vuelta y se sorprendió mirando el cuerpo desnudo de ese hombre en todo su esplendor. Todo él parecía una estatua clásica, con excepción de esa parte que crecía poco a poco y se hacía más gruesa, dura y larga. Ella buscó su mirada y sonrió.

Él movió la cabeza y dijo:

—Son las dos de la mañana Kara, tenemos que levantarnos dentro de tres horas, ¿recuerdas?

—El último que llegue a la cama le hace sexo oral al otro. Ella se dio la vuelta y echó a correr hacia el dormitorio entre risitas sofocadas con Reece corriendo tras ella.

Fue un poco más tarde, después de que Kara le hubiera hecho la mejor felación de su vida y mientras dormía plácidamente a su lado, cuando Reece se dio cuenta de que había olvidado contarle su enfrentamiento con Prentice.

Por la mañana, tampoco se lo dijo. Por alguna razón, el despertador de Kara no sonó y a ambos los despertó el hijo de cuatro años de Kara, que se subió a la cama y se colocó entre ellos. Miró a Reece a los ojos y le preguntó:

—¿Haces el amor con mi mamá?

Reece, aún medio dormido y no demasiado seguro de lo que Kara querría que dijera, musitó:

—Ahora mismo, no.

Acto seguido, empujó con suavidad a Kara para que se despertara.

En la locura de los preparativos para que todo el mundo estuviera presentable para la oficina y la guardería, se le había olvidado. Pero cuando llegó al Capitolio y leyó los periódicos, entonces se dio cuenta del enorme error que había cometido.

En la primera página de la sección del Estado y a todo color aparecía una fotografía de él cara a cara con Prentice sobre un artículo con el titular: «El Senador Sheridan y un abogado casi llegan a las manos: una mujer en el centro del conflicto».

El café se convirtió en plomo a medida que iba leyendo un relato casi literal de su encuentro con Prentice: «Sheridan entonces chilló: Quizá no querías un hijo, pero seguro que te lo pasaste de muerte follándotela, ¿verdad? Una jovencita recién salida de la universidad es muy atractiva para un abogado de mediana edad. ¿Te lo pasaste bien con ella?, ¿Te jactaste ante tus amigos de lo listo que fuiste cuando la abandonaste?».

Pero fue el penúltimo párrafo el que le acabó de machacar: «La identidad de la mujer en cuestión no está clara, pero un informe policial reciente vincula a Sheridan con Kara McMillan, una periodista de investigación y columnista del *Denver Independent*. McMillan es madre soltera y Sheridan, que tampoco está casado, no estaban disponibles para hacer comentarios el jueves por la noche».

Reece enterró la cara entre las manos y maldijo su estupidez.

«Menuda manera de joderlo todo, chaval. Los votantes creerán que eres un psicópata y tendrás suerte si Kara te vuelve a hablar».

Cogió aire, descolgó el teléfono y marcó esperando encontrarla antes que el periódico.

Kara sintió vibrar el móvil, pero casi ni se dio cuenta hasta que llegó al final del artículo. La sangre reverberaba en sus oídos. El suelo parecía ladearse. ¿Cómo podía haber sucedido algo así? ¿Por qué Reece no la había avisado?

«La identidad de la mujer en cuestión no está clara, pero un informe policial reciente vincula a Sheridan con Kara McMillan, una periodista de investigación y columnista del *Denver Independent*».

Tom la había llamado a su despacho nada más llegar, y agitó con violencia el periódico delante de su cara. Luego, se sentó mirándola con esos ojos impenetrables que tenía.

Kara dejó el periódico de nuevo sobre la mesa e intentó suavizar la situación.

—No sabía nada acerca de esto y tampoco estaba allí. Siento que en el artículo se haya mencionado al periódico, pero no ha sido culpa mía.

—McMillan, se supone que los periodistas no tienen que

llevar vidas que puedan convertirse en el centro de especulaciones públicas.

—Es verdad. —No había discusión posible.

—Tu juguetito es un senador del Estado, una figura pública polémica.

Kara se estremeció al oír las palabras que había elegido Tom, y sintió que la sorpresa se transformaba en enfado.

—Él no es mi juguetito. El senador Sheridan es un íntimo...

—¡No me importa lo que sea! —La voz de Tom retumbó en la oficina—. ¡Te estás follando a un senador y eso genera noticias! ¡Si al menos aprovecharas para sonsacarle información y descubrieras algún secreto, te podría llegar a respetar! ¡Pero no puedo consentir que un miembro de mi equipo se acueste con el enemigo comprometiendo así al periódico!

Kara se quedó boquiabierta, le dio la espalda y abrió bruscamente la puerta del despacho de su jefe.

—¡No te he dado permiso para irte!

Kara se dio la vuelta y le miró con una cara que iba más allá de la furia.

—¡Tom, eres un gilipollas! ¿Alguien aquí te cuestiona cuando te follas a los miembros de tu propio equipo? Eso es peor que acostarse con el enemigo. ¡Te pueden demandar! ¡Y tú hablas de comprometer al periódico!

La máscara de piedra desapareció de su cara, la miró ferozmente y dijo:

—Estás rozando la línea McMillan.

—Y tú ya la has cruzado, Tom. ¡Soy condenadamente buena en mi trabajo y estoy cansada de tu mierda! Si no es con quien me acuesto es porque soy madre. ¿Ha comprometido alguna de esas cosas mi capacidad de hacer bien mi trabajo? ¡No! ¡Así que deja de dar esos malditos gritos y háblame con respeto o dimitiré y difundiré esta historia por la ciudad!

—Voy a abrirte un expediente por esto.

—Hazlo. —Temblando de rabia y segura de estar a punto de ponerse a llorar, se dio media vuelta y salió a un ambiente atónito y en silencio.

Capítulo 18

Kara estaba sentada a su mesa intentando concentrarse con todas sus fuerzas en los documentos que tenía delante cuando llegaron las rosas. Dos docenas de rosas rojas con los tallos largos en un jarrón de cristal de Orrefors. No hizo caso de los silbidos y cotilleos de Matt cuando la repartidora colocó las flores sobre su mesa. Tampoco hizo caso de la tarjeta que acompañaba a las flores. Sabía quién las enviaba.

Había escuchado el mensaje que Reece le había dejado en el móvil y había oído su versión de la historia, o al menos parte de ella. Según Reece, Galen la había visto saliendo de su despacho y había decidido contarle el pasado de Kara y cosas poco amables sobre ella. Entonces, Reece había saltado en su defensa sin saber que una periodista estaba a solo unos metros de distancia. El mensaje decía que había pensado contarle la confrontación de la noche anterior, pero se había distraído con otras cosas.

¿Cómo podía haber sido tan estúpida? Sabía desde el principio que no era una buena idea liarse con un político. Sabía que podía poner en peligro su trabajo y que podía acabar con el frágil equilibrio de su vida. Se había lanzado a la historia de cabeza, e incluso había acudido a su lugar de trabajo y se había acostado con él sobre la mesa. ¡Por el amor de Dios! Ahora, Reece estaba recibiendo críticas en la prensa, además de que era la primera vez que le abrían un expediente en su carrera.

Peor aún, mucho peor que eso era que cualquier persona que la conociera y que hubiera leído el artículo podía especular ahora que Galen era el padre de Connor, y eso era un secreto que ella había preservado y solo conocían su madre y Holly. El nombre de Galen no estaba ni en la partida de nacimiento de Connor. De algún modo, había pensado que era mejor dejar que Connor se preguntara quién era su padre que darle el nombre de un hombre al que no le importaba ni que él existiera. Y, si era franca consigo misma, el simple hecho de negar el vínculo de Galen con el niño, restaba dolor a su rechazo y negación.

Pero, ahora, la paternidad se había convertido en un simple cotilleo.

«Bien hecho, McMillan, de puta madre».

La rabia le hervía en el estómago: rabia hacia Tom. Rabia hacia Galen. Rabia hacia Reece y rabia hacia ella misma.

Fingiendo que las rosas no estaban allí colocadas, se obligó a mirar de nuevo la carpeta que tenía en las manos. Hammond le había dicho que buscara el memorando del Comité auditor legislativo, y eso era precisamente lo que estaba haciendo. Nadie lo había introducido todavía en la base de datos, así que tendría que revisar página por página las mil y pico páginas que se tenían que documentar. Si estaba ahí, lo encontraría, y si no estaba, iría al Departamento de Salud y la armaría gorda.

—¡Maldita sea! —Tiró la carpeta encima de la mesa y miró las rosas.

Eran realmente preciosas, su aroma se imponía sobre los olores de la oficina a papel impreso, productos de limpieza y café. Cogió la tarjeta y abrió el sobre. En la blanca tarjeta aparecía una disculpa: «Lo siento de todo corazón».

La había escrito él mismo, reconoció su letra.

—¿Qué pone?

Se dio media vuelta y vio a Tessa y a Sophie de pie detrás de ella. Kara les entregó la tarjeta y volvió al trabajo.

—¡Bendito corazón! —Esa era la muletilla sureña de Tessa para todo, y por eso Kara no hizo caso—. Cada día me gusta más este chico.

Sophie cogió una silla libre y la puso junto a Kara, haciendo evidente que la invasión de espacio que estaba sufriendo no había terminado.

—Kara, creo que ha llegado el momento de pasar una velada solo con chicas. Hace siglos que no lo hacemos.

Kara dejó los papeles de lado y se giró hacia sus amigas.

—Ya sé que tenéis buenas intenciones, pero ahora mismo lo único que quiero es acabar con toda esta historia de Northrup y este maldito día. No quiero hablar. No quiero simpatía. No quiero consejos.

—Por eso lo necesitas —insistió Sophie—. Estará bien. Tú, yo, Tess, Holly y Connor. Iremos a Red Robin. Connor estará tan distraído con las patatas y los globos que no se enterará de lo que hablamos.

Kara se lamentó y enterró la cara entre las manos recordando las palabras de Connor esta mañana.

«¿Haces el amor con mi mamá?».

¡Dios santo! Se suponía que se iban a despertar pronto para que Reece se marchara antes de que Connor se levantara de la cama pero, de algún modo, Kara apagó el despertador en sueños (o estaba tan abstraída que había olvidado ponerlo).

—¡Pobrecita! —Tessa dijo como si la arrullara—. ¡Mírala! Está hecha polvo. Me encantaría darle una patada en el culo a Tom.

—Quizá me adelante a hacerlo yo, Tess. —Sophie puso la mano sobre el hombro de Kara para consolarla—. No vas a librarte de ésta, nena. Si lo intentas, nos presentaremos en la puerta de tu casa con una botella de tequila.

—Qué bonito. —Kara sabía que Sophie no se estaba tirando un farol—. Está bien, vosotras ganáis, a las seis en Red Robin.

Kara no le había devuelto las llamadas. Reece sabía que había recibido las rosas porque había llamado a la floristería para asegurarse. Estaba claro que estaba furiosa con él. Diablos, incluso él estaba enfadado consigo mismo. Aunque, sin duda, Prentice merecía todo lo que le había dicho y más, Reece había dejado salir su mal genio y, en un intento de defender a Kara, la había hundido todavía más en el barro. Había llevado muy mal la situación, y ahora estaba pagando por ello.

Sin duda, el incidente no le ayudaría a empujar su carrera política, pero tampoco podía perjudicarle. Todo se calmaría una vez que la prensa encontrara otro centro de atención. Nadie iba a despedirle. Si algo así bastaba para no ser reelegido por segunda vez, sería porque probablemente no estaría satisfaciendo a sus electores. Además, su trabajo era la enseñanza, no la política.

Descolgó el teléfono, con la intención de ponerse en contacto con el departamento jurídico para ver cómo iba su petición de la lista de los documentos que Kara había solicitado, pero sus dedos marcaron el teléfono del *Independent*.

—¿Con Kara McMillan, por favor? —preguntó.

Para su sorpresa, Kara estaba en su mesa y cogió la llamada. Reece oyó cómo se le helaba la voz a Kara al descubrir que era él quien llamaba.

—Ahora no puedo hablar.

—Iré a verte esta noche. Podremos hablar entonces.

—No estaré en casa — dijo Kara de manera seca.

—Estás enfadada y no te culpo por ello.

—Hoy he estado muy cerca de perder el trabajo, además de que todo el periódico se está dedicando a especular sobre mi vida amorosa y la paternidad de Connor. ¡Por supuesto que estoy enfadada! —El temblor de su voz delató sus lágrimas.

Reece sintió en lo más profundo de sus entrañas el arrepentimiento y dijo:

—Dios, Kara lo siento. Dijo cosas que… Pero ya sé que no tengo excusa. Perdí los nervios.

—Esa parte de mi vida es privada. —Su voz era un susurro forzado y Reece sabía que Kara estaba intentando no hablar alto para que no la oyeran—. No tenías derecho a meterte dijera lo que dijera.

—No debería haber perdido el control; pero, diablos, Kara, acababa de hacer el amor contigo y entonces se presentó él. —¿Cómo podía explicar lo que era tener aún el olor de una mujer en el cuerpo y tener que escuchar cómo otro hombre se jactaba de haber abusado de ella? Pero Reece se estaba disculpando, aunque no había excusa posible, excepto a lo mejor una—: Me importas Kara, y Connor también me importa.

Kara rió sin alegría.

—Tenemos que hablar de eso.

Reece podía adivinar a qué se refería Kara.

—No intentes excluirme Kara, ambos sabemos que en esta relación hay algo más que sexo.

Por su silencio, pudo adivinar que dudaba.

—Tengo que irme.

Él también tenía que irse. Tenía que llamar al departamento jurídico y debía estar en el Senado en cuarenta y cinco minutos.

—Lo sé, te llamaré.

Entonces, con muchas cosas aún sin hablar entre ellos, colgó el teléfono.

Era ya tarde cuando Kara lo encontró. Un memorando aparentemente inofensivo. Llevaba fecha del noviembre anterior y un sello con la palabra CONFIDENCIAL en letras grandes y de color rojo. Le echó un vistazo, moviendo la cabeza con aversión.

«La continua persecución del señor Hammond a Northrup plantea inquietantes preguntas acerca de su objetividad y capacidad para cumplir con sus deberes de un modo racional. Tras revisar sus informes de inspección, está claro que su conducta y la manera en la que esta inspección se llevó a cabo sin inapropiadas. La continuidad del hostigamiento a Northrup podría terminar en una auditoría de la sección dedicada a controlar la calidad del aire».

La amenaza estaba clara: deja en paz a Northrup o rodarán cabezas. Habían tachado con un rotulador negro la firma del documento, pero el memorando se había escrito en un papel con el membrete del Comité auditor legislativo. Estaba claro que Northrup tenía a alguien del comité de su parte, y estaba utilizando su autoridad para hacer descarrilar los esfuerzos del Departamento de Salud mediante amenazas a la gente de perder el trabajo. Debía descubrir quién había enviado el memorando.

Qué divertido iba a resultar entrevistar a los miembros del comité uno a uno con este as en la manga. Cuando acabara con ellos, es probable que la odiaran, pero eso formaba parte del trabajo. Escribiría una petición pública de archivos para cada miembro, examinaría sus correos electrónicos, sus facturas presentes y pasadas, y sus cuentas de campaña. Descubriría dónde trabajaban sus familiares, en qué empresas tenían acciones y dónde habían trabajado antes de meterse en política. Descubriría cuál de ellos tenía algún vínculo con Northrup y lo sacaría a la luz pública.

Se giró hacia el ordenador, buscó la página web de la asamblea legislativa estatal e hizo clic en el Comité auditor legislativo. Tenía ocho miembros (cuatro de cada partido) y sus fotografías aparecían dispuestas en orden alfabético. El último de la página mirándole con esa sonrisa tan sexy era el senador Reece Sheridan.

Kara limpió la mancha de ketchup que Connor tenía en la camisa con una servilleta y colocó el resto de la hamburguesa de vuelta en el plato.

—Ya está, tesoro.

Delante de ella estaba Tessa, sorbiendo delicadamente un té helado y mordisqueando una hamburguesa con queso.

—Si me preguntas, y sé que no lo has hecho, te diré que deberías estar horneando un buen pastel para «quien tú ya sabes», no haciéndole pasar un mal rato. Él es quien sale en la foto del periódico.

—¿Ése es tu consejo? ¿Que le haga un pastel? —Kara puso los ojos en blanco.

Sophie se inclinó hacia delante como si fuera a contar un secreto y dijo:

—Él pensaba que te protegía. Sacó todo su enfado y masculinidad por ti. Salió al ruedo por ti Kara.

Holly se quejó:

—Si no tuvieras tanto maldito miedo de los hombres, lo verías. Y, por fin, ese canalla tuvo un poco de lo que se merecía. Creo que «quien tú ya sabes» es un héroe.

Kara observó la escasa cena de Holly a base de ensalada y Coca-Cola Light, e intentó cambiar de tema.

—Y si no intentaras matarte de hambre no tendrías tan mal humor.

—Bueno, si tú no lo aprecias, yo sí. Me gustan los hombres buenos y fuertes. ¿Me puedes dar su número de teléfono? —Tessa se metió una patata frita en la boca y miró a Kara con unos inocentes ojos azules.

—Tendrás que enfrentarte a mí, Tess —dijo Sophie—. Pensaba intentar seducirlo para que tuviera una historia conmigo a espaldas de Kara, pero si ella va a terminar con él...

—¿Enfrentarme a ti? Qué va, te daré con un ladrillo en la cabeza cuando no mires. De hecho, llevo uno en el bolso para casos como éste. —Tessa sonrió de forma dulce y se dio giró para besar a Connor en la cabeza— ¿Verdad que está bueno, cielito?

—Parece que las dos os habéis olvidado de que yo ya lo conozco. —Holly le guiñó un ojo a Kara—. Si Kara le deja, es mío.

—Os comportáis como si estuviéramos a punto de elegir la lista de regalos de boda. No es así. No hay ninguna posibilidad de que él y yo tengamos una relación a largo plazo.

«Y menos ahora».

Kara había mandado ocho exhaustivas peticiones de archivos públicos antes de irse del trabajo. Eran las peticiones más minuciosas y de mayor alcance que había escrito en la vida, y una de ellas tenía el nombre de Reece en ella. Incluso si superaban lo que había sucedido hoy, no podía salir con un hombre al que estaba investigando.

—Ahora hablas como Tom. —Tessa puso una cara definitivamente poco propia de una señorita—. ¡A veces odio a ese hombre!

—Tú lo has dicho, Tess. No puedo creer que haya preguntado si las cintas de vídeo de tu confidente están seguras, pero no ha dicho nada de que alguien haya destrozado tu casa, Kara.

Tú eres más importante que unas malditas cintas de vídeo. ¡Es un hijo de puta insensible!

Holly terminó su lechuga y miró durante un rato las patatas de las demás.

—He oído que le insultaste. Ojalá hubiera estado allí para verlo.

—Sí, me ha abierto un expediente. Fue genial. —Kara dejó a un lado el resto de la hamburguesa con guacamole. Esa noche no tenía hambre—. Tom es un periodista increíble, ya sabéis.

Tessa se metió otra patata en la boca y dijo:

—¿Sí? Bueno, qué pena que esté podrido.

—¿Mami, puedo ir a ver el coche de carreras? —Dijo Connor agitándose de forma nerviosa e impaciente en su silla infantil.

—¿No quieres más?

—No, no quiere. —Holly se levantó y lo levantó para bajarlo al suelo—. Tengo un bolso lleno de monedas para ti, Connor. Tú y la tía Holly vamos a jugar mientras mamá disfruta de una buena charla con sus amigas. —Entonces, Holly se inclinó y le susurró a Tess y a Sophie lo suficientemente alto para que Kara lo oyera—: ¡Preguntad por los detalles! Quiero saber cómo es en la cama.

Kara deseó poder compartir el buen humor de sus amigas, pero, mientras miraba cómo Holly acompañaba a Connor por el pasillo lleno de globos, lo único que sintió fue un vacío en el pecho.

Reece tiró el cartón vacío de comida china para llevar a la basura y miró su reloj. Eran casi las once. Desde la ventana, miraba el exterior y veía las luces de Denver que centelleaban en la oscuridad y las calles casi vacías. Podía terminar de leer la última propuesta de ley, ir al gimnasio abierto veinticuatro horas para hacer unos duros ejercicios y llegar a casa a las dos. Y, quizá, si tenía suerte, podría tumbarse en la cama, solo, y no pensar en Kara.

Necesitaba hacer ejercicio. Hacía dos años que era senador, y hoy había sido el día más frustrante de la legislatura. Y no solo por haber acabado en la primera página de la sección del Estado del periódico y haber herido a la mujer que más le importaba. Su llamada al departamento jurídico había quedado en agua de borrajas. La persona que se había ofrecido de manera tan amable a entregarle la lista de las peticiones de archivos públicos de Kara, le había dejado a la espera durante casi veinte minutos, tras lo cual se excusó diciendo que lo sentía pero que se había equivocado. El fiscal del Estado no podía proporcionarle esa información porque la mayoría de las solicitudes no pasaban por su oficina. Reece distinguía una excusa poco convincente cuando la oía, y se dio cuenta inmediatamente de que le habían tomado el pelo. Pidió hablar en persona con el fiscal del Estado, pero solo consiguió contactar con su buzón de voz.

Luego, tuvo que presenciar cómo los senadores habían desechado su propuesta de ley de crecimiento urbanístico por tan solo dos votos. Devlin había ejercido presión contra dicha propuesta y había sonreído impúdicamente como un gamberro callejero cuando se contó el último voto. Reece dudó de si Devlin tenía algo contra la ley en sí misma o solo contra el senador que la había propuesto. Si Reece presentara una propuesta de ley declarando que la tierra era redonda y el cielo azul, es probable que el muy cabrón también votara en contra.

Miró de nuevo la hoja, intentó concentrarse en las palabras y vio unos ojos verdes y oro. Si lo único que ella quería de él era sexo, entonces no estaba interesado. Kara significaba demasiado para él como para reducir su relación a amigos que se acuestan. Pero entonces, ¿qué eran? Nunca habían hablado de la relación porque ella había evitado la conversación. Él no la había presionado porque no había motivo alguno para forzar la situación. Y la verdad es que lo que sentía por ella le había pillado por sorpresa. Reece se había esperado buena conversación y buen sexo. Pero ni de lejos imaginó que ella se convertiría tan rápido en el centro de su universo.

Pero, ¿era él el centro del universo de Kara? No, ese espacio estaba reservado para Connor, y eso no era discutible. Tampoco le molestaba ser él quien lo diera todo. Sabía que la habían herido, por lo que estaba más que dispuesto a dar más de lo que le correspondía y ver adónde les conducía. Ahora bien, lo que no podía tolerar era ser excluido.

Miró por la ventana, vio la oscuridad y pensó algo que no se le había ocurrido antes. ¿Era posible que hubiera conectado con ella precisamente porque ella le había excluido? ¿Era aún el pequeño niño herido a quien su madre había abandonado?

Decidió que no, que todo eso había quedado atrás.

Se levantó, introdujo la corbata y una pila de papeles sin leer dentro de la cartera, y la cerró. Kara estaba enfadada, y tenía todo el derecho a estarlo. Mañana la llamaría y, de algún modo, hablarían de todo esto.

Cerró el despacho con llave y caminó lentamente por el pasillo vacío hacia los ascensores. Sus zapatos hacían ruido al pisar con el mármol pulido. Cuando giró la esquina, se encontró con Alexis vestida con un traje de seda malva para ganar votos hablando con uno de los nuevos miembros del Senado mientras apoyaba la mano sobre su brazo.

Pensándolo mejor, bajaría por las escaleras.

Kara se quedó mirando el techo de la habitación a oscuras, incapaz de dormir. Podía sentir el olor de Reece en las sábanas, era una mezcla de fragancia y de hombre. Podía percibir la esencia del sexo persistente en las sábanas que no había tenido tiempo de cambiar. Miró el reloj.

Eran las once y diez. Aún estaría despierto. Podía llamarle al móvil, pedirle perdón por haber sido tan fría con él y agradecerle las flores. Era cierto que lo que había hecho la había herido, pero sabía que él no deseaba que las cosas acabasen de esa manera.

«Dio la cara por ti, Kara».

Las palabras de Sophie se repetían como un eco en su cabeza, y no era la primera vez desde la cena. ¿Alguna vez un hombre la había defendido antes? ¿Algún hombre había arriesgado algo por ella? Su padre no lo había hecho. Galen y Tom tampoco.

Kara encendió la lamparita de la mesa de noche, recogió el

periódico del suelo y leyó lo que citaban de Reece: «Sheridan entonces gritó: quizá no querías un hijo, pero seguro que te lo pasaste de muerte follándotela, ¿verdad? Una jovencita recién salida de la universidad es muy atractiva para un abogado de mediana edad. ¿Te lo pasaste bien con ella? ¿Te jactaste ante tus amigos de lo listo que fuiste cuando la abandonaste?».

Era casi doloroso leer esas palabras, e incluso más difícil ver la fotografía de Reece mirando a Galen a la cara ferozmente: su presente y su pasado chocando donde todo el mundo podía verlo y leer sobre ello.

Una cosa estaba clara: Reece la había defendido. Dios, cómo deseaba llamarlo. Pero nada podía cambiar el hecho de que ahora él era parte de la investigación. Sin importar lo que ella sintiera por él, sin importar lo mucho que quisiera estar con él, no podía comprometer la investigación.

Acababa de apagar la luz cuando oyó el inequívoco ruido de algo moviéndose en la terraza. Se le aceleró el pulso y, de repente, se vio de pie mirando hacia el oscuro pasillo y la cocina. Tenía el botón del pánico en la mano.

No seas tonta, McMillan, son solo mapaches.

Enfadada consigo misma, fue a ahuyentarlos.

Capítulo 19

Kara caminó rápido por el pasillo, pasó por delante de la habitación de Connor y del baño con la luz encendida para que el niño no tuviera miedo, y se sintió extrañamente desnuda con el camisón. Sus pies notaron el frío suelo de la cocina mientras caminaba en silencio hacia la puerta corredera de cristal.

Detrás de ella, el frigorífico hizo un ruido que la hizo saltar.

Fuera, algo se movía.

«Mapaches, McMillan. Astutos y peludos devoradores de basura».

Dudó un instante, y después maldijo para sí. Estaba dejando que esos cabrones la asustaran, permitiendo que las amenazas y el allanamiento la hicieran tener miedo. Dejó salir el aire que ni se había dado cuenta que estaba conteniendo, dio un último paso y corrió la cortina.

Más allá de la terraza, dos mapaches corrieron hacia la oscuridad de la noche.

Kara exhaló un suspiro de alivio y observó mientras sus colas gruesas con anillos blancos y negros desaparecían entre las sombras y más allá de la luz de la terraza.

Tendría que mover los comederos de pájaros. No quería tener que tratar con esta tontería todas las noches.

De repente, un hombre apareció de la nada. Iba vestido de negro y estaba ahí plantado, era una sombra oscura contra la pared. Levantó la mano a cámara lenta.

«Una pistola».

El corazón de Kara dio un vuelco y sintió un martillazo de terror.

Buscó cobijo precipitadamente en los armarios que tenía a la derecha. Se le quedó un grito entrecortado en la garganta y sentía el miedo como veneno corriéndole por las venas. Entonces, recordó lo que tenía en la mano y apretó el botón del pánico una, dos, tres veces.

Se oyó un fuerte ruido seco y el sonido de un cristal roto. El intruso estaba utilizando balas para hacer añicos la puerta y, cuando lograra entrar, usaría las balas contra ella.

Kara corrió antes de que él disparara el segundo tiro con un solo pensamiento en mente:

«Connor. Tenía que proteger a Connor».

Oyó cómo el niño lloraba y lo oía llamándola. Estaba de pie en el pasillo con su pijama de los Power Rangers y su osito de peluche agarrado con los bracitos. Empezó a correr hacia ella. Kara alargó la mano para detenerlo y le dijo:

—¡No, vuelve!, ¡Métete debajo de la cama, Connor! ¡Vete! ¡Escóndete! ¡Ahora mismo! ¡Corre!

—¡Mami!

El miedo y la confusión que pudo ver en su cara le rompieron el corazón.

—¡Connor, escúchame: hay un hombre malo! ¡Métete debajo de la cama! ¡Escóndete rápido! ¡Buen chico! ¡Quieto ahí! ¡Quédate ahí donde estás! ¡No salgas pase lo que pase! ¿Me oyes?

El cristal destrozado cayó como lluvia contra el suelo de la cocina seguido de las fuertes pisadas de botas: iba a por ella.

Kara tenía que luchar contra él. Tenía que hacerle frente para proteger a Connor, pero no tenía con qué. Abrió bruscamente un armario ropero, cogió el pequeño bate de béisbol de madera de Connor y se puso de espaldas a la pared en el pasillo con el corazón latiendo y la sangre convirtiéndose en hielo.

—¡Ven aquí puta y verás lo que es bueno! —Su voz estaba cerca, justo al lado de la esquina de la nevera—. Puede que incluso te guste.

Ella se obligó a esperar, aguantó la respiración y entonces lo vio: la punta de la bota. Saltó y bateó tan fuerte como pudo hacia su cara.

—¡Ni en tus sueños, cabrón!

Gritó con fuerza cuando el bate le golpeó en los brazos doblados. La pistola le pegó en la nariz y salió volando hasta aterrizar debajo de la mesa de la cocina, lejos de su alcance.

Kara volvió a blandir el bate para golpearle, pero esta vez apuntándole a la cabeza.

Sin embargo, esta vez estaba preparado: con una mano se apretaba la nariz sangrante y fue capaz de esquivar el golpe. Tiró del bate, se lo arrebató de las manos y lo tiró a un lado. Era un hombre muy corpulento y pesaba muchísimo más que ella.

Kara corrió hacia la puerta delantera esperando poder atraerlo hacia afuera, lejos de Connor.

Pero él era rápido. Acababa de girar el cerrojo cuando él la agarró del pelo y la tiró violentamente hacia atrás.

Notaba el aliento caliente y fétido cerca de su mejilla.

—¡Mala puta, me has roto la nariz! —gritó.

—¡Y a mí qué me importa! —dijo Kara, dándole un codazo en el estómago y encontrando una pared de músculo.

«¿Dónde estaba la policía? ¿Y si el botón no había funcionado?».

Él la vapuleó contra la puerta como si se tratase de una muñeca de trapo y dijo:

—Quiero las cintas y los documentos, y tú me los vas a traer como una buena chica.

«Así que era Northrup». La rabia aumentó desde su interior y emborronó su miedo.

—¡Vete al infierno!

Él la zarandeó y dijo:

—¡Estúpida puta. No lo pillas, ¿verdad?

Kara cayó sobre la mesita auxiliar, oyó un ruido de hueso roto y sintió que el aire le salía de los pulmones con un gran dolor. Rodó por el suelo e intentó arrastrarse, pero la puntera de la bota le dio en el estómago y la dejó jadeando de dolor. Kara se dio la vuelta para apoyarse sobre la espalda y le dio una patada, golpeándole en la rodilla y el estómago.

Él gruño y blasfemó, mientras la sangre todavía le salía abundantemente por la nariz. Entonces, su puño alcanzó la mejilla de Kara enviando una hondonada de dolor y agonía al cerebro.

En aquel momento, Kara casi no era consciente de las manos que le subían el camisón, de las lágrimas que resbalaban por sus mejillas, de la rodilla que hacía fuerza para separarle los muslos ni de las manos que le rodeaban la garganta y apretaban.

—Cuando acabe contigo, harás todo lo que yo te ordene. O puede que te deje morir conmigo dentro de ti.

Entonces la habitación estalló.

Reece introdujo una recopilación de jazz en el reproductor de CDs, giró hacia el este por la calle Catorce y se dirigió hacia el gimnasio. Resistió el impulso de girar a la izquierda hacia Corona y, en vez de ello, dejó que la calle pasara sin hacer nada. Kara probablemente estaría dormida. Si se presentaba en su casa a las once y cuarto de la noche, seguramente lo único que conseguiría sería asustarla. Necesitaba darle espacio, darle tiempo para que pensara sobre lo que ella sentía. A él tampoco le haría daño un poco de tiempo para pensar, o al menos eso fue lo que se dijo a sí mismo.

Delante de él, vio las luces azules, blancas y rojas de la policía emitiendo destellos procedentes de dos coches patrulla que se dirigían hacia él a máxima velocidad y en dirección oeste. Reece se hizo a un lado. Iban en silencio, a unos setenta kilómetros por hora. Luego, aminoraron la marcha y uno tras otro giraron a la izquierda hacia Corona. Sus luces le llenaban el espejo retrovisor.

«Kara».

Esperó hasta que el último coche hubo pasado e hizo un cambio de sentido ilegal. Los siguió, pidiéndole a Dios estar equivocado. Pero los coches patrulla ya habían parado delante de su casa uniéndose a un tercero que estaba aparcado en el camino de entrada. Dos oficiales armados corrieron hacia la puerta principal, mientras otros dos daban la vuelta hacia el jardín trasero.

—¡Mierda! —Reece paró a un lado, bajó del jeep y corrió.

—¡Quédese donde está! ¡Policía!

Le costó unos momentos darse cuenta de que la orden iba dirigida a él. Se detuvo y levantó los brazos.

—Soy el sen…

Unas manos fornidas le golpearon la espalda.

—¡Túmbese boca abajo y ponga las manos detrás de la cabeza! ¡Ahora!

Furioso, Reece sabía que no tenía opción a menos que quisiera acabar con varios agujeros en unos cuantos órganos vitales.

Se tumbó en el asfalto y entrelazó los dedos de las manos para después ponerlas detrás de su cabeza.

—Soy el senador Reece Sheridan. Ésta es la casa de mi novia.

—¡Permanezca en el suelo! —Un policía le separó las piernas de una patada y empezó a registrarlo.

—Mi carné de identidad está en el bolsillo trasero. ¡Ésta es la casa de mi novia y necesito saber si ella y su hijo están bien!

Las manos del policía le recorrieron el torso y llegaron hasta la cartera.

—No me importa quién sea. ¡Permanezca en el suelo!

—Fisher, deja que el senador se levante. —Era la voz del comisario Irving.

—Lo siento, senador. Los chicos se limitan a hacer su trabajo.

Reece se levantó y cogió su cartera de las manos del policía.

—Gracias. ¿Dónde está Kara? ¿Qué ha pasado?

La radio del comisario Irving empezó a emitir sonidos

—Afirmativo. Necesitamos una ambulancia y una bolsa para restos humanos. Alguien tiene que llamar a un médico y a los Servicios de protección al menor. Hay un niño asustadísimo.

«Bolsa para restos humanos, médico».

—¡Dios santo, Kara! —Reece corrió, sin hacer caso a los gritos del comisario Irving, sin atender al hecho de que todo el mundo a su alrededor iba armado. Empujó la puerta principal y fue cuando la vio.

Kara estaba tumbada boca arriba sobre la moqueta, pálida, con el camisón blanco manchado de sangre y la cara magullada. Tenía cardenales que rodeaban su garganta y su camisón estaba levantado hasta los muslos, como si la hubieran violado.

Pero estaba temblando. Estaba viva.

Una mezcla de alivio y rabia impotente emanaron de Reece, que logró abrirse paso entre los uniformes y llegar a ella.

Un policía lo agarró por el hombro y le dijo:

—¿Quién diablos es usted?

Reece se zafó de esa mano y se arrodilló junto a Kara. Le tocó la mejilla y le dijo:

—Kara, mi amor, ¿puedes oírme? Soy Reece.

Giró la cabeza hacia él y movió los ojos. Su voz era débil y su respiración irregular.

—¿Reece?

—Estoy aquí. Te pondrás bien, Kara. Ahora viene una ambulancia.

Ella se estremeció de forma violenta, estaba en un claro estado de shock.

—Connor. Ayúdale.

Le apretó la mano, se quitó la chaqueta y cubrió a Kara con ella.

—Yo lo cuidaré. —Se dio la vuelta hacia los policías y les preguntó—: ¿Dónde está el niño?

—Está debajo de la cama y no quiere salir.

Reece empezó a caminar por el pasillo, pero se detuvo cuando vio un cuerpo extendido en el suelo de la cocina sobre un charco carmesí.

—Intentó llegar a ella. —El policía movió la cabeza señalando una Glock automática de 45 que estaba tirada en el suelo como si fuera un juguete abandonado—. Ahora está muerto. Parece que ella se ha defendido bien. No ha sido su noche.

—No. —Reece dio la espalda a la muerte y siguió el sonido del llanto del niño. Encontró a un policía de cuclillas al lado de la cama de Connor, hablándole con voz suave al niño, quien llamaba a su madre con una vocecita muy débil y asustada. Sin duda, el uniforme del policía y la pistola no ayudaban a apaciguar los miedos del niño.

—Déjeme solo con el niño, por favor.

—Si usted lo dice. —El policía se levantó y se fue.

Fuera, las sirenas anunciaban la llegada de la ambulancia.

Reece se arrodilló y vio que Connor estaba acurrucado con su oso de peluche pegado a la cara.

—Connor, socio, soy yo. Soy Reece. Ya estás a salvo. Tu mamá me ha enviado a buscarte.

Connor levantó la mirada, y sus enormes ojos estaban muy abiertos y llenos de temor. Entonces, le dio un ataque de hipo. Después, como si le fuera la vida en ello, se arrastró apoyándose sobre la barriga y se lanzó a los brazos de Reece. El niño olía a champú de bebé, y sus pequeños bracitos se agarraban fuertes alrededor del cuello de Reece.

Una emoción poco familiar y muy intensa hirvió en sus adentros. Abrazó a Connor muy fuerte y le alivió susurrándole al oído:

—Has sido un niño muy valiente. Tu mamá va a estar muy contenta de verte, pero ahora tiene que ir a ver a unos médicos.

—El hombre malo le ha hecho daño. —El niño temblaba como un flan.

Reece se sorprendió pensando que le habría gustado ser él quien apretara el gatillo de la pistola que había acabado con ese cabrón.

—Sí, pero nunca hará daño a nadie más.

—El… el policía le ha disparado.

¿Por qué un niño tenía que saber eso? Reece le pasó la mano por el suave pelo.

—Sí, es verdad. Han venido a ayudarte a ti y a tu mamá. Ahora, todo ha terminado y estás a salvo. ¿Quieres quedarte conmigo hasta que llegue tu abuelita?

Connor asintió con la cabeza.

¿Dónde estaba Reece? Había estado aquí, de eso estaba segura. ¿Y dónde estaba Connor? Dios mío, ¿estaba bien el niño?

La cabeza de Kara iba a la deriva entre la insensibilidad y el dolor, el olvido y el miedo. Le dolía respirar, le dolía abrir los ojos, hablar, pero incluso así les llamaba.

Tenía frío, mucho frío.

Un hombre con una camisa blanca le puso algo sobre la boca y encendió una linterna frente a sus ojos.

—Las pupilas responden. La tensión arterial es de setenta sobre cuarenta. Está en shock. Vamos a ponerle suero.

—¿Qué ha pasado? ¡Reece!

Kara sintió que unas manos se metían por debajo de su camisón e intentó zafarse de ellas.

—Tranquila, mujer. —La voz del hombre era tranquilizadora—. Tan solo voy a conectarla al monitor.

¿Al monitor? Nada tenía sentido. ¡Reece!

—Posible neumotórax derecho. Posible fractura craneal. Vamos a llevarla a la ambulancia.

Estaba herida y la iban a llevar al hospital.

Kara sintió cómo la levantaban y chilló de dolor.

—Lo siento, querida. Sé que duele. Vámonos.

El aire frío rozó su cara y entonces sintió la calidez de una mano.

—Estaremos justo a tu lado, Kara.

Abrió los ojos y los vio. Reece y Connor. Reece había envuelto a Connor en una manta y lo llevaba en brazos.

Kara intentó tocar a su hijo, intentó sonreír e hizo una mueca de dolor mientras cogía aire de los pulmones para hablar.

—Te veré después, tesoro. Reece, cuida de él.

Reece le besó la mano y le dijo:

—Sabes que lo haré.

Cuando la oscuridad se la tragó de nuevo, se dio por vencida y se dejó llevar.

Reece estaba sentado frente a Lily McMillan en el comedor del hospital y la miraba mientras cortaba las tortitas de su nieto. Había sido una noche muy larga para todos. Connor al menos había dormido algo, la mayor parte del tiempo sobre el regazo de Reece.

Reece había contactado con Lily a través del móvil y ella se había encontrado con ellos en el Hospital Universitario. Tenía la cara pálida de preocupación por su hija.

Reece le había dicho todo lo que sabía (que un hombre armado el doble de grande que Kara había entrado en su casa, y que ella había podido luchar contra él durante el tiempo suficiente hasta que la policía llegó a salvar su vida y la de Connor.

—¿La violó? —preguntó Lily. La mujer tenía el miedo dibujado en sus ojos, eran unos ojos que a Reece le recordaban mucho a los de Kara.

La rabia le ardió en el estómago.

—No lo sé. Parecía como si al menos lo hubiera intentado.

Se llevaron rápidamente a Kara para hacerle una tomografía computerizada y unas radiografías, y eso le dio a Reece un lapso de una hora más o menos para hablar con Lily, quien bajo su aspecto exterior duro, tenía una mente muy viva y adoraba a su hija intensamente. Cuando apareció el médico, con el cansancio reflejado en el rostro, ella le había cogido la mano, ya fuera para darle apoyo o buscándolo. Reece no estaba seguro, pero le gustó la sensación.

Entonces, el doctor explicó que Kara tenía una conmoción cerebral, dos costillas rotas, un pulmón colapsado, un traumatismo en la tráquea y docenas de rasguños y moratones. Aunque temían que pudiera tener hemorragias internas, en el escáner no aparecía nada. Le hicieron un estudio para comprobar si la habían violado y éste no dio resultados definitivos. Aunque los morados que tenía entre los muslos indicaban que el atacante intentó violarla y, a pesar de haber encontrado esperma reciente en su cuerpo, no había eyaculación visible ni tampoco ningún traumatismo vaginal.

—Me inclino a pensar que tuvo relaciones un par de días antes y que el esperma que encontramos era un resto de esa relación.

Reece sintió que debía pronunciarse en ese momento y dijo:

—Anoche estuve con ella.

Sintió cómo Lily le apretaba la mano en señal de unión.

El doctor asintió con la cabeza.

—Eso le da sentido a todo. Ahora sí que me inclino a pensar que no fue violada. Fue tan violento en todo lo demás que no podía creer que la hubiera podido llegar a penetrar sin causarle lágrimas o moratones.

Gracias a Dios. Al menos se había librado de eso.

—Permanecerá aquí unos días, posiblemente unas semanas. Con lesiones en la cabeza, a veces es difícil saber las secuelas que sufrirá el paciente. La conmoción cerebral es probablemente la lesión más grave que tenga, aunque el traumatismo traqueal también es grave.

La voz de Lily tembló un poco como lo había hecho antes la de Kara al luchar contra las lágrimas.

—¿Traumatismo traqueal?

—Intentó estrangular a su hija, señora. La estamos observando muy de cerca para estar seguros de que la tráquea no se inflama y le impide respirar. Si así fuera, tendríamos que entubarla o practicarle una traqueotomía. Ahora mismo, está durmiendo tranquilamente. Le vamos a administrar morfina. Pueden ir a verla si quieren.

Lily había pasado la noche en la habitación de Kara con Connor, durmiendo en una cama plegable, mientras Reece se paseaba preocupado por la sala de espera, esperando a que amaneciera.

Reece se bebió el café y terminó el desayuno, mientras Lily escuchaba a Connor volviendo a contar su espeluznante noche.

—Fuiste un niño muy valiente, Connor. ¡Tú mamá está muy orgullosa de ti!

Connor sonrió con timidez, y sus labios se curvaron bajo un bigote blanco de leche, una sonrisa que tan rápido como apareció, se evaporó.

—¿Por qué ese hombre malo hizo daño a mami?

Reece se acercó, miró a los ojos a Connor y le dijo:

—No lo sé, socio, pero el lunes lo averiguaré.

Soportó su agotamiento gracias a la rabia y a la cafeína. El lunes por la mañana, Reece se presentó en la oficina del fiscal del Estado, pasó dc largo por delante de la sorprendida secretaria y se dirigió con decisión a su despacho privado.

El fiscal levantó la cabeza con un movimiento brusco ante la intrusión de Reece. Estaba en medio de una conversación telefónica y lo miró con incomodidad.

—¿Puedes esperar un segundo? Lo siento. —Apretó un botón del teléfono y dijo—: ¿Quién es usted y quién diablos se cree para irrumpir aquí de ese modo?

—Creo que no nos han presentado. Soy el senador Reece Sheridan del Comité auditor legislativo, y estoy aquí por la lista de solicitudes que presentó la periodista Kara McMillan durante los últimos seis meses. No me iré hasta que consiga toda la información. Por favor, termine su llamada. Me pondré cómodo.

Tom estaba detrás del editorial del día siguiente. El equipo tenía pocos datos del ataque que había recibido McMillan, todos le acusaban de no haberse tomado en serio las amenazas que Kara había recibido. Pero no había ninguna prueba de que Northrup estuviera detrás de los ataques, al menos no todavía. Había intentado explicar que los periódicos tratan con los hechos, pero solo consiguió que Novak y Alton salieran de la reunión al momento.

Actuaban como si a él no le importase, pero no era así. McMillan era su mejor periodista, y le molestaba saber que le habían hecho daño. Inteligente y eficiente, era una gran escritora y podía digerir información muy compleja del mismo modo en que mucha gente tragaba su propia saliva. Si era duro con ella era únicamente porque esperaba grandes cosas de ella. Cuando ganara el Pulitzer, se lo agradecería.

Se tranquilizó a sí mismo pensando en ello, e intentó volver a concentrarse en las palabras de la pantalla del ordenador. Había añadido otras doscientas palabras más o menos cuando Paula de Recursos Humanos entró en su despacho con informe de incidente en las manos. Tom no tuvo que preguntar de qué se trataba, ya que lo había terminado de escribir justo ayer.

Paula, una mujer de unos cincuenta años, no se había dejado como algunas mujeres lo hacen. Desde las uñas de las manos con una manicura perfecta hasta el pelo teñido con mucho cuidado, aparentaba unos cuarenta. La regularidad de sus visitas al gimnasio la hacían mantenerse delgada. Cuando no parloteaba de sus nietos era incluso inteligente. De las mujeres de su edad del edificio, ella era sin duda la más atractiva. Se habían estado acostando de vez en cuando durante años, desde que ella se divorció.

Ella le miró y dijo:

—¿Qué diablos es esto?

—Un informe de incidente.

—¿Vas a abrir un expediente a Kara McMillan por insubordinación?

—Eso es. —Se dio la vuelta de nuevo hacia el ordenador para seguir con el trabajo.

Ella elevó la voz y dijo:

—Mírame, Tom. —Él la miró y no dijo nada—. Tengo media docena de testigos que dicen que has censurado a McMillan por salir con un senador del Estado y que lo has hecho utilizando un lenguaje horrible y, déjame asegurarme de que esta información es correcta, que llamaste a su compañero «juguetito». Tal y como yo lo entiendo, la acusaste de comprometer al periódico y le dijiste que la habrías respetado si se lo estuviera tirando para sonsacar algún secreto, ¿es eso correcto?

Como no dijo nada, ella continuó.

—Tengo entendido que la señorita McMillan se quedó muy descolocada ante todo esto y te insultó diciendo y cito: «¿Alguien aquí te cuestiona cuando te follas a los miembros de tu propio equipo? Eso es peor que acostarse con el enemigo. ¡Te pueden demandar! ¡Y tú hablas de comprometer al periódico!».

Tom sintió una ira que fluía desde la garganta hasta la cara. Sus propios empleados se volvían contra él citándole ante el departamento de Recursos Humanos. ¡Periodistas!

—En ese momento le dijiste que ibas a abrirle un expediente, ¿no es así? Contéstame, Tom.

—Básicamente, sí.

—¿Por qué nada de esto aparece en el formulario? Lo único que pone es que ella se rebeló, no que tú la provocaste insultándola y acosándola. Has sacado de contexto toda la supuesta insubordinación y la has puesto en su expediente para siempre. ¿Harías eso con una noticia?

Ahí lo cogió.

—No, pero mi vida sexual no genera titulares.

—Aún no, pero espera a que una de esas becarias de diecinueve años que tanto te gustan se decida a demandarte. Ahora, escúchame: ¡No voy a incluir esto en el expediente de McMillan! Ella tiene razón. A menos que dejes de joder a la gente, deberías olvidarte de criticar la elección de pareja de los demás. ¿Lo pillas? —Paula rompió el documento y lo desparramó por la mesa.

—Lo pillo.

—Y ya que estoy aquí, quizá te gustaría explicarme por qué sabiendo que estaba siendo amenazada, no hiciste nada para protegerla. El editor quiere saberlo.

De la sala de redacción llegaron unos sonidos de aclamaciones, silbidos y aplausos.

Capítulo 20

Kara se encontraba flotando en una neblina producida por los medicamentos, más allá del dolor pero no más allá de las pesadillas. En algunos momentos, podía sentir sus manos alrededor de la garganta u oír su voz. Entonces, ella luchaba y, al abrir los ojos, se encontraba a su madre o a Reece a su lado, cogiéndola de la mano, acariciándole el pelo.

En el fondo, sabía que estaba viva. Sabía que Connor estaba a salvo. Pero todo lo demás le parecía borroso. Holly, Tessa y Sophie la habían ido a ver, aunque Kara no recordaba lo que le habían dicho (algo acerca de Tom y unos problemas con Recursos Humanos). Tom también había ido a visitarla personalmente, y ella creía haberle oído decir que lo sentía, pero eso seguramente había sido una ilusión provocada por los medicamentos que le suministraban.

La policía también la había visitado. Le habían preguntado y ella intentó contestar a sus preguntas, pero con analgésicos corriendo por sus venas, los detalles del ataque eran confusos. Cuando le preguntaron por la historia en la que estaba trabajando, Kara se negó a contestar y les dijo que hablaran con Tom.

Más de una vez se hubiera levantado, estaba segura de que necesitaba hacer algo, había alguien a quien necesitaba investigar, pero cuando abría los ojos lo único que quedaba era una persistente sensación de urgencia. ¿Qué se suponía que tenía que hacer?

Reece le dijo:

—Dormir.

Y le besó la frente.

—Sólo duerme mi amor.

Y ella se volvía a dormir.

Reece la besaba en la mejilla, la tapaba con la colcha cubriéndole los hombros y la observaba mientras se quedaba medio dormida. Reece esperaba que la última dosis de medicación que le habían suministrado durara lo suficiente como para que pudiera dormir profundamente durante horas. Él sabía que el miedo la acechaba en sueños y se sentía impotente para evitarlo.

Casi la había perdido, había estado muy cerca. Según la opinión de la policía, unos segundos más y el cabrón habría conseguido violarla. Otros dos minutos y habría acabado muerta. ¿Quién sabe lo que le hubiera ocurrido al pequeño Connor?

Reece sabía sin saber que Kara aguantó lo que aguantó porque había luchado por mantener a su hijo a salvo. Eso le emocionó de una manera que no podía explicar, le dolió en el alma, a lo mejor porque su propia madre nunca pareció tener un pensamiento relacionado con él y mucho menos se planteó el hecho de salvarlo si para ello tuviera que poner su vida en peligro. Eso hizo que viera a Kara como algo maravilloso, y le dio otro motivo que añadir a su larga lista de razones para admirarla. Kara amaba a su hijo con toda el alma. Era tan simple, y a la vez tan hermoso, como eso.

Cuando oyó que pedían una bolsa para cadáveres y un médico, un miedo aterrador le hirió como si le perforara una lanza. Era el tipo de miedo que solo había sentido una vez en la vida: cuando la patrulla estatal llamó para decir que su padre se había matado. Había corrido a su casa, seguro durante unos segundos de que estaba muerta. Pero entonces la había visto: magullada y derrotada, pero viva. Y una furia atroz había hecho desaparecer el miedo.

Reece iba a descubrir quién estaba detrás de todo esto, y si era alguien del Gobierno del Estado, utilizaría su autoridad como miembro del Comité para asegurarse de que esa persona pasaba una larga temporada en la cárcel y que nunca más trabajaría para el Gobierno.

No, no era un abuso de poder. Antes que nada, su autoridad estaba para eso.

Reece la observaba mientras dormía y sentía una ternura muy extraña en su interior. No había buscado una relación, no había buscado a nadie, pero la había encontrado a ella. ¿Cómo había llegado a significar tanto para él en tan poco tiempo? Sólo la conocía desde hacía un mes, y ya era imprescindible para él. Cuando se recuperara y todo esto hubiera terminado, tenían mucho de qué hablar.

Una enfermera de mediana edad vestida de azul entró en la habitación y comprobó que la bomba intravenosa estaba bien.

—¿Cómo se encuentra?

—Creo que tiene pesadillas.

La enfermera movió la cabeza y pulsó algunos botones.

—Pobrecita. Volveré con su próxima dosis de calmantes en tres horas. Mientras tanto, usted debería intentar dormir.

—Sí. —Con la excepción de unas horas el día anterior por la noche, había pasado estos últimos días entre el Capitolio y el hospital, y sabía que su aspecto dejaba bastante que desear.

Su hermana se lo había dicho cuando se pasó esa misma tarde por el hospital. Melanie había visto en el periódico la foto de Reece chillándole a Prentice a la cara y se había preocupado por él. Había intentado localizarle en casa aquella misma noche pero, por supuesto, aquella noche no había ido a casa para nada excepto para darse una ducha rápida y cambiarse la ropa. Reece no había estado en casa desde que atacaron a Kara.

Al final, Melanie lo localizó en el móvil; estaba en la habitación de Kara con comida vietnamita para llevar.

—Es más sana que la comida de la cafetería del hospital —dijo Melanie.

Se quedó con él unas horas preocupada por lo cansado que parecía, y le reprendió por haber perdido los nervios con Prentice, aunque luego se contradijo y le alabó por machacar a Prentice. Tras ello, le dio un abrazo y se fue para pasar la noche con su nuevo novio. Había sido la vez que más tiempo habían pasado juntos sin contar las vacaciones.

Reece no estaba acostumbrado a tener una hermana a su lado, pero pensó que se podría acostumbrar, que le podría llegar a gustar.

Miguel había llamado también para expresar su preocupación, y le preguntó a Reece de nuevo si estar con Kara era una buena idea.

—Parece que atrae a los problemas.

Esta vez, a Reece no le importó mostrar su irritación.

—Esto no es culpa suya, Miguel.

El público mostró cuánto la quería llenando la habitación de flores y tarjetas deseándole una pronta recuperación y expresando su admiración. De hecho, mucha gente había mandado flores y, como todas no cabían en la habitación, Lily se había encargado de repartir al menos una docena de ramos entre los pacientes del hospital que, de acuerdo con el servicio de enfermeras, no tenían visitas ni flores propias; gente mayor sin familia, gente muriéndose de cáncer y personas sin hogar.

Reece retiró un mechón de pelo de la cara magullada de Kara, miró su reloj y vio que ya eran las diez pasadas. Fue hacia su cartera y la abrió pendiente de que no se viera la Sphinx semiautomática de nueve milímetros en caso de que alguna enfermera entrara de repente a la habitación. A pesar de tener permiso de armas, éstas no estaban permitidas en el hospital. Pero se maldeciría si volvía a dejar a Kara sin defensa.

Reece sacó la carpeta que contenía los documentos que el fiscal del Estado le había entregado el día anterior y se sentó en la silla decidido a resolver quién estaba detrás de todo esto. El problema era que Kara era muy buena en su trabajo, y había metido las narices en todas partes, tal como debe hacer un buen periodista. En seis meses, había presentado treinta y siete peticiones de archivos públicos.

Vídeos y documentos del Departamento de Salud del Estado.

Eso es lo que ella le había dicho al comisario Irving.

Por supuesto, como Kara se encargaba de la lucha medioambiental, la mayoría de las peticiones que había presentado eran para el Departamento de Salud del Estado. Sin embargo, si eliminaba todas menos ésas, la cifra se reducía a veintiséis. Los repasaría por orden alfabético, partiendo de la base de que si alguien quería matar a Kara era porque ella estaba muy metida en la historia.

Reece fue a buscar ese aguachirle del hospital que se suponía que era café y se acomodó para pasar otra noche.

Kara miraba su imagen en el espejo del baño del hospital e intentó reconocer a la extraña que vio reflejada. Sus ojos estaban apagados debido a los medicamentos y a las pesadillas. El tubo del gotero iba desde una bolsa de plástico hasta el reverso de su mano izquierda. Su pelo estaba despeinado, enredado por haber pasado cuatro días en la cama y, además, tenía moratones por todo el cuerpo.

Se pasó los dedos por la mejilla izquierda y sintió el aplastante puñetazo que el atacante le había propinado. Las magulladuras estaban cambiando de morado a rojo y amarillo, pero la carne aún estaba hinchada, confiriéndole una apariencia un tanto deformada. Una marca en forma de anillo alrededor del cuello mostraba el lugar en que esas manos le habían intentado estrangular hasta matarla. Eran unas manos grandes, las manos de un asesino. La habían apretado tan fuerte que sus pulmones habían ardido y el mundo había empezado a parecer unas manchas negras.

Se quitó la bata del hospital y se percató de la magulladura del tamaño de un plato que tenía del momento en que sus costillas chocaron contra la mesa auxiliar, dejándola sin respiración y colapsando un pulmón. Un vendaje cubría la herida que había dejado el tubo utilizado para inflar el pulmón. Un morado con la forma de una salsera marcaba el lugar donde la punta de la bota le había golpeado en la barriga.

Pero, lo más duro de todo fue ver los morados simétricos que había en el interior de sus muslos, y que habían sido causados cuando el hombre la intentó forzar separándole las piernas con las rodillas. Le acudieron a la mente unos vagos recuerdos del médico de urgencias examinándola: los pies colocados en los estribos, la fría extensión del espéculo, el doctor peinando su vello púbico en busca de pruebas, limpiando el semen. Se dio cuenta de que le habían hecho una exploración por si había sido violada... un abuso más.

Se recuperaría. Estaba viva y Connor estaba a salvo, y eso es lo que importaba. Pero aun cuando estos pensamientos ocupaban su mente, empezó a temblar, a sentir náuseas como si tuviera una serpiente en el estómago. Todavía era capaz de oler su aliento, de escuchar el odio en su voz, de sentir sus manos haciéndole daño.

«Dicen que no te violó McMillan. Está muerto. ¡Recobra la calma!».

Se apoyó sobre la pila y respiró hondo, de tal modo que le dolieron las costillas. Detrás de ella, estaba la ducha y, antes de pensar en lo que estaba haciendo, se quitó la vía de la mano y tiró la bata de hospital al suelo, se metió en la ducha y abrió el grifo graduando el agua tan caliente como era capaz de soportar.

No sabía cuánto rato llevaba bajo de la ducha, pero sus náuseas y temblores desaparecieron gradualmente mientras el agua hirviendo limpiaba su piel. Cogió el jabón del hospital, abrió el sobre y se empezó a frotar estremeciéndose mientras el agua recorría sus magulladuras con la fuerza de un martillo. Encontró unas botellitas de champú y de acondicionador, así que también se lavó el pelo, esperando que el miedo y la oscuridad de sus sueños resbalaran y se fueran por el desagüe como los restos de espuma de jabón. Estaba limpia otra vez, era ella de nuevo.

Sólo cuando cerró el grifo de la ducha y alargó el brazo para coger la toalla se dio cuenta que la debilidad estaba aún allí. Se vio a sí misma luchando contra el vértigo mientras se secaba y se volvía a poner la bata del hospital. Cuando se hubo lavado los dientes, se vio forzada a apoyarse contra la pila para evitar caer al suelo.

Así fue cómo la encontró Reece: con el cabello oscuro chorreando, la cara pálida como la de un muerto y a punto de desfallecer. La vía colgaba inútil a un lado. El vaho cubría el espejo, las paredes y la grifería. Debía de haber pasado un buen rato en la ducha.

—Se supone que no tienes que levantarte de la cama.

Kara dio un respingo al oír el sonido de su voz, prueba de que no le había oído entrar, no le había oído pronunciar su nombre llamándola, ni siquiera le había oído abrir la puerta del baño.

—Quería... una ducha. Yo...

Reece la cogió en brazos y la llevó de vuelta a la cama. Entendió por qué Kara había querido ducharse: reclamaba su cuerpo. Pero a pesar de entenderlo, estaba enfadado con ella por haberse arriesgado de forma tan loca.

—Sabes que si te caes, pasarás aquí una larga temporada.

La cabeza de Kara descansaba sobre el hombro de Reece.

—No deberías ayudarme.

—¿Por qué no? —preguntó él acostándola suavemente en la cama e intentando no ejercer presión alguna sobre sus costillas rotas.

—Te estoy investigando.

—Lo sé —dijo Reece tapándola con la colcha y haciendo caso omiso de las punzadas de rabia en su interior—. Voy a llamar a la enfermera.

Reece salió de la habitación a grandes pasos y se dirigió al puesto de las enfermeras. Hizo señales a una de ellas y después estuvo observando mientras la enfermera comprobaba las constantes vitales de Kara y le ponía la vía de nuevo.

Reece había descubierto la petición de archivos públicos por la mañana. Estaba junto a otro montón de faxes que habían ido llegando durante los últimos tres días. Reconoció de inmediato qué era y la realidad le golpeó como un puño. Lo que le dolió no fue que Kara le hubiera pedido documentos, sino el hecho de que no hubiera confiado en él lo suficiente como para preguntarle. Habría estado encantado de darle a ella o a otro periodista cualquier documento que tuviera: desde sus informes relacionados con los fondos para su campaña hasta un registro de sus llamadas hechas con el teléfono móvil. Así, no habría sido necesario que nadie utilizara la ley para conseguir nada. Reece no era un estafador y no tenía nada que esconder.

Reece sabía que era la manera que Kara tenía de mantener sus carreras separadas de su relación, pero aun así supuso un duro golpe para Reece. Leyó la petición y trató de adivinar qué buscaba Kara.

«Según la Ley Revisada de Colorado 24-72-202(3), solicito todo documento escrito o recibido por usted relativo al Departamento de Salud del Estado y/o a ejecutorias medioambientales del Departamento de Salud del Estado. Dichos documentos incluirán, pero no estarán limitados a correspondencia del Comité auditor legislativo, cartas, memorandos, correos electrónicos, peticiones de informes, informes y peticiones de información, así como apuntes de reuniones o de conversaciones telefónicas».

Reece sonrió ante la meticulosidad de Kara: escribía como un jodido abogado. ¿Pero de verdad creía ella que él u otro miembro del Comité Legislativo estaba impidiendo al Departamento de Salud hacer su trabajo?

La siguiente frase sacudió algo en su mente:

«Asimismo, solicito cualquier tipo de correspondencia entre usted y cualquier persona empleada por Northrup Mining, Inc., así como cualquier documento de cualquier tipo que mencione a Northrup, Inc.».

Reece había visto el nombre de Northrup antes, pero ¿dónde?

Cogió la carpeta que contenía los documentos del Departamento de Salud del Estado y buscó entre los papeles hasta que encontró una petición de archivos públicos con fecha de enero, la semana anterior a haberse conocido. Era una petición de cualquier documento que perteneciera a Northrup, Inc., con fecha del día en que la compañía empezó a hacer negocios en el condado de Adams. En ese instante, supo que había encontrado lo que buscaba. Sin pretenderlo, ella le había dado la pista que necesitaba.

Era una pista que estaba decidido a seguir. Se reuniría con el director del Departamento de Salud del Estado mañana y él mismo echaría un vistazo al archivo de Northrup.

—La próxima vez que quiera levantarse de la cama, jovencita, apriete primero el avisador conectado con la sala de enfermeras. ¿Le duele algo?

Kara sacudió la cabeza y dijo:

—No me den más pastillas ni me pongan más inyecciones, hacen que me sea muy difícil pensar.

—Eso es por la conmoción cerebral, querida. Avíseme si cambia de opinión. —Tras estas palabras, la enfermera salió de la habitación dejándolos solos.

Kara sintió la mano de Reece acariciándole el pelo mojado, abrió los ojos y se obligó a encontrarse con la mirada del hombre que había permanecido junto a su cama durante los últimos cuatro días, el hombre que había consolado a su hijo, el hombre que la había defendido ante Galen. El hombre al que estaba investigando.

—Necesitaba una ducha. Necesitaba... estar limpia de nuevo.

—Lo entiendo. —Reece le dijo a Kara con los ojos que la entendía—. Pero me habría gustado que esperaras hasta que tu madre o yo hubiésemos estado aquí.

—No deberías estar aquí.

Ella lo tuvo que decir. Alguien tenía que decirlo.

—¿Por qué no, Kara?

—Porque te estoy investigando, porque se crea un conflicto de intereses. —Kara sintió la punzada caliente de las lágrimas en sus ojos y apartó su cara de la de Reece—. Porque no está bien para mí necesitarte tantísimo cuando todo esto se interpone entre nosotros.

—¿Me necesitas?

Se odiaba a sí misma por ser tan débil, tan patética. Contuvo la respuesta...

—Sí.

Los labios de Reece se apretaron, cálidos, contra la frente de Kara y Reece dijo:

—Entonces nos preocuparemos por el resto más adelante.

Para Kara, más adelante llegó antes de lo que se había esperado.

Tom llegó después de que Reece se hubo marchado de vuelta al Capitolio con una carpeta de archivos en mano y una pila de papeles plegados bajo la axila.

—Tienes mejor... aspecto.

—¿De verdad? Holly me dijo que parecía sacada de la sección de sucesos. —Kara sonrió al recordar las palabras de su amiga—. La última novia de OJ Simpson, creo que dijo.

Tom se aclaró la garganta, se movió incómodo, y Kara se dio cuenta de lo fuera de sitio que se encontraba Tom cuando no estaba en la sala de redacción o en un bar.

—Sí, bueno... al menos no estarás así siempre.

Si las costillas no le hicieran tanto daño, se habría reído con ganas.

—He guardado los periódicos imaginándome que querrías leerlo todo. —Tom se los dejó sobre el regazo.

«AGREDIDA PERIODISTA DEL INDEPENDENT» era el titular del artículo de Tessa. Todo en mayúsculas y con un cuerpo de letra sesenta. Los demás periódicos no lo habían destacado tanto, aunque Kara también aparecía en primera plana: «Periodista asaltada. Periodista estable. La periodista va mejorando».

Kara hojeó por encima el artículo de Tessa y después el resto. Todos habían entrevistado a Reece, quien había sido muy prudente en sus comentarios, reconociendo tan solo que él y Kara eran amigos y expresando que la policía llevaba el caso de forma muy competente y profesional. Pero, mientras a cualquier otra víctima de un intento de violación se le hubiera garantizado el anonimato, su nombre aparecía en todos y cada uno de los periódicos junto a detalles de los informes policiales. Era el precio de ser un personaje público, pero incluso así, se le revolvía el estómago al ver frases como «no hubo trauma vaginal» al lado de su nombre y de su cabeza golpeada.

El hombre que la intentó matar tenía un nombre: John David Weaver.

Kara dio la vuelta a los periódicos.

—La policía me está amenazando con interponer cargos

contra mí por obstrucción a la justicia o alguna maldita cosa similar si no les revelo la naturaleza de tu investigación. Tenemos asuntos legales mezclados en todo esto. Tenemos que solucionar todo esto en secreto y rápido, McMillan. Una vez que la policía lo tenga, llegará a todo el mundo. He estado haciendo un poco de investigación por mi cuenta.

Le pasó la carpeta con los archivos y dijo:

—He pensado que querrías verlo.

Kara lo abrió y vio una impresión completa de una propuesta de ley. La leyó y vio que modificaría una ley estatal para permitir la quema de neumáticos como fuente energética para la industria. Sabía que algunas personas creían que era la mejor manera de reciclar neumáticos, ya que los mantenía fuera de vertederos de basuras y disminuía la necesidad de explotar el carbón. Kara levantó la mirada hacia Tom perpleja.

—Veo que Reece es quien la ha propuesto, pero no veo qué tiene que ver todo esto con mi investigación.

—Mira en la última página.

Sacó la última página y la puso la primera. Era una lista de gente llamada a testificar en el comité a favor de la propuesta de ley. Kara leyó la lista y su pulso empezó a palpitar en sus oídos. No reconocía los nombres pero debajo de «Cargo/Lugar de trabajo» dos de los testigos habían puesto en la lista Northrup Mining, Inc.

—Esto es una prueba circunstancial.

—Podría ser una casualidad, pero esto le relaciona con Northrup. Él ha sido miembro del Comité auditor legislativo durante dos años y tiene contacto frecuente con el Departamento de Salud.

—Yo estoy en contacto con el Departamento de Salud semanalmente, ¿significa eso que estoy intentando sobornarlos? A lo mejor, solo está haciendo su trabajo. No puede ser Reece. Su historial medioambiental era más activo que el de cualquier otro senador. ¿Por qué iba a proteger a un contaminador?

La cabeza de Kara empezó a dar vueltas.

—Aún hay más. Hoy he recibido una llamada de teléfono de

una fuente de la oficina del fiscal del Estado. Parece que, más o menos una semana antes de que te atacaran, Sheridan se puso en contacto con ellos y les pidió una lista exhaustiva de todas las peticiones de archivos públicos que tú habías presentado al Estado en los últimos seis meses.

—¿Qué? ¿Por qué habría de hacer algo así? Si está compinchado con Northrup ya tiene una copia de mis peticiones de archivos públicos, y ya sabe qué es lo que busco.

—No tengo ni idea de lo que tu político pretende, McMillan, pero creo que es mejor que lo averigües. —Miró su reloj y dijo—: ¿Cuándo te dejarán salir de aquí?

Capítulo 21

Kara clasificó con impaciencia una montaña de periódicos mientras esperaba la llegada del médico. Se suponían que iban a darle el alta hoy. Y ella se moría de ganas de que llegara ese momento. Estaba cansada de permanecer tumbada en la cama como una desgraciada víctima, cansada de tener miedo, cansada de estar lejos de Connor. Quería recuperar su vida. Quería volver al trabajo, acabar la investigación, sacar los trapos sucios de Northrup a la luz y a cualquier senador que estuviera jugando sucio en nombre de Northrup. Al menos entonces estaría haciendo algo y no se sentiría tan inútil.

Había perdido mucho tiempo de la investigación. Había conseguido llamar con el móvil a su confidente y se sintió aliviada al saber que tanto él como su familia estaban sanos y salvos. Pero no podía librarse de una creciente sensación de urgencia. Tenía que acabar ya esa historia.

Su madre había llamado para decir que iría con Connor y una bolsa de ropa para que se pusiera para ir a casa. No es que Kara fuera a su casa. Aunque un equipo de limpieza de escenas de delitos había limpiado el desorden y su madre se había encargado de que instalaran una nueva puerta corredera de cristal y de que taparan los agujeros de bala de la pared, Kara era incapaz de hacerse a la idea de volver a ese espacio, al menos por el momento.

Los recuerdos de esa terrible noche le bailaban en la cabeza como escenas de un vídeo que no se detiene. Saltaba si oía un ruido inesperado, tenía la adrenalina a tope, el corazón le golpeteaba en el pecho y el miedo le atravesaba el cuerpo. La mujer del programa de ayuda a las víctimas de la policía de Denver que había ido a visitarla le había dicho que era completamente normal y le había sugerido que acudiera a un terapeuta. Pero Kara no quería ir a terapia, quería encontrar a los hijos de puta que habían intentado matarla y publicar sus fotos policiales en la primera página del periódico. Entonces, podría seguir con su vida.

Cuando llamaron a la puerta de su habitación se incorporó, pero luego se encogió debido al intenso dolor que sentía en las costillas y la cabeza. Tom entró, acompañado por el comisario Irving.

—Si quiere, podemos dejar que lo decida un tribunal. —El comisario Irving señalaba con un dedo acusador el rostro de Tom—. Todo eso no son más que tonterías, y usted lo sabe. Nuestros chicos han puesto sus vidas en peligro para salvar a uno de los suyos. Esto no tiene nada que ver con los derechos de la Primera Enmienda. Tiene que ver con un intento de asesinato.

—Nos sentimos muy agradecidos de que a la policía le apeteciera hacer su trabajo esa noche, Irving, pero nosotros también tenemos que hacer nuestro trabajo. No podemos revelar nuestras fuentes, punto final. Y no podemos arriesgarnos a que le dé información a otros periódicos.

Kara observó cómo discutían los dos hombretones, y vio que la puerta volvía a abrirse. Su madre se asomó a la habitación y luego entró con cautela seguida por Connor. Tom y el comisario Irving parecieron no darse cuenta, ni siquiera cuando Connor trepó a la cama y se subió sobre Kara. Seguían cara a cara. Ambos pasaban del metro ochenta y estaban separados solo por el protuberante abdomen del comisario Irving.

—¿Cómo sé que uno de sus chicos no la cagará y pasará la información a otros periódicos? Sabemos lo suelta que tiene la lengua la policía de Denver.

—¿Está diciendo que no se puede confiar en mis oficiales de policía?

Kara supo lo que iba a hacer su madre un segundo antes de hacerlo.

—¡Perdónenme! —Su madre interpuso su poco más de metro sesenta entre ambos hombres—. Si desean seguir con esta lucha territorial en plan salvaje, quizá les gustaría entrechocar los cuernos fuera de la habitación. O quizá podrían orinar para marcar el territorio de cada uno. De cualquier forma, esto es un hospital, así que si quieren quedarse en la habitación de Kara, cállense.

Kara nunca había visto a Tom tan atónito en todos los años que hacía que lo conocía. Miró a su madre.

—¿Quién es usted?

—Soy la madre de Kara, Lily McMillan.

Para su horror, Kara vio que la mirada de Tom se desviaba del rostro de su madre a... sus pechos. Y supo con exactitud qué estaba pensando. La foto de protesta con el pecho al descubierto.

—Me alegra conocerla. —Tom extendió la mano y siguió escrutando a su madre, recorriéndola con la mirada como si fuera la última becaria en llegar al periódico—. Soy Tom Trent, edit...

Su madre le estrechó la mano con cara de desdén.

—Ya sé quién es. Kara me ha contado lo insoportable que puede llegar a ser. Ya veo que es cierto.

Tom retrocedió como si le hubiera golpeado y, por segunda vez, su cara mostraba un asombro total. No estaba acostumbrado a que le pusieran las orejas coloradas.

A Kara le dio un vuelco el estómago.

—Gracias, mamá. Ahora necesito un trabajo nuevo.

Pero nadie pareció oírla, excepto Connor, quien la observó confuso. Ella le besó en la cabeza y le dio un abrazo tranquilizador.

—Soy el comisario Irving, Lily. Siento haber molestado a su hija, pero estamos aquí para hablar de su seguridad.

—¿No puede esperar hasta que la lleve a casa?

Tom y el comisario Irving se miraron uno al otro y realizaron un movimiento de incomodidad.

Tom habló primero.

—No creemos que debería ir a casa con usted.

Kara y su madre hablaron a la vez.

—¿Qué?

Tom puso lo que era claramente una mano tranquilizadora sobre el hombro de su madre.

—El periódico está muy preocupado por la seguridad de McMi... de Kara. Estoy de acuerdo con el comisario Irving en que solo conseguiría ponerlos a todos en peligro si se quedara en su casa.

El comisario Irving se aclaró la garganta. Parecía estar a punto de lanzar una bomba.

—Lily, es probable que lo mejor sea que usted y Connor salgan de la ciudad por unas semanas...

—Pagando el periódico, claro —añadió Tom.

—... hasta que esto acabe. Mientras tanto, llevaremos a Kara a un piso protegido.

Kara sintió que el miedo le recorría el cuerpo, y abrazó a Connor con más fuerza. Empezó a hablar, pero Tom la cortó antes de poder pronunciar una sola palabra.

—¿Un piso protegido? Creía que habíamos acordado un hotel con seguridad.

El comisario Irving sacudió la cabeza.

—No, acordamos un piso protegido de la policía de Denver.

Cuando los hombres empezaron a discutir de nuevo, Kara miró a su madre y vio el miedo en sus ojos. ¿En qué los había metido a todos?

Reece se registró en la oficina de seguridad del Departamento de Salud del Estado, recibió la tarjeta de visitante y fue escoltado a través de un laberinto de pasillos hasta la oficina del director por el propio director Owens. El hombre mostraba una amabilidad que no acababa de ocultar su nerviosismo.

—Nos alegra que esté aquí, senador. Estamos orgullosos del trabajo que realizamos, y casi nunca podemos demostrarlo.

—He venido por un asunto concreto, señor Owens.

—Sí, tengo entendido que ha solicitado ver un archivo concreto. —Las palabras fueron pronunciadas con una estudiada despreocupación.

—El archivo de Northrup.

—Creo que está esperándole en mi mesa. ¿Puedo preguntarle qué es exactamente lo que le interesa de este trabajo minero concreto?

—Está relacionado con mi trabajo para el Comité auditor legislativo. —En otras palabras, no.

Las arrugas alrededor de los ojos de Owen se hicieron más profundas.

—Entiendo.

Apuesto a que sí.

Reece le siguió a través de la puerta de su despacho, consciente de que todo el mundo de la oficina le estaba mirando, y se sentó en el elegante sofá de cuero que le ofreció. Las paredes del despacho estaban cubiertas son fotografías de paisajes de las montañas de Colorado. Los marcos de madera de cerezo hacían juego con la mesa y estanterías bastante lujosas de Owens.

—¿Quiere tomar algo, senador?

—No, gracias. Sólo quiero el archivo.

Owens sonrió y le entregó una carpeta de unos tres centímetros de grosor.

—Aquí tiene. Confío en que encontrará todo en orden. Trabajamos duro con las empresas para equilibrar las necesidades del medio ambiente con las realidades comerciales.

Reece abrió la carpeta y miró a Owens a los ojos.

—¿Y cuál es su prioridad, señor Owens, el medio ambiente o los negocios?

Owens parecía esforzarse por mantener la sonrisa.

—Obviamente, nuestro trabajo es proteger la salud humana, lo que significa que nuestra prioridad máxima es reforzar las leyes ambientales.

—Me alego de oírlo. ¿Dónde hay una fotocopiadora?

Una hora más tarde, la ligera incomodidad de Reece hacia Owens se había convertido en rabia. Era obvio que el hombre pensó que era idiota. Para el ojo inexperto, el archivo de Northrup podía parecer completamente satisfactorio. Los informes de las inspecciones anuales, las pruebas de la calidad del aire, las licencias de emisiones... todo parecía estar en perfecto orden. Mostraba que Northrup había sido amonestado por violaciones menores, como la rotura de un sistema de irrigación diseñado para controlar las emisiones de polvo, emisiones de polvo visibles un día ventoso, una «avería» informada por ellos mismos que había resultado en una emisión de contaminantes a través de las chimeneas...

Todas las empresas industriales de gran tamaño cometen errores. Todas tienen algún fallo. El archivo de Northrup era tan perfecto como cualquier archivo industrial podía ser. De hecho, era demasiado perfecto. No había ninguna ejecutoria importante, ninguna multa, ninguna reclamación... nada que interesara a una periodista de investigación como Kara. Nada que pudiera llamar la atención de un senador del Estado ni del comité auditor. Nada que llevara a nadie a matar.

La única explicación posible era que el archivo había sido limpiado. Los documentos habían sido destruidos o escondidos en algún lugar. Reece apostaba por la segunda opción.

Volvió al despacho de Owens, con una copia del archivo de Northrup bajo el brazo y el original en la mano. El director estaba en una reunión. Sin molestarse en llamar, Reece entró y tiró la carpeta sobre la mesa de Owens, donde cayó de manera ruidosa.

—No soy imbécil, Owens. Déjese de gilipolleces y deme el archivo real. Quiero ver todos los documentos que tengan con el nombre Northrup, los que consiguió llevarse la periodista Kara McMillan.

Iba demasiado rápido. Kara no estaba preparada para esto, para nada de esto.

Luchando por contener las lágrimas, se sentó en la silla porque estaba demasiado mareada para arrodillarse. Abrazó a Connor y le besó el cabello.

—Pásalo bien en Disney World, y quédate cerca de Lily en la playa, ¿vale? Te echaré de menos.

Connor la abrazó con fuerza.

—Lily dice que vamos a volar en un avión. ¿Vamos a volar en un avión, mami?

Kara le separó de ella a un brazo de distancia para poder mirarle a esos dulces ojos marrones. Se esforzó por sonreír.

—Claro que sí, tesoro. Vas a llegar hasta las nubes.

La emoción se reflejó con claridad en los ojos de Connor, y la miró con una preciosa sonrisa llena de inocencia. Al enviarlo lejos, estaba protegiendo esa inocencia. Pero saberlo no lo hacía menos doloroso.

—Bueno, Connor. Vamos. El taxi nos espera. —La voz de su madre reflejaba una alegría artificial. Ella y su hermana se llevaban fatal, así que llevar a Connor a Florida por dos semanas era un verdadero sacrificio.

Kara besó por última vez a su hijo y luego se obligó a dejarlo marchar. Se puso en pie y abrazó a su madre.

—Gracias, mamá. Espero que tú y la tía Martha os llevéis bien.

—Sí, nos llevaremos bien. O quizá la mande a la siguiente vida. —Su madre la abrazó con fuerza—. Cuídate mucho, Kara, por favor. Mete en la cárcel a esos cabrones. Y sé amable con Reece. Es un buen hombre, y está enamorado de ti, tanto si lo ves como si no.

Estas últimas palabras le produjeron un impacto tal a Kara que no rompió a llorar hasta que su madre y Connor salieron de la habitación de hospital. Luego, se tumbó en la cama y se dejó llevar, llorando por la pena y el dolor de la última semana hasta que le dolieron las costillas y la cabeza.

«¡Vale ya, McMillan! Están a salvo, y eso es lo que importa».

Se sentó, se sonó la nariz y entró en el baño para lavarse la cara con agua fría, intentando no tropezar con las tres maletas que había traído su madre. Iba a vivir con lo que contenían esas tres maletas hasta que la investigación hubiera terminado y no hubiera moros en la costa, al menos dos semanas. Tenía que hacer todavía unas diez entrevistas, además de tener que investigar incontables documentos antes de estar lista para escribir el primero de lo que estaría segura serían varios artículos. Hasta que descubrieran y encerraran al que la estaba amenazando, iba a estar bajo arresto domiciliario virtual.

Se secó la cara, caminó hasta la ventana y observó la ciudad. Más le valía acostumbrarse a la vista de pájaro. El periódico había reservado la planta superior de un exclusivo hotel de Denver. Los ascensores estarían restringidos, de forma que únicamente los que tuvieran llave podrían acceder a su planta. Las puertas de las escaleras estarían cerradas por dentro para evitar que nadie pudiera acceder a la planta por ellas. La habitación ya estaba preparada con su ordenador, acceso a Internet, un fax y una línea de teléfono preparada para grabar y seguir el origen de la llamada de forma automática. Con cámaras de seguridad en los ascensores, era un entorno con tanta seguridad como podía proporcionar cualquier piso protegido de la policía, además de que tenía la ventaja de ser mucho más cómodo. Sólo Tom y el comisario Irving sabían exactamente dónde iba a estar.

Se suponía que el comisario Irving llegaría en cualquier momento para acompañarla a su cárcel temporal, así que cuando llamaron a la puerta, era a él a quien esperaba encontrarse. Se dio media vuelta y sintió que el pulso se le aceleraba.

—Reece.

Sólo con mirarlo sabía que estaba nervioso, tenso y enfadado. Cruzó la habitación, tropezándose con las maletas, y le pasó el pulgar por la mejilla.

—Has estado llorando.

Ella desvió la mirada, sintiéndose enferma. ¿Cómo podía desearlo con tanta desesperación incluso ahora que sabía que había actuado a sus espaldas?

—No deberías estar aquí.

—Quizá, pero hasta ahora eso no me ha detenido. —La besó en el cabello—. ¿Te vas de viaje?

Ella se separó de él y cruzó los brazos.

—Me llevan a una especie de piso protegido. Connor acaba de irse al aeropuerto con mi madre. Se van fuera del Estado durante un tiempo.

—Eso explica las lágrimas. Lo siento, Kara. Sé que es duro, pero seguramente es una buena idea. El chico ya ha sufrido bastante. —Reece intentó llegar a ella, pero Kara se alejó.

—Sí. Gracias por todo lo que hiciste por él.

—Algo te preocupa.

Entonces, ella lo soltó.

—¿Cuál es tu relación con Northrup Mining y por qué te pusiste en contacto con la oficina del fiscal del Estado para interesarte por mis peticiones de archivos públicos?

—¿Se ha convertido esto en una entrevista oficial?

—Todavía no. —Estaba enfadada con Reece, enfadada con el hombre que la había atacado, enfadada con Northrup. Cruzó la habitación, sacó la grabadora digital del bolso, la encendió, se la puso en el bolsillo de la camisa y se dio media vuelta para encararse con él—. Ahora es oficial.

—¿Me estás grabando? —Se le contrajo un músculo de la cara.

—Sí. Normalmente, el sujeto entrevistado no sabe que lo grabo. Las leyes estatales no me obligan a decírselo, dado que yo formo parte de la conversación que estoy grabando.

—Ya veo. —Se quitó la chaqueta y se sentó en una silla—. De acuerdo, señorita McMillan, pregunte lo que quiera.

Intentó no recordar que ese mismo hombre había pasado horas interminables sentado en esa misma silla mientras ella perdía y recuperaba la conciencia, que había dormido ahí cuando no estaba acariciándole el pelo, dándole cubitos de hielo o sujetándole la mano. Él era político. Ella periodista. Tenía un trabajo que hacer.

Se sentó en el borde de la cama, le miró directamente a los ojos y quiso llorar por la ira helada que vio en ellos.

—¿Cuál es su relación con Northrup Mining, Inc.?

—Northrup es una de las varias industrias de Colorado que firmó para testificar a favor de una propuesta de ley impulsada por mí. La propuesta permitiría a las industrias que queman carbón quemar neumáticos, dado que la quema de neumáticos no produce un aumento neto en el número de contaminantes emitidos por sus chimeneas. No tengo ninguna otra conexión con

Northrup; nada de donaciones a la campaña, nada de subvenciones directas, nada de valores, nada de nada.

Kara se esforzó por centrarse, se forzó por hacer caso omiso del dolor que sentía teniendo que preguntarle como si no le importara nada.

—¿Conocía las violaciones de las leyes medioambientales por parte de Northrup cuando firmaron para testificar a favor de su propuesta de ley?

Reece luchó por controlarse, afectado por su rígida profesionalidad y su falta de confianza.

—No. De hecho, cuando he examinado hoy el archivo de Northrup en el Departamento de Salud del Estado he visto que reflejaba una empresa con un registro medioambiental por encima de la media.

—¿Ha ido al Departamento de Salud y ha revisado el archivo de Northrup?

Reece sintió una cierta satisfacción al ver la sorpresa reflejada en el rostro de Kara.

—A la luz de su petición pública de archivos, parecía que mi deber como miembro del Comité auditor legislativo era comprobar el archivo de Northrup yo mismo.

—¿Y afirma que su registro medioambiental está por encima de la media?

—No. He dicho que el archivo reflejaba una empresa con un registro por encima de la media. Nada me hace suponer que el archivo ha sido modificado. —Tomó su cartera, sacó la carpeta con las copias que había realizado y la puso en la cama junto a Kara.

Kara cogió la carpeta con curiosidad y la hojeó. Sacudiendo la cabeza, se giró hacia él.

—¿Es esto todo lo que le dieron?

—Sí, señora. Le dije al director Owens que creo que está ocultando información, una acusación que él negó.

Kara volvió a sentarse en la cama.

—Owens es un mentiroso.

—Eso pensé yo. He presentado una petición formal pública

de archivos para su oficina, en la que solicito todos los documentos pertenecientes a Northrup, en concreto aquellos que formaron parte de su petición pública de archivos.

Ella parecía sorprendida.

—¿Había visto el archivo de Northrup antes de hoy?

—No.

—¿Había tenido algún tipo de contacto con el Departamento de Salud del Estado sobre Northrup o con cualquier ejecutoria de Northrup antes de hoy?

—No.

—¿Por qué le pidió al fiscal del Estado que le entregara una lista con mis peticiones de archivos públicos?

Reece controló su impulso de acercarse a ella, de tocarla.

—La vida de una mujer que me importa mucho estaba en peligro. Por razones profesionales y éticas, no podía decirme quién creía que estaba detrás de las amenazas que recibía. Pero, como sabía que estaban relacionadas con unos documentos del Departamento de Salud del Estado, estaba dentro de mis competencias como miembro del comité auditor empezar mi propia investigación.

—Está usando su posición en beneficio personal. No tenía por qué involucrarse.

—¡Y una mierda! —La ira le levantó de la silla. Se acercó hasta ella con dos zancadas—. El tiempo que pasé haciendo el amor contigo significó algo para mí de verdad. No podía quedarme quieto sin hacer nada mientras un lunático intentaba matarte. Lo siento si no te gusta, pero así soy yo.

Kara levantó la barbilla.

—No necesito que cuides de mí.

—¡Maldita sea, Kara, deja de alejarme de ti! ¿Es el sexo lo único que aceptas de mí? Si eso es lo único que quieres, no me interesa.

Kara abrió los ojos como platos, parecía como si él la acabara de golpear.

—En... entiendo.

Reece deseaba con todas sus fuerzas abrazarla, besarla y hacer desaparecer su confusión y sus dudas, pero permaneció quieto.

—¿Ah, sí?

Kara asintió, con una mirada impasible.

—Supongo que lo mejor es que cada uno siga su camino.

—¡Dios! —Ahora sí estaba cabreado—. ¡Eso no es lo que he dicho! ¿Cómo puedes querer acabar nuestra relación sin haber luchado por ella? ¿Cómo puedes estar tan dispuesta a tirar la toalla cuando ambos sabemos que tenemos algo especial? ¿Es eso lo que quieres de verdad?

Ella le dio la espalda, y su voz cayó hasta un susurro.

—No.

Llamaron a la puerta.

—¿Señorita McMillan? —El comisario Irving asomó la cabeza y saludó a Reece con un movimiento de cabeza—. ¿Está lista para irnos?

—Sí. —Ella le miró a los ojos.

Reece se obligó a separarse de ella

—¿Cómo puedo ponerme en contacto contigo?

—Me temo que no será posible, senador. La vamos a llevar a un lugar secreto hasta que se solucione todo, y nadie, ni siquiera su madre, sabe dónde está. No podemos darle el número de teléfono por razones de seguridad. Sin embargo, la señora McMillan podrá ponerse en contacto con usted a través de su línea segura. No tendrá tampoco su móvil.

Si Reece no hubiera estado tan enfadado y dolido, habría visto la desesperación y tristeza en el rostro de Kara. En lugar de ello, la sonrió con frialdad.

—Supongo que la pelota está en tu campo, Kara.

Luego, con los puños cerrados, se dio media vuelta y se forzó a marcharse.

Capítulo 22

El hotel Loews se alzaba como un monolito de cristal negro frente al claro cielo de la tarde. El comisario Irving condujo a Kara hasta la entrada de seguridad usada por las estrellas de cine y personalidades importantes y la escoltó al interior. El director, un hombre alto de cabello oscuro cuyo bello rostro estaba marcado con cicatrices de un acné juvenil, se encontró con ellos y mandó al botones a por su equipaje. Luego, les guió a través de un pasillo, pasando por las cocinas, hasta un ascensor privado que les subió treinta plantas hasta la suite Belle View.

—El presidente Gerald Ford, Sting y Oprah Winfrey han dormido aquí —contó el director mientras abría las puertas dobles con la tarjeta llave.

Un ruido mecánico. Un clic.

El director empujó las puertas para abrirlas y les mostró no solo una lujosa habitación de hotel, sino un apartamento enorme. Kara sabía que tenía que reaccionar con exclamaciones de admiración, pero todo lo que había pasado por la mañana la había dejado triste: la despedida de Connor y su madre, y la desastrosa confrontación con Reece. Lo único que pudo hacer mientras el director la conducía de habitación a habitación era asentir y pronunciar algún «ajá» ocasional. Nada, ni la zona con la mesa de mármol ni la chimenea de gas con mando a distancia ni la enorme bañera ni el piano ni los muebles de cerezo ni la lujosa seda de la gigantesca cama, le importaba lo más mínimo.

Al fin y al cabo, no estaba ahí para disfrutar, darse baños y disfrutar del servicio de habitaciones sino para terminar una investigación. En el suelo, junto a la mesa, había varias cajas de documentos. Eran los documentos de Northrup y lo que habían entregado los senadores del Comité auditor legislativo en respuesta a su última petición pública de archivos. En una mesa cercana, había un fax junto con una caja de papel.

—Hemos tenido visitantes de alta seguridad antes, señora McMillan, así que puede sentirse segura entre estas paredes. Nadie podrá acceder a esta planta, excepto los pocos empleados del hotel que disponen de la llave de seguridad para el ascensor. Llame al servicio de habitaciones si necesita cualquier cosa, y uno de nosotros lo traerá al momento. No tiene que dar propinas, el periódico se ha encargado de todo. No dude en preguntar por mí si tiene cualquier pregunta o le preocupa algo.

Kara consiguió sonreír al hombre y aceptó su tarjeta.

—Gracias, señor —miró la tarjeta— Osterman.

El director le regaló una magnífica sonrisa que no consiguió ocultar la preocupación de sus ojos cuando la miró a la cara amoratada. Luego, se dio media vuelta y la dejó a solas con el comisario Irving.

El policía miró la suite y alzó una poblada ceja.

—Este sitio está mucho mejor que un piso protegido, vaya que sí. Y apostaría a que la comida también es mejor. Ahora que sabe dónde encontrar el baño de burbujas y el caviar, pasemos a las normas.

Las normas eran sencillas. Nada de visitas. Nada de llamadas al exterior a no ser que use la línea segura. Nada de revelar la dirección a nadie, ni siquiera a su madre. Nada de salir de la suite.

—Entendido.

—Es posible que se sienta un poco sola aquí, con su madre y su hijo fuera de la ciudad. Es posible que tenga la tentación de…

Kara sabía que estaba a punto de mencionar a Reece.

—Estaré demasiado ocupada para sentirme sola.

Pero, después de darle las gracias al comisario Irving y cerrar la puerta con llave, Kara se sintió más sola que nunca. Se acercó a la ventana tintada, observó la concurrida calle y luego las montañas con las cumbres nevadas a lo lejos, sintiéndose igual de fría y desolada.

—Estabas haciendo tu trabajo —se dijo a sí misma en voz alta.

«¿Pero tenías que ser tan cruel?».

Una parte de ella quería decirle a Reece que sabía que él no era quien protegía a Northrup, pero ella había apagado esa voz. Tampoco había sido capaz de decirle cuánto le había conmovido saber todo lo que había hecho como senador del Estado para protegerla. Lo único que le había permitido ver era ira.

Todavía estaba maravillada. Cuando no había estado a su lado, había estado poniendo patas arriba el Departamento de Salud y persiguiendo al fiscal del Estado para descubrir lo que ella no podía contarle por razones éticas.

«La vida de una mujer que me importa mucho estaba en peligro».

Su explicación era tan sencilla y tan clara. Y ella se la había lanzado a la cara.

«No tenía por qué involucrarse».

Sacó la cámara digital del bolsillo, la rebobinó y pulso el botón de reproducción.

—El tiempo que pasé haciendo el amor contigo significó algo para mí de verdad. No podía quedarme quieto sin hacer nada mientras un lunático intentaba matarte. Lo siento si no te gusta, pero así soy yo.

—No necesito que cuides de mí.

«¡Cállate, McMillan!». Se estremeció mientras sus palabras le arañaban la piel como un alambre de púas.

—¡Maldita sea, Kara, deja de alejarme de ti! ¿Es el sexo lo único que aceptas de mí? Si eso es lo único que quieres, no me interesa.

—En... entiendo.

—¿Ah, sí?

—Supongo que lo mejor es que cada uno siga su camino.

—¡Dios! ¡Eso no es lo que he dicho! ¿Cómo puedes querer acabar nuestra relación sin haber luchado por ella? ¿Cómo puedes estar tan dispuesta a tirar la toalla cuando ambos sabemos que tenemos algo especial? ¿Es eso lo que quieres de verdad?

—No.

Apagó la grabadora. Le dolía oír la rabia de Reece y su propio miedo. Eso es lo que había sentido, no furia, sino un miedo profundo. Miedo de importarle demasiado a él. Miedo de que le importara él todavía más. Miedo de acabar sola y llorando, sintiéndose destrozada.

Lo que más o menos describía cómo se sentía en ese momento.

Le había dicho la verdad, no quería que su relación acabara.

«¿Cómo puedes estar tan dispuesta a tirar la toalla cuando ambos sabemos que tenemos algo especial? ¿Es eso lo que quieres de verdad?»

Lo peor es que ahora su única opción era tirar la toalla. Tenía que finalizar una investigación, una investigación que casi había acabado con su vida y la de Connor. Hasta que todo acabara, no podía permitirse el lujo de pensar en nadie más.

Agotada a más no poder, y con dolor de cabeza, Kara se alejó de la ventana, se dirigió al dormitorio, se acurrucó en la enorme cama y cayó en un profundo sueño.

Aquella misma tarde, Reece salía de las cámaras del Senado, cartera en mano, de un humor terrible a pesar de que acababan de aprobar su propuesta de ley sobre educación. Ofreció unas declaraciones enlatadas a los periodistas que se encontraban en el pasillo y luego se dirigió hacia su oficina. Había quedado allí con Miguel en diez minutos.

Le hacía ruido el estómago, así que decidió hacer un viaje rápido a la cafetería situada en el piso inferior. Había pasado el descanso para la comida en el hospital discutiendo con Kara y todavía no había comido. Aunque la cafetería había cerrado hacía horas, había máquinas de vending que dispensaban dudosos alimentos para los que eran lo bastante atrevidos o estaban lo bastante desesperados para comerlos. Acababa de introducir cinco monedas de veinticinco centavos en la máquina para algo llamado «pollo y suizo» cuando olió su perfume.

—He oído lo de tu periodista. —Alexis se apoyó en la máquina de vending. Las uñas con manicura francesa contrastaban con su ajustado vestido de seda negra—. Siento que la hayan herido.

Reece recogió el sándwich, se dirigió a la máquina de refrescos, introdujo tres monedas de veinticinco centavos y pulsó en el botón de Pepsi.

—No la han herido solo, Alexis. Casi la matan.

—Te importa mucho, ¿verdad?

Sí, le importaba. Pero no iba a hablar de Kara con nadie ahora mismo, y menos con Alexis. Abrió la lata y tomó un sorbo.

—¿Querías algo?

Ella le sonrió y se acercó a él.

—Creo que es un tanto raro que un senador que no quiere acostarse con una cabildera por razones éticas no tenga ningún problema moral para follarse a una periodista. No creo que así se consiga muy buena publicidad.

La ira que había estado cargando y aguantando Reece toda la tarde estaba a punto de dispararse. Se esforzó por tragar saliva.

—Sólo tú medirías cualquier relación íntima en términos de beneficios. Pero, bueno, eso es lo que hacen las putas, ¿no?

La cara perfecta de Alexis se puso colorada de ira.

—¡Que te jodan!

—Está claro que tú no lo vas a hacer. —Se dio media vuelta y se alejó.

Miguel ya estaba esperándole cuando llegó a la oficina. Llevaba un sombrero vaquero blanco bajo el brazo y un corbatín formado por un cordón y una hebilla en forma de pata de oso plateada adornaba una turquesa.

—¿Te quieres envenenar?

Reece hizo malabarismos con la cartera, la comida, la lata de refresco y las llaves, y abrió la puerta de su oficina.

—Me he perdido la hora de comer.

Miguel le siguió al interior, se sentó y se puso el sombrero de vaquero sobre las rodillas.

—Últimamente te has perdido muchas cosas. ¿Qué tal está la señorita McMillan?

—Hoy le han dado el alta. Los polis la han llevado a un piso protegido. —Reece dejó la cartera en el suelo, se sentó a la mesa y abrió el envoltorio de plástico que contenía el sándwich.

—¿Un piso protegido? ¿Como un refugio para mujeres?

—No, un piso protegido de la policía. Un lugar secreto. —Reece se quedó mirando la combinación de pan, carne grisácea y queso naranja—. Hasta que sepan quién está detrás de todo, van a tenerla bajo protección policial.

—¿Vas a poder visitarla?

—No. Sólo la policía sabe dónde está. —Después de lo de hoy, es probable que tampoco quisiera volver a verlo. Reece se había enfadado, y la había molestado. Pero, maldición, ella también le había molestado a él. ¿En serio le echaba en cara que le importara tanto que quisiera descubrir quién intentaba matarla? ¿Le importaba él tan poco que consideraba su preocupación una intrusión?

—¿Qué hay del niño? Supongo que está con ella.

—Se ha ido de la ciudad para un tiempo. —Reece pegó un mordisco y masticó—. ¿Has oído hablar de Northrup Mining, Inc.?

—¿Te refieres a la empresa que la señorita McMillan mencionó en su petición de archivos públicos que nos mandó a todos? No.

—Sí, yo tampoco. Parece que piensa que alguien del Comité auditor legislativo les protege y obliga al Departamento de Salud del Estado a no entrometerse.

Miguel frunció el ceño.

—Se trata de una acusación grave. ¿Crees que tiene algo?

—Alguien cree que sí. Hay alguien que está tan seguro de que está cerca de la verdad que quiere matarla para detenerla.

—No sé, *amigo*. A mí me parece una conjetura muy arriesgada. Pero si alguien del comité tiene las manos sucias, apuesto por Devlin.

—Yo también. He solicitado una lista con las contribuciones a su campaña a la oficina del secretario del Estado.

—No vas a meterte tú también en esto, ¿verdad? —Miguel parecía realmente alarmado y tenía los ojos abiertos como platos—. No es algo bonito... que le investigues. No le gustará nada.

—Nuestro trabajo es que las agencias del gobierno sean responsables, Miguel. Mi deber es involucrarme en esto. —Reece puso a un lado el insípido sándwich, puso la cartera sobre la mesa y la abrió—. Hoy he ido a buscar el archivo de Northrup al Departamento de Salud. El archivo ha sido limpiado. Pero voy a pasar la noche jugando a seguir el dinero, o sea, voy a descubrir quiénes son los accionistas clave de la empresa y esas cosas.

—¡Jesucristo, Reece!

Reece alzó la vista y vio que Miguel observaba su cartera con una expresión de terror en la cara. Había visto la Sphinx.

—Tranquilo. Tengo permiso de armas.

—Pero ¿qué piensas hacer con eso?

Reece extrajo la carpeta que contenía los documentos del Departamento de Salud y cerró la cartera.

—Espero que nada. La llevo por si acaso desde que atacaron a Kara.

Pero Miguel sacudía la cabeza.

—Te estás involucrando demasiado en todo esto, amigo mío. Tienes que salir de la ciudad unos días, aclararte las ideas. ¿Quieres que los que van a por ella vayan también a por ti?

Reece enseñó los dientes.

—¡Puedes apostar a que sí! No has visto lo que le hizo. ¡Dios, Miguel! Suerte que los policías lo mataron con dos tiros en el pecho. Yo le habría disparado primero en las pelotas.

—No puedo creer que hables así. ¿Qué te ha hecho esa mujer?

—No me ha hecho nada. La defensa propia es algo perfectamente legal. No es que vaya a por los cabrones que lo hicieron y los mate como un asesino. Además, el peor movimiento estratégico que podrían hacer esos hijos de puta sería ir a por un senador.

—Bueno, no sé. Si estás lo bastante locos para matar a una periodista, ¿por qué no a un senador del Estado?

—Espero tocarles los huevos todo lo que pueda. Bueno, ¿quieres ver los documentos o no? Creo que si nos ponemos los dos con esto podemos averiguar quién está detrás.

Miguel miró el reloj.

—Hoy no. Es el cumpleaños de la madre de Hilaria. No quiero enfadar a mi suegra. Pero avísame si descubres algo. Llámame al móvil.

Reece tomó otro sorbo del refresco y se giró hacia el ordenador pensando ya en cómo realizar la búsqueda en Internet.

—Pásalo bien. Dale recuerdos a Hilaria de mi parte.

Oyó cómo se cerraba la puerta del despacho y tecleó lo siguiente: «Northrup Mining, Inc.» y «accionistas» en el buscador y luego pulsó «Return».

Cuando el servicio de habitaciones le llevó la cena de sopa de pollo —no tenía estómago para nada más— Kara ya había organizado las carpetas de Northrup por fecha y tipo de documento. Estaban dispuestas en filas claras en la elegante mesa de comedor de madera de cerezo y sobre el piano. Las carpetas de los senadores del Comité auditor legislativo estaban dispuestas en ocho pilas ordenadas.

Tomó a sorbos la sopa, vio las noticias de la CNN y repasó las tareas. Empezaría por los archivos de los senadores. Si entraba al que protegía a Northrup, tendría la clave para su artículo. Por supuesto, todavía tenía que realizar entrevistas: Owens en el Departamento de Salud, los directivos de Northrup, el gobernador, cada uno de los ocho senadores y un experto en polvo de horno de cemento. Sería útil si pudiera encontrar un experto para comentar el contenido de los vídeos. Por lo que sabía, las montañas de polvo de horno de cemento que pelaban la pintura y destrozaban los pulmones eran normales en la industria. Mandaría un correo electrónico a Tom y le pediría que buscara a alguien.

Terminó la cena y dejó la bandeja en el pasillo vacío. El vacío y el silencio la ponían bastante nerviosa. Con rapidez, cerró la puerta por dentro, alejándose del silencio.

De vuelta en el salón, la CNN zumbaba de fondo sin cesar. El fuego de gas bailaba sobre troncos falsos y emitía un alegre brillo artificial. En el exterior, las luces de Denver resplandecían como diamantes.

Y ahora había llegado el momento. Podía empezar con el archivo de Reece, que era con mucho el más grueso, o podía dejarlo a un lado y repasar los archivos basándose en una probabilidad de culpa determinada únicamente por su impresión sesgada de cada individuo. Si revisaba primero el de Reece, podría demostrar que no tenía ninguna conexión con Northrup y quitarse ese peso de encima. Pero si realmente creía que era inocente, ¿por qué debería perder unas horas preciosas repasando algo para nada?

«Maldita sea, McMillan, decídete».

Tomó el archivo de Drew Devlin, una libreta y un lápiz afilado, y luego se acomodó en el sillón más cercano a la chimenea.

Reece observó la pantalla del ordenador mientras la sorpresa se convertía en rabia. Había tenido más problemas para encontrar a los accionistas de Northrup de lo que había pensado. Aun así, siguió con la búsqueda, repasando artículos de prensa con halagos a sí mismos sobre la seguridad del trabajador, las ganancias trimestrales y las actualizaciones de planta, hasta que encontró algo.

«TexaMent adquiere Northrup por 2.700 millones de dólares».

Era un titular de un artículo de una antigua gaceta de la industria cementera publicado hacía años e incluido en Internet. Y en la primera página, bajo el titular, estaba Mike Stanfield estrechándole la mano a otro hombre con traje. Tras él, estaba Prentice, con un elegante Armani y más pelo.

Reece leyó el artículo y se separó del ordenador. Así que TexaMent era propietario de Northrup. ¡Maldición! ¿Cómo se le había escapado algo tan importante, tan básico?

Tomó la carpeta de TexaMent y buscó en las páginas, pero no encontró ni una sola mención a Northrup Mining, Inc. Había investigado a TexaMent antes de acceder a presentar la propuesta de ley de la quema de neumáticos, había comprobado su registro medioambiental y el archivo del Departamento de trabajo, y nunca leyó nada de Northrup. Sabía que TexaMent tenía una planta en el condado de Adams, pero no tenía ni idea de que las instalaciones usaban un nombre diferente.

Sacudió la cabeza y rió con amargura. ¡Qué estúpido le habría parecido a Owens en el Departamento de Salud cuando llamó para pedir el registro de TexaMent! Owens había podido mentir y decir la verdad al mismo tiempo. No había ninguna ejecutoria registrada de TexaMent. Ninguna tampoco registrada de Northrup, eso si creía el archivo que Owens le había entregado.

Dios mío, le habían tomado el pelo a más no poder. Le habían seleccionado con una propuesta que tenía usos medioambientales legítimos para conseguir su apoyo sabiendo que los demás miembros del partido firmarían si él, con la reputación que tenía, la apoyaba. Luego, habían sacado de su escondite a Devlin, asegurándose así un incuestionable apoyo por parte de ambos partidos. ¿Trabajaba Devlin para ellos? ¿Y qué sabía Kara sobre Northrup para constituir una amenaza tal para ellos? ¿Era Stanfield consciente de las amenazas hacia Kara? ¿Estaba él tras el ataque o había que culpar a otra persona de Northrup?

Se puso enfermo al recordar que había compartido unas comidas con Stanfield y la ira que sentía en su interior se convirtió en una furia desbocada. No pararía hasta saber la verdad, y lo haría todo abierta y públicamente, compartiendo lo que descubriera con Kara y los demás medios.

Kara. Estaba investigando a Northrup, y es probable que todavía no fuera consciente de su vínculo con TexaMent. Tenía que saberlo, y tenía que oírlo de él. Si no, cuando relacionara a ambas empresas, creería que Reece le había mentido. Al fin y al cabo, él había presentado una propuesta de ley para TexaMent.

Pero eso iba a cambiar. Al día siguiente por la mañana, sacaría la propuesta y lanzaría una investigación oficial a ambas empresas.

Reece buscó en la Rodolex, tomó el teléfono y marcó el número de Stanfield.

Miró las luces de la ciudad, se acabó el whisky escocés del vaso, y se encogió cuando le dio una punzada de dolor en la úlcera del estómago.

Así que la periodista no solo había sobrevivido, sino que estaba oculta. Bueno, contratar a alguien no era siempre tan bueno como parecía. Tendría que haberse encargado él mismo desde el principio. Quizá así las cosas no habrían llegado tan lejos.

Ahora Sheridan también se había convertido en un problema. Sin duda, el senador no era el primer tío que pensaba con la polla, y no sería el último. Pero su lío con la periodista suponía una amenaza grave. Había que tomar cartas en el asunto.

Era el momento de probar algo diferente. No podían matar a un senador abiertamente, sobre todo después del ataque frustrado a la mujer que se estaba tirando. Si lo hacían, toda la burocracia del Estado se lanzaría contra ellos y solo conseguirían que se diera más importancia al asunto de la periodista. Sin embargo, había otras maneras de sacar de circulación a Sheridan.

En cuanto a la periodista, no valía la pena intentar encontrarla. Él haría que ella fuera a él. Y, cuando esto sucediera, se aseguraría de responder a todas sus preguntas. Se lo merecía después de todo el trabajo duro e infructuoso.

Luego ella moriría.

No era un asesino. Era un ejecutivo que se arriesgaba. Había conseguido su fortuna yendo un paso por delante del resto, usando las circunstancias según le conviniera, haciendo las cosas que los demás no se atrevían a hacer o no se les ocurría hacer. Las leyes y las normas eran para los hombres demasiado débiles para cambiar la forma del mundo según sus deseos. Él no era débil ni tenía miedo.

La osadía era una lección que había aprendido de su padre, aunque no de la manera clásica. Siempre había luchado para complacer a su padre, un ejecutivo del petróleo de éxito moderado, pero siempre parecía quedarse corto. Su padre no aprobaba sus ideas para dirigir la empresa y se interponía en su camino siempre que intentaba lanzar un proyecto propio. La solución llegó un día durante una comida de negocios privada cuando su padre, que se encontraba en medio de otra disertación sobre el peligro de tomar atajos, se atragantó con un trozo de bistec.

Su primer impulso había sido pedir ayuda, pero cuando vio cómo su padre caía y se volvía violeta, se dio cuenta de que era la oportunidad que había estado buscando. Así que colgó el teléfono y se quedó mirando mientras su padre se ahogaba lentamente hasta morir.

Después de eso, todo fue fácil. Reemplazó a la junta directiva, contrató a directivos que compartían su visión pragmática, y llevó a la empresa a un nivel de beneficios que su padre nunca habría imaginado. Si antes se había inclinado ante su padre, intentando con todas sus fuerzas complacerlo, ahora eran los demás quienes se inclinaban ante él y peleaban para conseguir sus favores.

Nadie iba a quitarle eso ahora, y menos una entrometida periodista a la que le gustaba meter las narices en los asuntos ajenos y, sin duda, tampoco un senador del Estado que se creía el más justo y bueno.

Sacó el móvil del bolsillo. Tenía que realizar unas llamadas.

Capítulo 23

Kara todavía no se había recuperado por completo. Esto era lo único que podía explicar que hubiera dormido hasta las diez y se hubiera despertado en mitad de la noche, con el corazón latiendo sin parar y el cuerpo empapado en sudor. Sin duda, se enfrentaba a una fase crítica de su vida.

Salió lentamente de la cama, medio disgustada con ella misma por ser tan débil de mente, se quitó el pijama y caminó desnuda hasta el enorme baño, en el que había un plato de ducha bien grande y una bañera enorme. Abrió el grifo del agua caliente de la ducha, se metió dentro y dejó que el chorro de agua ardiente borrara sus pesadillas. Cuando salió de la ducha veinte minutos después, ya estaba bien despierta y preparada para trabajar.

Llamó al servicio de habitaciones; pidió unos huevos rancheros, zumo de naranja, y té; luego se puso unos vaqueros y su blusa de seda marfil. Se sentó para leer las anotaciones de la noche anterior. Había leído el archivo de Devlin y el de otros cuatro miembros del comité y no había encontrado nada relacionado con Northrup, ningún memorando del Ministerio de Salud, ninguna factura, ninguna petición de favores. Sí que había encontrado, no obstante, una nota interesante entre los documentos de Devlin.

«¿Qué pasa con esto? ¿No habrá creído esa estúpida zorra que le voy a dar algo que nos incrimine?».

Estas palabras estaban escritas con mala letra en una nota adhesiva amarilla que, de alguna forma, había ido a parar al reverso de un correo electrónico insustancial dirigido al Ministerio de Salud, en el que se hablaba sobre el día festivo anual del Senado. Kara hubiese apostado cualquier cosa a que el becario de Devlin lo había escrito. Estaba segura de que el becario hacía referencia a algún documento que intuía que Devlin no quería mostrar a Kara. También tenía la completa seguridad de que la presencia de esa nota en la carpeta era un puro y fabuloso accidente. Kara había apartado la nota adhesiva, la había pegado con cuidado a uno de sus papeles y había escrito una nota para entrevistar al becario también. Si no encontraba nada más, eso le serviría para usarlo contra Devlin en un juicio y demostrar que había inflingido las leyes estatales ocultando documentos solicitados.

El siguiente archivo pertenecía a Miguel de la Peña. Un político moderado y hombre de familia, cuyos intereses estaban fuertemente ligados a los de Reece. Kara sabía que, tras las paredes del Capitolio, también eran amigos. No obstante, esto no tenía mayor importancia. Había abierto el fichero y acaba de empezar a echar un vistazo a los documentos, cuando el servicio de habitaciones llamó a la puerta.

—Espero que se sienta cómoda. —El señor Osterman iba a dejar la bandeja del desayuno sobre la mesa.

—Está llena de papeles, lo siento. Puede dejarla aquí, en la mesa auxiliar. —Rápidamente, apartó las notas a un lado, mientras el olor a beicon le hacía la boca agua—. Y sí, estoy muy a gusto. Gracias.

—¿Necesita que le traiga algo más?

—No, muchas gracias. —Kara esperó a quedarse sola para atacar el desayuno. No podía recordar la última vez que había tenido tanta hambre.

Cogió el mando de la televisión, la encendió y empezó a zapear en busca de las noticias. Los días que había pasado en el hospital y después encerrada en el hotel, la habían mantenido al margen del mundo. Por lo que sabía, unos extraterrestres podrían haber llegado a Washington D.C. y podría haber llegado la paz a Oriente Medio.

Nell Parker apareció en la pantalla con su densa capa de maquillaje y su vulgar pelo rubio; su imagen era tan nítida que Kara estuvo a punto de estremecerse. A sus treinta y cinco años, la presentadora ya se había echo su primer *lifting*.

«...fue hallada muerta esta mañana en los alrededores del Congreso. Había recibido dos disparos en la cabeza. La policía afirma que no hay indicios de que fuera agredida sexualmente, pero que no pueden afirmarlo con certeza hasta que obtengan los resultados de la autopsia a finales de semana».

«Mientras que la policía asegura que todavía no pueden hablar del móvil del crimen, una fuente cercana a la investigación declaró al canal 12 de noticias que, según se dice, el senador había intimado con la víctima aunque posteriormente se habían distanciado».

«Ahora mismo, la policía está llevando a cabo un registro en casa del senador Reece Sheridan, principal sospechoso del sangriento asesinato de Alexis Ryan, una cabildera de Denver. Fuentes ajenas aseguran que Sheridan ha accedido voluntariamente a someterse a un interrogatorio policial. Se espera que en las próximas horas acompañe a los agentes desde su despacho del Capitolio para comparecer en el tribunal judicial. Ampliaremos esta información a medida que acontezca».

Kara miraba atentamente la pantalla de la televisión —su desayuno completamente olvidado— mientras el corazón le latía a toda velocidad

¡No! ¡Era imposible! ¡No cabía la posibilidad de que Reece hubiese matado a nadie! La policía había cometido un grave error.

Cogió el mando de la televisión y empezó a hacer *zapping*. Comida para perros. Don Limpio. Caravanas. Tampones. Oprah.

«...se espera que acompañe a la policía al tribunal judicial de Denver para ser interrogado en cualquier momento sobre el presunto asesinato de su antigua amante, Alexis Ryan. Estamos en las escaleras de la entrada oeste del Capitolio, donde hace escasos momentos varios miembros del Departamento de Policía de Denver han entrado en el edificio».

Con las manos temblorosas, Kara bajó el volumen, agarró el teléfono y marcó el número del móvil de Tessa. Un tono. Dos.

—¡Tess, contesta!

—¿Kara? ¡Bendito corazón! ¿No se supone que estás recluida en un convento o algo así?

—Él no lo hizo, Tess. Es imposible que lo hiciera.

Tessa se quedó unos segundos en silencio.

—No tiene buena pinta, Kara. Han encontrado una pistola de nueve milímetros en su cartera esta mañana y una lona manchada de sangre en un contenedor detrás de su apartamento. Han conseguido una orden de registro para su apartamento y su coche, y han confiscado su jeep para hacerle un análisis forense. Él asegura que estuvo en casa durmiendo la pasada noche, así que no tiene una coartada justificable. Admite que tuvo una aventura con ella hace un par de años y que terminaron porque ella pretendía canjear sexo por votos. Pero jura que él no la mató.

Entonces Kara cayó en la cuenta.

—Los canales de televisión no dan información de este tipo. ¿Te ha concedido una entrevista?

—Sí, una exclusiva.

Kara cerró los ojos y sintió cómo, inevitablemente, se le hacía un nudo en la garganta. Sabía que era una táctica de Reece para llegar hasta ella, su forma de pedirle que confiara en él. Había concedido a su periódico una exclusiva en un momento en el que necesitaba todos los artículos positivos que pudiera obtener. ¡Qué tonto!

—¿Qué te pareció?

—Pues que estaba bastante guapo, teniendo en cuenta..., llevaba una pajarita muy mona y tirantes. Muy elegante.

—No. Me refiero a qué impresión te dio a ti.

—Estaba bastante afectado, pero tenía buena pinta, de verdad, Kara. Dijo que estaba seguro de que las pruebas demostrarían su inocencia.

—Dios, eso espero, porque él es inocente. —Lo sabía igual que sabía que el cielo era azul y que el sol iba a salir por la mañana—. ¿Quién es su abogado?

—Ha rechazado que lo represente un abogado.

—¿Qué? —Kara se había puesto en pie y caminaba de un lado al otro de la habitación—. La policía se lo va a comer.

—Dice que no tiene nada que esconder y, por lo tanto, que no necesita ningún abogado. —Tessa le dijo algo a alguien, y Kara oyó la voz de Joaquín a lo lejos—. Están saliendo ahora, tengo que irme.

Kara colgó y subió el volumen del televisor.

«...están bajando las escaleras de la puerta oeste del Capitolio en este momento».

El corazón de Kara dio un vuelco y sintió un fuerte malestar en el estómago. Dos policías escoltaban a Reece mientras bajaba las escaleras con la cabeza bien alta en dirección al coche patrulla. Llevaba la chaqueta al hombro. Pese a su actitud serena, Kara pudo ver un gesto de preocupación reflejado en su boca, la tensión acumulada bajo la piel.

Un gran número de periodistas le acosaban con cámaras y micrófonos, y le acribillaban a preguntas, algunas de ellas ofensivas.

—¿Es verdad que ha accedido a someter al polígrafo, senador?

—¿Qué opina de los rumores que afirman que encontraron el arma del crimen en su posesión?

—¿Confirma que usted y Alexis Ryan eran amantes?

—¿Dónde se sitúa Kara McMillan en todo esto?

Reece se detuvo un instante y miró a las cámaras de televisión.

—Me gustaría expresar mis sinceras condolencias a los familiares de Ryan. Tengo absoluta confianza en que el departamento de policía de Denver va a descubrir a la persona que le arrebató la vida. Y se hará justicia. La policía contará con mi plena cooperación durante la investigación.

Kara vio en sus ojos una mezcla de ira y humillación. Sabía lo que esto suponía para él, le dolía tanto como si le estuviera pasando a ella. Reece se había convertido en senador para ser mejor profesor, para demostrar a sus estudiantes que una sola persona podía marcar la diferencia, para mostrar al mundo que era posible desempeñar un cargo público sin sucumbir en la corrupción que solía ser intrínseca al cargo. Y ahora era mostrado al mundo como un sospechoso de asesinato.

La policía avanzó apartando a la multitud, abrió la puerta del coche patrulla y, con la mano sobre la cabeza de Reece, lo metió en el asiento trasero. Entonces la puerta se cerró de golpe y desaparecieron de la imagen. La sirena sonó dos veces a modo de advertencia, obligando a la gente a apartarse, y se fueron lentamente por la carretera.

Kara iba de camino a la puerta, con su bolso en la mano, cuando se percató. No podía ir a ningún sitio.

Sobre la mesa, frente a Reece, había varias fotos de Alexis con la tapa de los sesos volada y la mirada perdida. Lo único que Reece podía sentir era furia. No importaba lo mucho que hubiera llegado a despreciarla, ella no merecía eso. Nadie lo merecía. Deseó que quien hubiera lo hecho, estuviera pronto sentado donde estaba él ahora.

—Recapitulemos los hechos. Discutió con la fallecida ayer por la tarde. Después, volvió a su oficina donde trabajó hasta aproximadamente las veintitrés treinta.

—Exacto. —Reece miró fijamente a los ojos grises del flacucho policía. Habían estado interrogándole en una espantosa habitación minúscula durante dos horas sin parar. El delgado, que se llamaba Charlie, hacía de poli bueno, mientras que el gordo, que se llamaba Stan, hacía de poli malo. Le habían acribillado a preguntas sobre todos los detalles de su relación con Alexis, sobre cada uno de los pasos que había dado ayer. Y aun así, no parecían del todo satisfechos.

Stan se apoyó sobre el extremo opuesto de la mesa a la que estaba sentado Reece y dijo con una voz baja y amenazadora:

—Y mientras estaba en su despacho, las cosas que le había dicho, le concomieron y le sacaron de quicio. Así que decidió ir a buscarla y solucionar el problema, ¿no fue así? Cogió su pistola, averiguó su paradero y le voló la tapa de los sesos. Luego, la envolvió en la lona y la abandonó en el parque.

—No, no lo hice. Como ya les he dicho, alguien está intentando incriminarme. No volví a dedicar a Alexis ningún otro pensamiento desde que le di la espalda. Fui a mi despacho y estuve haciendo búsquedas en Internet durante varias horas, cosa que pueden comprobar en mi navegador. Me fui del despacho a las once y media, conduje directamente hasta mi casa, estuve viendo la CNN un rato y luego me fui a dormir. No volví a ver a Alexis tras nuestra discusión.

—¡Eso es mentira, senador! —La cara de Stan se puso roja—. Tenemos una lona ensangrentada tirada en un contenedor de basura justo detrás de su apartamento. Tenemos un testigo que asegura haber visto a un hombre que encaja con su descripción arrojando a la mujer al parque y marchándose con el coche a cien por hora. Los números que vio en la matrícula se parecen bastante a los de la suya, senador. ¡Usted estuvo allí! ¡Usted la mató!

Reece mantuvo un tono de voz calmado, consciente de que el interrogatorio se estaba viendo al otro lado del espejo.

—No señor, no lo hice, pero claramente hay alguien que quiere que piensen que fui yo. Dormí solo en mi apartamento hasta las seis de la mañana, entonces me levanté, fui al gimnasio, me duché y luego fui al Capitolio.

En realidad, había estado despierto gran parte de la noche pensando no en Alexis y su discusión con ella, sino en Kara, que estaba en algún lugar lejos de allí. Seguramente, en estos momentos ya habría visto las noticias y sabría que era sospechoso de asesinato. ¿Creería que era culpable? ¿Querría aplazar su relación hasta que él fuera absuelto? ¿Habría descubierto la conexión con TexaMent y pensaría que no era más que un mentiroso?

Peor que el daño potencial a su carrera política, peor que el conocimiento de que alguien quería acabar con él, era el miedo a perder cualquier oportunidad de construir una vida junto a ella.

La amaba.

No sabía cuándo se había dado cuenta de ello. Quizá cuando,

herida y aterrorizada, admitió que le necesitaba. Quizá la primera vez que salió con ella, el día que ella perdió el sentido agarrada a su mano. Quizá aquella primera noche en la que ella le había puesto caliente haciéndole preguntas ridículas.

Una parte de él todavía luchaba por entender lo que estaba sucediendo. Acababa de sentarse a su mesa en el Capitolio, cuando dos policías habían aparecido y le habían empezado a interrogar. No sabía que Alexis había muerto hasta que ellos se lo dijeron. La noticia le había dejado aturdido, pero no más que el hecho de ser sospechoso. Había contestado a todas sus preguntas. Luego, le pidieron que les dejara registrar su jeep y su despacho, y él había accedido sin reparos. Entonces, encontraron la prueba del delito.

No pareció interesarles el permiso de posesión de armas que tenía. En un abrir y cerrar de ojos, obtuvieron una orden de registro y no pararon de marearle acerca de su paradero la noche anterior y sobre su relación con Alexis Ryan. En menos de una hora, un equipo de forenses aseguraba haber encontrado una lona empapada en sangre en el contenedor de detrás de su apartamento. No solo era sospecho, sino que se había convertido en el principal sospechoso.

Era como una pesadilla, solo que Reece no conseguía despertarse.

Charlie hizo a Reece un gesto comprensivo con la cabeza.

—Le entiendo, senador. Le entiendo realmente. Ahora tiene una nueva relación con la periodista. Ha estado sometido a mucha presión desde que ella sufrió un ataque y casi la matan. Aquí entra en escena Alexis Ryan. Ella insulta a su novia y todo se le viene encima. Estalla. Es algo que pasa a diario. Admita que la mató en un ataque de furia incontrolada, entonces se enfrentará a un homicidio en segundo grado.

Reece se inclinó hacia delante, con semblante disgustado.

—¡Yo no la maté! ¡Ni siquiera la toqué! Alguien está tratando de inculparme. ¿Creen que soy tan estúpido como para matar a alguien y guardar pruebas del crimen en mi cartera?

Stan le fulminó con la mirada.

—Cuando los forenses hagan su trabajo, le van a arrestar y luego le van a freír.

Reece puso los ojos en blanco.

—De hecho, el procedimiento de ejecución en el Estado de Colorado es la inyección letal.

—Se cree muy listo, ¿verdad?

La puerta se abrió y el comisario Irving entró.

—Charlie, Stan, tomaos cinco minutos.

Los dos policías se levantaron, intercambiaron una mirada interrogativa y abandonaron la habitación.

Irving cerró la puerta tras ellos, cogió una silla y se sentó.

—Menudo día infernal está teniendo usted, senador.

Reece apoyó la espalda en la silla y se pasó la mano por la cabeza.

—Pues, sí.

—Le voy a decir algo que seguramente le sorprenda.

—¿De qué se trata?

—Le creo. No creo que usted le haya tocado ni un solo pelo a la señorita Ryan.

Reece cruzó una mirada con Irving y supo que no estaba jugando.

—¿Por qué razón me cree, comisario?

—Pues por una sencilla razón. Los forenses no encontraron ningún rastro de sangre en su jeep. Nada. Me parece bastante improbable que transportara un cuerpo empapado en sangre y que no se derramara ni una sola gota en el coche. Esto siembra algunas dudas sobre nuestro testigo anónimo. Si vio cómo la arrojaban desde su jeep, entonces debería haber restos de sangre. Si no hay sangre, no veo cómo puede haber sido ese jeep, por lo que nuestro testigo podría estar mintiendo.

Ésa era la mejor noticia que le habían dado a Reece en muchas horas.

—Yo no la maté.

—Lo sé. —Irving asintió con la cabeza—. Además, el laboratorio no ha encontrado restos de pólvora en su piel y su arma no ha sido disparada desde la última vez que la limpió.

El nudo que se estaba formando en el estómago de Reece empezó a desaparecer.

—La última vez que la disparé fue hace seis meses.

—Pero todavía voy más allá, senador. No creo que usted sea tan estúpido como para cometer un asesinato, arrojar el cuerpo en un lugar tan público, tirar una lona empapada en sangre de la víctima en el contenedor de su propia calle y, encima, mantener el arma en su posesión. Demonios, este caso se ha atado con tanta perfección que se podría rematar con un lazo. He sido policía durante treinta años, y mi instinto me dice que estamos pasando algo por alto.

—Eso es exactamente lo que llevo diciendo toda la mañana.

—No obstante, todavía estamos esperando los resultados de la autopsia y el informe de balística. Si las balas que extrajeron de su cerebro coinciden con su arma, entonces estará metido en un buen lío. Mientras tanto, puede intentar resolver parte del embrollo accediendo a someterse al polígrafo.

—De acuerdo. Ya dije que cooperaría y lo decía en serio. Cuanto antes dejen sus policías de perder el tiempo conmigo, antes encontrarán al verdadero asesino.

Irving asintió.

—Si no le importa, me gustaría hacerle una pregunta personal.

—Adelante.

—¿Quién quiere acabar con usted, senador?

Capítulo 24

Kara intentó centrarse en los papeles que tenía en las manos, pero le era casi imposible apartar los ojos de la pantalla de televisión. Al menos cada hora, las cadenas locales emitían la filmación de Reece bajando las escaleras escoltado por dos policías y entrando en el coche de policía, junto con una última hora desde el exterior del Tribunal de Denver. No había nada nuevo de lo que informar, pero estaba claro que más allá de las imágenes se había puesto en marcha la maquinaria de la investigación.

Las noticias del mediodía presentaron a Reece como un buen hombre que podría haberse equivocado, e incluían una fotografía de él gritándole a la cara a Galen. A la una, era un hombre con una cara oscura cuyos odio hacia la víctima y temperamento impredecible eran conocidos por todos en el Capitolio. Esta vez, la foto de él gritándole a Galen aparecía contrastada con fotografías de Alexis Ryan como inocente estudiante y como preciosa mujer de éxito. A las dos, habían conseguido una entrevista con los dolientes padres de la víctima, cuyo dolor se yuxtaponía a la furia de Reece.

Kara se sentó en el suelo enmoquetado rodeada por documentos. Sentía un nudo en el estómago y una ira incontrolable. Detectaba un linchamiento público en cuanto lo veía. No había ninguna prueba forense que vinculara a Reece con la muerte de la cabildera, pero los medios ya lo habían juzgado y declarado culpable. El hombre que describían no era el hombre que ella conocía, pero no podía hablar claro en su nombre, no cuando ella también le estaba investigando.

Dios mío, ¿de verdad había pensado llamar a una de las emisoras de noticias y quejarse sobre cómo cubrían la noticia? Sí, lo había pensado. La idea la había puesto nerviosa, y ahora empezó a pasear por la habitación.

¿Qué habría dicho exactamente? ¿No puede haber matado a nadie porque ha sido amable y cariñoso con mi hijo? ¿Es inocente porque ningún hombre que hace el amor así podría matar a una mujer? ¿No ha matado a nadie porque estoy enamorada de él?

Darse cuenta de ello le quitó el aire de los pulmones. Se hundió en el sillón y escondió la cara entre las manos. «Sé objetiva, McMillan».

Quizá debería pasarle la historia a otra persona. Quizá su mente estaba tan nublada con las emociones que era incapaz de realizar su trabajo. Al fin y al cabo, Reece, mediante su propuesta de ley sobre la quema de neumáticos, era el único miembro del Comité auditor legislativo que había podido conectar con Northrup, aunque todavía se negaba a creer que estuviera involucrado en nada de ello.

¿Pensaría de la misma manera si no lo conociera?

No. Habría mirado las pruebas de manera objetiva, y habría considerado a la parte implicada culpable.

Y no se habría equivocado.

Ser consciente de todo esto, la hizo sentirse inquieta. Durante toda su carrera, había trabajado encajando hechos. Había seguido la lógica, había seguido las pruebas, y nunca se había equivocado. Y ahora estaba dispuesta a echar por la ventana los hechos y la lógica por una especie de... ¿de qué? ¿Emoción interna?

Menudo jaleo.

Se reclinó en la silla, respiró todo lo hondo que le permitieron sus heridas costillas, y luchó para aclararse la cabeza. Su investigación estaba incompleta. Como un puzzle al que le faltan demasiadas piezas, la imagen creada por la información que había conseguido hasta el momento era ilusoria. No sabía dónde estaban las piezas que faltaban, pero tenía que encontrarlas.

Lo siguiente que pensó la hizo incorporarse de golpe, con el pulso acelerado. ¿Y si los que iban tras ella habían asesinado a

Alexis Ryan? ¿Y si los que la querían muerta estaban intentando hacer daño a Reece ahora que ella iba a por ellos? Después de todo, la cobertura de los medios del ataque les había relacionado. Los que intentaban matarla seguramente sabrían que Reece y ella era al menos amigos. ¿O es que Reece había destapado algo durante su propia investigación que ellos no querían que supiera?

Se puso en pie y retomó sus paseos por la habitación. ¿Qué ganaban ellos cargándole un asesinato? ¿Por qué no limitarse a matarlo a él? ¿Por qué dejarlo con vida?

Se detuvo y casi se puso a reír. Necesitaban su voto. Tenía que ser eso. Él era el impulsor de una propuesta de ley beneficiosa para Northrup, y ellos necesitaban que dicha propuesta se aprobara. Si lo acusaban de asesinato, lo inmovilizaban y reducían su credibilidad, al menos hasta que el asunto se aclarara. Pero eso no le impediría votar.

El movimiento de la pantalla del televisor atrajo su atención. Subió el volumen.

«... acaba de salir del edificio, y hemos sabido que va a realizar una declaración».

Las cámaras enfocaron al comisario Irving, que se enfrentó a los medios con el aspecto de un hombre que ya ha tenido que aguantar bastante por el día. Se acercó a las docenas de micrófonos que le pusieron frente a la cara, esperó que hubiera silencio y luego leyó la siguiente declaración escrita: «Hoy, la policía ha interrogado a fondo al senador del Estado Reece Sheridan a causa de las pruebas circunstanciales encontradas contra él relativas al homicidio de la cabildera Alexis Ryan. Sheridan, que se ha sometido de manera voluntaria al interrogatorio rechazando la presencia de un abogado, ha cooperado totalmente con los investigadores, sometiéndose a la prueba del polígrafo, que ha pasado, y cediendo una muestra de sangre para las pruebas de ADN. El departamento de policía no va a presentar una orden de arresto contra el senador en este momento. En espera del resultado de las pruebas forenses, el senador Sheridan sigue siendo una persona de interés para el caso».

Entonces, Irving se alejó del gentío, haciendo caso omiso de la lluvia de preguntas, y desapareció en el interior del centro de justicia.

Kara sonrió a pesar de los nervios. La improvisada rueda de prensa había conseguido su propósito: difundir información y distraer a los medios para que Reece pudiera salir sin que nadie lo viera. Es probable que lo hubieran sacado en un coche de policía secreta por el aparcamiento subterráneo. A ella le habían engañado así una vez, pero solo una.

Entonces, Kara sintió tal necesidad de hablar con Reece que le dolía. La última vez que habían hablado, ella se había enfadado con él. Le había hecho pensar que no le importaba lo bastante la relación como para luchar por ella. Bueno, no era cierto. Le importaba mucho. Más que eso, ella creía en él. Como mínimo, quería que él lo supiera.

Cruzó la habitación, tomó el teléfono de la línea segura y marcó el número de su móvil.

Reece le dio las gracias al policía que le había llevado al Capitolio y luego cerró la puerta del pasajero. Subió las escaleras de la parte este, agradecido de que la horda de medios hambrientos estuviera entretenida por la conferencia de prensa del comisario Irving en el centro de justicia. Tenía que ir a su despacho. Tenía trabajo que hacer.

Abrió las pesadas puertas y caminó hasta la rotonda. Todo el mundo se daba la vuelta para mirarlo, y la cacofonía de voces se desvanecía en un silencio sepulcral. La gente que pensaba conocer tan bien —colegas, amigos y plantilla— se quedaban mirándolo con obvia cara de duda y sospecha. Carol del Departamento financiero del Senado, Alan, el oficial de orden. Incluso Brooke, su becaria.

Caminando con una lentitud deliberada, se abrió paso a través de esa tranquilidad artificial hasta las escaleras de mármol rosado. Subió los peldaños uno a uno, luchando por no mostrar la ira en el rostro. Susurros. Insultos murmurados. La presencia de cien personas mirándole por la espalda.

El pasillo que conducía a su despacho no estaba mejor. La gente dejaba de hablar y le miraba. Abrió la puerta de su despacho, la cerró tras él, se apoyó en ella y, poco a poco, dejó escapar la respiración contenida. El comisario Irving le había avisado de que sería duro, pero Reece no había esperado sentirse tan... derrotado.

«Descubrirás quiénes son tus verdaderos amigos, eso seguro», le había dicho el comisario.

¿Cómo podía pensar alguien que lo conociera que podía ser un asesino a sangre fría? Una profunda decepción mezclada con una sensación de traición se fueron acumulando como bilis en el fondo de la garganta. Durante dos años, había jugado a este juego. Había intentado ser un ejemplo, había intentado mostrar a sus estudiantes y al público que una persona podía marcar la diferencia siguiendo las normas en lugar de doblegarse y romperlas. ¿Y adónde le había llevado eso?

Hoy, había sido conducido como un criminal por las escaleras del Capitolio mientras el mundo miraba. La gente en la que confiaba le consideraba ahora un asesino. Seguro que había perdido a Kara para siempre. Y Alexis estaba muerta. Por muy mal que le cayera, Reece sentía su muerte. Después de todo, en algún momento fueron amantes, y había pasado los últimos momentos de su vida aterrorizada y sufriendo. Se acordó de la imagen de ella, tirada sin vida en el césped.

Se forzó a olvidarla, se forzó a centrarse. No había vuelto al Capitolio a ganar un concurso de popularidad ni a ordenar sus ideas. Tenía un trabajo importante que hacer.

La luz de los mensajes del teléfono parpadeaba sin cesar. Es probable que Melanie le hubiera dejado tantos mensajes ahí como en su móvil. Él la había llamado antes de salir del centro de justicia. Estaba frenética y se había puesto a llorar al oír su voz. Se había ofrecido a alojarlo en casa, a darle de comer, a emborracharlo con su whisky preferido y a darle una patada en el culo a cualquier periodista que se acercara a su casa. Pero lo que más le había conmovido había sido su fe absoluta en él. Ni una sola vez le preguntó si era culpable o inocente.

Le había dicho que tenía cosas que solucionar en el Capitolio, pero que la llamaría luego para contarle qué haría por la noche. Cuando colgó, sintió por primera vez desde la muerte de su padre que tenía una familia.

Se sentó a la mesa, repasó los mensajes —la mayoría de ellos de Melanie, los demás de periodistas— y luego encendió el ordenador. Lo primero que tenía que hacer era asegurarse de que su propuesta de ley sobre la quema de neumáticos estuviera en la agenda del Senado del día siguiente. Iba a rechazar su propia propuesta, e iba a hacerlo de la manera más pública que podía, en el Senado.

Luego, tenía que ponerse en contacto con Kara como pudiera para contarle la relación entre Northrup y TexaMent.

Llamó a la base de datos de las propuestas de leyes y descubrió que alguien ya había puesto la propuesta en la agenda del día siguiente. De hecho, alguien la había colocado en la agenda del día de hoy, pero se había pospuesto debido a que una disputa sobre los derechos de agua de Western Slope había ocupado la mayor parte de la sesión.

Y luego vio la luz. Stanfield le había querido fuera de circulación para que la propuesta de ley de la quema de neumáticos, que ya había pasado la segunda lectura, pasara antes de que Reece tuviera la oportunidad de rechazarla. El cabrón había estado encantador en el teléfono la noche anterior.

—Supongo que tenemos que hacer nuestro trabajo, senador —dijo, como si el anuncio de Reece de que iba a acabar con la propuesta de ley de la quema de neumáticos no le afectara lo más mínimo.

—Sí, es cierto. Y parte del mío es asegurarme de que Kara McMillan está a salvo. No sé quién quiere matarla, pero te aconsejo que te mantengas alejado de ella. Déjala en paz, Stanfield.

—Contrólese, senador. Está empezando a hablar como un loco.

Reece apostaba a que en cuanto colgó el teléfono, Stanfield había estado ocupado organizando cómo culparlo de asesinato. Por supuesto, no podía demostrarlo. Había compartido con el comisario Irving lo que sabía seguro, y éste le había mirado con unos ojos azules impasibles que decían que habían oído todo eso antes: reclamaciones falsas de inocencia, pobres excusas de culpabilidad, los gritos de los abusados, los afligidos, los moribundos.

Había escrito algunos nombres: TexaMent, Northrup, Mike Stanfield.

—¿Y ésta es la misma empresa que está investigando la señorita McMillan?

—Sí.

Reece tenía que reconocer la habilidad de Stanfield. Con una única acción, había destrozado la credibilidad de Reece, al menos hasta que se aclarara todo. Había aislado a Reece, lo había humillado, le había mantenido alejado del Capitolio durante un día. Y le había desarmado, ya que no le darían la pistola hasta que se demostrara su inocencia. Pero Stanfield no era tan listo como pensaba. Alguien tenía que haberse ocupado de incluir la propuesta en la agenda del día, y dicha información estaría registrada en alguna parte. Sin duda, el senador que había cambiado la agenda estaba vinculado a Northrup y era la persona que Kara estaba intentando sacar a la luz.

Reece leyó la sesión del día y rió despectivamente ante la pantalla. Devlin. El muy cabrón nunca decía que no a la gente con dinero.

En el bolsillo del pantalón, el móvil vibró. Lo sacó, vio que el número de quien llamaba era un número oculto y dudó. ¿Era un periodista?

—Reece Sheridan.

—¡Lo siento!

—Dios, Kara, me alegro mucho de oír tu voz. —Era cierto.

—Esto no debería pasarte a ti.

—Quiero que sepas que no…

—¡Ni siquiera lo digas! Si piensas por un momento que tengo la más leve duda sobre ti, voy a darte una patada en ese precioso culo que tienes.

Reece cerró los ojos y se apoyó en la silla, sintiéndose realmente aliviado. Hasta ese momento, no había sido consciente de lo básico que era para él que ella le creyera.

—Gracias.

—La cobertura de las noticias ha sido terrible. Si yo estuviera al mando, enviaría a algunos periodistas de vuelta a la facultad para realizar un curso de puesta al día sobre «inocente hasta que se demuestre lo contrario».

En ese momento, lo que menos le importaba era lo que pensaban los periodistas. Kara le creía, y eso le bastaba. Sabía que estaba sonriendo como un idiota.

—¿Estás a salvo?

—Tan a salvo como un lingote de oro en la fortaleza de Fort Knox.

—Bien, porque no van a parar.

—Lo sé. Han sido ellos, ¿verdad? Los mismos que intentaron matarme a mí la han matado a ella para hacerte daño a ti.

—Eso creo. —Necesitaba decírselo—. Ayer llamé al director general de TexaMent para decirle que iba a retirar mi apoyo a la propuesta de ley sobre la quema de neumáticos.

—¿La propuesta que Northrup quiere que pase?

—TexaMent es Northrup, Kara. Son los dueños de Northrup. La compraron hace unos diez años.

—¿Cuándo lo has…?

—Anoche. Quería decírtelo, pero era tarde y no sabía cómo ponerme en contacto contigo. Iba a llamar al comisario Irving y pedirle que te pasara la información.

—¿Dónde estás?

—En el Capitolio.

—Dios mío, eres muy valiente.

Alguien llamó a la puerta, y Miguel asomó la cabeza.

—Reece, quiero… perdona, esperaré fuera, *amigo*.

El día estaba mejorando. De sus colegas, al menos Miguel no le había abandonado. Asintió a Miguel, quien vio el teléfono, sonrió y se retiró fuera para esperar.

—¿Qué tal va la investigación? —Reece no quería colgar. No quería despedirse. La necesitaba.

—No muy bien. Todavía faltan muchas piezas del puzzle. Pero con esta información nueva, es posible que pueda sacar algo más en claro. Hasta ahora, el único senador que he encontrado relacionado con Northrup eres tú.

—Tengo unas cuantas ideas sobre eso. —Tenía la mirada fija en el nombre de Devlin de la pantalla del ordenador. Extrajo una memoria portátil del cajón, la conectó al puerto USB y pulsó el botón de copiar.

Las siguientes palabras de Kara le pillaron por sorpresa.

—Necesito verte. Por favor, Reece, tengo que verte.

—No es posible, Kara. Lo sabes. No voy a hacer nada que te ponga en peligro. Estoy bastante controlado ahora. Si voy allá donde te tienen escondida, alguien puede filmarlo y pasarlo en las noticias de las seis. Demonios, los periodistas de la televisión están apiñados delante de mi casa.

—Entonces, no vayas a casa. Espera hasta que se haga de noche y coge un taxi desde el Capitolio. —Luego, le dijo dónde estaba y le indicó cómo llegar a ella.

Él intentaba no escuchar.

—Kara, ambos sabemos que es una mala idea.

—Trae todos los documentos que tengas: discos, archivos, lo que puedas. Con lo que yo sé de Northrup y tu conocimiento sobre el funcionamiento de las cosas en el Capitolio, deberíamos ser capaces de encontrar las piezas que faltan con más rapidez.

—¿Y qué pasa con tu norma de que tú y yo no debemos hablar de nuestros trabajos?

Durante un instante, Kara no dijo nada.

—Ahora estamos hablando de nuestras vidas, Reece. Por favor, ven.

¿Y si le seguían? ¿Y si él los llevaba hasta ella? No podía correr ese riesgo.

—Estaré allí en dos horas.

El comisario Irving iba a cortarle el cuello.

Kara miró el reloj. Reece tendría que haber llegado hacía diez minutos.

Se acercó a la entrada de la habitación, desde donde podía oírlo llamar a la puerta de las escaleras situada al final del pasillo. Estaba cerrada desde dentro, pero ya había comprobado que podía abrirla. No había cámaras de seguridad en las escaleras —las había buscado— así que lo único que Reece tenía que hacer era subir treinta pisos de escaleras. Entonces, ella le dejaría entrar, y nadie se enteraría. Incluso si esos cabrones le habían seguido, no podrían llegar a ella, ya que no pensaba abrir la puerta de las escaleras a nadie más.

Estaba a punto de volver a llamarle, cuando lo oyó: el golpeteo de unos nudillos contra el metal. Se apresuró hacia el final del pasillo, miró a través de la diminuta ventana rectangular, sintió cómo se le aceleraba el pulso al verle la cara y abrió la puerta.

—No está mal el ejercicio. —Le caían gotas de sudor por la frente, pero no se había quedado sin aliento. Llevaba la chaqueta echada por encima del hombro, y todavía llevaba la ropa con la que lo había visto en televisión: una camisa blanca almidonada, tirantes rojos y una preciosa pajarita. Con clase. Él se inclinó y la besó en la frente.

—Vayamos a la habitación.

Reece comprobó la puerta de las escaleras para asegurarse de que estaba bien cerrada, luego la rodeó con un brazo por los hombros y caminó junto a ella hasta la suite.

—Así pues, ¿qué te parece? —Kara cerró con llave la puerta tras ellos y vio la expresión de Reece al ver el lugar.

—No está mal para ser una madriguera. —Sonrió, pero ella pudo ver las líneas de cansancio en su cara y las ojeras. Reece dejó su chaqueta sobre una silla, la atrajo hacia él con suavidad y hundió el rostro en el cabello de Kara.

—Dios, cuánto me alegro de verte.

Durante unos instantes, permanecieron así, abrazados. Él estaba caliente por el esfuerzo de subir las escaleras, y su aroma y la fuerza de su cuerpo le eran familiares a Kara y la hacían sentir segura. Pero, por primera vez desde que lo conocía, Kara sintió su vulnerabilidad bajo la fuerza. De alguna manera, Kara notaba su angustia. Le dolió en lo más hondo del corazón, y aparecieron en sus ojos unas lágrimas que le nublaron la vista.

Kara quería decírselo, quería que supiera cuánto significaba para ella, pero no le pareció bastante. En lugar de ello, se puso de puntillas y le besó en la incipiente barba de las mejillas, y dejó un rastro de besos a lo largo de su mandíbula y cuello.

Reece le tomó la barbilla entre los pulgares y examinó su rostro con el ceño fruncido.

—¿Son por mí esas lágrimas?

Ella le respondió de la única manera que pudo, besándole en la boca. Los labios de Reece eran suaves, cálidos, placenteros y, al principio, él la dejó marcar el ritmo. Pero, cuando ella introdujo la lengua en su boca, Reece terminó el beso y se separó.

—No quiero hacerte daño. —Le tocó con cuidado las costillas rotas.

Ella le hizo callar poniéndole un dedo sobre los labios y luchó a través de las lágrimas para poder hablar.

—No digas nada.

Capítulo 25

Cuando volvió a besarlo, Reece tomó lo que le ofrecía, aceptó el suave tacto de su lengua, la presión de su suave cuerpo contra el suyo, el contacto de sus manos en el cabello. Sabía a la sal de sus lágrimas. Sintió su estremecimiento y admiró la intensidad de la emoción que parecía recorrer todo su cuerpo.

Kara le tocó el cabello con los dedos, encontró el final de la pajarita y la deshizo. Luego, le desabrochó los botones de la camisa. Y siguió besándolo con más fuerza, mientras su boca buscaba la de Reece con una urgencia y una dulzura que hizo sentir a Reece un dolor en el pecho.

Ella se estaba entregando. Por primera vez desde que la conocía, ella estaba entregando no solo el cuerpo, sino todo su ser. La constancia de ello rompió sobre Reece como la cresta de una ola, le quitó la respiración y lo dejó atónico, tembloroso, desarmado.

Se esforzó por permanecer pasivo mientras ella le deslizaba los tirantes por los hombros y le quitaba primero la camisa y luego la camiseta interior. Reece sintió que un calor le invadía cuando las manos y los labios de Kara le exploraron el pecho. Y luego Kara se arrodilló ante él, le bajó la cremallera, tomó su miembro entre las manos y se lo introdujo en la boca.

Sintió los labios calientes de Kara en el pene erecto mientras la boca y manos de ella trabajaban en tándem. Y su lengua, madre de Dios, ¿qué estaba haciéndole? El aire se le escapaba a Reece entre los dientes apretados. Hundió los dedos en el sedoso cabello de Kara, la acompañó a su ritmo y dejó que la fuerza de su hambre le llevara hasta el límite.

—¡Para! —Reece luchó por controlarse y la miró a los ojos—. Así no.

La ayudó a levantarse y le desabrochó la blusa, tomándose tiempo para descubrir los pechos desnudos. Luego, le quitó los vaqueros y las braguitas y la tomó en brazos.

—¿Dónde está la cama?

Ella se la señaló con el dedo y luego se abrazó a su cuello y hundió la cara en él. Dios, qué bien le hacía sentir ese íntimo gesto de confianza, de necesidad, de rendición. Reece la llevó por un corto pasillo hasta el dormitorio oscuro y la dejó en medio de la enorme cama.

Kara era lo más bonito que había visto en la vida. Sus labios eran carnosos, las mejillas estaban marcadas por lágrimas. El cabello le caía en una preciosa melena sobre los senos. Un pezón color vino asomaba entre la melena pidiendo a gritos ser lamido. Tenía la piel cubierta de morados amarillentos, recordatorio para Reece de lo cerca que había estado de perderla. Se tumbó a su lado y le cubrió la boca con otro beso.

Las manos buscaron con conocimiento los lugares más sensibles, las maneras más seguras de dar placer. La piel estaba en contacto con piel. Sus cuerpos se entrelazaron y rodaron.

Ardiendo por ella, Reece no podía esperar más. Se colocó entre los muslos de Kara.

—No cierres los ojos, Kara. ¡Mírame!

Kara hizo lo que le pidió y en un segundo se perdió en el torbellino de emociones que vio en sus ojos: lujuria, protección, ternura. Y amor. Sí, amor.

Sus gemidos se entremezclaron cuando él se abrió camino dentro de ella centímetro a centímetro y empezó a moverse con movimientos lentos y dulces mientras la miraba a los ojos. Se sentía tan bien, era todo tan perfecto. Y las lágrimas de Kara que había controlado hacía unos minutos empezaron a rodarle por las sienes.

—Kara, amor mío. —Él se inclinó, besó la humedad y la miró con ojos que parecían comprender.

A Kara, el primer orgasmo le llegó por sorpresa, como una

ola de la marea a cámara lenta. Sus gemidos se convirtieron en un grito tembloroso y luego en un aullido cuando el placer se apoderó de ella. Clavó las uñas en la piel sudorosa de la espalda de Reece e intentó acelerar el ritmo. Sin embargo, él mantuvo el ritmo lento y sus embestidas ampliaron el clímax de Kara hasta que se convirtió en otro.

—¡Reece, Dios mío! —Kara jadeó su nombre y le rodeó con las piernas, acercándolo más a ella, introduciéndolo más en ella.

Kara oyó su propia respiración entrecortada, sintió cómo se le tensaban los músculos, sintió que a Reece se le escapaba el control. En el lapso de un latido de corazón, él la estaba poseyendo con un ritmo que la llevó a otro orgasmo. Pero esta vez, él se precipitó con ella por ese abismo dulce hacia un vacío en el que no había nada excepto una dicha infinita, nada excepto piel y respiración y extremidades entrelazadas. Nada excepto ellos dos.

—Asegúrate de que es el servicio de habitaciones antes de abrir—. Reece observó cómo Kara se ponía la bata de seda blanca, mientras en su rostro relucía el brillo cálido del amor y su piel olía a sexo como un perfume caro—. E intenta no parecer una mujer que acaba de…

Ella le puso una mano sobre la boca y le dijo:

—Calla. Se supone que no estás aquí, ¿recuerdas? —Luego lo dejó a oscuras.

Reece oyó cómo se abría la puerta y la voz lejana de un hombre. Se habría sentido mejor siendo él quien abriera la puerta. Se habría sentido mejor si hubiera tenido la pistola. A pesar de las precauciones que había tomado para asegurarse de que no le seguían, había sido un estúpido al ir. Y, aun así, después de lo que habían compartido, no podía arrepentirse de verdad de su decisión. Había disfrutado mucho con el sexo en su vida, pero nunca había experimentado nada parecido a lo que sentía al hacer el amor con Kara. Cada vez, se sentía morir dentro de ella solo para renacer fresco y nuevo y limpio.

—Puede dejarlo aquí —le dijo Kara al hombre—. Caramba, ¿de verdad he pedido todo esto? Supongo que esta noche tengo mucha hambre. Gracias.

Reece no pudo evitar una sonrisa cuando oyó el tono nervioso de la voz de Kara. Era una mentirosa malísima.

Unos instantes después, se cerró la puerta y Kara reapareció y le habló con un acento exagerado.

—La cena está servida.

Reece se puso los calzoncillos y la siguió hasta la habitación principal, donde había tres bandejas de comida sobre la mesa auxiliar. Mientras compartían una botella de chardonnay y disfrutaban de un festín de almejas, calamares fritos, gambas y una selección de pasta, ella le puso al día de su investigación, empezando por su confidente y terminando con los documentos que había solicitado a los miembros del Comité auditor legislativo.

Mientras escuchaba, Reece se sintió fascinado por la forma en que funcionaba la mente de Kara: su aguda inteligencia, su minuciosidad, su capacidad para digerir grandes cantidades de información y quedarse con los detalles... Vio cómo le cambiaba la expresión de la cara y cómo se reflejaba en ella la pasión que sentía por su trabajo, su sed de justicia y su determinación para llevar luz a los errores ocultos del mundo.

Cuando acabó, el vino y la comida habían desaparecido, y ella le había mostrado lo que consideraba que eran los documentos clave, incluyendo un memorando de alguien del comité auditor ordenando al inspector del Estado que dejara en paz de Northrup. Reece sostuvo un memorando en las manos y observó la firma tachada, sintiendo rabia y asco. ¿Escondía ese borrón el nombre de un asesino?

Kara se sentó en el sofá ante él y señaló el documento que Reece tenía en las manos.

—El mayor vacío en mi historia es la identidad de la persona que firmó ese memorando. Owens, del Departamento de Salud, sabe quién es, y apuesto a que el gobernador también lo sabe. Pero ninguno de ellos va a decírmelo.

—Es probable que no. —«Pero si yo les presiono, es posible

que me lo digan a mí»—. ¿Puedes seguir con tu artículo sin saber quién la ha firmado?

—Podría seguir con el artículo y limitarme a citar el memorando, pero si lo hago, el que la haya firmado se esconderá como una cucaracha. Hará todo lo posible para hacer desaparecer cualquier rastro y dificultarme el trabajo.

—Entonces, ¿por dónde empezamos?

Ella se puso en pie, caminó hasta el piano y cogió una pila de carpetas.

—El que ha firmado esa nota tiene alguna conexión con Northrup, así que empecemos por el Comité auditor legislativo. He leído a fondo esos archivos y, hasta el momento, la única persona que he encontrado con vínculos con la empresa eres tú.

Kara dejó las carpetas en la mesa auxiliar.

—Pero buscabas por Northrup, no TexaMent. —Reece cogió la primera carpeta y se sentó a trabajar.

Una hora más tarde, Kara se sentía frustrada y harta. Ha-bía leído tres carpetas completas con registros de financiación de las campañas, y no había encontrado nada, ni una sola mención a TexaMent ni a Northrup. Introdujo el documento que tenía en las manos en la carpeta y se quedó mirando a Reece.

Estaba sentado en el otro sofá, con el ceño fruncido en señal de concentración y el extremo de un boli entre sus labios deliciosamente obscenos. Le recorrió con la mirada los pies, que reposaban sobre la mesa auxiliar— ¿de verdad podían ser los pies sensuales?— las largas y musculosas piernas, los calzoncillos azul marino de seda con ese atractivo bulto y su torso desnudo. ¿Cómo sería vivir en ese cuerpo, tener todos esos fantásticos músculos y esa piel masculina al alcance todo el día? Si Kara tuviera ese cuerpo, estaría demasiado ocupada tocándose para salir de la cama cada mañana.

La voz de Reece la sorprendió.

—Si sigues mirándome así, no vamos a hacer nada hoy. Y eso sería una pena porque creo que he encontrado lo que estábamos buscando.

Kara se puso en pie.

—Enséñamelo.

Reece se incorporó y dispuso los documentos del archivo de Drew Devlin sobre la mesa.

—Lleva años recibiendo contribuciones de TexaMent. Mira.

Kara leyó la página y vio las entradas en los informes de financiación de campañas que Reece había repasado.

—¿Quién es Mike Stanfield?

—Aquí dice que un hombre de negocios, pero no identifica qué negocio. Resulta que yo sé que es el presidente de TexaMent.

—Eso es. Es Devlin. —Kara sintió cómo se le aceleraba el pulso, sintió ese chute de adrenalina que siempre sentía cuando una historia encajaba por fin.

—Así parece. Mira esto. —Reece rodeó con un círculo la dirección de Stanfield, una dirección rural con un código postal del condado de Adams, y luego señaló quince entradas adicionales del informe del año anterior con la misma dirección pero con nombres diferentes—. O Stanfield dirige una casa de acogida de donantes descarriados o está violando la ley.

Ella se puso en pie y se apresuró hasta el comedor. Cogió la carpeta que contenía el informe de inspección adicional y lo hojeó. Y ahí estaba. Emitió un sonido triunfal y casi volvió bailando al sofá.

—No es la casa de Stanfield. Es Northrup.

Emocionada, depositó el informe sobre el regazo de Reece y observó su rostro mientras él leía la primera página. Reece se puso en pie, dejó el informe sobre la mesa y la abrazó con fuerza.

—Señorita McMillan, creo que ya tiene el artículo.

—Bueno, no del todo. Todavía tengo que entrevistar a algunas personas, incluyendo a Devlin y a ese tal Stanfield. Dudo que alguno de ellos tenga ganas de confesar algo. Las cucarachas nunca confiesan.

—He ahí una de las razones por las que los malos son una mierda.

—No puedo creer que no lo haya visto. —Su euforia se redujo un tanto—. He leído los informes de las financiaciones de las campañas palabra a palabra. Y no lo he visto.

Reece la besó en el cabello.

—No seas tan dura contigo misma. Se han esforzado al máximo para ocultar lo que estaban haciendo. Yo lo he visto porque conozco a los jugadores. Tú has hecho un trabajo fantástico con esta investigación, Kara.

Pero ella pensaba ya en el siguiente paso.

—Tengo que llamar a Tom.

—Creo que cien o ciento treinta centímetros, quizá de cincuenta a ochenta para el artículo principal y un par de columnas laterales.

Mientras Kara hablaba con su redactor, Reece escuchaba desde dentro del dormitorio y pergeñaba sus propios planes. No podía demostrar nada, pero estaba seguro de que Stanfield estaba detrás del ataque a Kara y del asesinato de Alexis. El muy cabrón tenía el dinero y la arrogancia necesarios para contratar a gente que hiciera ese tipo de trabajo sucio. Basándose en su gestión de Northrup, también parecía importarle un pimiento violar las leyes o saber que su empresa dañaba a la gente y al medio ambiente.

Pero la racha de suerte de Stanfield estaba a punto de llegar a su fin. A no ser que consiguiera que le encarcelaran o que le dispararan una bala en la cabeza en las siguientes doce horas, Reece iba a entrar en el Senado e iba a rechazar su propia propuesta. Luego, planeaba realizar unas entrevistas por su parte: primero a Devlin, luego a Owens y por fin a Stanfield.

Estaba tan inmerso en sus pensamientos que no se dio cuenta de que Kara había colgado hasta que entró en el dormitorio.

—¿Qué tal ha ido?

—Bien, creo. Excepto que tengo la terrible sensación de que mi redactor quiere acostarse con mi madre. No ha dejado de intentar sonsacarme información. —Se dejó caer en la cama a su lado, con una mirada de repulsión—. Dime que es ilegal.

Él sonrió.

—Estrictamente hablando, no.

—Mi madre y mi redactor. ¡Dios santo!

—Tú madre sabrá cómo manejarlo. Lily es una mujer inteligente, como su hija.

Kara le miró.

—Ella y yo no tenemos nada en común. Ella está metida en todo eso de la Nueva Era y…

—Es increíblemente inteligente y le importan los demás. —Reece se sentó y le deslizó la bata a Kara por los hombros, mientras combinaba sus palabras con besos en la suave piel de su espalda—. Es sensual. Es valiente. Es fuerte. Y ama a su hija con todo su cuerpo y su alma.

Tiró al suelo la bata de Kara, desnudó su cuerpo lascivo y luego le dio media vuelta para dejarla de espaldas a él. Le tomó los pechos con las manos, acarició sus pezones con los pulgares y observó cómo se ponían duros.

—¿Qué cree que está haciendo, senador? —Kara tenía los ojos cerrados y él pudo notar cómo se le aceleraba el pulso.

—Ahora mismo, estoy poniéndola caliente y excitándola. En un minuto, voy a llenar esa gigantesca bañera y luego me meteré en el agua con usted y haré que grite de placer.

—Los políticos y sus promesas. —Las palabras de Kara eran susurros entrecortados.

—Querida, le aseguro que ésta es una promesa que voy a cumplir.

Kara se alejó de la puerta corredera de cristal mientras el corazón le latía con fuerza en el pecho. Vio la pistola y el destello de luz al dispararla. Luego, empezó a correr.

Connor estaba en el suelo del pasillo jugando con dinosaurios de plástico.

—¡Escóndete, Connor! ¡Debajo de tu cama!

Le llamó, le gritó, pero él parecía no oírla.

Otro disparo. Tras ella, el cristal se hizo añicos.

—¡Connor, corre!

Pero Connor no se movía.

Entonces, las manos del hombre la atraparon, y empezaron a golpearla. Ella luchó contra él, luchó para respirar, luchó para vivir.

—¡Kara! No pasa nada. Despierta, cariño. Sólo ha sido un sueño.

Temblando, sintiéndose enferma y con el corazón saliéndosele del pecho, Kara se encontró sentada en la cama, inundada de sudor frío y aferrada a Reece, que la abrazaba y le acariciaba el cabello mientras susurraba palabras de consuelo. Poco a poco, remitieron los temblores, quedando solo las náuseas y el sabor duradero del terror. Parecía tan real. ¿Por qué siempre parecía tan real?

—¿Quieres que el servicio de habitaciones te traiga un té?

—No. Pero no me sueltes. —Kara hundió la cara en la cálida fuerza del pecho de Reece.

—No lo haré.

Reece se levantó antes del amanecer y compartió una pequeña tetera con Kara. Parecía haber descansado cuando por fin se quedó dormida, pero tenía ojeras, y él supo que la pesadilla la había acompañado toda la noche. Reece le contó sus sospechas sobre Stanfield y le dijo que tuviera cuidado. Luego, se dieron una ducha juntos y él la hizo reír al usar la maquinilla y la crema de afeitar de mujer para afeitarse él.

—Hueles a polvos de talco —dijo Kara olfateándole y riendo—. Qué cielo.

Después, se despidió de ella con un beso y se fue por donde había venido, comprobando la puerta de las escaleras tras él. Quería salir a la calle y coger un taxi antes de que alguien le reconociera. Teniendo en cuenta que su cara había estado en la televisión todo el día anterior y seguramente aparecía publicada en todos los periódicos, no iba a ser una tarea fácil.

Casi habían llegado al Capitolio cuando el taxista lo reconoció. El hombre se quedó mirándole por el espejo retrovisor.

—Oiga, usted es ese tipo que mató a la mujer, ¿verdad?

—Soy ese tipo, pero no he matado a nadie.

—Lo que usted diga, amigo. ¿Quién sabe? Quizá se lo merecía. Mi ex mujer se merecería que yo le retorciera el pescuezo.

Reece lo sintió por la ex mujer de ese hombre mientras sufría el tormento de escuchar al taxista recitar sus votos matrimoniales. Se sintió aliviado cuando pudo divisar la resplandeciente cúpula dorada del Capitolio. Pagó al taxista y se dirigió directamente a su despacho, haciendo caso omiso de las miradas, los murmullos y el reducido grupo de periodistas que le siguieron escaleras arriba. Había usado el fax de Kara para hacer copias de los documentos clave que implicaban a Devlin, y quería llevar a cabo un poco más de investigación antes de enfrentarse a él. Quizá Devlin había apoyado otras propuestas en nombre de TexaMent.

Abrió la carpeta de documentos que había copiado y les echó un vistazo mientras esperaba a que se encendiera el ordenador. Tenía una hora antes de tener que estar en la sala del Senado. Y entonces, Stanfield recibiría una pequeña dosis de todo lo que le iba a caer encima.

Capítulo 26

—Dígale al señor Owens que llamaré cada quince minutos hasta que me pasen con él. Gracias. —Kara colgó el teléfono—. ¡Maldita sea!

Devlin tenía conectado el buzón de voz, lo que no le sorprendía dado que había sesión en el Senado esa mañana. Supuestamente, el gobernador no estaba en su oficina y no volvería hasta la tarde. Owens seguía en una reunión, una reunión que duraría hasta después de finalizar el plazo de entrega del artículo. El típico burócrata.

Si no hubiera estado encerrada en ese hotel, habría ido a la oficina del gobernador y al Departamento de Salud, y luego habría acampado en el exterior del Capitolio para esperar a Devlin. Era mucho más difícil deshacerse de ella en persona, pero encerrada en lo alto de un rascacielos, podía hacer poco más que amenazar a quien respondiera al teléfono. Tenía ganas de gritar debido a la frustración.

Pero el día no había empezado así. Se había despertado sintiéndose satisfecha y cálida entre los brazos de Reece mientras éste le besaba en la sien. Habían compartido una ducha y una taza de té. Luego, él se había puesto serio y le había dicho que creía que Mike Stanfield se encontraba de alguna manera detrás no solo de las amenazas y su ataque, sino también del asesinato de la cabildera. Le había dicho que tuviera cuidado y, después de darle un último y largo beso, se había marchado al Capitolio a rechazar su propuesta de ley.

Y esa agradable sensación de calidez había sido reemplazada con demasiada rapidez por preocupaciones: por Reece, por sí misma y por Connor, a quien echaba terriblemente de menos. Quería que Reece limpiara su nombre. Quería recuperar su vida. Quería que su hijo y su madre volvieran a casa. Quería ser capaz de averiguar hacia dónde iba su relación con Reece sin violencia, pesadillas ni amenazas sobre sus cabezas.

Dios, cómo le amaba. Todavía no se lo había dicho, como si al no pronunciar las palabras evitara que sus sentimientos se convirtieran en algo real. No había pretendido que las cosas fueran así. Nunca había pensado en volver a perder la cabeza por un hombre. Siempre había imaginado que cuando volviera a enamorarse, si sucedía, tendría una actitud muy madura frente a ello: nada de latidos desbocados del corazón, nada de sexo entre gritos en la bañera a medianoche y nada que interfiriera en su carrera o complicara más su ya de por sí complicada vida.

Se había equivocado. Reece había traído todas estas cosas con él: corazones desbocados, sexo a gritos y un mundo de complicaciones. Pero él también la había respetado, la había defendido y se había desviado de su camino pensando en ella y Connor. Nunca había experimentado esa clase de conexión fácil con ningún hombre. Con Galen, siempre sentía que tenía que hacer algo para conseguir su aprobación: ser más sofisticada delante de sus amigos —que eran mucho mayores y estaban más establecidos que ella— ser mejor en la cama, realizar menos peticiones emocionales... Su relación con Tom, aunque no era sexual, no era muy diferente, ya que ella luchaba sin cesar para conseguir su aprobación.

Pero, con Reece, lo único que tenía que hacer era ser ella misma. Él la había aceptado tal como era desde la primera noche en que se conocieron. Perder la cabeza por él era como... encontrarse a sí misma.

Se levantó de la mesa, cruzó la habitación y se preparó otra taza de té mientras intentaba sacárselo de la cabeza. Necesitaba centrarse y acabar con las entrevistas para poder redactar el artículo. Ya había hablado con un experto en la industria cementera, quien había visto copias de las cintas de vídeo que Tom le había entregado. El hombre había farfullado con rabia al ver las imágenes: montañas de polvo de horno de cemento, charcos enormes de aceite derramado, y máquinas remendadas con trapos y cinta aislante.

—Entonces, ¿lo que ha visto en las cintas no forma parte de los estándares de la industria? —le preguntó ella.

—¿Está bromeando? Si todavía trabajara como inspector de seguridad laboral, cerraría la planta. No me imagino lo que los trabajadores respiran cada día. En diez días, sus pulmones no serán más que tejido cicatrizal.

—¿Hay alguna posibilidad de que el individuo que filmó las cintas las hubiera falsificado?

—¿Cómo podría haberlo hecho? Hay polvo acumulado en las vigas del techo. Nadie podría haber falsificado eso. Lo que está viendo es el resultado de la negligencia de la dirección de la planta. No invierten el suficiente tiempo y dinero en el mantenimiento del equipo, lo que está causando el polvo y las fugas. Yo creo que han recortado costes en cuanto a personal de limpieza o que el personal de limpieza no da abasto.

—¿Por qué la dirección no presta atención al mantenimiento del equipo? ¿No acabaría volviéndose contra ellos a largo plazo?

—¿A quién le importa lo que pase dentro de diez o veinte años si puedes obtener beneficios este año? Además, los yacimientos que Northrup está explotando se acabarán en los próximos diez años. ¿Por qué gastar millones para mantener una planta que vas a cerrar?

Esa información la pilló por sorpresa, y vio cómo otra pieza del puzzle encajaba en su sitio. Una cosa era que una empresa dejara que se estropeara su equipo si planeaba seguir en el negocio. La negligencia acabaría por afectar a la empresa. Pero otra cosa totalmente diferente eran unas instalaciones que iban a cerrar para siempre en cuestión de años. Como alguien intentando exprimir los últimos cinco mil kilómetros de un viejo coche, los jefazos de TexaMent se ahorrarían millones si conseguían arreglar cualquier problema de forma chapucera con cinta aislante hasta que cerrara la planta.

El ansia por los beneficios. Ésa era la motivación tras todo esto. Desde el vertido de disolventes en la acequia a la falsificación de los resultados de las inspecciones estatales, pasando por la negligencia en el mantenimiento del equipo, todo ello se reflejaba como millones en el banco. Incluso la propuesta de ley sobre la quema de neumáticos tenía su origen en el ansia de beneficios, ya que la empresa cobraría por quemar neumáticos en lugar de pagar para quemar carbón.

Kara introdujo la bolsa de té una última vez, la sacó con la cucharilla y la colocó sobre la bandeja. Se llevó la copa a los labios y tomó un sorbo con cuidado. El sabor de la menta le acarició la lengua. Rumiando los hechos, volvió a su mesa, se sentó y tomó otro sorbo.

¿Qué pensaba Mike Stanfield del dinero? Tenía que averiguarlo. Esta mañana, justo después de la partida de Reece, había preparado una lista de preguntas para él, pero había estado aplazando el momento de llamarlo.

Cobarde.

Intentó hacer caso omiso de la voz interna y pretendió no haberla oído. Pero la voz tenía razón. Por primera vez en su carrera, tenía miedo de entrevistar a alguien. Se quedó atónita y enfadada al darse cuenta de ello. ¿De verdad había dejado que pudieran con ella? ¿La habían intimidado tanto que tenía miedo de realizar una llamada de teléfono?

Como redención, tomó la libreta, levantó el auricular y marcó el número de Northrup. En cuestión de segundos, se encontró hablando con la secretaria de dirección. Pulsó el botón de grabación.

—No está disponible en este momento, pero estaba esperando su llamada. Me ha dado instrucciones de decirle que estará disponible por la tarde.

Kara ocultó su sorpresa.

—¿A qué hora volverá? Así podré llamarle entonces.

—Estará fuera hasta las cuatro. ¿Quiere dejar un mensaje?

—Sólo dígale que Kara McMillan, del *Denver Independent*, se pondrá en contacto con él esta tarde. —Colgó el teléfono mientras un escalofrío le recorría la columna. El muy cabrón estaba jugando con ella. Había dejado ese recado a su secretaria por una razón: para intimidarla. Quería que supiera que no iba a cogerlo desprevenido. Quería que ella creyera que él iba un paso por delante. Bueno, pues Mike Stanfield podía irse al infierno.

Se acercó a una montaña de documentos, preparada para trabajar en su primera columna, una línea del tiempo que detallara los descubrimientos de los informes de inspección estatales. Nerviosa, consiguió dejar los documentos sobre la moqueta, donde se esparcieron desordenados.

—Vale, McMillan. Muy bien. —Se puso de rodillas e intentó ordenarlos.

Fue entonces cuando su mirada se posó sobre una hoja de papel, y lo vio. Olvidando todo lo demás, cogió el documento —una citación contra un director de turno por un almacenamiento incorrecto de disolvente— y se fijó en el nombre.

—¡Dios mío, Dios mío!

Se levantó de un salto, levantó el auricular del teléfono y llamó a su fuente de la Oficina de Investigación de Colorado.

—Hola, soy Kara. Necesito los antecedentes de una persona lo antes posible. El nombre es Juan de la Peña.

—Senador Sheridan, es su turno.

Reece podía ver la satisfacción reflejada en los ojos de Devlin. Esperó hasta que la cámara del Senado se silenció, regaló a Devlin su mejor sonrisa y luego se inclinó sobre el micrófono.

—Señor presidente, me gustaría presentar una moción para que la propuesta de ley del Senado número 46, relativa a la quema de neumáticos como combustible, se posponga de manera indefinida.

Devlin parecía sorprendido y, durante un momento, no dijo nada.

—Creo que su moción está fuera de lugar.

«Adelante, Devlin. Sigue cavando tu tumba».

—Según la cuestión de procedimiento, señor presidente, la propuesta de ley está en la agenda. Es mi propuesta. Y tengo la palabra. ¿Cómo puede estar fuera de lugar la moción?

El silencio se hizo más profundo en la cámara, y Reece sabía que los demás senadores estaban intentando entender el contexto, intentando averiguar qué estaba sucediendo realmente ante sus ojos.

Devlin le miró durante un instante, en apariencia sin palabras. Está claro que esperaba que Reece intentara pasar la propuesta de ley ese día. Quizá había pensado que al acusar a Reece de asesinato conseguirían que hiciera lo que ellos querían. Qué ingenuos.

—La propuesta de ley ya ha pasado una primera y una segunda lectura. Intentar su rechazo a estas alturas es...

Reece le interrumpió, casi disfrutando.

—Es algo que cumple estrictamente las leyes del Senado.

—Solicito un descanso de diez minutos para leer la normativa. —Devlin salía del podio del presidente, probablemente para dirigirse a un teléfono privado desde el que llamar a Stanfield, cuando Reece lo interceptó.

Habló para que solo pudiera oírlo Devlin.

—Creo que es el momento de que tú y yo tengamos una charla sobre TexaMent.

Devlin le observó con unos ojos grises que reflejaban desdén. ¿O era miedo? Se dirigieron hasta una sala de conferencias.

—Que sea rápido.

En cuanto Devlin cerró la puerta tras él, Reece habló:

—¿Cuánto hace que trabajas para Mike Stanfield?

—¿De qué coño estás hablando?

—Venga, Devlin, no disimules. Sé que Stanfield te ha estado pagando grandes sumas usando los nombres de sus empleados como tapadera. He repasado todos tus informes de financiación de campañas de los últimos años y he encontrado docenas de contribuciones procedentes todas ellas de la misma dirección: la planta Northrup de TexaMent. ¿Qué crees que revelería una información? ¿De verdad realizaron contribuciones todos esos empleados o el dinero procede de TexaMent y Stanfield? ¿Cuánto te paga para que seas su perro faldero? Sea lo que sea, seguro que pasa del máximo legal.

Alguien llamó a la puerta, y Miguel asomó la cabeza con cara de preocupación.

—Reece…

—¡Ahora no, Miguel!

Sorprendido y un tanto enfadado, Miguel cerró la puerta.

Devlin miró a Reece y sacó pecho.

—No puedes demostrar nada.

—Creo que sí. —Reece le mostró la pila de documentos que había fotocopiado—. Tengo informes de financiación de campañas que se remontan a tu primera campaña, y todos muestran lo mismo: miles de donaciones de una dirección, Northrup.

Devlin hizo una buena imitación de sorpresa.

—Eso no es culpa mía. No puedes hacerme responsable a mí de sus errores.

—Claro que puedo, y también el Secretario del Estado. También tengo una copia del memorando que mandaste al Departamento de Salud del Estado solicitando que detengan cualquier acción contra Northrup. —Reece rebuscó entre los papeles y le mostró el memorando a Devlin, que se burló—. Por supuesto, la firma está tachada, pero Owens no tardó ni dos segundos en decirnos quién lo había firmado cuando se dio cuenta de que estaba metido en un buen lío.

La mirada de Devlin se posó en el papel, y se le hincharon las aletas de la nariz.

—Es posible que haya realizado algunas llamadas, pero yo no lo escribí. Owens es un mentiroso.

—Guárdate las excusas para el comité de ética, Devlin. Northrup falsificaba sus informes de emisiones, mentía sobre su equipo, vertía productos tóxicos en el agua, emitía polvo cáustico que llegaba a los campos cercanos y enfermaba a la gente. Han violado leyes medioambientales estatales y federales, y al obligar al Departamento de Salud a mantenerse al margen, tú les ayudabas y les animabas a seguir.

—¡Yo no les he obligado a hacer nada! —La cara de Devlin estaba roja de rabia.

Reece hizo caso omiso.

—¿Y cómo funciona? ¿Stanfield desembolsa grandes sumas y tú le cubres las espaldas?

Devlin dio un paso hacia Reece.

—¿Crees que soy el único político que cuida a la gente que financia sus campañas? Así va el juego, Sheridan.

—Hablando de juegos, lo tenías todo pensado, ¿verdad? Esperarías en la sombra mientras Stanfield conseguía que yo presentara la propuesta de ley sobre la quema de neumáticos para asegurarse el voto medioambiental y luego la firmarías tú.

Devlin rió despectivamente.

—Ésa era mi idea. Me pareció algo muy divertido, de veras. Parecía una gran manera de ganar a esos defensores de los árboles y joderte al mismo tiempo.

Reece observó la altivez de Devlin y decidió dar rienda suelta a su ego.

—Tengo que reconocerlo, funcionó durante un tiempo. Pero luego, Kara McMillan consiguió las cintas de vídeo del delator y todo se fue al carajo, ¿no es cierto?

—Algunos no saben cuándo parar.

—Tienes razón. Stanfield intentó detenerla con amenazas y, cuando eso no funcionó, intentó hacer que la asesinaran. Luego, cuando yo descubrí lo que estaba pasando e intenté retirar la propuesta de ley, ordenó que asesinaran a Alexis y me culparan a mí.

Devlin le observaba con cautela.

—No sé nada de eso.

—Creo que sí. —Reece le enseñó varias páginas que había impreso por la mañana—. Resulta que tengo los registros de tus llamadas, incluyendo las de hace dos días. Sé que poco después de que yo llamara a Stanfield para decirle que iba a rechazar la propuesta de ley, él te llamó a casa. Dos horas después, mataron a Alexis.

El cuerpo de Devlin se sacudió como si le hubieran golpeado.

—¡No puedes acceder a esos registros!

—Ya lo he hecho. Sospecho que cuando lleve esta información al comisario Irving, tendrá algunas preguntas para ti.

—¡Estás loco! ¡Yo no maté a Alexis! ¡A mí me gustaba! —Empezó a sudar—. Stanfield quería que pusiera la propuesta de ley sobre la quema de neumáticos en la agenda del día siguiente, nada más.

—Yo pasé el polígrafo, Devlin. ¿Lo pasarías tú?

Ahora temblaba.

—Lo único que he hecho ha sido preocuparme por los intereses de TexaMent aquí en el Capitolio. Presentar alguna propuesta de vez en cuando, vigilar el Departamento de Salud. ¡Nunca he conspirado para asesinar a nadie!

—Eso dejaremos que lo decida la policía. Mientras tanto, está la pequeña cuestión de la propuesta de ley sobre la quema de neumáticos. Sabes muy bien que mi moción es totalmente válida. Tú has solicitado este receso para retrasar el voto. Pero vamos a volver ahí dentro, y tú vas a aprobar mi moción y pedir el voto. ¿Entiendes?

—¿Me estás chantajeando?

—No. Si te chantajeara, te amenazaría con hacer público todo lo que sé si no cooperaras. Pero voy a entregar todo el material a la policía y solicitaré una auditoría independiente sin importar lo que tú hagas.

—¿Y qué va a impedirme rechazar tu moción solo para fastidiarte?

—No tienes a nadie que te apoye, y todos los senadores de la sala lo saben. Si rechazas mi moción, quedarás todavía peor. Además, he grabado toda esta conversación. —Reece hizo caso omiso de la cara atónita de Devlin, se dio media vuelta y salió de la sala.

—¡No puedes hacerlo! ¡Es ilegal!

—Si prestaras más atención a las leyes del Estado para el que se supone que trabajas, sabrías que grabar a escondidas una conversación es legal en Colorado, siempre que la persona que la grabe forme parte de dicha conversación. Pregúntale al departamento jurídico. —Reece abrió la puerta y se encontró con Miguel caminando arriba y abajo frente a la puerta. Estaba pálido, y le caían unas gotas de sudor por la frente.

Miguel se lanzó sobre él.

—¿Te has vuelto *loco*? Tenemos que hablar.

—Tendrá que esperar, Miguel. Creo que Devlin está a punto de llamarnos para votar.

Kara leyó los numerosos antecedentes penales que le había mandado la Oficina de Investigación de Colorado. Juan de la Peña podía ser hermano de un senador del Estado, pero era una absoluta escoria. Tenía muchos antecedentes que se remontaban casi hasta el día en que fue concebido, sobre todo cargos de narcotráfico, robo, vandalismo, ese tipo de cosas. Había cumplido un par de condenas, una en Cañón City por asalto y otra en Leavenworth por asalto y posesión con intento de venta. Y ahora trabajaba para Northrup como director de turno, donde había sido citado por almacenar productos químicos tóxicos de manera inadecuado.

Era una información interesante. Y más interesante era el hecho de que el senador de la Peña no había considerado conveniente incluir entre los materiales que Kara había solicitado el hecho de que su hermano menor trabajaba para Northrup. Reece era muy amigo suyo. ¿Lo sabía Reece?

Kara descolgó el teléfono y marcó el número del despacho de Tom.

—Hola, soy McMillan, tengo…

—¿Has hablado con tu madre, hoy? ¿Qué tal está?

—¿Qué? No, no he hablado con ella hoy.

—Bueno, cuando hables con ella, dale recuerdos de mi parte.

Kara contuvo un grito. A su redactor le ponía caliente su madre. Qué horror.

—De hecho, he llamado para darte información interesante y relevante para mi investigación. El hermano del senador de la Peña trabaja como director de turno en Northrup, pero por alguna razón el buen senador no consideró procedente comunicar este hecho en mi petición pública de archivos.

—Interesante. ¿Qué sabes del hermano?

—Sé que ha pasado tanto tiempo en la cárcel como fuera de ella, casi siempre por drogas. Cumplió una sentencia de cinco años en Cañón City en la década de 1990 y ha pasado la mayor parte de esta década en Leavenworth.

—¿Leavenworth? Un segundo. Voy a buscar a Novak. —Llamó a Tessa—. Voy a conectar el manos libres. Repítele a Novak lo que acabas de decirme.

Kara recapituló y le contó los detalles.

—Salió de Leavenworth en julio de 2004 y de alguna manera se las arregló para conseguir un puesto como director de turno en Northrup. Desconozco si tenía experiencia previa en...

Tessa la interrumpió:

—¿Cuándo dices que le encerraron en Leavenworth?

—Aquí pone en febrero de 2000.

—Eso lo sitúa en Leavenworth al mismo tiempo que John David Weaver. Rayos y centellas, Kara, has encontrado la pieza que faltaba.

Capítulo 27

John David Weaver. El hombre que había intentado matarla.

Kara se alegró de estar sentada.

—Le habéis estado investigando.

—¡Por supuesto! —Tom parecía indignado—. Alguien ha intentado cargarse a una de mis periodistas y por mis muertos que voy a averiguar todo lo pueda sobre él.

Probablemente, fue la vez que Tom demostró más preocupación por ella. Excepto que, por supuesto, todo se centraba en él. ¿Su periodista?

—He seguido todas las pistas que tenía para poder darle una patada en el culo a este tipo de tu parte —dijo Tessa—. Quería encontrar su vínculo con Northrup o TexaMent, pero hasta ahora solo había sido capaz de demostrar que era un impresentable. Ha estado pasando épocas en la cárcel desde que tenía quince años. Parece ser que le gustaba hacer daño a las mujeres.

«Cuando acabe contigo, harás todo lo que yo te ordene. O puede que te deje morir conmigo dentro de ti».

Recordó con toda claridad esa voz llena de odio.

Kara cerró los ojos con fuerza y expulsó esas palabras de su cabeza.

—Sí. No me extraña nada. ¿Puede Sophie usar sus contactos en la cárcel para descubrir si él y Juan de la Peña se conocían? Cualquier cosa que podamos hacer para demostrar la conexión será de ayuda.

—Le diré que se ponga a ello. —Tom la llamó—. ¡Alton! ¡Ven aquí!

—¿Qué significaría eso para tu investigación? —preguntó Tessa.

—No estoy segura. Tenemos un documento que vincula a Devlin con TexaMent. Quizá sea solo coincidencia que el senador de la Peña tiene un hermano que trabaja ahí. E incluso si su hermano está implicado, es posible que el senador esté limpio.

Tom emitió un sonido de repugnancia.

—Tendría que explicar por qué no incluyó sus lazos familiares con Northrup cuando contestó a tu petición pública de archivos. Me niego a creer que ha sido un descuido por su parte. Es el momento de llamarlo y jugar a la reportera indignada. Mientras tanto, voy a ver si Novak puede convencer a Irving para que nos deje echar un vistazo al archivo del caso a cambio de esta información que has desenterrado. Alguien tiene que haber pagado a tu coleguita Weaver, y la poli es la única con acceso a sus cuentas.

¿Su coleguita? Tom tenía la sensibilidad de una roca.

Kara lo soltó:

—Hoy hay sesión en el Senado, así que no hay muchas posibilidades de contactar con de la Peña hasta última hora de la tarde, pero llamaré ahora y dejaré un mensaje.

De fondo, se oía a Tom diciéndole a Sophie que buscara vínculos carcelarios entre Weaver y Juan de la Peña.

—¿Qué tal estás, Kara? Tessa habló con un tono de voz pasando de profesional a personal.

—Mejor.

—Te echamos de menos. Tienes que volver antes de que Holly nos vuelva locas a Sophie y a mí. Me llamó anoche casi a medianoche para preguntarme…

La voz de Tom la interrumpió:

—Te mandaremos un correo electrónico si encontramos algo nuevo. En caso contrario, reuniremos al equipo de investigación y te llamaremos desde el manos libres mañana por la mañana a las nueve. Quiero esta historia en el saco en cuarenta y ocho horas.

—Entendido. Y Tessa… gracias.

—De nada. Somos un equipo, ¿recuerdas?

Kara colgó y marcó el número del móvil de Reece. Algo le dijo que tenía que avisarle.

Cuando los demás senadores pasaron por su lado para el receso del mediodía, Reece guardó todo en la cartera con una sensación de satisfacción contenida. La propuesta había sido rechazada, había pasado al eterno limbo legislativo. Aunque no había ninguna manera de evitar que alguien presentara una propuesta de ley parecida al año siguiente, al menos había demostrado a Stanfield y a sí mismo que no estaba en venta, sin importar cuál fuera el precio.

Cerró la cartera y buscó el móvil en el bolsillo del pantalón esperando que Kara le hubiera dejado un mensaje, pero se dio cuenta de que no lo llevaba. Cogió el abrigo del respaldo del escaño de senador y buscó en los bolsillos, pero el móvil tampoco estaba ahí. Había comprobado los mensajes por la mañana de camino al Capitolio, así que sabía que no se lo había dejado en la habitación de hotel de Kara. Como pensó que estaría en la mesa de su despacho del piso superior, cogió la cartera, se puso el abrigo sobre un brazo y se dirigió por las escaleras de la sala hacia la puerta.

Tenía que comer algo, pero primero quería llamar al comisario Irving y mandar un correo electrónico a Kara para contarles lo que había averiguado de Devlin. El cabrón prácticamente había admitido que trabajaba para Stanfield y que había obligado al Departamento de Salud a retirar las sanciones contra TexaMent. Y, aunque había negado tener relación alguna con el memorando, el ataque a Kara y la muerte de Alexis, había admitido que había recibido una llamada de Stanfield la noche del asesinato.

Reece estaba tan inmerso en sus pensamientos que le pilló por sorpresa la multitud de periodistas que le esperaban en el pasillo en el exterior de la sala. En cuanto abrió la puerta, se abalanzaron sobre él disparando preguntas como balas, tomando fotos sin cesar y deslumbrándolo con los flashes de las cámaras. Incapaz de oír nada debido al caos, levantó una mano para pedir silencio.

Luego, igual que haría en una clase de niños traviesos, habló tan flojo que todo el mundo tuvo que callarse para poder oírlo.

—No puedo responder sus preguntas si hablan todos a la vez. Uno a uno, por favor.

—¿Es cierto que usted y la señorita Ryan tuvieron relaciones sexuales?

—Sí. —Por respeto a la familia de ella, no mencionó que no había nadie en el Capitolio que no se hubiera acostado con ella.

—¿Cómo cree que afectará este escándalo a sus opciones de ser reelegido?

—En última instancia, no hay ningún escándalo porque yo no tuve nada que ver con el asesinato de la señorita Ryan. Ahora mismo, lo único que me preocupa es ver a su asesino ante la justicia. No he pensado en la reelección.

—¿Cree que haber pasado la prueba del polígrafo debería presentarle como inocente a los ojos del público?

—Aunque todos somos inocentes hasta que se demuestre lo contrario, me doy cuenta de que a veces la gente tiende a emitir juicios basándose en lo que dicen los medios de comunicación. Sospecho que los que ya me han acusado y declarado culpable no se sentirán satisfechos hasta que quede totalmente limpio y fuera de toda sospecha.

En el vestíbulo situado detrás del gentío, Miguel caminaba nervioso arriba y abajo. Reece todavía no había tenido tiempo de hablar con él porque había pasado directamente de su confrontación con Devlin a la sala del Senado.

—¿Es posible que el asesinato de Alexis Ryan estuviera conectado de alguna manera con el intento fallido de asesinar a la periodista Kara McMillan?

Reece dudó.

—Ésa es una pregunta que corresponde responder a la policía. Gracias por su interés y, si me disculpan, tengo trabajo que hacer antes de que se retome la sesión.

Esbozó lo que consideró una sonrisa amable, hizo caso omiso de la lluvia de preguntas y se dirigió a través del concurrido pasillo hacia Miguel, que lo observaba.

—¡Ya era hora, joder! ¿Qué tengo que hacer... pedir una cita?

No era típico de Miguel ser hostil y sarcástico. Reece estudió el rostro de su amigo.

—¿Qué pasa?

—Tenemos que hablar, y no puedo esperar.

Reece miró por encima del hombro.

—Bueno, aquí no podemos a no ser que queramos que todas las palabras aparezcan mañana en el periódico.

—Subamos a la galería de observación. Suele ser un sitio tranquilo y necesito respirar aire fresco.

Pasaron por el despacho de Reece para que pudiera dejar la cartera —echó una mirada rápida y vio que el móvil tampoco estaba sobre la mesa— y luego tomaron las escaleras de mármol, pasaron por delante de los retratos presidenciales de la tercera planta y llegaron al nivel más alto, justo debajo de la cúpula. Se oía el eco de las voces del gentío situado en la planta baja de la rotonda, a más de treinta metros de distancia. Las puertas acristaladas se abrieron hacia un estrecho balcón que rodeaba el edificio, ofreciendo vistas espectaculares en todas direcciones.

Reece se dirigió de forma automática hacia el oeste y su vista de montañas nevadas lejanas. Abrió la puerta y fue recibido por el sol de finales de febrero, mientras Miguel le seguía. Sesenta metros más abajo, la gente paseaba a los perros en el parque, hablaban en grupos o se dirigían hacia los coches.

Reece oyó la respiración de Miguel tras él y sintió un extraño escalofrío en la columna. Se dio media vuelta y vio a Miguel con una expresión extraña en el rostro.

—¿Qué pasa?

Miguel dio unos pasos atrás y desvió la mirada..

—Se trata de mi hermano.

—¿Luis? —Lo último que había oído Reece es que Luis, que había sido un poco rebelde de joven, acababa de casarse y estaba esperando un hijo.

—No. Juan. —Miguel parecía incapaz de mirarle a los ojos, y Reece se dio cuenta de que su amigo se sentía avergonzado.

—Lo siento. —Por lo que Reece recordaba, Juan era el cuarto de los seis hermanos de Miguel y se había pasado la mayor parte de la vida entrando y saliendo de la cárcel. Miguel casi nunca hablaba de él—. ¿Está metido en algún problema?

Miguel bajó la mirada y asintió, mientras gotas de sudor le resbalaban por el labio y la frente, y se le aceleraba la respiración.

Reece nunca le había visto así antes. Extendió una mano y la colocó sobre el hombro de Miguel.

—Sea lo que sea, Miguel…

—¡Déjame! —Miguel se zafó de la mano y se alejó de él.

Reece tardó unos segundos en darse cuenta de que Miguel le estaba apuntando con una pistola, y otros segundos hasta que la adrenalina se disparó.

—¿Qué demonios?

La pistola temblaba en las manos trémulas de Miguel.

—¡Te dije que no te metieras! ¡Te avisé para que te mantuvieras al margen! ¿Por qué no me escuchaste?

Entre la incredulidad y la sorpresa, Reece pasó de mirar el cañón de la H&K semiautomática de nueve milímetros a mirar la terrible angustia reflejada en los ojos de su amigo. Se preguntó si ésa era la pistola que mató a Alexis, e intentó contener la rabia que le invadía el cuerpo. Si quería vivir, tenía que mantener la cabeza fría.

—Dime qué está pasando, Miguel.

—Juan trabaja para Northrup. Es director de turno. Le ayudé a conseguir el trabajo cuando salió de la cárcel. Pensé que podría ayudarle a encarrilar su vida.

—Pero no ayudó.

—Al principio parecía que sí. Luego, su supervisor le pilló vendiendo droga en la empresa. Mike Stanfield lo habría entregado a la policía, pero era mi hermano.

—Así que no le denunciaron. —Reece puso en marcha con disimulo la grabadora digital que llevaba en el bolsillo, pero no se atrevió a moverse.

Miguel sacudió la cabeza.

—No. Stanfield incluso se ofreció a pagar su tratamiento. Luego, cuando el Departamento de Salud se lanzó sobre ellos, Stanfield me dijo que les debía un favor. Realicé unas llamadas telefónicas, escribí un memorando y le dije a Owens que se olvidara del tema. No me gustaba, pero tuve que hacerlo, sobre todo porque Juan era uno de los empleados que citaban.

¿Miguel había escrito el memorando? Tenía que ser una broma. No podía ser más que una broma.

—Pero entonces Kara empezó a investigar, ¿no es así?

—No sabía nada de su conexión con esto hasta que se presentó de improviso en el Departamento de Salud y se llevó los registros. Le dije a Stanfield que yo no podía hacer nada al respecto.

—¿Ordenaste que la mataran?

—¡No, por Dios! ¡Yo no tuve nada que ver con eso! —Pero la cara de Miguel le dijo exactamente a Reece quién había sido.

—Juan lo arregló, ¿verdad?

Miguel tragó saliva, para deshacerse del nudo que se le había formado en la garganta, y luego asintió.

—El hombre que mató la policía era un amigo suyo de Leavenworth.

—¿Y Alexis?

—Créeme, le habría detenido si lo hubiera sabido. Cuando me enteré de que la habían asesinado y de que tú eras el principal sospechoso, lo supe. Dios mío, Reece, él la mató y luego usó la información que Stanfield había conseguido sobre ti a través de mí para culparte.

El recuerdo de Miguel mirando su pistola apareció como un fotograma en la cabeza de Reece.

—Le dijiste a Stanfield que Alexis y yo habíamos sido amantes, y que yo tenía una pistola.

Miguel asintió, levantó la barbilla, pero el sudor le caía por el rostro.

—Juan es mi hermano, Reece. Tengo que sacarlo de todo esto.

—¿Y sacarlo de esto incluye matarme a mí? —Y luego lo entendió—. Ibas a empujarme, ¿verdad?

—Te... te has girado demasiado rápido. No he podido. —Miguel dio un paso hacia él, con la pistola temblándole en las manos—. Así que ahora vas a saltar.

Reece rió con fuerza.

—Ya veo. Mi muerte parecerá un suicidio. Todo el mundo pensará que me suicidé por el asesinato de Alexis, y lo que sé morirá conmigo. Es ésa tu idea, ¿amigo mío?

Miguel se estremeció al oír la palabra «amigo». Su cara era un poema.

—¡No!

—Bueno, eso me tranquiliza. Entonces, supongo que ha sido idea de Stanfield, ¿no?

—Quería que te empujara, pero no puedo. ¡No puedo!

—Es una pena, Miguel, porque no pienso saltar, y no permitiré que me empujes. Si me quieres muerto, vas a tener que dispararme. Vas a tener que apretar el gatillo. —Reece dio un paso adelante.

Miguel le observó atónito. Luego, apretó la mandíbula y, por un momento, Reece se vio tumbado sobre un charco de su propia sangre exhalando el último suspiro. Un disparo a bocajarro de una nueve milímetros podía ser desastroso para su anatomía.

Pero entonces, Miguel se dio cuenta de que era incapaz de llevar a cabo esa misión.

—¡No puedo!

Era lo que Reece estaba esperando. Con un rápido movimiento, sujetó con una mano el cañón de la pistola para que el deslizador no pudiera moverse y disparar, y luego pulsó el botón de liberación del cargador, que cayó al suelo de granito del balcón con un fuerte sonido metálico.

La pistola estaba cargada.

Miguel la dejó caer y le miró a los ojos primero con incredulidad y luego con un tormento terrible. Se dejó caer contra Reece con el cuerpo tembloroso.

—¡Madre de Dios, perdóneme! ¡Perdóneme!

Furia y pena hervían dentro de Reece. Ayudó a Miguel a sentarse, buscó de forma automática su móvil y recordó que lo había perdido.

¡Maldición! Si dejaba a Miguel solo, Dios sabe qué podía hacer. En ese punto, a Reece no le extrañaría nada que Miguel saltara. Y luego estaba la pistola. Quizás quedaba una bala todavía en la recámara, así que Reece no se atrevía a dejársela a Miguel. Tampoco se atrevía a volver a tocarla, porque podía eliminar las huellas dactilares. Como ya estaba bajo sospecha, no podía permitirse el lujo de que nadie extrajera conclusiones equivocadas sobre lo que acababa de pasar.

—Voy a pedir ayuda, Miguel, pero necesito tu móvil.

—¡Van a matarme! ¡O quizá vayan a por Hilaria y los niños! —Miguel parecía perdido en su desgracia—. ¡Dios santo!

Reece sacó el móvil del bolsillo de su amigo, marcó el número de seguridad y puso al corriente de todo al oficial de orden. Tenía que llamar al comisario Irving, pero eso podía esperar hasta que Miguel estuviera dentro de nuevo y la pistola puesta a buen recaudo.

—Ya ha acabado todo, Miguel. Todo irá bien. No has podido matarme porque no eres un asesino. Intentabas proteger a tu hermano, y te involucraste demasiado. Pero todo va a ir bien.

Pero Miguel sacudió la cabeza.

—No. No. No es verdad. Tu móvil... yo me lo he llevado. Se lo he dado a mi hermano para que se lo diera a Stanfield.

—¿Tú te has llevado mi móvil? ¿Por qué...? —La verdad golpeó a Reece como un puñetazo.

Si Stanfield tenía su móvil, tenía acceso a Kara.

Agarró a Miguel y lo sacudió.

—¿Qué van a hacer, Miguel? ¡Maldita sea, dímelo!

Kara pinchó las verduras de la ensalada sintiendo una gran frustración. Le había dejado dos mensajes a Reece y todavía no había podido contactar con él. Tampoco había podido localizar al gobernador. Y lo peor de todo es que la respuesta de Owens ante su solicitud de una entrevista había sido dimitir. Había anunciado su dimisión en una rueda de prensa que Tom le había mandado por correo electrónico.

«Supongo que le ha visto las orejas al lobo» había escrito Tom.

Kara supo desde el momento en que leyó el comunicado de prensa cómo actuaría el Estado. Owens había dimitido y cargaría con la culpa del gobernador. El gobernador prometería una investigación sobre las acusaciones de que Owens había recibido presiones políticas y había cedido ante unos contaminadores corporativos. Pero, de hecho, las investigaciones serían un lavado de imagen pagado por el contribuyente. Al final, el informe del Estado concluiría que las normativas no estaban claras, los registros vagos, Owens iba corto de personal, los informes de los medios eran inexactos, los recuerdos poco fiables y no había sucedido nada ilegal. Entonces, cuando Owens habría quedado más o menos limpio, reaparecería en algún otro puesto del gobierno unos años más tarde, quizá incluso se presentaría a gobernador.

Así no es como se suponía que funcionaba. Los inocentes debían quedar libres. Los culpables debían pagar sus culpas. Y, por encima de todo, el público debía tener acceso a la verdad.

Galen se habría reído de su idealismo. Pero Reece no. No solo parecía respetarla por ello, sino que incluso era más idealista que ella. Supuso que era una de las cosas que le atraían de él. ¿Cuántos políticos se presentan a senador porque sus alumnos se lo piden?

Pinchó una rodaja de pepino. ¿Cómo reaccionaría Owens si se presentaba en la puerta de su casa? Es probable que llamara a la policía y la acusara de acoso o allanamiento o algo así. Aun así, era tentador. Podía salir del hotel por las escaleras, igual que había hecho Reece, y podía poner algo en la puerta para que no se cerrase del todo y así poder volver a entrar. Nadie tenía que saber que había salido.

Mientras perfeccionaba los detalles en la cabeza, rechazó el plan. Le había prometido al comisario Irving que no se movería. No podía mentirle.

Miró el reloj, dejó la ensalada a medio comer a un lado y cogió el teléfono. Seguramente, la sesión del Senado se habría interrumpido para el descanso del mediodía. Marcó el número de

Reece con la esperanza de encontrarlo y no tener que hablar con el buzón de voz de nuevo.

—¿Hola? —No le sonaba nada esa voz de hombre.

—Lo siento, debo de haberme equivocado...

—¿Señorita McMillan?

—Sí.

—Soy Mike Stanfield. Esperaba su llamada.

Capítulo 28

Durante unos segundos, Kara se quedó muda y confusa. ¿Qué número había marcado? Miró la pantalla de su teléfono y sintió escalofríos. Pulsó el botón de grabar al instante.

—¿Qué hace usted con el teléfono de Reece?

La voz de Stanfield era fría y estaba llena de ira, como odio en hielo.

—Eres una chica lista. Adivínalo.

La idea la golpeó con la fuerza de un toro y la dejó sin aire en los pulmones. «¡Lo habían raptado! ¡Dios santo, lo tenían ellos!».

Si no hubiera estado sentada, se habría caído al suelo. Luchó por recuperar el aire, por controlar la voz, por aclarar el pánico caótico de la cabeza.

—¿A… así que ahora es un secuestrador además de un asesino?

—Soy un hombre de negocios. Y tú, señorita McMillan, te estás entrometiendo entre mi empresa y millones de dólares.

El pánico se convirtió en furia.

—Pobrecito, qué pena.

—Para vosotros dos sí lo es. Mis hombres están esperando en las escaleras a que abras la puerta. Si no la abres, el senador guapito muere.

Entonces, lo oyó de fondo.

—¡Déjala en paz, Stanfield!

¡Reece! Una angustia dolorosa le recorrió el cuerpo. ¡Era verdad que lo habían secuestrado!

«Pero al menos sigue vivo».

La voz de Stanfield le llegó como un gruñido.

—Y no intentes colgar y llamar a la policía. Si alguno de mis hombres huele a un poli, me aseguraré de que tu amante se arrepienta de haberte conocido. Por supuesto, es posible que ya se haya arrepentido.

Casi no reconoció la amenazadora voz que salió de su garganta.

—¡No te atrevas a tocarlo!

—Te doy treinta segundos para abrir la puerta. Veintinueve...

—¡No vas a salirte con la tuya!

—Te sugiero que cuelgues y abras la puerta, o verás de lo que soy capaz. Veinticuatro, veintitrés.

Kara dejó caer el teléfono mientras la cabeza le iba a mil y el estómago se le retorcía de miedo. No podía llamar a emergencias de forma secreta porque Stanfield controlaba la línea. No tenía tiempo de mandar un correo electrónico. Además, la oiría teclear. Y si no abría la puerta en los siguientes veinte segundos, Reece sufriría y quizá moriría. No podía dejar que le hicieran daño.

Mientras contaba mentalmente los segundos, corrió hasta la puerta de la suite, la abrió de golpe y echó a correr por el pasillo. Al otro lado de la puerta había tres hombres con monos de trabajo blancos. Reconoció a uno de ellos por su parecido con su hermano: Juan de la Peña. Sabía por su mirada que la consideraba ya muerta.

Levantó las manos enguantadas con los dedos separados, luego dobló el pulgar, contando. Nueve. Ocho. Siete.

Se le secó la boca. ¿Le dispararían allí mismo?

Cinco. Cuatro. Tres.

¿Y si mataban a Reece igualmente?

Dos.

Con el corazón latiéndole con fuerza en el pecho, Kara abrió la puerta.

Reece aumentó la velocidad del coche de Miguel hasta 150 km/h y voló por el carril izquierdo de la I-25 hacia la salida que lo llevaría hasta la planta de Northrup.

«¿Y si llegaba demasiado tarde?».

Había llamado al comisario Irving en cuanto Miguel había acabado de contarle lo que sabía del plan de Stanfield y le comunicó lo que Miguel le había dicho. Irving le había ordenado que permaneciera en el Capitolio y mandó dos unidades para ver si Kara estaba todavía donde se suponía que tenía que estar. Prometió llamar al móvil de Miguel cuando tuviera noticias.

Pero Reece no estaba dispuesto a quedarse esperando hasta descubrir lo que quería ese tipo. Stanfield la tenía, y si nadie lo detenía, la mataría.

Como la policía todavía tenía su jeep para realizar pruebas forenses, había cogido las llaves del coche de Miguel y había quemado goma al salir del aparcamiento. Ahora, le gustaría haberse llevado también la pistola de Miguel, aunque dudaba que el oficial de orden le dejara salir del edificio con un arma cargada. Esperaba que hubiera un gato en el maletero. De lo contrario, tendría que enfrentarse a Stanfield y sus esbirros con las manos vacías.

Era su culpa. No podía ser una coincidencia que esto pasara el día después de haber estado con ella. De alguna manera, les había mostrado el escondite de Kara. ¡Maldición! Si le pasaba algo, se pasaría el resto de la vida arrepintiéndose y odiándose.

El móvil de Miguel sonó.

—Sheridan.

—Ha desaparecido. —Era el comisario Irving.

—¡Maldición! —Reece apretó el acelerador hasta el fondo y volvió a ponerse a 150 km/h, el máximo del coche.

—No hay indicios de lucha por ninguna parte, nada de sangre, nada. Todo lo relacionado con su investigación ha desaparecido con ella: sus archivos, su ordenador, incluso el teléfono.

—Estaba preparado para grabar. Stanfield lo habrá sospechado.

—No quiero saber cómo has conseguido esa información,

porque si descubro que has puesto en peligro su seguridad de cualquier forma, voy a darte una patada en ese culo senatorial.

Y Reece sabía que se lo merecía.

—Entendido.

—La última vez que ha llamado ha sido hace unos treinta minutos cuando llamó a tu móvil.

«Hace treinta minutos».

Reece llevaba en la autopista unos quince minutos, lo que significaba que le llevaban quince minutos de ventaja. Tiempo más que suficiente para apretar el gatillo.

—¡Hijo de puta!

Divisó la salida allí mismo. Se echó encima de la señal de giro a la derecha, cruzó los carriles, salió por la salida a noventa por hora y pisó el freno. El coche derrapó, los neumáticos chirriaron y él entró en la carretera del condado de dos carriles.

—Por favor, dime que te has quedado en el Capitolio, tal como te dije. Eso no han sido tus neumáticos derrapando, ¿verdad?

—Técnicamente, no. He requisado el coche de Miguel.

—¡Maldita sea, Sheridan! ¡Cuando esto acabe, voy a meterte de cabeza al calabozo por entorpecer las operaciones policiales, violar el maldito orden establecido y cabrearme!

—No creo que esto último sea delito, pero mientras Kara siga viva y a salvo podrás hacer conmigo lo que te dé la real gana. ¿Quién tiene jurisdicción allí?

—El Departamento del sheriff del condado de Adams y, sí, ya han mandado unidades, incluyendo el equipo de las fuerzas especiales. Llegarán allí antes que tú.

En la distancia, se divisaron los silos blancos industriales, altos como rascacielos.

—Yo no apostaría nada.

Kara estaba sentada en el suelo de la furgoneta con las manos atadas y la boca cubierta con cinta aislante. Sus esperanzas languidecían. A través del parabrisas, pudo ver el punto de control de seguridad y supo que habían llegado a Northrup. Parecía que había pasado toda una vida desde que Holly y ella recorrieron el mismo camino.

Los dedos de Juan de la Peña se aferraron a su hombro. En la otra mano, sujetaba una pistola. Se inclinó y susurró:

—¿Tienes miedo de lo que va a pasar en los próximos diez minutos?

Y, en ese instante, reconoció su voz. Era él. La había llamado en mitad de la noche, había intentado asustarla, igual que intentaba asustarla ahora. Pero no iba a darle esa satisfacción, sin importar lo revuelto que tuviera el estómago. Se quedó mirándolo.

Él le dio un empujón y murmuró algo en su español nativo.

Dios, era una idiota. No había nada que impidiera a Stanfield matar a Reece una vez que sus hombres la tenían a ella. Su vida era lo único que tenía para negociar con Stanfield, y ya había tirado la toalla. ¿Qué habría hecho Stanfield si hubiera colgado el teléfono y llamado a la policía? ¿Habría matado a Reece al momento, sabiendo que ella poseía toda la información que la policía necesitaba para acusarlo por asesinato? ¿O habría dejado libre a Reece, subido a su Cessna y volado hasta la frontera?

Nunca lo sabría. Se había asustado tanto al pensar que Reece podía morir por su culpa que había abandonado el juego. Pero eso no era de lo único que se arrepentía.

¿Por qué no había llamado por la mañana a Florida para hablar con Connor? Pensar en él —la inocencia de sus enormes ojos marrones, el olor del champú infantil en su cabello, el sonido de su risa— le dolía en el corazón hasta el punto de pensar que el pecho le iba a estallar. Sólo tenía cuatro años. ¿Se acordaría de ella? ¿Se acordaría de cómo le hacía dibujos para él con espuma de afeitar, le cocinaba espaguetis y le leía durante horas? ¿Se acordaría de cuánto le quería?

Se le hizo un nudo en la garganta, y las lágrimas afloraron a sus ojos.

Y su madre. Ella cuidaría bien a Connor, incluso aunque realineara sus chakras. Pero la muerte de Kara sería devastadora para ella. Reece tenía razón. Su madre podía ser un tanto excéntrica, pero Kara sabía que la quería. Esperaba que alguien la apoyara.

Y Reece. Por Dios, Reece. Si pudiera pasar un minuto con él en una habitación, le diría que le amaba. No le importaba quién estuviera viéndoles o escuchándoles. Quería que él lo supiera. Al menos, quería darle eso. Quizás a él no le importara ya, pero ella se lo diría de cualquier forma.

«Dios, permite que siga vivo todavía».

Nunca había pensado mucho en lo que significaba morir ni había pasado mucho tiempo preguntándose qué había después de esta vida... ¡Y, maldita sea, no iba a perder un tiempo precioso en pensarlo ahora! Todavía seguía viva y respirando, y no se resignaba a ser la siguiente víctima de asesinato de Stanfield.

«¡Haz un esfuerzo, McMillan!».

Actuaría con cautela los siguientes minutos, intentaría averiguar dónde estaba Reece y asegurarse de que estaba a salvo. Y luego, haría todo lo posible para mantenerlo a él y a sí misma vivos. Y si moría, al menos se haría justicia. Había fotocopiado todos los documentos de la furgoneta, y Tom y Tessa sabían lo suficiente para atar cabos en las siguientes veinticuatro horas si tenían que hacerlo.

Y luego estaba su confidente.

Stanfield no podía matarlos a todos.

La furgoneta entró en lo que parecía un viejo almacén y avanzó lentamente hasta pararse. Abrieron las puertas de par en par, y unas manos fuertes la arrastraron por el suelo de la furgoneta y la sacaron fuera. Pensaba que Juan iba a apuntarla con la pistola a la cabeza y apretar el gatillo en cualquier momento, y luchó contra esa ola de terror.

En vez de ello, sacó un móvil.

—Ya hemos llegado. —Asintió unas cuantas veces, luego colgó y se dirigió a los demás hombres—: El jefe quiere que llevéis todo esto al horno y lo lancéis dentro. Yo la llevo con él. Nos vemos allí en unos cinco minutos.

Juan la cogió por el brazo y tiró de ella a través del almacén hasta la puerta. La puerta llevaba a un pasillo alicatado iluminado con fluorescentes que les condujo a través de lo que parecían laboratorios o instalaciones de pruebas de algún tipo. Al final del pasillo, había lo que parecía un espacio de oficinas normal y corriente. Era viernes a media tarde. Quizás alguien la vería, se daría cuenta de que la llevaban prisionera y llamaría a la policía.

—Olvídalo, puta. —Juan parecía leer su mente—. Hemos llevado a la mayoría de la plantilla a una reunión de seguridad. De todas formas, esta planta funciona de manera casi automática, y todos los que no están en la reunión son leales a Stanfield. Nadie va a ayudarte.

La condujo a empellones a través de una puerta abierta situada a la derecha hacia lo que parecía una sala de conferencias con una gran mesa larga y varias sillas.

Reconoció al hombre de inmediato. Le había visto una vez antes, en el despacho de Owens en el Departamento de Salud vestido de manera impecable con un traje caro, y cada cabello plateado de la cabeza perfectamente en su sitio. Entonces, no dijo ni una sola palabra, pero la había mirado con los ojos más fríos que había visto en la vida.

«Si eso son documentos públicos, no va a irse hasta que hayan sido catalogados y fotocopiados» le había dicho cuando intentaba marcharse con varias carpetas en la mano.

Su cara era de una repugnancia supina, igual que ahora.

Tras él, estaba Galen luciendo un traje de tres mil dólares y con pinta de sentirse incómodo. La puñalada traicionera que sentía cada vez que pensaba en él se clavó en ella con un dolor renovado. Una cosa era dejarla embarazada y largarse, pero ¿cómo podía participar en esto? Se esforzó para pasar de él y centrar su mirada en Stanfield.

—Veo por su expresión que me reconoce, señorita McMillan. Pero las circunstancias son un tanto diferentes esta vez, ¿no es así? —Stanfield le hizo un gesto a Juan, quien la obligó a sentarse en una silla y le quitó la cinta aislante de la boca.

Le dolió y las lágrimas le afloraron a los ojos. Necesitó un momento para recuperar la respiración y luego miró a Stanfield directamente a los ojos.

—¿Dónde está Reece?

Stanfield se sentó y se arregló los pantalones hechos a medida.

—¿Lleva un mes detrás de mí y eso es lo primero que me pregunta? Me decepciona. Esperaba algo más provocador de una periodista de su reputación.

—Es la única pregunta que me importa ahora mismo.

—Pues qué lástima. Va a tener que esperar para conocer la respuesta. —Entonces, una lenta sonrisa apareció en el rostro de Stanfield—. Pero no mucho.

Galen dio un paso adelante tartamudeando:

—Yo... yo no he tenido nada que ver con esto, Kara. No tenía ni idea...

Cuatro años de ira y dolor explotaron en ese momento.

—¡Tú calla, Galen! Es un poco tarde para tener conciencia, ¿no crees?

—Había olvidado que se conocían. —Entonces, Stanfield se giró hacia Galen. Su voz aterciopelada no acababa de combinar con la amenaza de sus palabras—. No te he invitado a que vengas esta tarde. Has venido porque has querido. Estás obligado ética y legalmente a mantener los secretos de tus clientes. Hazme saber cuándo eso se convierte en un problema para ti.

Galen palideció y dio un paso atrás.

—Sabes que nunca traicionaría a un cliente.

Pero Stanfield ya se había olvidado de él y se había girado hacia Kara.

—Tengo unas preguntas para usted, preguntas que deberá responder si quiere volver a ver a ese senador de tres al cuarto con vida. ¿Dónde está Henry Marsh?

No estaba preparada para el golpe, así que el dolor agudo en sus dolidas costillas la dejó sin aire en los pulmones. Mareada por el dolor, habría caído al suelo si no fuera porque Juan la tenía agarrada por la melena.

La voz de Juan fue como el siseo de una víbora.

—¿Te he dado en las costillas rotas? Lo siento. No te volveré a dar ahí. Dejaré mi propia marca en otro sitio.

Vio cómo Galen daba un paso en dirección a ella, pero luego se detuvo. Cobarde.

—Responda a la pregunta, señorita McMillan, y evitaremos más disgustos.

Kara fingió luchar por respirar y se quejó de dolor, cosa que no era del todo falso. Necesitaba ganar tiempo, ocultar la información todo el tiempo que pudiera. Tenía una cosa muy clara: en cuanto Stanfield obtuviera todo lo que quería de ella, la mataría.

—El señor Marsh se fue de Colorado hace semanas. —Kara trabajó en su respiración—. No me dejó su dirección nueva. No quise saberla.

Tras ella, Juan se movió, pero Stanfield le indicó que esperara.

—¿Cómo se puso en contacto con él?

—Llamé a su móvil.

—Déme el número.

—No me lo sé de memoria —mintió—. Lo tengo guardado en el móvil.

Stanfield parecía enfadado.

—Entonces, deme su móvil.

—Tendrá que ir a buscarlo a la comisaría de policía de Denver. Está allí.

El siguiente golpe le dio en la mejilla. Le pilló por sorpresa, pero no le dolió tanto.

—¿Por qué se llevarían su móvil?

—Porque el comisario Irving no confiaba en que no lo usara mientras estaba oculta. Tenían miedo de que me lo pincharan.

Stanfield rió.

—Hace falta mucho dinero para comprar ese tipo de tecnología, señorita McMillan. Usted no vale la pena.

—Todo es cuestión de dinero, ¿verdad?

Stanfield la miró como si estuviera loca.

—Todo es cuestión de dinero porque el dinero es poder. ¿Sabe lo que compra el dinero?

—¿Además de convictos y políticos corruptos quiere decir?

Él le sonrió con frialdad.

—El dinero compra todo, señorita McMillan. Todo y a todos. Me costó diez mil miserables dólares contratar a alguien para que la matara. Aunque, lo cierto es que, al final, fue dinero perdido.

—¿Cuánto pagó para que asesinaran a Alexis?

—Juan lo hizo gratis, fue para resarcir una chapuza de un amigo. —La mirada de Stanfield se desvió hacia el hombre situado detrás y luego volvió a mirarla a ella—. Me costó menos que averiguar dónde la había escondido la policía. Los piratas informáticos no son baratos hoy en día. Y, por supuesto, cuando supimos que su novio había burlado la seguridad —uno de mis hombres le vio entrar y no salir hasta la mañana siguiente—, supimos que nosotros también podríamos. Era solo cuestión de averiguar cómo.

Kara se esforzó por pensar más preguntas e intentó seguir con la conversación.

—¿Por qué tomarse todas estas molestias?

—Su investigación habría manchado mi nombre y habría costado millones a la empresa. De hecho, su intromisión ya nos ha costado millones. Íbamos a reducir siete millones en gastos al quemar neumáticos y ahora tendremos que esperar hasta el próximo año.

—Perdóneme si eso me importa un pimiento.

—Por supuesto. Pero tengo dos preguntas más para usted. ¿Quién más conoce esta investigación, y qué tipo de archivos tiene en el ordenador del periódico?

Kara pensó una manera de no responder la primera parte de la pregunta. Cualquiera que nombrara, se convertiría en objetivo.

—El ordenador de la furgoneta es mi ordenador del periódico. En cuanto a la otra parte de la pregunta, la responderé cuando vea que Reece está vivo y a salvo.

«¡Por favor, que esté vivo!».

—¿Quiere ver al senador? Perfecto. —Stanfield se puso en pie—. Juan, llevemos a la señorita McMillan con el senador. Prentice, ven con nosotros.

Galen parecía preferir hacer cualquier otra cosa antes que ir con ellos, pero siguió en silencio a Stanfield.

Juan rió, la levantó de la silla y la arrastró fuera de la sala de conferencias hasta el pasillo.

—Zorra estúpida.

Ella le miró.

—Sabes, Juan, he leído tus antecedentes. Resulta que no eres más que un pringado, ¿verdad?

Eso le supuso otro puñetazo en las costillas, pero valió la pena.

Esta vez salieron por una salida diferente que les condujo escaleras abajo y a través de un pasillo mal iluminado que parecía eterno. En el suelo, había una gruesa capa de polvo de horno de cemento. Mientras caminaban, se oía un gruñido cada vez más alto parecido al rechinar de maquinaria pesada que casi le dañaba los oídos.

Salieron por otra puerta y subieron dos tramos de escaleras que les llevaron al exterior bajo el sol del atardecer. Ante ellos, una torre de vigas de acero cruzadas y contenedores en forma de ciclón se alzaba a varios pisos de altura. Del centro, salía un largo cilindro giratorio que debía de tener unos cien metros de largo y era casi tan ancho como para permitir el paso de un coche. En la base de la torre, había una estructura fabricada con acero pesado. Dos hombres permanecían ante ella embutidos en unos trajes amarillos con capucha y llevando máscaras protectoras. Eran trajes ignífugos.

Kara miró alrededor, esperando y rezando para ver a Reece, pero no estaba allí. El temor le recorrió la columna vertebral, y se introdujo bajo su piel hasta llegar al corazón.

«¡Por favor, que esté vivo!».

—Ésta es la torre de precalentamiento. —Señaló Stanfield—. Todo lo que entra en el horno pasa primero por aquí y se calienta a casi mil grados centígrados. Esta puerta es nuestro único acceso, aparte de las tuberías que bombean piedra, pero son demasiado pequeñas para que quepa un cuerpo humano.

«Un cuerpo humano».

A Kara le costó un momento entender lo que estaba intentado decirle por lo terrible que era la verdad. La sangre se le subió a la cabeza, y le temblaron las piernas. El corazón parecía a punto de salírsele del pecho. Sacudió la cabeza. Le costaba respirar.

—¡No! ¡No! ¡No lo habéis hecho!

Una sonrisa apareció en la cara de Stanfield y decía que, efectivamente, sí lo habían hecho.

Tras ella, Juan se puso a reír.

Reece estaba dentro del horno.

Estaba muerto.

Lo habían calcinado.

Y ella estaba a punto de reunirse con él.

Capítulo 29

Unas lágrimas cálidas brotaron de los ojos de Kara y resbalaron inadvertidas por sus mejillas cuando fijó la vista en la puerta cerrada del horno. En una milésima de segundo, se le pasaron mil cosas por la cabeza. ¿Había sufrido? ¿Se había sentido solo y con miedo al final? ¿Sabía cuánto significaba para ella?

«¡Madre mía, Reece!».

Miró a los ojos helados de Stanfield y dijo con voz trémula:

—¡Hijo de puta! ¿Crees que matar a la gente te hace poderoso? ¡Qué patético eres y cuánto miedo debes de sentir por dentro!

A Stanfield se le heló la sonrisa. Indicó a los dos hombres con trajes ignífugos que se dirigieran hacia la puerta de acero y luego dio unos pasos atrás.

—Ahora veremos quién tiene miedo.

Juan la empujó por la espalda y puso distancia entre ellos y la puerta. Los hombres unieron sus fuerzas para mover las pesadas fallebas y, poco a poco, abrieron la puerta de acero.

El intenso calor la dejó sin respiración. Las llamas blancas y naranjas eran brillantes incluso a la luz del día, y su rugido era como el de un tren de mercancías. Unos ladrillos rojos cubrían el interior, incluso la puerta. Apartó la cara y cerró los ojos ante el destello.

—¡Matarme constituye una violación importante de la primera enmienda!

—Permítame que la cite: «Perdóneme si eso me importa un pimiento». Su ordenador y sus archivos ya han sido pasto de las llamas, —gritó Stanfield para hacerse oír—. Usted es la siguiente. Pero no se preocupe, no le dolerá, al menos no mucho rato. Dudo que tenga tiempo ni de gritar.

A Kara se le secó la boca. Las piernas empezaron a temblarle y el corazón parecía a punto de salírsele del pecho. No quería morir. Ahora no. Aquí no. Así no.

—¡No... no vas a salirte con la tuya!

Detrás de Stanfield, Galen se vomitó sobre el traje y los caros zapatos de cuero.

Stanfield no se dignó a mirarlo.

—Prefiero pensar que sí. Sabe, señorita McMillan, el horno está lo bastante caliente como para fundir piedras casi al instante. Imagínese lo que puede hacer con carne y huesos. El agua de su cuerpo se evaporará al instante, y los componentes que constituyen el resto de usted crearán enlaces químicos con la piedra fundida. En unos instantes, no quedará nada de usted, ni siquiera un diminuto fragmento de ADN. Sin un cuerpo, su desaparición será un misterio.

Hablaba como si estuviera debatiendo sobre un experimento científico. Sus palabras conjuraban la insoportable imagen de Reece sufriendo todo lo que él describía. A través de la confusión mental y el terror, vio a Reece en las llamas, todo lo que era, todo lo que podría haber sido, desvaneciéndose en un instante de insoportable agonía. Cerró los ojos con fuerza ante esa imagen e intentó expulsarla de su cabeza.

Y entonces se dio cuenta de que Stanfield tenía razón. La última llamada que había realizado había sido al móvil de Reece. Stanfield no había estado en el hotel, así que no había ninguna posibilidad de que alguien lo hubiera visto allí. Habían destrozado el teléfono, así que no había ninguna grabación. Aparte de su llamada a la secretaria de Stanfield, no había ningún registro de los contactos entre ellos dos. El comisario Irving investigaría, pero no encontraría nada lo bastante consistente como para culpar a alguien de asesinato.

Más allá de los aterrados latidos de su corazón, oyó risas. Se estaban riendo. Todos se reían, excepto Galen.

Entonces, pasó algo extraño. La neblina de dolor y miedo se disipó, y se le aclaró la cabeza. Los crudos sentimientos se fundieron en una calma que nunca había sentido antes. Sabía lo que tenía que hacer. Podía verlo en la cabeza, cada paso. Era tan sencillo. Podía hacerlo. Podía sobrevivir.

Los hombres con los trajes ignífugos se dirigieron hacia ella.

Stanfield seguía hablando:

—Ellos pueden aguantar el calor, pero usted no. Empezará a arder bastante antes de que la lancen al interior, depende de usted que sea rápido o lento. Dígame quién más conoce los detalles de su investigación, y me aseguraré de que no sufra.

Kara empezó a pronunciar una lista de nombres inventados con un hilo de voz. Se dejó caer, como si las piernas no la sostuvieran del miedo. Cuando Juan se inclinó para levantarla de nuevo, ella realizó un violento movimiento hacia arriba y le golpeó de lleno en la cara con la cabeza.

Juan cayó al suelo, en apariencia inconsciente, y Kara echó a correr.

La vida parecía ir a cámara lenta mientras se alejaba de la torre, de Stanfield, y corría de vuelta hacia la entrada principal. Si pudiera atravesar la puerta de entrada y volver a la autopista, podría pedir ayuda por señas a alguien y escapar.

—¡Cerrad las puertas del horno! ¡Cogedla! —gritó Stanfield a su espalda.

Miró por encima del hombro y vio cómo los hombres de los trajes ignífugos se quitaban las capuchas y las lanzaban al suelo. Echaron a correr tras ella, pero los había cogido por sorpresa y llevaba ventaja. Corrió y corrió. Las piernas le palpitaban y los pies casi no parecían tocar el suelo.

Oyó un disparo. Notó el mordisco de una bala en el hombro.

Y entonces fue consciente de su error. Corría en línea recta.

Se tiró a un lado, rodó tras un cargador frontal y luego volvió a ponerse en pie y a correr a través de la primera puerta abierta que vio. El interior era una vasta caverna llena de tuberías, pasarelas, cintas transportadoras y maquinaria. Y polvo, montañas de polvo por todas partes.

La claridad que sentía empezó a desaparecer, y en su lugar apareció la duda. Se abrió paso a través de la maquinaria, intentando poner todo el acero que pudiera entre ella y la pistola. Así que siguió corriendo, pasando por delante de bombas, saltando tuberías y agachándose al pasar por debajo de las cintas transportadoras hasta llegar a una puerta y una sala donde un tambor gigante tan grande como una casa rotaba con un ruido ensordecedor. Se tapó las orejas y se deslizó bajo una especie de caja de fusibles situada a la altura de la cintura tosiendo a causa del polvo e intentando recuperar el aliento.

Si conociera la planta como la conocían ellos... Si supiera dónde estaba... Ellos eran los cazadores y ella la presa, pero solo ellos conocían el terreno.

Recorrió la sala con la mirada, buscó un lugar seguro para escapar, y entonces las vio.

Pisadas.

Sus pisadas.

La capa de polvo era tan gruesa en el suelo que era como correr por la superficie de la luna o sobre nieve virgen. Sus pisadas les llevarían directamente adonde estaba ella.

Incapaz de oír por encima del estrépito, salió de su escondite y subió por las escaleras de rejilla de acero hacia la pasarela. Al final de la pasarela, había una puerta. Subió arriba, arriba, arriba, casi sin prestar atención a los pinchazos de los muslos y el dolor de los pulmones.

Por el rabillo del ojo, vio un destello de amarillo. Los hombres con los trajes ignífugos habían cruzado la puerta. Estaban debajo de ella. La señalaron. La habían visto.

Corrió más y más rápido. Por la pasarela. Hacia la puerta. Hacia la libertad. Hacia la vida.

Una bala impactó contra la barandilla de seguridad que había junto a ella. Gritó y siguió corriendo.

Unos pesados pasos recorrieron la pasarela bajo sus pies. Estaban detrás de ella. Estaban ganando terreno.

Llegó a la puerta, agarró el pomo y tiró.

Estaba cerrada. Con un sollozo desesperado, le dio una patada y tiró del pomo de nuevo. Y entonces, como un milagro, la puerta se abrió.

Abrió la puerta de par en par y se encontró frente a la mirada iracunda de Stanfield.

—¡No!

Sintió un terror cegador y notó cómo le flaqueaban las piernas. Entonces, algo le golpeó en la parte posterior de la cabeza y sintió un dolor insoportable. Mientras caía en la oscuridad, su último pensamiento fue para Reece y Connor y los agradables olores procedentes de la cocina.

«Tu preciosa mamá se ha despertado. Enséñale cómo has puesto la mesa».

Reece oyó voces y se ocultó tras una pila de barriles de acero. Cuatro hombres salieron del edificio frente a él. Dos iban vestidos con trajes amarillos que protegían de algo, quizá trajes ignífugos. Los otros dos iban vestidos para una reunión de negocios: Stanfield y Prentice.

Los dos que llevaban trajes ignífugos parecían cargar algo pesado. Reece cambió de posición para ver mejor y sintió que le daba un vuelco el corazón.

¡Kara! Su nombre fue como un grito de angustia dentro de su cabeza.

Dolor. Arrepentimiento. Rabia.

Un torrente de emociones violentas se precipitó sobre él y lo hizo caer de rodillas.

Había llegado demasiado tarde. Demasiado tarde. Demasiado tarde.

Luchó contra la incontenible furia que le empujaba a lanzarse contra ellos solo con la fuerza de los puños y se obligó a mirar y esperar.

Pasaron por delante de un cargador frontal y giraron por un edificio hacia…

El horno. Había estudiado los hornos de cemento antes de acceder a presentar la propuesta de ley sobre la quema de neumáticos. Reconoció la estructura.

Así era como Stanfield había planeado deshacerse del cuerpo.

Si no había cuerpo, no había asesinato.

Pero Reece no iba a permitir que se salieran con la suya. Aunque solo fuera eso, se encargaría de que Kara recibiera justicia.

Los siguió en silencio y con cautela. Se detuvieron en la base de lo tenía que ser una torre de precalentamiento, dejaron a Kara en el suelo entre ellos y recogieron sus capuchas que, por alguna razón, estaban en el polvoriento asfalto como si las hubieran tirado ahí de cualquier manera. El hermano de Miguel estaba sentado cerca, sujetándose lo que era con toda seguridad una mandíbula rota. Prentice estaba de pie, pálido como un fantasma y temblando, con chorretones de algo marrón resbalándole por el caro traje.

Stanfield gritaba:

—¡Daos prisa, coño! ¡Quiero acabar con esto ya! ¡Dios, Prentice, apestas!

Reece esperó hasta que los dos hombres con los trajes ignífugos estuvieron de espaldas a él para moverse. Cuando se dieron cuenta de que estaba ahí, ya había rodeado con fuerza el cuello de Stanfield.

—¡Tirad la pistola y alejaos de ella! ¡Ahora! ¡O vuestro jefe es hombre muerto!

La pistola cayó en el asfalto, no lejos de la cabeza de Kara. Los hombres se alejaron.

—¡Ahora tumbaos boca abajo, con las manos detrás de la cabeza! ¡Hacedlo! ¡Si intentáis levantaros, le rompo el cuello!

El cuerpo de Stanfield temblaba mientras luchaba por respirar. Tenía las uñas clavadas en el brazo de Reece, pero viejo y sedentario, no tenía nada que hacer ante la fuerza de Reece.

Reece le apretó más, deseando mandar a ese cabrón al infierno.

—¿Te sorprende verme vivo, viejo? Parece que hoy has tenido muchas sorpresas desagradables. ¡El sheriff está de camino, y cuando llegue va a arrestarte por asesinato!

—¡Yo... yo no he tenido nada que ver con esto! —Prentice

empezó a balbucear—. He venido para hablar de fusiones de propiedades, y...

—¡Cierra la maldita boca, Prentice! ¡Es la madre de tu hijo! ¿No significa nada para ti? ¡Tendrías que dar tu vida por ella!

Prentice se quedó mirándolo.

—¿Mi... mi vida? Pero ella no es...

—¡He dicho que te calles! —Reece aflojó el brazo con el que rodeaba el cuello de Stanfield y le permitió respirar. Entre las toses de Stanfield, oyó un gemido, un suave sonido femenino.

Kara. Ella se movió, gimoteó y giró la cabeza hacia él. Tenía los ojos cerrados, pero ¡estaba viva!

El cálido alivio que sintió fue seguido de un golpe agudo en el estómago.

Stanfield le había clavado el codo, se había zafado de su brazo y se abalanzó sobre la pistola situada junto a Kara.

Kara oyó lo que parecía una pelea: movimiento de pies, gruñidos, puños contra carne. Parecía lejano, distante, como si fuera un sueño.

Entonces, algo duro le presionó en la sien.

—No lo hagas, Stanfield. La policía está aquí. El equipo de las fuerzas especiales está en posición. Si la matas, te pillarán con las manos en la masa.

Era la voz de Reece. ¡Reece! ¿Pero cómo podía ser la voz de Reece? ¿Estaba muerto, verdad? ¡Dios mío, Reece!

Tras una ola de dolor llegó la conciencia: la palpitación en la cabeza, la presión fría del asfalto contra su espalda, la quemazón del polvo de horno de cemento bajo las palmas de las manos.

Abrió los ojos y vio a Reece sujeto por los dos hombres con los trajes ignífugos. Stanfield estaba agachado sobre ella apuntándole a la cabeza con una pistola.

«¡Reece estaba vivo!». Pero, ¿cómo?

No iba a pensar en eso ahora. Lo que tenía que hacer era conseguir que los dos vivieran.

Stanfield no la miraba a ella; parecía controlar los alrededores.

Con cuidado, Kara tomó un puñado de polvo de horno de cemento con la mano izquierda y lo mantuvo ahí haciendo caso omiso de la quemazón en la piel.

—No veo a nadie —gruñó Stanfield.

Esperó hasta que miró hacia abajo y entonces le lanzó el puñado de polvo a los ojos.

Stanfield gritó, se apartó de ella y se cubrió la cara con el antebrazo, sosteniendo todavía la pistola en la mano.

Entonces, se liberó el infierno.

—¡Quietos! ¡Policía! ¡Todo el mundo al suelo!

Chillidos. Disparos. Un grito de dolor. Las pisadas de docenas de botas.

Y Reece estaba ahí, sobre ella, protegiéndola con su cuerpo. Su dulce peso presionado contra ella.

Y luego solo voces. Voces de policías. El comisario Irving maldiciendo.

Había acabado. Por fin, había acabado.

Levantó la vista para mirar a Reece a los ojos y vio preocupación en ellos y restos de miedo. Dentro de ella, el alivio y la alegría despertaron como un amanecer. Los ojos se le llenaron de lágrimas.

—¡Estás vivo! Pensé que… Me dijeron…

—Todo irá bien.

Y luego se acordó. Había algo que tenía que decirle.

—Te quiero, Reece Sheridan.

—Eso me parecía. —Sonrió él.

Las siguientes horas pasaron en una nebulosa de policías y médicos mientras examinaban a Kara y Reece, los trataban y los interrogaban. Kara se sintió avergonzada cuando supo que Reece estaba en al Capitolio enfrentándose al senador de la Peña cuando Stanfield la llamó. Lo que había oído había sido una grabación que formaba parte de la última conversación que tuvo Reece con Stanfield la noche anterior al asesinato de Alexis. Nunca se había acercado a Reece.

—¡Dios mío! ¡Me siento tan estúpida! Casi hago que nos maten a los dos.

El comisario Irving apoyó una mano sobre su hombro.

—No sea dura consigo misma. Los hombres como Stanfield se pasan la vida manipulando a la gente. Lo ha hecho de miedo. Ha usado el cerebro, ha luchado y ha permanecido con vida. Eso es lo que importa.

Pero Kara no estaba preparada para aceptar salir del apuro con tanta facilidad.

—¡Lo he arriesgado todo por nada! Si le hubiera colgado y llamado a emergencias...

El comisario Irving la interrumpió.

—Deje de echarse la culpa. Stanfield es un hombre inteligente. La asustó, la presionó, no le dio tiempo para pensar. Pero le fallaron los cálculos en dos aspectos: menospreció su fuerza y sus ganas de vivir, y menospreció la conciencia del senador de la Peña. Usted no es una víctima fácil, y el senador no es asesino de sangre fría.

Reece tenía un ojo morado, lo que parecía gustarle, además de algunos rasguños. Ella tenía una conmoción leve, una herida poco profunda donde le había rozado la bala y quemaduras químicas aquí y allí por haber estado tumbada en el polvo cáustico. Sólo la quemadura de la palma izquierda le dolía lo bastante como para molestarle.

Pero eso no había impedido que el médico intentara que pasara la noche en el hospital en observación.

—Sólo en observación —había dicho.

Kara saltó de la camilla de la sala de urgencias y le miró.

—¡Al infierno! Tengo que escribir un artículo. Habrá mucha gente en el periódico y ya estaré bajo observación allí. Si me desplomo, ya se darán cuenta.

Reece sacudió la cabeza.

—Kara, creo que...

—Ya sé que solo te preocupas por mí, pero casi me muero por esta historia. En cuanto se redacten los informes policiales, los demás periódicos se lanzarán sobre la historia. Si no salgo en el periódico de mañana, tendré que pelearme por mi propia historia.

Reece la miró dudoso durante un instante, y luego deslizó la mirada por su cuerpo. Sonrió.

—De acuerdo. Pero dime, miss bata de hospital, ¿qué piensas ponerte? Tu ropa está infectada de polvo de horno de cemento.

Al final, Kara ganó. Con el comisario Irving como escolta, Reece recogió algo de ropa de la suite del hotel Loews y se la llevó a urgencias. Luego, con el ceño fruncido durante todo el trayecto, la llevó en coche al periódico.

La miró cuando entraban en el aparcamiento.

—Voy a quedarme contigo, lo sabes.

¡Le gustaba tanto estar con él! Ella sonrió.

—Eso me parecía.

Entraron juntos dándose la mano. La sala de redacción era un caos. El departamento informático había instalado un ordenador sobre su mesa. Los archivos del Departamento de Salud estaban dispuestos en filas claras sobre la mesa que habían situado junto a su mesa.

—¡Aquí está mi heroína! —Sonrió Joaquín. Luego asintió a Reece—. Bonito ojo morado, senador.

—¡Kara! —Holly corrió por el pasillo hacia ella, la rodeó con los brazos y la abrazó fuerte—. Gracias a Dios que estás bien.

Kara se sorprendió al ver lágrimas en los ojos de Holly y sintió que los suyos se humedecían.

—Estoy bien.

—Cuando Tess me dijo que habías desaparecido...

Pero Kara no llegó a oír lo que Holly iba a decir porque Tessa y Sophie y Matthew se unieron al grupo, reclamando cada uno abrazar a Kara y estrechar la mano de Reece. Excepto Tessa, que besó a Reece en los labios.

—Hacía un tiempo que quería hacerlo —le dijo—. Gracias por mantenerla a salvo.

—¡Bien hecho, McMillan! ¡Bienvenida! —Tom salió de su oficina con un café en la mano—. Bienvenido al periódico, senador.

Una pequeña preocupación con la que Kara había cargado sin saberlo desapareció. Se le había pasado por la cabeza que Tom podía echar a Reece del periódico.

—Si habéis acabado de achuchar a McMillan, empecemos con la reunión —vociferó Tom—. Quiero un plan editorial en treinta minutos. Senador, tendrá que perdonarnos. Quizás desea tomar una taza del aguachirle que sirven en la cafetería.

—Creo que sí me apetece.

Pero Kara se resistía a dejarlo marchar. Le apretó una vez más la mano.

Él sonrió, se inclinó y la besó en los labios.

—Te veo enseguida.

La plantilla se introdujo en la sala de conferencias, incluyendo a Holly.

Tom se quedó mirándola.

—Bradshaw, ¿qué haces aquí?

Holly levantó la barbilla.

—Sé que crees que solo sirvo para entrevistar a famosos sobre sus vidas amorosas y su última visita a la clínica de rehabilitación, pero Kara es mi mejor amiga, y han intentado matarla y voy a ayudarla con el artículo y, si no te gusta, tendrás que sacarme a rastras por esa puerta.

Durante un instante, Tom se quedó perplejo. Luego, gritó:

—¡De acuerdo. Siéntate y calla!

Holly se sentó con cara de satisfacción.

¡Y Kara que pensaba que lo había visto todo!

Reece estaba sentado en la sala de redacción cerca de la mesa de Kara y miró mientras el equipo de noticias hacía todo lo que podía para que la investigación llegara a tiempo a la imprenta para salir en el periódico de la mañana. Nunca había estado en un periódico antes, y descubrió que no se parecía en nada al bullicioso ir y venir de gente que se había imaginado encontrar. Muy al contrario, había un ambiente más inconstante, con periodos de un profundo silencio y concentración, durante los que solo se oía teclear en media docena de ordenadores, interrumpidos de vez en cuando por discusiones acaloradas, humor negro y blasfemias.

—Oye, Matthew, ya que estás de pie, tráeme un café.

—¿Qué soy, Tessa... tu putita?

—Sí, eso pone en tu frente.

Lo que más le fascinaba era cómo parecían hablar en código. No tenía ni idea de que el periodismo fuera tan especializado, y se dio cuenta de que un equipo de noticias bien gestionado tenía mucho en común con una unidad de policía bien entrenada, incluyendo su propia jerga.

—¿Cuál es tu espacio?

—Vamos a poner una entradilla en el artículo principal.

—Vamos a ponerlo encima de la rejilla, vamos a seguir en la línea cinco y distribuirlo en dos columnas.

—Kara, ¿qué ponemos como destacado?

—Producción quiere un titular para el segundo breve. —Para lo que la respuesta fue—: Éstos de producción siempre pidiendo titulares, ¿es que quieren aparecer ellos en uno?

Reece solo se separó en un par de ocasiones del lado de Kara: una vez cuando Tessa le entrevistó sobre su inocencia en el caso del asesinato de Alexis y otra cuando Sophie le entrevistó para su artículo sobre los sucesos en la planta de cemento de ese día.

—¿Qué tiene que decir a los que pensaban que era culpable? —preguntó Tessa.

Reece se mordió la lengua para no pronunciar lo que de verdad le apetecía e intentó verlo desde el punto de vista del público.

—La gente quería justicia para la señorita Ryan y, comprensiblemente, se equivocaron al dirigir su ira hacia mí. Estoy dispuesto a seguir adelante con la sesión legislativa, y espero tener el apoyo del público.

La entrevista de Sophie fue mucho más dura.

—Vio que sacaban a cuestas a Kara del edificio, ¿es eso correcto?

Por un momento, Reece volvió a ese instante horrible y desolador.

—Sí, la vi, y pensé que estaba muerta. Pensé que había llegado demasiado tarde, que ya no luchaba por salvarle la vida, sino para evitar que se deshicieran del cuerpo como si fuera basura. No quiero volver a sentir eso nunca más.

Los ojos de Sophie se llenaron de lágrimas.

—¡Gracias a Dios que estaba allí! ¡La habrían quemado viva!

Reece asintió, sonrió y le limpió las lágrimas de las mejillas.

—¿Forma parte esto de la entrevista?

—-No. Esta parte no es oficial. —Sophie rió.

A medida que discurría la tarde, Reece se fijó en cómo parecía cuidar a Kara todo el mundo . Le llevaban tazas de té sin que lo pidiera, corrían a buscar archivos para ella y la miraban con preocupación y cariño. Se dio cuenta de que él también había estado a punto de perderla.

Pero, a medida que la tarde se convertía en noche, Kara empezó a flojear. Reece sabía que lo único que la había hecho aguantar tanto era la voluntad.

Kara levantó la mano izquierda del teclado, la sacudió y se quejó del dolor.

Reece le tomó la mano y le soltó el vendaje.

—Déjame que te ponga más pomada de la que te han recetado.

Ella no discutió con él, lo que Reece supuso era la prueba de que le debía de doler de verdad.

—¿Qué tal lo llevas? —preguntó Reece como si no viera el cansancio de su rostro.

—Bien. Ya me queda poco.

Acabó un poco más tarde de la una de la madrugada. Estaba pálida.

—Lo volvería a leer todo de nuevo, Tom, pero no puedo. No...

—Vete a casa y duerme un poco, McMillan. Ya nos encargamos nosotros.

Reece la condujo hasta el jeep, la ayudó a subir y le abrochó el cinturón.

—¿Adónde vamos? —preguntó ella, medio dormida a su lado.

—Al hotel. La suite está reservada hasta que acabe la semana. Sería una pena malgastarla.

El sábado por la mañana amaneció un cielo azul y claro. Era una de esas mañanas de Colorado en las que el cielo parece increíblemente amplio y brillante. En las calles de Denver y en toda el área metropolitana, los periódicos llegaban a los quioscos y hogares.

«Avaricia» era el titular principal del *Independent*. «La investigación de la planta de cemento revela delitos medioambientales, corrupción del gobierno y asesinato».

La gente caminaba por las aceras leyendo sobre la periodista que casi había muerto en busca de la verdad y sobre el senador que había sido culpado, traicionado y redimido.

Moira y Ed Farnsworth lo leyeron mientras desayunaban, llamaron a Dottie y Carl Perkins y se pasaron casi toda la mañana hablando de ello. Moira dejó la tacita de porcelana en el plato.

—Bueno, creo que deberíamos denunciar a esos cabrones.

Miguel de la Peña leyó el artículo desde una celda en la cárcel del condado de Denver y lloró. Hoy volvería a casa. Bueno, no a su casa de antes, porque se había convertido en un testigo del Estado. Él, Hilaria y los niños iban a estar bajo protección policial hasta que el caso se resolviera. Sólo esperaba que su familia y Reece pudieran perdonarlo algún día.

Juan de la Peña lo leyó tumbado en una cama de hospital, mareado todavía por la anestesia que le habían puesto para recomponerle la mandíbula rota. Leyó el primer párrafo y luego lanzó el periódico a la otra punta de la habitación. Se olvidó de la mandíbula, intentó gritar y acabó gimoteando como un bebé.

Galen Prentice, habiendo salido bajo fianza la noche anterior, lo leyó en el despacho de su abogado y juró que nunca había sabido lo que estaba pasando. Tiró el periódico sobre la mesa del abogado y dijo:

—¡Yo soy la víctima! ¿Por qué nadie lo entiende?

Drew Devlin todavía no lo había leído cuando la policía llamó a su puerta y le preguntó si le importaría ir con ellos a la comisaría para responder a algunas preguntas. Tuvo la ocasión de leerlo con toda comodidad mientras esperaba a su abogado.

—Es mentira. Todo es basura —le dijo al borracho desdentado sentado a su lado.

Mike Stanfield no pudo leerlo. Aunque los médicos extrajeron con éxito la bala del equipo de las fuerzas especiales del hígado, el polvo de horno de cemento le había quemado las córneas hasta tal punto que pasaría mucho tiempo hasta que pudiera volver a leer, si es que podía algún día.

Pero, a treinta pisos de altura, Kara y Reece dormían el uno en los brazos del otro, aislados del resto del mundo.

Capítulo 30

Kara estaba sumergida en un sueño de lo más erótico. Reece tenía las manos sobre sus pechos, y con los pulgares dibujaba círculos alrededor de sus duros pezones mientras le besaba en el cuello. Luego, entró en ella por detrás mientras estaba tumbada de lado. Movía el pene grueso y duro dentro de ella a la vez que tenía los dedos ocupados entre sus muslos.

Se despertó con su propio gemido justo cuando el clímax, caliente y dulce, la alcanzó.

Él se inclinó y la besó en un extremo de la boca.

—Buenos días.

Él seguía dentro de ella. Y seguía duro.

Ella sonrió.

—Buenos días.

Media hora más tarde, estaba tumbada con la cabeza apoyada en el pecho de Reece, mientras el cuerpo todavía le latía de placer. Recorrió con la mano los músculos de su tórax y jugó con su pequeño pezón marrón.

—No me digas que todavía quieres más. —Su voz, aunque todavía un poco ronca por acabarse de despertar, retumbó en su pecho.

—Quizás.

Él se movió, la acercó más a él y le acarició el cabello.

—Lo siento, cielo. A diferencia de ti, yo necesito un tiempo para recuperarme.

—De hecho, puede que sea algo bueno, porque estoy dolorida. Me duelen todos los músculos del cuerpo.

Salió con delicadez de dentro de ella, se sentó y la miró a los ojos con preocupación.

—Quédate aquí.

A Kara ni siquiera se le había ocurrido levantarse. Le dolían las piernas. Le dolían las costillas. La dolía la cabeza. Le dolía el hombro donde le había rozado la bala. Le quemaba la piel en las zonas en las que el polvo de horno de cemento la había tocado. Estaba hecha polvo.

Reece cruzó la habitación, luciendo su espléndida desnudez.

—¿Quieres un té?

—Sí, gracias.

En un minuto, volvió con una taza de humeante té y un frasco.

—Bebe. Luego túmbate como estés más cómoda.

Ella se incorporó con una mueca de dolor, tomó el té y miró el frasco que Reece tenía en las manos. Contenía un líquido ámbar.

—¿Qué es?

—Aceite de masaje. Lo he encontrado en el baño. —Reece sonrió y se sentó a su lado—. Creo que la ganadora de la medalla de oro en las olimpiadas de los malos se merece mimos y cariños.

Ella se rió ante la ocurrencia, sorbió el té y luego se tumbó boca arriba.

Las manos de Reece se movían por su cuerpo lenta y dulcemente mientras masajeaban el aceite de almendras por la piel. Poco a poco, los músculos empezaron a relajarse, el dolor a disminuir, y se encontró contándole con detalle lo que había pasado en la planta.

Cómo había intentado esquivar las preguntas de Stanfield. Cómo había exigido saber si Reece seguía con vida. Cómo casi se le había partido el corazón en el pecho cuando creyó que estaba muerto. Cómo, cuando estaban a punto de lanzarla a las llamas, la cabeza se le había aclarado extrañamente. Cómo había escapado de Juan y se había puesto a correr. Cómo había intentado esconderse. Cómo sus últimos pensamientos antes de que la golpearan en la cabeza fueron dirigidos a él y a Connor.

Él escuchaba mientras la acariciaba con las manos, obligándola a relajarse cuando se ponía tensa y dejando atrás los recuerdos de miedo y rabia.

Unas lágrimas le resbalaron por el rabillo de los ojos.

—Lo peor de todo era pensar en cuánto habías sufrido y saber que nunca tendría la ocasión de decirte que te amaba.

—Ahora ya ha acabado todo. Stanfield no puedo hacerte daño a ti ni a nadie cercano a ti. —Se inclinó sobre ella, la besó y le limpió las lágrimas. Luego, se puso en pie y la tomó entre sus brazos.

—¿Dónde me...?

—Después de un masaje, es la hora de un baño caliente. Mi entrenador de fútbol solía hacer esto por nosotros.

—¡Espero que no fuera exactamente igual! —Rió Kara.

—Bueno, la mayor parte de las veces nos hacía el amor después del masaje y del baño.

La risa de Kara era el sonido más precioso del mundo para Reece. Llenó la enorme bañera con agua caliente, la ayudó a entrar y luego esperó hasta que el servicio de habitaciones trajo el desayuno —champán, tortillas francesas y fruta fresca— para unirse a ella.

Mientras se daban de comer uno al otro y bebían champán en el calor de la bañera, le dijo lo cabreado, desesperado e impotente que se había sentido mientras conducía por la autopista, contando los segundos y temiendo llegar demasiado tarde.

—Y cuando te vi, cuando vi cómo te dejaban en el suelo como si fueras un saco de patatas, Dios mío, Kara. Los podría haber matado a los tres con mis propias manos y lo habría disfrutado.

Ella se levantó y le besó.

—Ya ha acabado. Excepto que...

—¿Excepto qué?

—¿Qué pasa con Miguel?

Un dolor punzante le atravesó el estómago y habló con rabia y dureza.

—¿Qué pasa con él?

—No puedo imaginar lo que te ha dolido que te traicionara. Era tu mejor amigo, Reece, e intentó matarte.

—No creo que fuera una amenaza real para mí en ningún momento, pero le dio a Stanfield todo lo que necesitaba para hacerte daño. —Recordó los lloros de Miguel mientras le contaba su historia al oficial de orden, sintió un poco de pena, pero no hizo caso—. Siempre le he admirado por ser un hombre tan devoto de su familia. Es extraño pensar que dicha devoción casi acaba con él.

—Espero que algún día seas capaz de perdonarlo.

—Perdonarlo, quizá, pero confiar en él, lo dudo. —Tomó el champán y rellenó las copas—. No quiero hablar de él. Quiero hablar de cuánto te quiero.

Una sonrisa apareció en el rostro de Kara, que parecía resplandecer.

—¡Por fin lo has dicho!

—Ya lo había dicho antes.

Kara sacudió la cabeza, todavía sonriendo.

—No, no lo habías dicho.

—Sí lo había dicho.

—No, no lo habías dicho.

—Vale, de acuerdo. Quizás no la había dicho. Pero es cierto. Te quiero, Kara McMillan.

—Bien. —Kara recorrió con la mirada el cuerpo de Reece, y sus pupilas se dilataron. Se mordió el labio.

Reece sintió que se le ponía dura.

—¿Qué estás pensando?

Kara deslizó las manos por el pecho húmedo de Reece.

—Estoy pensando que si tuviera tu cuerpo, nunca saldría de casa. Me quedaría en la cama todo el día porque no podría dejar de jugar conmigo misma. De verdad, no sé cómo lo haces.

Reece dejó el champán a un lado, se reclinó en la bañera y colocó los brazos a lo largo de los bordes.

—Bueno, cariño, no dejes que el hecho de no estar en este cuerpo te detenga. Adelante. Considérame tu patio de juegos personal.

Cuando salieron de la bañera y se vistieron casi eran las dos del mediodía. La luz roja de los mensajes parpadeaba furiosa en el teléfono. Kara se cepilló el cabello mojado y miró mientras Reece escuchaba los mensajes y anotaba los detalles en un pedazo de papel.

Cuando acabó, se giró hacia ella.

—Hay cinco mensajes de Tom ofreciéndote un aumento y dos de tu madre diciendo que ha oído las noticias y quiere saber que estás bien. Y veamos: la CNN, la Fox News, la CNN de nuevo, Larry King, el *New York Times*, el *Columbia Journalism Rev*…

—¡Me tomas el pelo! —Le quitó la lista de las manos y la leyó.

—Vaya. Y eso que el artículo tampoco estaba tan bien escrito. Tenía tanta prisa…

Reece resopló.

—¡No seas modesta!

—¿Y qué es esto? ¿Alguien que ha llamado para ver si quieres presentarte a congresista? —Sintió que el buen humor se evaporaba y le miró—. Creo que los dos tenemos que tomar algunas decisiones, ¿verdad?

—Lo dices como si fuera algo malo.

Quizás lo fuera.

Kara llamó primero a Henry Marsh y le contó toda la historia.

—Si usted no hubiera dado ese paso, Mike Stanfield se habría salido con la suya. Es un verdadero héroe, señor Marsh.

—Demonios, yo no hice nada. Siento por todo lo que ha pasado. Si hubiera sabido que pasaría esto, no estoy seguro de si volvería a hacerlo.

—¿Va a volver a Colorado ahora?

—No sé. Si le digo la verdad, creo que me gusta Tennessee. Quizás probemos a quedarnos un tiempo aquí. Tengo un buen trabajo en una tienda y mi mujer es feliz. No sé qué podría ser mejor que eso.

Kara le deseó buena suerte y luego volvió a su larga lista de mensajes. Dio lo que le parecieron una docena de entrevistas y quedó para media docena más. Siempre le preguntaban lo mismo: ¿qué quería?

Pensaba que lo sabía. No. Sabía que lo sabía. Pero ¿podía pedirlo? ¿Podía ser así de fácil?

Durante muchos años, había tenido muy pocas opciones. Había trabajado duro en el trabajo, pagado las facturas y vivido de sus ingresos. También se había esforzado mucho para ser una buena madre y había intentado dar a Connor la vida que se merecía. Cuando se trataba de cubrir sus propias necesidades, de satisfacer sus propios deseos, nunca había tenido tiempo, dinero o espacio para preocuparse por esas cosas. ¿Podía hacerlo ahora?

—Yo también te quiero, mami. Tengo ganas de verte. Adiós. —Kara colgó el teléfono y se dio media vuelta para ver a Reece leyendo su artículo ceñudo.

Reece levantó la vista.

—¿Qué tal está Connor?

—Le encanta la playa. Ahora está fascinado por los barcos de piratas. Supongo que mi tía le ha estado contando historias de piratas. Llegan al aeropuerto de Denver mañana a las 12:57 con United.

—Llevaremos tu coche. No creo que en el jeep quepamos los cuatro más el equipaje, y necesitaremos la silla para el coche de Connor. —Pronunció estas palabras como si no se diera por supuesto que iban a ir los dos a buscar a su hijo y a su madre, como si fuera parte de su vida, parte de su familia.

Era ahora o nunca.

Kara respiró hondo y se lanzó.

—Reece, sé lo que quiero hacer, y voy a decírtelo. Nunca hemos tenido la típica charla, ya sabes, sobre la relación.

—Siempre la ha evitado alguien —dijo dejando el periódico a un lado.

—Bueno, sí, pero, es igual. —Ella gesticuló impaciente—. Se reduce a lo siguiente: no quiero estar con un hombre que dice que me ama en un momento y al siguiente se ha cansado de mí. No quiero estar con un hombre que sea dulce con Connor y luego lo abandone. Prefiero estar sola que pasar por eso.

—Yo… —Se puso en pie.

Ella le puso los dedos sobre los labios e hizo caso omiso de sus propios miedos.

—Calla, déjame acabar. No quiero dejar mi carrera. Y no quiero que Connor sea hijo único. Quiero un marido, Reece, un compañero para toda la vida. Quiero un hombre que me ame de verdad, que permanezca a mi lado pase lo que pase, incluso cuando se aburra de mí y piense que soy vieja y fea. Quiero bebés, al menos uno más, quizá dos. Y quiero trabajar como periodista autónoma para poder quedarme en casa con ellos. Quiero un padre para Connor, alguien que lo adopte y se convierta en su padre legal.

—¿Algo más?

—Quiero un perrito. Para Connor. —Se sintió bien después de sacarlo todo fuera—. Incluso aunque te amo, Reece, y no puedo imaginarme un solo día sin ti, prefiero acabarlo ahora mismo si no me quieres de la misma forma. Si no te sientes cómodo con mis…

—¿Peticiones? —acabó la frase Reece.

—Sí.

Él asintió, la miró a los ojos y, en ese momento, Kara no pudo respirar. Lo había apostado todo. Todo lo que le importaba, estaba en juego en ese momento.

—En ese caso, supongo que solo puedo decir una cosa.

El pulso se le aceleró a Kara y esperó.

—Kara McMillan, ¿quieres casarte conmigo?

Epílogo

DIECIOCHO MESES MÁS TARDE

Kara miró el reloj. Eran las cuatro y cuarto. Tenía que ponerse a preparar la cena pronto, pero todavía podía acabar un par de párrafos. El plazo de entrega de su libro acababa en seis semanas, pero dado el poco tiempo que había tenido para escribir con el nuevo bebé, quería aprovechar al máximo cualquier momento de paz y tranquilidad.

Le habían ofrecido un contrato para escribir un libro cuando estaba con Reece en Costa Rica de luna de miel. Penguin le había ofrecido una increíble suma para escribir un relato no ficticio sobre la investigación de TexaMent y su resultado, así que había pasado del día a la noche de ser una periodista en paro intentando hacer carrera como autónoma a ser una autora con el salario de más de un año en el banco.

Nunca había escrito un libro, así que, al principio, le había parecido una tarea desbordante. Pero, cuando se puso manos a la obra, descubrió que escribir un libro no distaba tanto de escribir un artículo (solo que un libro era mucho más largo). La parte más dura era el esfuerzo emocional de revivir todo de nuevo.

Después de escribir el capítulo en el que John Weaver intentaba violarla y matarla, había empezado a tener pesadillas de nuevo. Esas pesadillas habían llegado a tal punto que tenía miedo de dormir, segura de que en sus sueños se vería corriendo y corriendo y corriendo, solo para acabar frente a Stanfield y al insoportable calor del horno. Reece, temeroso de que los sueños la afectaran demasiado a ella y a su hijo no nacido, le había pedido que lo dejara por un tiempo. Ella se negó y, a pesar de la frustración que sintió Reece, al final pareció entenderlo.

Pero las pesadillas habían pasado. Casi había acabado de escribir sobre el juicio y los demás acontecimientos que siguieron. Como resultado del desgarrador y lloroso testimonio de su hermano, Juan de la Peña había sido sentenciado a cadena perpetua sin posibilidad de obtener el tercer grado. Lo habían matado hacía unos meses en una pelea carcelaria.

Por testificar contra Stanfield y su propio hermano, Miguel había obtenido la suspensión de la condena. Recuperó la dignidad y el amor propio, pero perdió el escaño del Senado. Ahora había creado un programa de apoyo para familiares de presos. Sophie había escrito un artículo sobre ello que captó la atención de todo el país. Y, en un gesto que conmovió profundamente a Kara, Reece había presentado una propuesta de ley que permitía a los habitantes de Colorado donar una parte de sus impuestos a dicha organización.

Galen había evitado ir a juicio declarándose culpable de un cargo de conspiración leve. A cambio, había conseguido una condena de un año en libertad condicional, una sentencia que había indignado a Reece. Galen también había sido expulsado del Colegio de abogados y ahora estaba en el paro y viviendo con su madre de setenta años.

Devlin había declarado que no sabía nada sobre tramas de asesinatos ni llamadas amenazantes ni donaciones fraudulentas para las campañas, y el jurado le había creído.

Stanfield, a pesar de disponer de un equipo legal formado por cinco de los mejores abogados penalistas, había sido declarado culpable de asesinato en primer grado, de dos cargos de conspiración para cometer un asesinato, de dos cargos de intento de asesinato, de varios cargos de agresión, y de numerosos delitos medioambientales, por lo cual había sido condenado a un total de ciento veinticinco años de cárcel. Luego, tuvo que enfrentarse a un largo juicio civil por mala administración ante los accionistas de TexaMent. Kara pensó que era una ironía que estuviera usando todo el dinero que había ganado intentando en vano librarse de la cárcel.

TexaMent por su parte tuvo que enfrentarse a un juicio. Sus ejecutivos declararon desconocer lo que estaba pasando en su planta de Northrup, fábrica que los federales habían cerrado en cuestión de días tras la publicación del artículo de Kara. La empresa había llegado a un trato con los vecinos y había tenido que pagar unos cuantos millones en multas, dinero que ahora intentaban conseguir de Stanfield.

Kara había pensado añadir un par de capítulos para describir lo que ella llamaba en broma la «Tortura del Senado», pero en realidad esa historia le correspondía contarla a Reece, no a ella. Él había presidido las vistas del comité de ética que habían tardado más de un año en finalizar y había pasado innumerables noches repasando testimonios y leyendo registros y transcripciones. Al final, el gobernador había dimitido por la fuerza y más de un legislador se había encontrado devolviendo dinero por gastos cargados de manera impropia a los contribuyentes. Unos pocos incluso se preocupaban por volver a presentarse a las elecciones. Devlin era uno de esos cabezotas. Pero las encuestas mostraban que perdería por mucho.

Todo ello había colocado a Reece en el candelero. Algunos le amaban como héroe, otros le odiaban. Su campaña de reelección iba bien, y esperaba conseguir un ochenta por ciento de los votos en su distrito. Si los miembros de su partido se salían con la suya, se presentaría para el Congreso en dos años. Pero ellos no conocían a su marido como ella. Aunque nunca se quejaba, Kara sabía que lo único que quería era volver a trabajar como profesor.

—Si enseñamos a los jóvenes ética y les mostramos cómo se supone que tiene que funcionar su gobierno, es menos probable que pasen este tipo de cosas —decía en más de una ocasión.

Su idealista. Dios, cuánto le amaba. No pasaba ni un solo día en el que no se sintiera agradecida por esas tres margaritas y la entrometida de Holly.

Decidiera lo que decidiera Reece, Kara le apoyaría, igual que él la apoyaba en sus decisiones profesionales.

Del monitor para bebés surgió un gemido que, Kara sabía, se convertiría rápidamente en un vigoroso llanto. Pulsó la tecla de guardar, cerró el archivo del documento y se levantó para sacar a Caitlyn de la cuna.

—Hola, cielo. ¿Alguien tiene que cambiarse y comer? Ven aquí, preciosa.

Kara cambió con rapidez a su hijita, que se dedicó un rato a chuparse el puñito. Con el cabello oscuro de Kara y los ojos azules de Reece, parecía una combinación perfecta de ambos.

Tenía casi ocho semanas y había nacido en casa en la cama en la que fue concebida. Había sido idea de Kara dar a luz en casa rodeada de su familia. Le encantaba la vieja casa victoriana que Reece y ella habían comprado y rehabilitado, y no había sido capaz de soportar la idea de tener que parir otra vez en el hospital. Era una de las mejores decisiones que había tomado.

El parto fue mucho más fácil y rápido esta vez. El dolor se hizo insoportable solo al final. Pero, entonces, Reece y su madre habían estado ahí con ella para ayudarla, junto con la comadrona y la hermana de Reece, Melanie, que se había convertido en una buena amiga. Holly, Tessa y Sophie, cuya tarea había sido distraer a Connor durante el parto de Kara, volvieron en el último momento, justo a tiempo para ver el nacimiento del bebé.

Reece, cuyo amor la había reconfortado en la última agotadora hora, había sido el que había cogido a Caitlyn. Con los consejos de la comadrona, había sacado a su hija del cuerpo de Kara. Luego, había mirado a Kara con los ojos llenos de lágrimas y maravillado, y había dicho: «Es una niña».

Kara nunca olvidaría ese momento mientras viviera, incluso aunque al siguiente momento escuchó a Holly decirles a Tessa y Sophie:

—Si alguna vez tengo un bebé, voy a hacerme la depilación brasileña primero. Que se vea bonito, ¿sabéis?

—Cariño, cuando hay algo de tres kilos que sale por tu vagina, lo último que te importa es qué aspecto tiene —fue la respuesta de Tessa.

Kara sonrió al recordarlo, cogió a su hija del cambiador e intentó calmarla.

—Espera un momento, tesoro. Ya sé que tienes hambre.

Siguió el sonido de una risa infantil procedente del jardín, donde Connor todavía estaba intentando enseñar a Jake (el cachorro de labrador negro que Reece había traído una tarde de la perrera) para que tirara de su carrito rojo como si fuera un perro de trineo. Se sentó en la mecedora del porche, amamantó a su bebé y vio cómo su hijo jugaba en el sol del atardecer de agosto.

Ahora tenía cinco años, casi seis, e iba a empezar el parvulario en unas semanas. Reece ya le había enseñado un poco a leer y a sumar y restar, y Kara se congratulaba del vínculo que se había creado entre ellos.

—¡Mira, mami! ¡Mira lo que hace Jake! —Connor había atado la correa de Jake al asa del carrito y, cuando caminaba, el cachorro tiraba del carrito.

—Muy bien, Connor. Le gusta jugar contigo.

Pero, en cuanto Connor saltó dentro del carrito, esperando un recorrido por el jardín, Jake saltó dentro también.

Kara rió con su hijo, miró a su pequeña hijita mientras mamaba y se preguntó si su vida debería ser tan dulce, tan rica, tan… feliz. Se permitió disfrutar del momento, del aroma del jardín de rosas, de la calidez de la brisa, de los ruiditos de bebé que hacía Caitlyn mientras la amamantaba.

Cuando Caitlyn se quedó satisfecha, Kara la llevó dentro y la puso en su sillita de bebé sobre la mesa de la cocina. Entonces, puso pollo a descongelar en el microondas.

La puerta del garaje se abrió.

Reece había llegado pronto a casa.

Cruzó la puerta con una sonrisa en su guapísima cara, cartera en mano y con la chaqueta del traje echada por encima del hombro. Siempre que lo veía, se le aceleraba el corazón. Se acercó a Kara, le dio un beso y luego fue a darle un beso al bebé.

—¿Qué tal el día?

—Tranquilo. Connor se ha pasado casi toda la tarde fuera. Caitlyn acaba de despertarse de una siesta de dos horas.

—¿Has escrito mucho? —Dejó la chaqueta sobre el respaldo de la silla, puso la cartera sobre la mesa y la abrió.

—Bueno. ¿Qué tal las cosas en el Capitolio?

—He tenido un pequeño encontronazo con Devlin. Quiere presentar una propuesta de ley para prohibir la grabación de una conversación a no ser que se tenga el consentimiento expreso de todos los grabados.

—Apuesto a que lo hace —rió Kara.

—Pero no se aprobará. —Cuando Reece volvió a mirarla, había un brillo diferente en su mirada—. He visto a tu madre disfrutar de una comida romántica con Tom.

Tom había ido detrás de su madre desde el día que se conocieron en el hospital. Kara se había sentido orgullosa de cómo su madre le rechazaba una vez tras otra, le echaba en cara su mala educación y le decía que la dejara tranquila. Se negó a creer que su madre había cedido.

—¿Qué te hace pensar que era una comida romántica?

—¿Quizá el hecho de que tenían las lenguas en la boca del otro?

—Vaya, creo que voy a vomitar.

Reece rió.

—Hoy ha pasado algo más.

—¿El qué? ¿Ahora quieren que te presentes a gobernador?

—Nada de eso. Esto. —Se giró hacia la cartera, sacó un sobre blanco y se lo entregó a Kara con una dulce mirada.

Kara lo observó un instante, supo lo que era y miró a Reece con incredulidad.

—Adelante. Ábrelo.

Con el pulso acelerado, rasgó el sobre, sacó un grueso documento, lo desdobló y lo leyó.

—¡Dios mío! ¡Ya está hecho! ¡Ya está hecho de verdad!

Reece la atrajo hacia él, la besó en la frente y se abrazaron durante un momento.

—Los derechos paternos de Prentice han sido retirados para siempre. Está fuera de tu vida para siempre, cariño. ¿Se lo decimos a Connor?

—¡Claro que sí! —Kara corrió hasta la puerta trasera con el

corazón desbocado—. ¡Connor, entra en casa! Tenemos algo especial que contarte.

Connor entró rápidamente, seguido por un Jake jadeante y moviendo la cola.

Reece se sentó a la mesa, se colocó a Connor sobre el regazo y cogió el precioso documento que le dio Kara.

Casi incapaz de contener sus emociones, Kara se apoyó las manos a los lados del rostro y miró.

—¿Sabes qué es esto? —preguntó Reece.

Connor sacudió la cabeza.

—Son los papeles de la adopción finales. Estos papeles dicen que por ley ahora soy tu padre de verdad, y que tú eres mi hijo. —Tras estas últimas palabras, a Reece se le rompió la voz.

La cara de Connor se convirtió en una amplia sonrisa, y rodeó con los brazos el cuello de Reece.

—¡Tengo un papá! ¡Tengo un papá de verdad!

Kara miró con los ojos empapados en lágrimas cómo Rece abrazaba a su hijo, el de los dos, y vio en el rostro de su marido cuánto significaban para él el amor y el afecto de Connor. Entonces, la mirada de Reece se encontró con la suya y él recitó silenciosamente las palabras «te quiero».

Y, en ese instante, que permanecería con Kara durante el resto de su vida, el mundo fue perfecto.